Tania Witte

bestenfalls alles

Roman

Alle Charaktere, Schauplätze und Handlungen in diesem Roman sind frei erfunden. Ähnlichkeiten mit lebenden und toten Personen sind unbeabsichtigt.

Erste Auflage September 2014

Umschlag und grafische Realisierung von Sergio Vitale
unter Verwendung einer Fotografie von Risk Hazekamp.

Druck und Weiterverarbeitung: Finidr
ISBN 978-3-89656-224-1
Printed in the Czech Republic.

Bitte fordern Sie unser Gesamtverzeichnis an:
Querverlag GmbH
Akazienstraße 25, 10823 Berlin
www.querverlag.de

EINS.

„Das werden Sie bereuen!“

„So?“ Tekgül lässt sich auf den Sessel fallen.

„Ganz bestimmt! Bitte, tun Sie das nicht!“ Die Frau streicht durch Tekgüls Haar, als wäre es aus Kaschmir, handgekämmt. Mindestens.

„Und warum nicht?“ Die Frage pendelt zwischen Belustigung und Ärger.

„Sie sind so schön!“

Schön und dick und leicht gewellt und von einem Braun, das Haarfarbenvermarktungsfachmenschen vermutlich „Edel-Zartbitter“ nennen würden. Aus ihrer semierfolgreichen, finanziell aber lukrativen Zeit als Model kennt Tekgül die Lobeshymnen der Stylisten, wenn es um ihr Haar geht. Sie kennt sie vorwärts und rückwärts. Sie kennt auch die Flüche über seinen Eigenwillen und den Enthusiasmus über seinen Glanz, den es Tekgüls regelmäßigen Olivenölkuren verdankt.

„Und wie sie glänzen! Man sieht sofort, dass Sie nicht aus Deutschland kommen!“

Tekgül schließt einen Moment lang die Augen. Sie hat das Gestolper, Gestammel, Gestotter der Menschen satt, wenn sie antwortet, dass sie sehr wohl aus Deutschland kommt. Aus Unna, um genau zu sein. Trotzdem sagt sie es. Natürlich. Und natürlich stolpert, stammelt, stottert die Friseurin, verhaspelt sich in Abmilderungen und macht damit alles noch schlimmer.

„Würden Sie mir jetzt *bitte*“, Tekgül betont das Wort, so sehr es geht, ohne ausfallend zu werden, „einfach meine Haare abschneiden, oder muss ich mir einen anderen Friseur suchen?“

Der Umweg über den Spiegel verschärft ihren Blick um eine Nuance.

„Nein … ich … selbstverständlich!" Die Frau schiebt sich eine kirschrote Strähne hinter das gepiercte Ohr und atmet tief durch. „Was haben Sie sich denn vorgestellt?"

„Kurz", sagt Tekgül und zieht ein Bild aus der Tasche. Es hängt seit Jahren neben ihrem Spiegel – wahrscheinlich ist der Haarschnitt inzwischen hoffnungslos out. Egal: Er hat ihr so gut gefallen, dass sie das Foto ausgeschnitten und sich versprochen hat, sich genau diese Frisur zuzulegen, falls sie jemals an der Kunsthochschule angenommen würde. Wenn sie ihren Modeljob kündigen und ihre Agenturchefin Caroline kein Mitspracherecht mehr an ihrem Aussehen haben und ihr Körper wieder ihr gehören würde.

Jetzt.

Ihre Hände haben nicht einmal mehr gezittert, als sie heute morgen den Brief mit dem Stempel der Universität der Künste öffnete, denn nach fünf erfolglosen Bewerbungen in fünf aufeinanderfolgenden Jahren rechnete sie mit nichts als einer Absage. Und dennoch hat sie auch in diesem Jahr stoisch neue Unterlagen eingereicht.

„Bestimmt haben sie mich genommen, weil es eine Altersquote gibt, die sie erfüllen müssen, um Subventionen zu kriegen", hat Tekgül zu ihrer Freundin Nicoletta gesagt, nachdem sie ihr die Zusage am Telefon vorgelesen hat.

Nicoletta lachte so laut, dass Tekgül den Hörer einen ausgestreckten Arm weit vom Ohr weghielt. „Altersquote! Klar! Und vergiss nicht die für Migrantinnen."

„Genau", beharrte Tekgül, die den Witz nicht verstand. „Mit dreißig ein Studium anfangen ist ganz schön spät. Gerade im Kunstbereich! Warum sollte das da anders sein als beim Modeln: bisschen Altersförderung, bisschen Migrationsgeschichte und schon hast du deine positive Diskriminierung. Ich kenn das doch!" Sie hatte sich in Rage geredet. „Ohne meinen türkisch-irischen Genpool könnte ich längst nicht mehr von den Modeljobs leben."

„Ohne Medusa auch nicht.“ Nicoletta verschluckte sich vor Lachen an ihrer eigenen Spucke und keuchte erbarmungswürdig ins Telefon.

„Wasser“, riet Tekgül ihr mitleidslos. „Trink einen Schluck Wasser.“ Der Verweis auf die tätowierte Medusa, die seit fast zwei Jahren ihren Rücken schmückte, war durchaus berechtigt. Entgegen der Prophezeiungen ihrer Modelagentin hatte dieses Tattoo Tekgüls Karriere noch einmal gepusht. Sie war zwar von der „Beauty“- in die „People“-Kategorie gerutscht, aber die Aufträge deckten ihre Ausgaben noch immer und verschafften ihr Zeit für die Träume von der Kunsthochschule.

„Schon mal daran gedacht, dass du Talent haben könntest?“, schlug Nicoletta vor, als sie wieder sprechen konnte.

„Warum haben sie mich dann fünfmal abgelehnt?“

„Warum kannst du dich nicht einfach freuen?“

Und dann kam sie, die Freude. Zunächst ganz hinten im Hals, bis Tekgül zu lächeln, zu lachen und schließlich – Nicoletta noch immer via Telefonhörer in der Hand – im Zimmer herumzuspringen begann. Sie würde Kunst studieren! Ob trotz oder wegen ihres Alters spielte dabei überhaupt keine Rolle.

Der nächste Anruf galt der Agentur. Carolines Widerspruch gegen ihre Kündigung war verhalten – sie wussten beide, dass Tekgül längst zu alt für das Business ist. Die Medusa hat ihr Verfallsdatum verlängert, aber der dreißigste Geburtstag, den sie in diesem Jahr gefeiert hat, schlägt sich langsam auch in der Auftragslage nieder. Selbst wenn Caroline Tekgül von Anfang an als drei Jahre jünger verkauft hat.

„Vielleicht magst du in zehn Jahren wiederkommen?“, schlug ihre Agentin am Telefon vor. „Als Best-Agerin wärst du der Knaller!“

„Best-Ager sind fünfzig plus, Caroline.“ Trotz jahrelanger Zusammenarbeit kostete es Tekgül noch immer Mühe, den Namen ihrer Ex-Chefin auszusprechen, wie die sich das ausbittet: Kärolein – englisch bitte schön, nicht deutsch.

Schon komisch, denkt sie jetzt, während die Friseurin ihr mit fühlbar schlechtem Gewissen die Haare einschäumt. Ich muss dauernd betonen, dass ich Deutsche bin – als wär das ein Gütesiegel –, und Caroline tut alles, damit sie auf keinen Fall für eine Deutsche gehalten wird. Weil das in ihrem Business nur dann ein Gütesiegel wäre, wenn sie in den USA leben würde. Da sie ihre Agentur aber in Berlin betreibt, ist ein amerikanischer Akzent genau der Hauch von Kosmopolitismus, der Karoline aus der Pfalz gefehlt hat.

Die Welt spinnt.

Sie zuckt zusammen, als ihr dieser Lieblingssatz ihrer Ex-Freundin Marte durch den Kopf schießt. Dann überlässt sie sich den Händen, die ihren Kopf massieren.

Als sie den Salon gute anderthalb Stunden später verlässt, fühlt sich Tekgül um Tonnen leichter. Der Wind durchstreift ihre Haare bis zur Kopfhaut. Sie fröstelt. Der Frühling zeigt sich in diesem Jahr vor allem an den Schaufensterdekorationen, in denen Hasen jeder Machart ihre übergroßen Ostereier um die Wette verstecken. In ein paar Tagen fährt sie nach Hause, Ostern ist ihrer Familie heilig. Das heißt, hauptsächlich ihrem Vater, dessen irische Wurzeln vor allem an den katholischen Feiertagen durchschlagen. Es ist neben Heiligabend der einzige Anlass, zu dem er in die Kirche geht. Obwohl sie sich jedes Mal ziert, geht Tekgül gerne mit in die kalte Kirche und den schweren Weihrauch-Geruch. Es ist eine Tradition, an der selbst ihre Mutter Filiz nicht vorbeikommt, auch wenn sie auf dem Papier Muslima ist. Filiz hält wenig von organisierten Religionen, aber sie liebt große Feste – deshalb feiert sie alles gleichermaßen passioniert: das Zucker- und das Opferfest, Weihnachten und eben Ostern. Inklusive Eiersuche und inklusive des Backens eines überdimensionierten Hefekranzes, weil das so typisch deutsch sei. Sie essen die ganze Woche nach Ostern Hefekranz, und wenn er zu trocken wird, stippen sie ihn in kräftigen Schwarztee. Ostern in der Familie Carragher ist eine beeindruckende Sache.

Es bedarf allerdings keiner übersinnlichen Fähigkeiten, um zu ahnen, dass es in diesem Jahr etwas komplizierter werden wird. Nicht nur der Haare wegen. Filiz liebt Tekgüls Haare.

Liebte, denkt Tekgül und fährt mit der Hand durch ihr neues Ich. Vielleicht hätte ich sie mitnehmen sollen.

Sie schlendert durch Friedrichshain zu dem kleinen Restaurant, in dem sie mit ihrer Ex-Freundin Marte verabredet ist. Tekgüls Hände beginnen zu zittern. Es ist das erste Mal, dass sie sich sehen, seit Marte und George wieder in der Stadt sind. Während George bereits rotiert, um vom Amt die fehlenden Papiere für die Eröffnung der Dependance zu erhalten, die sein südafrikanischer Arbeitgeber in Berlin aufziehen will, lässt Marte es langsam angehen und trifft ihre Freundinnen. Einzeln und der Reihe nach. Tekgül ist die dritte, mit der sie sich verabredet hat.

Sie wird mehr von den anderen wissen als ich, mutmaßt Tekgül. Was keine Kunst wäre, denn ihr bisheriges Jahr war geprägt von der hochkonzentrierten Arbeit an ihrer Bewerbungsmappe für die Kunsthochschule. Und dann, während sie auf die Entscheidung der Universität wartete, von Arbeit. Sie hat so viele Modeljobs wie möglich angenommen, um sich von ihrer Angst vor einer Absage abzulenken und um ihre Rücklagen aufzustocken – für den Fall, dass es mit dem Studium klappen sollte.

Der Kontakt war lose in den letzten Monaten, aber es ist gut zwischen ihnen, wehmütig manchmal, weil sie sich noch immer lieben und es dennoch nicht geklappt hat, aber gut. Sie stößt die Tür zu der kleinen Pizzeria auf.

•

„Kein Salat ohne Dressing, aber ‚bitte mit Zitronensaft'? Kein Risotto ohne Käse? Keine Pasta ohne alles?", frotzelt Marte. „Pizza?"

Tekgül grinst. „Und ein großes Glas Orangensaft bitte!"

Der Kellner, der sich als Eduardo vorgestellt hat, aber wahrscheinlich eher Erkan heißt (zumindest, hat Tekgül Marte bei ihrem Eintreffen gesteckt, sprach er türkisch in sein Mobiltelefon, ehe er an ihren rot karierten Tisch kam, um sie zu bedienen), notiert die sonderwunschlose Bestellung ungerührt.

„Pizza und O-Saft! Und die Haare!!! Scheiße, Tek, wie konnte ich das übersehen? Heißt das, du hast es endlich getan?"

Tekgül errötet. Marte hat es nicht vergessen. Das Gespräch, eins der vielen in den Nächten, in denen Tekgül um sie warb und in denen sie sich weit genug öffnete, um ausnahmsweise von sich zu sprechen – von sich, ihren Träumen und Zielen. Und, Marte als einzigem Menschen überhaupt, von den Versprechen erzählte, die sie sich erfüllen würde, wenn das Modeln Vergangenheit sein würde. Erstens: die Haare, zweitens: Pizza essen. Ohne schlechtes Gewissen. Sieben Jahre sind diese Nächte jetzt her. Ewigkeiten, scheint es. Und doch hat es Marte nur wenige Minuten gekostet, um sich zu erinnern. Sie greift über den Tisch und drückt Tekgüls Hand. Tekgüls Herz zieht sich zusammen. Nichts da, denkt sie. Nichts da.

„Erzähl", fordert Marte. Und Tekgül erzählt, und Marte jubelt über die Kunsthochschule und runzelt die Stirn über die Reaktion der Friseurin und lacht dann doch und hm-hmt und nickt an den richtigen Stellen, und es ist alles, wie es sein soll. Genau so.

Die Pizza kommt. Pilze und Artischocken für Marte, Salami für Tekgül. Sie kauen. Himmlisch.

„Und bei dir?", fragt Tekgül schließlich, nachdem sie genug über das Zu-alt-Sein mit dreißig – was für Modeln wie Kunsthochschule gleichermaßen gilt – gelästert und darauf angestoßen haben, dass Tekgül beides doch gelungen ist. „Wie hat dir Südafrika gefallen?"

„Ehrlich? Ich weiß es nicht. Das Land ist natürlich grandios, aber diese extreme Schere zwischen Arm und Reich – darauf bereitet dich nichts wirklich vor. Das hat mich ganz schön erschüttert. Dazu dieser tief, tief verwurzelte Rassismus, der überall zu spüren ist … Das tat mir körperlich richtig weh. Und der zunehmende Weißenhass macht die Situation auch nicht leichter. Weil, ganz ehrlich: Hass als Antwort auf Hass, egal wie erklärbar er ist, ist so eine Sackgasse!“ Sie massiert ihre Schläfen mit Zeige- und Mittelfingern. „Ich versteh das Prinzip ‚Hass‘ einfach nicht“, sagt sie dann. „Kannst dir also vorstellen, dass ich nicht irre entspannt war.“

Tekgül nickt. Das Thema ist vertrautes Terrain. Schon als sie ein Paar waren, gab es beinahe täglich Situationen, in denen Tekgül mit den Anfeindungen anderer Menschen leben musste – nicht nur, weil sie lesbisch ist, sondern ganz einfach, weil sie aussieht, wie sie aussieht, und heißt, wie sie heißt. Es hat viele Gespräche gekostet, bis Marte nicht mehr von einem Wutanfall über die Engstirnigkeit der Menschen in den nächsten gestolpert ist. Dann begann sie, alle Bücher über Rassismus zu lesen, die sie in die Finger bekommen konnte. Erst die Geburt ihres Sohnes Malachi Shane stieß das Thema Rassismus von ihrem persönlichen Platz eins. Und nach seinem Tod wurde alles bedeutungslos. Bis George kam. Der kluge, sanfte George, im Gepäck das gleiche Thema wie Tekgül.

„Wie war's mit George?“

„Meinst wegen unserer unterschiedlichen Hautfarben oder allgemein?“

„Beides.“

Marte säbelt den Rand der Pizza klein, den sie, wie immer, bis zum Schluss aufgehoben hat. „Gut, denk ich. Also Letzteres. Und über das andere müssen wir nicht reden. Das ist eine Herausforderung. Noch mehr als mit dir. Aber er … Er ist lieb und nett und verständnisvoll … Wir haben es schön miteinander.“

„Nett … Klingt jetzt nicht wahnsinnig spannend." Sie kann es sich nicht verkneifen. Marte sieht sie ruhig an.

„Wahnsinnig spannend ist nicht immer die Lösung, Tek. Seit Malachis Tod …", sie blinzelt dreimal rasch hintereinander. „Ich brauche Stabilität und Sicherheit und … George hat mit der Kokserei aufgehört."

„Er hat doch eh nur gekokst, wenn er mit Johanna zusammen war, oder?"

„Nicht nur, aber dann am meisten. Zu so was gehören immer zwei." Marte wischt die Pizzarandreste mit der Serviette vom Tisch. Ein wenig originelles Ablenkungsmanöver. Gleich beginnt sie, mich auszufragen, um von sich abzulenken, denkt Tekgül. Hätte ich doch bloß nicht von Johanna angefangen. Marte enttäuscht sie nicht: „Apropos Johanna: Wie sieht's denn bei euch aus?"

Eigentor, denkt Tekgül und kann den Namen, den sie da auf den Tisch gebracht hat, nicht so einfach wegwedeln wie Marte die Krümel. Sie nimmt einen Schluck Orangensaft. Marte wartet. Das war schon immer so: Marte ist geduldiger als eine Katze vor dem Mauseloch. Und ebenso hartnäckig. Es hat keinen Sinn.

„Wir haben uns getrennt."

„Oh?"

„Ja, sie … also ich … also wir …"

„Wer denn nun?"

Tekgül weiß sofort wieder, warum sie sich in dieses Lächeln verliebt hat, damals. Nach Malachis Tod hat es Martes Augen nicht mehr erreicht. Jetzt ist es wieder da. Es tut weh, dass George und nicht Tekgül selbst dafür verantwortlich ist. Sie seufzt.

„Sie hat Schluss gemacht."

Martes Brauen schießen nach oben. Recht hat sie, denkt Tekgül. Dass Johanna Mittenwald sich von mir trennen würde, damit hat wirklich keine gerechnet. Nicht mal ich. Johanna war mir verfallen. Mit Haut, Haar, Herz: verfallen. Sie hat sich mir anvertraut, und ich hab mich darin gesonnt. Es war zu leicht, sie zu beeindrucken – mit meiner Dominanz im Bett, die vor der Begegnung mit ihr bestenfalls rudimentär ausgeprägt war, und mit meiner Jugend, das hat sie immer gesagt, dass meine Jugend sie begeistert und meine Unbeschwertheit. Was heißt schon jung?, hab ich geantwortet und mich innerlich so alt gefühlt. Und unbeschwert war ich nie. Aber das hat sie nicht gespürt. Weil ich sie nicht gelassen hab. Ich hab's kaputt gemacht. Ich war zu, zu, zu … war es mein Leben lang, und ich bin es immer noch. Lediglich die Jahre mit Marte waren offen.

„Ich hab mich benommen wie ein emotionsloses Monster", fasst Tekgül die Geschehnisse nicht annähernd vollständig zusammen.

„Du hattest Angst", diagnostiziert Marte.

„Vielleicht." Sie sieht ihre Ex-Freundin an, findet sie schön, findet die herbstfarbenen Augen schön und den runden Körper, findet die Nase schön und den Mund und den wachen Blick. „Du hast mir gefehlt", sagt sie. Und dann, leiser: „Du fehlst mir." Marte senkt den Blick, und Tekgül könnte sich prügeln, mit einer Neunschwänzigen, mindestens. „Vergiss es. Vergiss es bitte", sagt sie schnell. „George scheint dir wirklich gutzutun. Du siehst toll aus."

Marte nickt das Tischtuch an. „Du auch. Die kurzen Haare stehen dir unglaublich gut." Sie schaut auf, reicht über den Tisch und streicht ihrer Ex-Geliebten eine Strähne aus dem Gesicht. Tekgül ignoriert die Finger an ihrer Wange, ihrem Ohr und reibt einen Fleck Tomatensoße in ein weißes Quadrat der karierten Tischdecke. Martes Hand fährt zurück. „Ich mein das ernst! Du bist ein ganz anderer Typ. Erwachsener irgendwie, aber auch jünger. Cooler. Wenn Caroline nicht so spießig wär, hätte sie dir das schon vor Jahren erlaubt. Wart's ab, bis sie dich sieht!" Marte bricht ab, holt Luft und setzt erneut an. „Ich muss dir was sagen", sagt sie.

ZWEI.

Nicoletta betrachtet sich im Garderobenspiegel. Die Albträume der vergangenen Monate haben ihr Gesicht verformt. Sie sieht alt aus. Alt und erschöpft. Der Eindruck wird von der Tatsache verstärkt, dass sie sich seit einigen Monaten bevorzugt aus den Überresten in Clemens' Kleiderschrank bedient. Der Geschmack ihres Ex-Mitbewohners dient nicht dazu, einem Menschen um die vierzig – gleich welchen Geschlechts – zu schmeicheln. Der altherrenhafte Pullunder und das gestreifte, dunkelgrau-grüne Männerhemd, das Nicoletta dazu kombiniert hat, färbt auch ihre Haut zwischen grün und grau. Trotz ihrer kräftigen Statur wirkt sie hager und ausgezehrt.

Seit dem Tag, an dem ihr fast vergessener Ehemann wieder auftauchte, ist ihr Leben ein einziges Schlachtfeld. Und das, obwohl er tot ist. Sie hat ihn all die Jahre geheim gehalten, und dann platzt die Polizei mit der Todesnachricht ausgerechnet in dem Moment herein, in dem ihr halber Freundeskreis es sich in ihrer Küche gemütlich gemacht hat. Diskretion? Fehlanzeige. Seither löchern sie Nicoletta, beharrlich und reihum. Und was würde sie darum geben, ihnen alles zu erzählen! Oder eher: Was würde sie darum gegeben, dass es nichts zu erzählen gäbe. Wobei sich die Konjunktive ohnehin erübrigen, denn die Polizei hat ihr verboten, über die Sache zu sprechen, bis die Rechtslage geklärt ist, und wenn sie ehrlich ist, kommt ihr das entgegen. Die Erinnerung tut zu weh, also schweigt sie gehorsam. Noch immer. Nur mit Johanna hat sie gleich gesprochen, weil die die Geschichte ohnehin kannte.

Sofort, nachdem sie die Nachricht erhalten hatte, war Nicoletta schweigend auf ihr Fahrrad gestiegen und nach Mitte geradelt. Es war ein Reflex, der sie zu ihrer Kindergartenfreundin geführt hatte, kaum dass die Polizistin aus der Tür war, kaum dass sie Marte und Clemens und Liza abgewimmelt hatte. Ihr desolater

Anblick genügte Johanna, um alles, was zwischen ihnen stand, wegzufegen. Wortlos hatte sie Nicoletta in die Küche bugsiert und ihr ein Glas Wasser in die Hand gedrückt. Und sie dann erwartungsvoll angesehen.

„Er ist tot", hatte Nicoletta an diesem Tag vor achtzehn Monaten gesagt.

„Wer?", hatte Johanna gefragt. Und auf Nicoletta Schweigen hin: „Nein! Etwa der Schweizer?" Nicoletta hatte genickt. „Wie kann das …? Ich meine, er war doch …"

„Gerade mal fünfzig, ja." Das hatte sie sich auch schon ausgerechnet. In Simon Rueggs Business war das sehr, sehr alt. „Eine Schießerei", hatte sie erklärt, was sie selbst zu diesem Zeitpunkt noch gar nicht begriffen hatte. „Offenbar hat er nach seiner Entlassung da weitergemacht, wo er aufgehört hat. Und dabei die falschen Leute aufs Kreuz gelegt." Ihr Lächeln war schwach ausgefallen. „Elf Jahre Knast haben ihn offenbar nicht klüger gemacht."

Johanna hatte gehässig geschnauft. „Um den klüger zu machen, hätte man ihm ein Quallenhirn implantieren müssen."

„Quallen haben kein Gehirn."

„Eben." Johanna hatte Simon genau einmal getroffen und auf den ersten Blick verabscheut. Im Gegensatz zu Nicoletta, die ihn anfangs wirklich einnehmend gefunden hatte. Sie war geblendet gewesen.

Aber verdammt, denkt sie jetzt, ich war vierundzwanzig, als ich ihn geheiratet habe. Gerade mal vierundzwanzig. Und so verliebt. Allerdings nicht in Simon.

Das Ausmaß dessen, was sie seit damals verdrängt hat, ist ihr stückchenweise aufgegangen – in dem Tempo, in dem die Todesnachricht den über die Jahre mühsam angelagerten Staub von den Scherben fegte. Seither kaut Nicoletta auf aufgewirbelten, knirschenden Erinnerungen. Und täglich kommen neue hinzu.

Sie schüttelt den Kopf und hofft, dass dadurch alles wieder an seinen angestammten Platz zurückfällt. Der Erfolg ist, wenn sie das richtig einschätzt, mäßig. Sie wendet sich ab und geht in ihre Küche, aus der es verführerisch nach Kaffee duftet.

„Morgen“, begrüßt Marte sie. Ihre Mitbewohnerin auf Zeit sitzt, die Schildkröte auf dem Schoß und einen Kaffee in der Hand, am Tisch und liest Zeitung. Fräulein Rottenmeier hebt beide Vorderfüße gleichzeitig, um Nicoletta zu begrüßen. „Ich hab Clemens' alte Kaffeemaschine echt vermisst“, fährt Marte fort, ohne den Blick zu heben. „Willst du auch einen?“

„Bleib sitzen, ich mach schon.“ Ihre Stimme klingt ungeübt, und Marte horcht auf. Sie schiebt die Zeitung beiseite und sieht Nicoletta prüfend an.

„Oh“, sagt sie. „Was ist denn mit dir passiert?“

Marte merkt wirklich alles. Das war schon immer so. Und egal wie kläglich ihr letzter Versuch, zusammenzuwohnen, gescheitert ist: Nicoletta findet es wunderbar, die Freundin wieder hier zu haben. Wie einem das Leben manchmal in die Hände spielt, denkt sie.

Als absehbar war, dass aus den sechs Wochen, die Marte und George ursprünglich in Johannesburg bleiben wollten, um seinen Umzug nach Berlin zu regeln, ein paar Monate werden würden, haben sie sich um eine Untermieterin für Martes zweieinhalb Zimmer gekümmert. Bis die Wohnung wieder frei ist, wohnen George und Marte in Clemens' leer stehenden Zimmern, die ohnehin nur ein besserer Abstellraum für Clemens' verbliebene Habseligkeiten waren. Seinen Kleiderschrank hat Nicoletta zuvor leer geräumt.

Es ist ungewohnt, nicht mehr alleine in der großen Wohnung zu sein – ungewohnt und sehr, sehr schön. „Ich freu mich, dass du da bist“, sagt sie. „Beziehungsweise ihr.“

„Ich freu mich auch. Danke, dass wir hier wohnen dürfen“, antwortet Marte. „Siehst du deshalb so fertig aus?“

Nicoletta lacht. „Ich hab schlecht geträumt.“

„Noch immer wegen diesem Simon?" An der Art, wie sie den Namen ausspricht – zögernd und vorsichtig –, erkennt Nicoletta, wie schwer Marte der Gedanke fällt, dass ausgerechnet Nicoletta, die nach eigener Aussage noch nie mit einem Mann geschlafen hat, einen Ehemann unter den Leichen in ihrem Keller versteckt hat. Einen kriminellen noch dazu. Wie sollte sie es auch verstehen, denkt Nicoletta. Sie weiß ja nichts.

„Ja", antwortet sie schlicht.

Marte setzt die Schildkröte sachte auf den Boden, steht auf und kommt zu Nicoletta an die Arbeitsplatte. „Willst du auch noch einen Kaffee?", fragt Nicoletta schnell.

„Gern." Sie stehen nebeneinander und sehen zu, wie die Maschine Bohnen mahlt. Dann füllt Nicoletta das Kaffeepulver in den Behälter, presst es fest und dreht es in die Halterung. Sie warten.

„Hör mal", sagt Marte schließlich. „Wenn ich das richtig im Kopf hab, ist der Prozess doch jetzt fast vorbei. Willst du nicht endlich darüber reden?"

„Ich darf nicht."

Marte stößt die Luft durch die Nase. Das Geräusch ist witzig. „Sag mal, hast du in letzter Zeit in den Spiegel geguckt? Du bist am Verschwinden! Ich weiß, dass Frau Schäfer dir verboten hat, darüber zu sprechen, aber … Fuck! Wen interessiert das, wenn du dabei draufgehst? Dinge werden nicht besser, wenn man nicht darüber spricht!"

Marte muss es wissen. Sie hat Erfahrung mit dem Schweigen. Nach dem Verlust ihrer Eltern hat sie als Kind Ewigkeiten überhaupt nicht gesprochen, nach Malachis Tod hat sich das Muster wiederholt. Wer, wenn nicht Marte, würde mich verstehen?, denkt Nicoletta. Marte legt ihr den Arm um die Hüfte.

„Ich bin doch nicht irgendjemand. Ich ruf nicht die Presse an, ich erzähl es nicht weiter. Nicht mal George, versprochen!"

Der Sirenengesang wird lauter. Teilen ist schön!, singt die Verlockung. Es wird dir guttun! Nicolettas Verstand steuert dagegen, indem er all den Schmerz aufzählt, den Marte selbst in den letzten Monaten durchlitten hat. Sie ist die Letzte, die Marte mehr aufbürden darf – und ganz sicher nicht ihren eigenen, siebzehn Jahre alten Horrortrip. Vergangenes sollte man in der Vergangenheit belassen, wo es hingehört. Die Kaffeemaschine blubbert ihren Inhalt in die beiden Tassen. Marte umarmt ihre Freundin.

„Es ist eine lange Geschichte", wehrt sich Nicoletta matt gegen den verführerischen Wunsch, Marte alles zu erzählen.

„Dann fang endlich an." Marte löst sich von ihr, nimmt die Tassen und stellt sie auf den Tisch. „Was um Himmels willen hat dein Mann getan?"

Nicoletta gibt auf.

„Er hat meine Freundin ermordet."

•

Ich war dreiundzwanzig, als ich Isabelle traf. Es war, als würde ein Kurzschluss sämtliche Funktionen in meinem Kopf lahmlegen. Davor habe ich nicht an Liebe auf den ersten Blick geglaubt – ehrlich gesagt haben mich die Facetten der körperlichen Liebe mehr interessiert als romantische Gefühle. Aber dann kam Isa. Sie war groß, schmal und dunkel und hatte eine bemerkenswert raue Stimme, deren Schweizer Akzent alles, was sie sagte, bedeutungsvoll erscheinen ließ. Sie wirkte auf verschrobene Art weltgewandt. Ich war fasziniert, nein, paralysiert. Isa hat ein Auslandssemester in Berlin absolviert, aber am Ende der drei Monate kannte sie die Frauenkneipen und Bars der Stadt besser als die Universität. Und am allerbesten kannte sie mein kleines WG-Zimmer. Wir haben das Hochbett tagelang nicht verlassen. Näher werde ich dem Glück nicht kommen, dachte ich damals, und vielleicht war das auch so. Wir waren so glücklich, Isa und ich. Als ihre Zeit in Berlin herum war, brach mein Himmel ein. Die Zugtickets von Berlin nach Zürich wurden schnell zu teuer für unsere Liebe.

Isa hat sofort nach dem Studium eine Stelle in der Schule bekommen; ein Umzug kam für sie nicht infrage. Und ich? Eine Aufenthaltsgenehmigung für die Schweiz war schon damals nicht leicht zu bekommen, von einer Arbeitsgenehmigung ganz zu schweigen. Da hat sich der Gedanke förmlich aufgedrängt.

Einen Mann zu heiraten, um in ihrer Nähe zu sein, war die perfekte Lösung. Wir haben Simon nicht bezahlt, wir haben ihn nicht erpresst, er hat es ganz einfach angeboten, als wir ihm von unserer Idee erzählt haben. Er wollte, dass seine Schwester glücklich ist. Er hat sich für sie verantwortlich gefühlt, das kommt vor nach einer beschissenen Kindheit voller Gewalt und Lieblosigkeit.

Wir haben also geheiratet, das Fest war improvisiert, aber grandios – schließlich sollte alles echt aussehen. Und dann bin ich offiziell bei ihnen eingezogen, bei Simon und Isa, in die Wohnung ihrer Eltern mitten in Zürich. Wir lebten zu dritt, wegen der Fremdenpolizei. Die Stadt wurde zum Gesicht meines Glücks und zu meinem Albtraum.

Es gab Anzeichen. Wenn ich damals gewusst hätte, was ich heute weiß, hätte ich es ahnen können. Simons Gewalttätigkeit war subtil und von außen leicht zu übersehen. Er hatte Isa vollkommen in der Hand – und durch unsere Heirat auch mich. Ich war zu verliebt, um das zu erkennen. Stück für Stück hab ich es begriffen, alles, die ganzen Drogendeals, die Geheimniskrämereien und das Geld, das für Simon – im Gegensatz zu uns – nie eine Rolle zu spielen schien. Nach ein paar Monaten hat er nicht mal mehr versucht, es vor uns zu verheimlichen. Er saß an unserem Wohnzimmertisch, wog beim Fernsehen die Ware ab und hielt Hof. Ich hab die Kontaktleute gesehen und die User. Am Anfang hat er es heruntergespielt, aber an einem bestimmten Punkt hat er begonnen, uns zu erpressen, Isa und mich. Isa hat ihm gehorcht, für unser Glück hätte sie alles getan.

Hat sie alles getan. Bis sie am Ende tot war. Nicht buchstäblich, aber doch. Isas Körper lebte, aber alles andere hat Simon getötet. Ich habe mich tausendmal gefragt, ob der Tod nicht besser gewesen wäre als das, was wirklich geschah.

DREI.

Tekgül springt die drei Stufen hinab und nutzt den Schwung für einige Schritte in den Raum. Dabei greift sie mit einer Hand den vorderen Bund ihres Pullovers und zieht ihn nach oben, bleibt mit dem Kopf stecken, zischt und zappelt und verheddert sich weiter. Erst als sie, kopfüber, innehält, gelingt es ihr, sich zu befreien. Fluchend lässt sie den dunkelgrünen Übeltäter auf den Boden fallen und kickt ihn mit ihrem rechten Fuß in Richtung des Schreibtischstuhls. Sie verfehlt ihn. Und das nicht einmal knapp.

„Scheiße!“, flucht sie. „Scheiße!“

Dann bleibt sie stehen, mitten in ihrer Atelierwohnung – ein einziger hoher Raum und eine große Fensterfront. Jede Glasscheibe ist einzeln in Metall gerahmt, ein Kunstwerk aus der Industrialisierung, das den Ausschlag gab, die Wohnung zu nehmen. Die schlechte Isolierung, die unverputzten Wände – egal. Mehr Berlin geht nicht, hat Tekgül argumentiert, als sie sich vor zehn Jahren in dieses Prachtstück verliebte und ihre Eltern um Unterstützung für den Kredit anbettelte. Die sie, natürlich, bekam. Die Hypothek auf das Haus ihrer Eltern konnte sie zügig abbezahlen. Seit vergangenem Herbst gehört die Wohnung ihr. Hinter ihr liegen gute Jahre – beruflich gesehen. Vor zehn Jahren war Berlin-Friedrichshain noch ein Ort, an dem viele Menschen lieber nicht leben wollten. Jetzt ist es so hip, wie es einem kunstschaffenden Model gebührt. Ex-Model, denkt Tekgül, und der Gedanke beruhigt sie. Dass sie jetzt hochoffiziell eine Kunststudentin ist, ist ihrer Wohnung durchaus anzusehen. Überall liegt Papier, bemaltes, bedrucktes, besprühtes. Neben der selten genutzten Küchenzeile führen die Stufen, die sie gerade heruntergesprungen ist, zur Haustür hoch. Und zu einer Kammer, gerade groß genug für ihr Einssechzigerbett, und auf der anderen Seite zu dem kleinen Bad.

Tekgül hat innerhalb weniger Jahre erreicht, wofür ihre Eltern Jahrzehnte geackert haben: Sie hat ihre eigenen vier Wände und genug Geld auf dem Konto, um nicht allzu viel nachdenken zu müssen – zumindest für die nächsten Jahre. Außerdem: eine erfolgreiche Karriere hinter und eine aufregende Ausbildung vor sich. Und wenn Malachi nicht so früh und unvermittelt gestorben wäre, wäre sie jetzt möglicherweise Co-Mutter. Vorausgesetzt, Marte und sie hätten sich versöhnt. Vorausgesetzt …

Mit hängenden Armen starrt Tekgül den misshandelten Pullover an, den Johanna ihr in besseren Tagen geschenkt hat. „Ich musste ihn einfach kaufen, er ist wie für dich gemacht!" Ihr Strahlen, als sie Tekgül das Geschenk anhielt. Ihr Strahlen, als die ihn an- und später wieder auszog. Johanna. Ich hab alles und ich hab nichts, denkt Tekgül und macht sich nicht die Mühe, die Tränen wegzuwischen. Ihr drittes Versprechen an sich selbst: weinen, ohne die Tränen wegdrücken zu müssen, weil sie die Augen röten und die Lider anschwellen lassen und weder das eine noch das andere an einem Model gern gesehen wird. Einfach nur weinen. Dass ihre drei Wünsche an einem einzigen Tag in Erfüllung gehen würden, darauf hätte sie allerdings gut verzichten können.

•

„Krass", entfährt es Nicoletta, als Tekgül ihr abends die Tür öffnet. „Was ist denn mit dir passiert?"

„Ich bin ein Mensch", antwortet sie und schlurft zurück zum Sofa.

Nicoletta folgt ihr. „Ich hab eigentlich die Haare gemeint."

Die Haare hat Tekgül ganz vergessen. Sie bleibt stehen und wendet sich Nicoletta zu. „Gefällt's dir nicht?"

„Doch, sieht klasse aus! Ein bisschen wie das Bild an deinem Badezimmerspiegel. Nur schöner." Nicoletta zupft die braunen

Strähnen nach links, nach rechts, stellt sie nach oben und macht zufriedene Geräusche. Dann sieht sie Tekgül in die Augen, die verschwollenen. „Aber du siehst trotzdem nicht besonders glücklich aus. Bereust du, dass du die Agentur abgesägt hast? Oder ist es wegen der UdK? Leidest du etwa an dieser sagenumwobenen Leere, wenn sich plötzlich alle deine Träume erfüllen? Oder …" Nicoletta kneift die übergroßen hellblauen Augen zusammen, wie immer, wenn sie scharf nachdenkt. „Oh Mann", sagt sie. „Es ist wegen Marte! War das Treffen so schlimm?"

„Nein, so schön." Tekgül zieht die Nase hoch und setzt sich auf das Sofa. Angezogene Beine, Arme um die Schenkel, Kinn auf die Knie. „Zumindest bis sie mir erzählt hat, dass sie wieder schwanger ist."

„Ja, krass, oder?" Nicoletta lässt sich neben ihre beste Freundin fallen.

„Du weißt es schon?"

„Na ja … Wir wohnen immerhin gerade zusammen, da konnte sie es nicht wirklich verstecken."

„Und du hast mir nicht …" Was redet sie denn da? Natürlich hat Nicoletta dichtgehalten. Et voilà: „Sie wollte es dir selbst sagen. Sorry."

Einige Atemzüge lang sehen beide wortlos durch das Fenster, das die Welt in überschaubare Rechtecke unterteilt. „Es hat mich ganz schön überrascht", sagt Nicoletta schließlich. „Ich hätte nicht gedacht, dass sie dazu schon bereit ist. Nach der Sache mit Malachi …"

„Oder genau deswegen", erwidert Tekgül tonlos. Sie nimmt die Teekanne vom Stövchen, befüllt ihre Tasse mit Ingwer-Limette-Zitronengras und hält sie Nicoletta hin. Die nimmt einen Schluck und reicht sie zurück. Sie trinken abwechselnd, aneinandergelehnt wie ein altes Ehepaar. „Aber", wieder ist es Nicoletta, die die Stille durchbricht, „es ist doch auch irgendwie schön für sie, findest du nicht?"

„Klar." Aber es verstärkt das Band zwischen Marte und George. Und das Schlimme ist, dass Tekgül ihr das nicht einmal übel nehmen kann. George ist toll. Er war da, als sie selbst nicht da war. Er ist zuverlässig, verbindlich und er hat keine Angst vor Nähe. „Sie wollen heiraten", sagt Tekgül. Nicolettas Kinn sackt tatsächlich einige Millimeter nach unten. Immerhin das war also eine exklusive Geschichte, denkt Tekgül. War.

„Nee! Marte? Die Marte, die gegen Monogamie und Heteronormen gewettert hat wie ein Rohrspatz und mit Clemens und Liza und mir die regenbogigste Familie gründen wollte, die es nur gibt?"

„Genau die. Wobei … Von Monogamie hat sie nichts gesagt." Immerhin. Tekgül geht zum Fenster und dreht die Heizung höher. Sie betrachtet den Abendhimmel. „Ist das ein Wort? Regenbogen, regenbogiger, am regenbogigsten?", fragt sie. Als sie sich umdreht, ist ein Lächeln auf ihrem Gesicht. Etwas schief und schon im Verschwinden begriffen, aber ein Lächeln. „Sie sagt, sie braucht Stabilität. Und George braucht eine Aufenthaltsgenehmigung."

„Ach, Quatsch! Wenn er der Chef von dieser Außenstelle ist, kann er doch in Deutschland bleiben, solange er den Job hat. Oder etwa nicht?"

„Glaub schon. Aber sie sagt, es fühlt sich besser an. Wenn du mich fragst, hat sie Angst davor, wieder alleine zu sein, falls was passiert."

„Wieso wieder? Sie war doch nicht alleine, als es passiert ist – wir waren doch da!"

Ja, denkt Tekgül. An dem Tag, als er starb, waren wir da. Aber danach? Danach wart *ihr* da, und ich hab meine Wunden geleckt und gehofft, dass alles wieder wird wie vor der Zeugung. Ich war egoistisch genug, zu hoffen, dass sie schnell über Malachis Tod wegkommt. Und in der Zwischenzeit hab ich Johanna gevögelt, weil ich Bestätigung brauchte. Und weil ich mich ein kleines bisschen in den Gedanken verliebt hab, angehimmelt zu werden. Und in Jo, zugegeben. Aber das hab ich ja auch gründlich versaut, indem ich mit Nicoletta …

Als hätte sie ihren gedachten Namen gehört und Tekgüls Gedanken gelesen, steht Nicoletta ebenfalls auf und macht Licht. „Du konntest nicht mehr tun“, erinnert sie ihre Freundin. „Marte wollte dich nicht sehen. Du hast das nur respektiert. Was ich gemacht hab, war viel schlimmer: Lasse sie bei mir einziehen, damit sie zur Ruhe kommt, und steig dann mit dir in die Kiste.“

Es war der Küchenboden, denkt Tekgül, das ist was anderes. „Das war Freundschaftssex!“, verteidigt sie sich. Sie sieht, wie Nicolettas Kiefer sich verhärtet, und könnte zum zweiten Mal an diesem Tag die Peitsche gegen sich erheben. Sie rudert zurück. „Das hatte doch wirklich überhaupt nichts mit Marte zu tun! Und außerdem war ich daran genauso beteiligt wie du.“

Nicoletta wischt die Rechtfertigung beiseite. „So oder so: Es war total daneben. Es war nicht gut für Marte, und es war nicht gut für uns. Wie wir es hingekriegt haben, immer noch befreundet zu sein, ist mir ein Rätsel. Wir waren alle derart egoistisch und naiv, dass mir im Nachhinein ganz schlecht wird.“

„Es war für jede von uns ein Horrortrip. Liza hat immer gesagt: Der Tod löst komische Dinge aus und bringt in seinem Fahrwasser eine extreme Lebenslust mit sich.“

Womit sie zweifellos recht hat. Aber Tekgül fühlt sich trotzdem schuldig. Sie weiß, dass sie hart und abgeklärt gewirkt hat in der Zeit nach Malachis Tod. Und sie erinnert sich an den Unglauben, den der Kontaktabbruch zu Marte in ihrem Freundeskreis ausgelöst hat. Eine Alternative war allerdings niemandem eingefallen. Sie seufzt. Nicoletta legt ihr den Arm um die Schulter. „Wir machen alle Fehler …“, sagt sie sanft.

„Und manche eben mehr als andere“, fügt Tekgül hinzu.

Nicoletta dreht sie zu sich, bis sich ihre Nasen fast berühren. In Erwartung eines Kusses schließt Tekgül die Augen. „Denk nicht mal dran!“ Nicolettas Lachen ist einen Halbton zu hoch. „Das hatten wir schon, und du weißt, dass es eine Scheißidee war.“

„Ich fand es schön“, hört Tekgül sich schnurren und meint es auch so. Sie sehnt sich nach einem warmen Körper, in dem sie vergessen kann. Nicoletta klingt wenig kuschelig. „Kannst du bitte aufhören, alle Probleme mit Sex lösen zu wollen?“

„Love heals all wounds“, bemüht Tekgül eine ihrer Lieblingsphrasen.

Nicoletta schnaubt genervt. „Mag sein. Aber Liebe ist nicht gleichbedeutend mit Sex. Wird Zeit, dass du das endlich lernst.“ Eine Saite in ihrer Stimme reißt. „Wir haben uns auf freundschaftliche Liebe geeinigt und nicht auf ‚Freundschaftssex‘.“ Die Verletzung über dieses Wort klingt durch, aber Nicoletta bleibt ihr nah. Tekgül hat keine Chance, ihre Abwehr hochzufahren oder die Worte umzulenken, die aus ihrer Freundin herauspoltern, als hätten sie schon seit geraumer Zeit auf einen passenden Anlass gewartet.

„Ich versteh nicht, dass du das kannst! Gerade warst du ein Häufchen Elend, und jetzt machst du einen auf Verführerin. Das nervt! Du hast immer gesagt, das Schlimmste am Modeln war, dass du ausschließlich über deinen Körper definiert wurdest. Aber weißt du, ich glaube, das tust du selbst! *Du* definierst dich über dein Äußeres. Darüber, wie viel Geld Menschen dafür bezahlen, dass du ihren Produkten dein Gesicht leihst, und darüber, wie viele Menschen mit dir schlafen wollen, und über deine Herkunft – oder eigentlich eher über die deiner Eltern, wenn wir ehrlich sind.“

„Entschuldige, dass ich dich sexy finde!“, schießt Tekgül irritiert dazwischen.

Nicoletta schnaubt höhnisch. „Du findest mich nicht sexy! Zumindest nicht sexyer als all die anderen Frauen, mit denen du geschlafen und eben *keine* Beziehung angefangen hast. Du findest die Idee von dir im Bett mit deiner besten Freundin sexy.

Oder aufregend. Oder von mir aus auch einfach gemütlich. Aber um mich geht es dabei nicht. Es geht bloß darum, dass du dich nicht alleine fühlst. Du verwechselst Bestätigung mit Liebe, und deshalb hat das auch mit Marte nicht geklappt und nicht mal Johanna hat es …"

„Hat es was? Mit mir ausgehalten? Danke, so weit war ich auch schon."

Keine Aggression, nur müder Sarkasmus. Und Schwere, die auch Nicoletta nicht entgeht.

„Ach, spar dir dein Selbstmitleid! Du verstehst einfach selbst nicht, dass du viel mehr bist als dein Körper, und du kannst dir offenbar nicht vorstellen, dass es Menschen gibt, die dich für andere Dinge lieben."

Es tut weh. Tekgüls Beine plädieren für Flucht, der Rest des Körpers für Starre. Die Beine verlieren. Sie bleibt stehen, das Gesicht zwei Handbreit entfernt von Nicoletta, deren Atem sie spürt und deren Hitze. Tekgül schließt erneut die Augen, bis sie Hände spürt, leicht, eine auf jeder Wange.

„Du hast den Job geschmissen, du hast die Zusage für die UdK gekriegt, und Marte ist wieder schwanger und heiratet George. Das ist großartig! Das Leben geht weiter! Du bist keine fünf mehr, Tek, und auch keine zwanzig. Hör einfach auf, gegen dich selbst zu kämpfen, und beweg dich gefälligst mit!"

Wahre Freundschaft, sagt man, zeigt sich in der Not. Die Not ist in diesem Moment nicht im Außen zu finden, denn da ist in der Tat alles großartig. In Not ist Tekgül selbst, und sie begreift, in diesem ebenso intimen wie alltäglichen Augenblick, dass sie alles ändern muss. Will. Wird.

VIER.

Nicoletta sitzt in einem indischen Restaurant in der Oranienstraße und genießt die Vorahnung des Frühlings in den Knochen. Sie schlürft Gewürztee, knabbert pfeffriges Papadam und wartet. Die beiden kommen zu spät, wie immer. Und das, obwohl sie interessanterweise beide Pünktlichkeitsfanatikerinnen sind. Aber Johannas übervoller Terminkalender stellt ihr regelmäßig ein Bein, und auch bei Frau Schäfer passiert, seit Nicoletta sie kennt, immer auf die letzte Minute etwas „wahnsinnig Wichtiges".

Sie betrachtet die Speisekarte und überlegt, ob die gemischte Vorspeisenplatte für vier Personen, mit der sie liebäugelt, wohl auch von dreien zu bewältigen ist. Im Hinblick auf Frau Schäfers gesunden Appetit lächelt sie zuversichtlich die überdimensionierte Gottheit an, die neben dem Tisch meditiert, und klappt die Karte zu.

Seit dem denkwürdigen Nachmittag, als sie Nicoletta die Todesnachricht überbrachte, ist es Frau Schäfer gelungen, mit dem Freundeskreis zu verwachsen, als hätte sie schon immer dazugehört. Sie verschwamm einfach mit dem Hintergrund, und niemand hinterfragte ihre Anwesenheit. Nur Johanna tat sich schwer damit, ihre ehemalige Putzhilfe, die sich schließlich als Kriminalkommissarin entpuppt hatte, im privaten Kontext zu treffen. Wenn sie wüsste, dass Frau Schäfer ihre sämtlichen tagebuchähnlichen Aufzeichnungen gelesen hat und deshalb weit mehr über Johannas Privatleben weiß als alle ihre Freunde zusammen, würde sie durchdrehen, denkt Nicoletta mit einer gewissen Genugtuung. Aber sie haben Frau Schäfer geschworen, dichtzuhalten. Als Rache für Johannas ungewollte Mitteilsamkeit in den Notizen und um des Friedens willen. Es war ohnehin leicht, denn Johannas Anwesenheit war auf gemeinsamen Veranstaltungen wochenlang ein No-Go. Erst als sie bemerkten, wie sehr Tekgül unter der Ablehnung ihrer Partnerin litt, haben sie nacheinander begonnen, Johanna mit einzuladen. Ausgerechnet Marte machte den Anfang – dabei hatte sie den meisten Grund, Johanna zu hassen: Schließlich war Johanna maßgeblich an ihrer Trennung von Tekgül beteiligt. Und dennoch: „Das ist es doch, was Ersatzfamilie bedeutet. Man lässt sie nicht fallen, egal, welchen Scheiß die Mitglieder bauen“, hat sie den anderen erklärt. „Und egal, welche Partnerinnen sie sich aussuchen.“ Spätestens seit der Adventsparty bei Sandyunmanu, auf der sie sich gründlich betrunken und eine Anekdote nach der anderen aus der gemeinsamen Kindheit mit Nicoletta preisgegeben hatte, war Johanna akzeptiert. Nicoletta war mäßig amüsiert, aber Johannas Veränderung zu beobachten stimmte sie wohlwollend. Bei jedem Treffen wirkte sie ein wenig nahbarer und viel zurückhaltender, als Nicoletta es von ihr erwartet hätte. Einzig mit Frau Schäfer tut sie sich schwer – schließlich hat sie die Gute acht Jahre lang dafür bezahlt, ihre Böden zu wischen, die Wäsche zu waschen und überhaupt alles zu tun, was das System Johanna Mittenwald am Laufen hielt. Frau Schäfers Kündigung war ein harter Schlag für Johanna – trotzdem ging es an die Grenzen ihres Elitismus, ihre ehemalige Angestellte in neuem Kontext kennenzulernen.

Das Windspiel über der Tür klingelt. Es ist Frau Schäfer, atemlos wie immer. „Sorry“, sagt sie. Sie zieht ihre Jacke aus und hängt sie über einen Stuhl. Dann geht sie in die Knie, betrachtet sich in der Zierbordüre aus Spiegelglas, der den terracottafarbenen unteren Teil der Wand vom oberen weißen trennt, und zieht ihre grauen Haare mit den verbliebenen rotbraunen Strähnen in eine Form, von der Nicoletta bisher vermutet hat, dass sie dem Wind zuzuschreiben wäre.

„Lassen Sie mich raten: Etwas wahnsinnig Wichtiges hat Sie aufgehalten?“ Sie grinst. Frau Schäfer strahlt zurück. Ich hoff, dass ich auch so ausseh, wenn ich sechzig bin, denkt Nicoletta.

Dass ich Lachfalten statt Sorgenfalten kriege und meine Augen wach bleiben. Gerade fühlt sich das unerreichbar an.

„Sie sehen schlecht aus“, bemerkt auch Frau Schäfer, die sich noch nie durch ausgesuchte Höflichkeit ausgezeichnet hat. Dafür ist sie diskret wie kaum ein Mensch, und das ist es, was Nicoletta heute braucht – viel nötiger als erlogene Floskeln über ihr Aussehen.

„Mir geht's auch schlecht“, antwortet sie.

„Lohnt es sich, nachzufragen, oder ist Ihr Befinden ohnehin Inhalt dieses konspirativen Treffens?“

„Ja und nein. Immer noch die Sache mit Simon. Ich erzähl's, wenn Johanna da ist, okay?“

Frau Schäfer nickt. Ihr Magen knurrt. Der Kellner kommt mit einem weiteren Teller Papadam.

„Herzlichen Dank“, sagt Frau Schäfer. „Kann ich dazu bitte ein Mangolassi bekommen?“ Er nickt, ohne zu lächeln.

„Für mich noch einen Tee“, bittet Nicoletta. „Und“, ein kurzer Blickwechsel mit Frau Schäfer genügt, „die Vorspeisenplatte für vier. Und ein Bathura.“

„Gute Wahl“, freut sich Frau Schäfer. „Frau Mittenwald kommt sicher auch gleich.“

Und wenn nicht, essen wir die Platte einfach alleine, denkt Nicoletta und freut sich fast. Johanna ist die Einzige, die von Frau Schäfer hartnäckig mit ihrem Nachnamen angesprochen wird, alle anderen nennt sie rigoros beim Vornamen. Nur das „Sie“ haben alle beibehalten. Es ist unausgesprochen, aber Nicoletta vermutet, dass dieses Stückchen Distanz eine Art Rache dafür ist, dass Frau Schäfer so viel von jeder Einzelnen von ihnen weiß, seit sie in ihrer Zeit als Johannas Putzhilfe deren tagebuchähnliche Aufzeichnungen durchstöbert hat. Frau Schäfer hat es schnell aufgegeben, immer wieder ihren Vornamen ins Gespräch einzustreuen, und sich – vermutlich von ihrem eigenen schlechten Gewissen getrieben – schlussendlich mit dem Siezen arrangiert.

Das Mangolassi kommt zeitgleich mit Johanna, die sich für Verspätungen unter dreißig Minuten nicht einmal entschuldigt. Stattdessen küsst sie Nicoletta auf die Wange, schüttelt Frau Schäfer die Hand und nimmt an Nicolettas Seite Platz. „Habt ihr schon bestellt?" In der Mehrzahl ist Frau Schäfer ihnen gleichgestellt.

„Vorspeisenplatte", antwortet Frau Schäfer.

„Toll! Ich verhungere!"

„So siehst du auch aus", spottet Nicoletta.

„Jetzt hör schon auf. Ich esse wirklich ständig." Sie zieht das ä in die Länge, wie sie es schon mit dreizehn tat. Nicoletta lacht und wirft Frau Schäfer einen verschwörerischen Blick zu. Sie wissen beide, dass Johanna einen massiven Essfimmel hat – immer auf der Kante zu einem ernst zu nehmenden Problem. Bisher ist es noch nicht gekippt.

„Also: Was steht an?" Johanna bricht eines der dünnen Brote in Stückchen und schiebt sich eins nach dem anderen mit beeindruckender Geschwindigkeit in den Mund.

„Schaffst du das bei dem Tempo wirklich, siebenundzwanzigmal zu kauen?" Nicoletta erinnert sich an einen der langen Vorträge, die ihr Johanna zu jedem erdenklichen Anlass hält: Keine Rohkost nach vierzehn Uhr, keine Nahrung nach achtzehn Uhr, Obst nur morgens, Schokolade so bitter, dass man sie am liebsten ausspucken möchte, und alles kauen, kauen, kauen. Schnickschnack, hat Nicoletta gekontert, beim Essen gehe es um Genuss. Und überhaupt: „Wenn du nur noch neunzigprozentige Bitterschokolade isst, wie bitte schön passt das zu deiner Überraschungseierfigurensammelwut?"

„Gar nicht", hat Johanna geantwortet. „Seit es Überraschungseier für Jungen und welche für Mädchen gibt, boykottier ich die. So ein Rosa-Hellblau-Scheiß, Barbie versus Alien! Wo kommen wir denn da hin?" Jedes einzelne dieser Worte trug Tekgüls Stempel. Die Johanna, die Nicoletta kennt, würde sich keine Gedanken über geschlechterspezifische Produktvermarktung und deren antifeministisches Potenzial machen – solange die Schokolade schmeckt. Was sie offensichtlich nicht mehr tut.

Frau Schäfer tippt sacht mit ihrem Finger auf Nicolettas Unterarm, die zusammenzuckt. „Hallo? Alles in Ordnung?"

„Ähm, ja, ich war kurz … Entschuldigt."

Johanna lässt von dem Papadam ab und betrachtet Nicoletta von der Seite. „Ich weiß, dass man beim Essen nicht über schwierige Themen reden soll", sagt sie. „Aber ich bin da nicht so zartbesaitet, und ich hab den Verdacht, dass Frau Schäfer auch nicht …", sie lässt einen Augenblick Raum für Einspruch, aber Frau Schäfer wedelt lediglich mit der Hand durch die Luft und nickt. „Und außerdem siehst du aus, als würdest du platzen, wenn du warten musst bis nach dem Essen."

Frau Schäfer grunzt bestätigend. „Ich könnte das Essen auch gar nicht genießen, wenn wir alles herunterschlingen müssten, damit Sie schneller erzählen können. Das wär schade um die schöne Vorspeisenplatte. Ah, da kommt sie schon. Wunderbar. Das Bathura hier herüber. Danke." Mit wenigen Handgriffen arrangiert sie Teller und Schalen so auf dem Tisch, dass jede an alles heranreichen kann. Sie schiebt Nicoletta und Johanna das Körbchen mit dem Besteck zu. „Los jetzt", drängt sie und meint damit nicht das Essen.

„Ich hab es Marte erzählt", platzt Nicoletta heraus. „Und Tekgül."

„Was hast du erzählt?", fragt Johanna.

„Aber wir hatten doch abgemacht …", sagt Frau Schäfer.

„Wir hatten gar nichts abgemacht. Sie haben mir verboten, darüber zu reden. Und das schon seit Monaten. Stattdessen haben Sie mich verhören lassen. Wie es mir damit ging, hat niemanden interessiert."

Offensichtlich versteht nun auch Johanna, worum es geht. Und ergreift Partei. Nicolettas, natürlich. „Sie haben dich benutzt", stimmt sie zu und dann, an Frau Schäfer gewandt: „Und Sie haben Nicoletta allein gelassen, statt sie zu unterstützen!"

„Jetzt mach mal halblang! Du hast dir auch kein Bein ausgerissen, um mir zu helfen", weist sie Johanna zurecht und übertönt damit Frau Schäfers Konter. Sie stopft sich einen Champignon in den Mund und kaut dreimal, ehe sie schluckt. „Nur am Anfang – da habt ihr euch alle überschlagen, um die Details rauszukriegen."

„Ich kannte die Details doch längst!", verteidigt sich Johanna. „Aber du hast immer abgeblockt, wenn ich nachgefragt hab."

„Was dir super in den Kram gepasst hat, weil du dann nicht in deinem scheißglücklichen Happy-happy-Getue mit Tekgül gestört worden bist."

Johanna schlägt mit der flachen Hand auf den Tisch. Er wackelt. „Ich wollte es halt genießen, solange es ging. Was ja kurz genug war."

Frau Schäfer faltet einen Bierdeckel und verschwindet unter dem Tisch. „Sind Sie jetzt fertig mit diesem Kindergarten?", knurrt sie, als sie wieder auftaucht. Mit der linken Hand testet sie die Standfestigkeit des Tisches. Er steht stabil. Sie widmet sich wieder dem frittierten Blumenkohl auf ihrem Teller. „Wir haben offenbar unterschätzt, wie nah Ihnen die Geschichte mit Herrn Ruegg …"

„Simon", berichtigt Nicoletta.

„… mit Simon ging. Aber warum kommen Sie erst jetzt damit? Der Prozess ist so gut wie durch!"

„Isa geht mir nicht aus dem Kopf."

„Verständlich."

„Lebt sie?"

„Das kann ich Ihnen nicht sagen. Wirklich, Nicoletta, das alles sind streng geheime Prozessakten …"

„Und selbst wenn sie noch lebt: Was willst du denn von ihr?", erkundigt sich Johanna. Sie konzentriert sich auf den Zwiebelring, den sie in etwa fünf Millimeter große Stücke zerteilt. Noch etwas, was sie von Tekgül übernommen hat, denkt Nicoletta. Wenn sie Stress hat, zerlegt die ihr Essen auch immer. Es spielt keine Rolle.

„Ich will wissen, wie es ihr geht, jetzt, wo ihr Bruder tot ist. Oder – vielleicht weiß sie es gar nicht! Haben Sie sie informiert?"

„Ich kann darüber wirklich …" Frau Schäfer stockt.

„Also lebt sie! Sie lebt! Und sie hat eine Adresse! Wie geht es ihr? Ist sie okay?"

Frau Schäfer hebt den Blick und sieht Nicoletta gerade in die Augen. „Das hab ich nicht gesagt. Warten Sie doch einfach die paar Wochen ab, dann ist der Prozess rum, und ich besorg Ihnen alle Informationen, die Sie haben wollen." Ihre Aufmerksamkeit sinkt wieder auf ihren Teller.

Johanna greift beherzt in das fettige, aufgeblähte Bathura und reißt ein großes Stück heraus. „Hier", sagt sie. „Iss was." Nicoletta öffnet gehorsam den Mund, und Johanna stopft das Brot hinein.

„Frau Schäfer hat recht", bemerkt Johanna, nachdem sie Nicoletta auf diese Weise ruhiggestellt hat. Dann betrachtet sie angekelt ihre fettigen Finger. Frau Schäfer reicht ihr eine Serviette. „Danke." Sie reibt sich die Hände ab und wendet sich wieder ihrem Zwiebelmosaik zu. „Ich finde das ein faires Angebot. Warte, bis der Prozess rum ist, und dann tu, was du nicht lassen kannst. Besuch sie auf dem Friedhof oder – falls sie noch lebt – sonst wo. Wobei ich nicht verstehe, was das bringen soll. Ihr habt euch schon vor Jahren getrennt …"

„Weil es nicht anders ging!"

„Eben. Es ging nicht anders. Wie kommst du auf die Idee, dass es heute gehen würde? Du weißt doch, was mit ihr passiert ist! Und selbst wenn sie nicht draufgegangen ist – glaubst du, wenn du sie sehen würdest, das würde zwischen euch irgendwas erleichtern?"

„Sie machen sich Vorwürfe, weil Ihre Schwägerin …“, hebt Frau Schäfer an.

„Sie ist nicht …“

„Selbstverständlich ist sie das! Sie sind die Witwe Ihres Bruders.“

Witwe, denkt Nicoletta. Weil ich mich nie hab scheiden lassen. Was für ein Leben führe ich eigentlich? Ich bin lesbisch bis auf die Knochen, aber mit einem Mann verheiratet. Ich kann mit Kindern nichts anfangen, hab aber eins – und das nicht von meinem ermordeten Ehemann, sondern von einer Transfrau. Ich liebe alle, die mir mal das Herz gebrochen haben, mit hündischer Treue – das gilt für Tekgül ebenso wie für Isa und selbst für die verdammte Stine, und zwar ganz einfach, weil mir wahrscheinlich ein blöder Mechanismus fehlt, um mich zu entlieben. Und als wär das noch nicht genug, bin ich seit fünfunddreißig Jahren mit einer Person befreundet, die seit einer Viertelstunde einen Zwiebelring seziert – was eine ihrer geringeren Macken ist. Von Frau Schäfer will ich gar nicht anfangen. Ich bin genauso verkorkst wie alle und alles um mich herum.

Die Erkenntnis ist nicht neu. Neu ist, dass Nicoletta plötzlich ziemlich klar ist, wann das alles begann. Bevor sie Isa kennenlernte, war sie ein unkomplizierter, abenteuerlustiger Teenager. Danach ist etwas gründlich schiefgelaufen. Isa ist der Schlüssel.

„Ich will verstehen, was passiert ist“, beharrt sie. „Ich will es einfach nur verstehen.“

Johanna stöhnt. Frau Schäfer betrachtet Nicoletta über den Rand der Brille hinweg. „Die Vergangenheit verstehen zu wollen ist ein ziemlich schwieriges Unterfangen“, sagt sie. „Das ist wie mit der absoluten Wahrheit, die es nicht gibt. Was ich eben sagen wollte, ist, dass ich verstehe, dass Sie sich Vorwürfe machen wegen dem, was mit Frau Ruegg, also: Isa, passiert ist. Ich verstehe Ihre Schuldgefühle und Ihre Fragen, aber ehrlich gesagt … Warum suchen Sie sich nicht zunächst einmal einen guten Therapeuten?“

Das war zu erwarten. Frau Schäfers Mann ist Psychologe und sie völlig indoktriniert durch die Macht seiner Zunft. Selbstverständlich hat Nicoletta Therapien gemacht, mehr, als gut für sie war. Rein kognitiv kann sie jeden Abschnitt ihres Lebens erläutern, auch den mit Isa. Sie weiß, warum sie gehen musste, und auch, dass es richtig war. Was sie nicht weiß, ist, warum sie es zwar versteht, sich aber trotzdem alles derart falsch anfühlt. Sie sieht noch immer Isas tränenüberströmtes Gesicht am Fenster.

Johanna hält ihr ein weiteres Stück Brot unter die Nase. „Sie hat schon wieder recht", sagt sie. „Such dir eine Therapeutin."

FÜNF.

An der Autobahnabfahrt spürt Tekgül das wohlige Kribbeln von Heimat. Ausgerechnet in Unna, denkt sie und grinst bei dem Gedanken, dass gerade sie mit ihren vielfältigen kulturellen Hintergründen sich in dieser kleinen Stadt derart geborgen fühlt. Nicht in Istanbul, nicht im irischen Cork und nicht mal in Berlin. In Unna.

Es ist das dritte Mal, dass sie die Strecke mit ihrem alten schwarzen Wrangler Jeep fährt, den sie sich im vergangenen Jahr geschenkt hat. Sie hat eine Menge Schelte für diesen Kauf kassiert, unter anderem von Marte – aufgrund des Spritverbrauchs und des Vierradantriebs, der in Berlin und ihrem Beruf so überflüssig ist wie die Angst vor geschlossenen Geschäften, und weil er nicht mal Airbags hat. Aber Tekgül liebt den Wagen mit all seinem chrompolierten Macho-Appeal, auch wenn sie ihn in der Stadt selten fährt … wegen der Parkplätze und auch, weil sie eine passionierte Radfahrerin ist. Aber für die Reisen nach Unna, für die Fahrten zu Shootings und um der Stadt hin und wieder den Rücken zu kehren, ist er unschlagbar. Sie sitzt in ihrem eigenen kleinen Raum und kann ihre Gedanken fließen lassen, ohne dass sie sich in denen anderer Menschen verfangen, wie es ihr in der U-Bahn oder im Zug gerne passiert.

Tekgül streichelt das Auto um die Kurven ihres Geburtsortes, folgt vertrauten Straßennamen und Erinnerungen an Vorgärten und Geranien, an bösartige Kinderreime, an das Gefühl vielfachen Andersseins. An wundervolle Spielplätze zwischen Schnellstraße und Waldrand und an Gelächter.

Die Zeit, in der ihre Eltern jeden Pfennig gespart haben, um sich dieses Vorstadtidyll leisten zu können, kennt Tekgül nur aus Erzählungen. Sie sind Teil der gerne kolportierten Familiengeschichte geworden, genau wie die vielen Jahre, in denen ihr Vater sich sein Studium mit nächtlichen Gelegenheitsjobs finanzierte und ihre Mutter sich aus dem Schoße der Eltern, Arbeitsmigranten der ersten Generation, eine Ausbildung zur Sekretärin erkämpfte. Ian und Filiz sahen sich zum ersten Mal, als die junge Frau eine Stelle im Studierendenbüro der Universität antrat. Ian verfiel der resoluten Türkin sofort.

„Ich habe gekämpft wie ein Löwe", betont er, wann immer die Familiensaga auf den Tisch kommt. „Aber dieses sture Ding wollte sich einfach nicht mit mir einlassen."

„Ich bin ja nicht verrückt", ist es dann, einem ungeschriebenen Drehbuch folgend, an Tekgüls Mutter zu sagen. „Ich war achtzehn! Hatte meinen ersten echten Job. Mich verlieben hätte bedeutet, alles aufzugeben und Haufrau zu werden. Was für eine Verschwendung!"

Zu jeder sich bietenden Gelegenheit erzählen Ian und Filiz dann, abwechselnd, sich ins Wort fallend und unter lautem Gelächter, eine Auswahl all der Verrücktheiten, mit denen er ihr Herz zu erobern versuchte. Irgendwann schiebt sich dabei Filiz' Hand in Ians. Ihre Finger verschränken und das Strahlen in ihren Augen vervielfacht sich. Und egal, für wen die beiden ihre Liebesgeschichte Revue passieren lassen: Die Zuhörer strahlen unweigerlich mit. Nach einem Blick in die Runde und einem glücklichen Seufzen sagt Filiz dann, dass Gefühle eben Gefühle seien und sie dieser ganzen Verrücktheit nicht länger widerstehen konnte. Wer hätte das gekonnt? Also hat sie nachgegeben – unter der Prämisse, zumindest bis sie schwanger wäre, weiterzuarbeiten.

Ian und Filiz sind ein auffälliges Paar. Sie machten Deutsch zu ihrer gemeinsamen Sprache und spickten sie mit selbst erfundenen Wortkreationen. Fragmente aus Ians irischem Englisch und Filiz' Großstadttürkisch mischten sich zu einer familieninternen Geheimsprache. Erst das milde Kopfschütteln ihres Grundschullehrers, das brüllende Hohngelächter der Nachbarskinder und das verständnislose Gesicht der Aushilfe im Supermarkt brachten der kleinen Tekgül bei, dass einige ihrer kostbarsten Wörter in keinem deutschen Wörterbuch zu finden sind.

•

Tekgüls Kindheit hat zerkratzte Arme.

Spuren der kleinen Hecke, die sie durchklettern musste, um in die Höhle unterhalb des Brückengeländers zu gelangen, in der sie sich zusammenrollte und weinte. In der sie die anderen Kinder hasste, ihr eigenes Aussehen hasste, ihre Eltern hasste – dafür, dass sie sich zu Hause in diesem Sprachenmischmasch unterhielten, und dafür, dass sie sich liebten, während es schick wurde, aus geschiedenen Familien zu kommen. Sie hasste sie für ihren Drang, sich anzupassen, und dafür, dass es ihnen nie wirklich gelang.

Tekgül sieht ihren Vater vor sich, der ihre trommelnden Fäuste stoisch an sich abprallen ließ, wenn sie, überwältigt von Wut, nach Hause kam, im Blick nichts als Hilflosigkeit. Sie sieht den Schleier, der sich in diesen Situationen vor die Augen ihrer Mutter legte, und den Moment, in dem aus ihrem Mitgefühl Ungeduld wurde. Dann packte sie ihre Tochter am Handgelenk, zog sie hinter sich her ins Wohnzimmer und holte dort das Fotoalbum aus dem Schrank. Sie nahm sich einen Stuhl und setzte sich ihre drei-, fünf-, acht-, zwölf- oder vierzehnjährige Tochter auf den Schoß.

„Du solltest stolz sein!", sagte sie und erzählte. Von ihrem Vater, der es mit harter Arbeit und eisernem Willen geschafft hatte, in Deutschland Fuß zu fassen. Wie er ihre Mutter und sie, Filiz, nachgeholt hatte. „Ich sprach damals kein Wort Deutsch!", erinnerte sie ihre Tochter. „Und hab es trotzdem geschafft. Sieh dich um!" Sie deutete auf das Wohnzimmer in dem Reihenendhaus, in dem sie saßen, und auf das Hochzeitsfoto an der Wand. Wenn

Filiz lange genug geredet hatte, spürte auch Tekgül den Stolz – Stolz darauf, anders zu sein.

Sie parkt an der Brücke. Steigt aus, streckt sich und klettert dann, wie damals, über die Leitplanke zu der Höhle hinunter. Die Hecke ist fort und der Hohlraum unter der Brücke kleiner als in ihrer Erinnerung. Hinten, im Halbdunkel, liegen zwei zerquetschte Bierdosen und ein verrostetes Stück Hasendraht. Tekgül geht auf die Knie und schiebt sich hinein. Wenn sie auf den Fersen sitzt, spürt sie die Decke an ihren Haaren. Sie senkt den Kopf und schaut auf das Laub, das sich am Rand gesammelt hat.

Ist noch etwas zu spüren? Der Geist des Kindes, das sie war? Sie riecht feuchten Boden und klammen Beton. Etwas Fauliges. Die Sonne reicht nicht herein. Ein Auto fährt über ihr. Vielleicht vibriert es, vielleicht bildet sie sich das nur ein. Tekgüls Unterschlupf scheint gelungen zu sein, was sie seit Jahren vergeblich versucht: Er hat die Vergangenheit absorbiert und transformiert zu etwas, das keine Bedeutung mehr hat.

Tekgül betastet die kantige Rückwand der Höhle, aber erst, als sie viel niedriger greift, als ihre Erinnerung ihr weismachen will, findet sie den kleinen, hervorstehenden Stein. Seine spitze Nase ist abgerundet, und ihre Finger sind zu groß, um sie zu greifen. Sie bildet mit den Nägeln von Daumen und Zeigefinger eine Zange und bittet ihren Nagelpfleger im Geiste um Entschuldigung. Dann erinnert sie sich, dass auch ihre Fingernägel wieder ihr gehören, grinst und ruckelt energisch an dem Stein. Als er sich löst, rieselt etwas Erde in ihren Ärmel. Reflexartig schüttelt sie den Arm und stößt dabei mit der Hand gegen die Höhlendecke. Sie schimpft und pustet auf die Hand und fragt sich, was aus dem toughen kleinen Mädchen geworden ist, das sie einmal war. Das Leben hat sie verweichlicht.

Mit leichtem Zaudern schiebt sie die Finger in das freigelegte Geheimversteck. Etwas krabbelt über ihre Hand. Sie beißt die Zähne zusammen und zieht heraus, was in der kleinen Ausbuchtung liegt. Drei Nüsse. Sie sind von ihrem Ästchen abgefallen und machen ein schabendes Geräusch, als sie sie schüttelt. Vor zwanzig Jahren sahen sie aus wie die Wunschnüsse aus *Drei Haselnüsse für Aschenbrödel*, der jedes Jahr zu Weihnachten im Fernsehen lief. *Drei Haselnüsse für Aschenbrödel* und alle Teile von *Sissi* waren weihnachtliches Pflichtprogramm. Als Tekgül an einem Herbsttag die drei Haselnüsse fand, war das besser als jedes Weihnachtsgeschenk. Mit dem Handbohrer ihres Vaters bohrte sie vorsichtig ein Loch in die Nussschalen, um die Nüsse dann zu vergraben. Als sie sie ein Jahr später wieder ausbuddelte, waren die Schalen leer und bereit für ihre Wünsche.

Ihre Ausbeute vorsichtig in der hohlen Hand geborgen, bugsiert Tekgül sich zurück ins Licht. Erst draußen betrachtet sie die Schalen näher. Die Hüterinnen ihrer Wünsche sind ziemlich angefressen, aber keine hat sich von selbst geöffnet. Nacheinander zerdrückt sie die Schalen und zieht die Zettelchen heraus. Die Feuchtigkeit und das Alter haben ihre eckige Kinderschrift verwischt. Der erste Zettel, den sie ausrollt, ist kaum lesbar. „Ich wün__ mir, dass __rion mich küs_." Tekgül prustet los. Ihre unerwiderte Liebe zu der elfenhaften Marion hat sie völlig vergessen. Na, das wär was geworden!, denkt sie und ist froh, dass Nicoletta nicht neben ihr hockt. Dass Tekgül bereits als Neunjährige nach der körperlichen Zuwendung einer Freundin gestrebt hatte, würde grandios in ihre Theorie von Tekgül als erotomaner Frauenverschlingerin passen.

Sie greift nach dem nächsten Streifen. „__ wünschte, _ch wär blond", entziffert sie. Das entspricht schon eher dem, was sie von diesen Nüssen erwartet hatte. Ich war schon immer eitel, denkt sie. Wenn du drei Wünsche frei hättest, wäre das einer davon? Blond, unauffällig, klein und nicht so dünn? Sie seufzt. Der dritte Zettel ist erstaunlich gut erhalten. „Ich w_schte, __ wär jemand anders", steht da. Und plötzlich ist sie wieder neun, die Arme von der Hecke und das Ego von der Ablehnung der anderen zerkratzt, von denen sie so gern eine gewesen wäre. Verzweiflung, Leere, Wut. Tekgül kämpft gegen ihre Betroffenheit an. Sie schlingt die Arme um das kleine Mädchen von damals und wiegt sich.

•

Die Tekgül, die sie heute ist, ist stolz auf ihre Herkunft. Sie hat ihr in vielerlei Hinsicht den Weg geebnet – und das ganz sicher nicht alleine der Äußerlichkeiten wegen. Die Abwehr der anderen und die Unterstützung ihrer Eltern und einiger Freunde haben sie stark gemacht. Ian und Filiz sind leuchtende Vorbilder dafür, was man schaffen kann, wenn man mit Zielstrebigkeit und Ausdauer auf etwas hinarbeitet. Sie mussten weitaus mehr als Tekgül gegen kulturelle Unterschiede, gegen mangelnde Mittel und gegen Vorurteile aus allen Richtungen kämpfen.

„Seite an Seite", betont Filiz gerne. „Weil eine Beziehung genau dafür da ist."

„Wir haben alles erreicht, was wir uns vorgenommen haben." Ein weiterer wiederkehrender Satz im Repertoire ihres Vaters, Seite zwölf des Familiendrehbuchs vermutlich, bevorzugt vorgetragen mit feuchten Augen und meist, ehe sie ins Auto steigt, um sich auf den Rückweg nach Berlin zu machen. „Wir haben aus Nichts ein Leben geschaffen, von dem viele träumen. Weil wir hart gearbeitet und nie gezweifelt haben und uns für nichts zu schade waren." An dieser Stelle legt er seine breiten Hände um das schmale Gesicht seiner Tochter, die mit ihren eins achtzig fast ebenso groß ist wie er. „Vergiss das nie, *sweetie pie*: Du kannst alles erreichen, weil du ein Kind der Liebe bist und unsere Kraft und unseren Willen geerbt hast."

Der Wille ist nicht alles, denkt Tekgül jedes Mal, sagt aber selten etwas. Ihre Eltern glauben, dass sie sich mit dem Modeln die Uni finanziert. Von ihren passionierten Street-Art-Aktionen und dem Traum von der Kunsthochschule wissen sie nichts. Weil sie nichts davon wissen wollen, denkt Tekgül trotzig. Wenn sie nur ein einziges Mal wirklich nachgefragt hätten … Aber der Wunsch ihrer Eltern, das eigene Kind als Akademikerin zu sehen, ist zu groß. Schließlich haben sie selbst ihr Leben lang auf Geld hingearbeitet, um akzeptiert zu werden von der kunterbunten Werbewelt, die ihrer Vorstellung des Himmels nahekommt, um mithalten zu können und damit ihre einzige Tochter es einmal besser haben wird als sie selbst. Oder eher: leichter.

Tekgül klopft sich den Hintern ab und strubbelt mit der Hand durch die Haare. Dann knibbelt sie einen Fleck von der Windschutzscheibe, steigt in ihren Wagen und macht sich auf, die letzten Kilometer bis zu ihrem Elterhaus zurückzulegen. Über einen Mangel an Liebe konnte ich mich wirklich nicht beklagen. Die beiden haben alles für mich getan. Und jetzt soll ich ihnen erklären, dass ich mein Studium mitnichten in diesem Jahr beende, sondern im Gegenteil: erst beginne? In einem Alter, in dem andere längst auf der dritten Stufe der Karriereleiter stehen und nebenbei Haus und Mann und Kind schaukeln? Sie werden ausrasten, denkt Tekgül. Ausrasten und schreien und weinen und mich am Ende unterstützen.

Es ist leicht, den Ausgang von Konflikten im Hause Carragher vorherzusagen: Die deutlich strukturierte Familienkommunikation gibt allen Beteiligten Sicherheit. Jeder Teilnehmer des Spiels weiß zu jedem Zeitpunkt, was zu erwarten ist, welche Reaktion erwünscht und welche kontrovers ist. Ein Muster, das zu entwickeln Jahre dauerte.

Es nahm seinen Anfang, als Tekgül in der Pubertät mit ihren separatistischen, linken Ansichten die extrem normgerechten Auffassungen der Eltern hinterfragte – und das nicht gerade subtil. Aus diesen Infernos bildete sich das Konzept, an dem sie sich heutzutage in ihren Gesprächen gesichert entlanghangeln können.

Vater, Mutter und Tochter bespielen ihr Feld mit Verve. Was ihre Vorstellungskraft übersteigt, wird mit Nebel bedeckt. Diese Vogel-Strauß-Einstellung macht möglich, dass Tekgül seit Jahren von einem Fach erzählt, das sie nicht studiert, und in Verhältnissen lebt, die für eine Studentin, die nur im Nebenberuf modelt, überdimensioniert sind.

Wir hatten es oft schwer miteinander, denkt Tekgül an der Ampel vor dem Hallenbad, in dem ihre Mutter ihr das Schwimmen beibrachte. Aber so streng ihre Eltern auch waren, so unnachgiebig sie ihr Leben lang gegen mangelnde Disziplin und schlechte Manieren vorgingen: In ihren Herzen verstehen sie alles, was ihre Tochter tut. Selbst ihr Lesbischsein wurde nach verhältnismäßig wenigen dramatischen Szenen (in denen es in erster Linie um den Wunsch nach Enkelkindern und in zweiter um die Meinung von Ians katholischer Familie ging) erstaunlich schnell akzeptiert und ab diesem Punkt vehement gegenüber kritischen Stimmen verteidigt. Keine Frage: Hinter den strikten Vorgaben, an denen sich Filiz und Ian festhalten, verfügen sie über eine schier unendliche Fähigkeit, sich mit Gegebenheiten zu arrangieren. Auch dazu gibt es eine Zeile im Familiendrehbuch.

Filiz: „Dinge annehmen und darauf vertrauen, dass alles seinen Platz findet, haben wir gelernt, als wir jahrelang versucht haben, ein Kind zu bekommen." Es folgt der Teil, den Tekgül gerne überhören wollen würde, der aber unabdinglich dazuzugehören scheint: Wie ihre Eltern schließlich nur noch verbissene und wenig beglückende „Begegnungen" hatten und nach einer dieser Zusammenkünfte beschlossen, dass ihre Ehe dem ständigen Kampf um Spermium und Ei nicht länger standhalten würde. Welch eine Ironie, dass ausgerechnet das, was ihnen am einfachsten erschien, zu ihrer größten Bewährungsprobe wurde: ein Kind zu zeugen.

„Aber dann, als wir endlich losgelassen haben, bist du in unsere Welt getreten. Unsere einzige Rose!" An dieser Stelle verklärt sich Filiz' Blick, und Tekgül, der die Bedeutung ihres Namens ziemlich oft ziemlich peinlich ist, verdreht die Augen und sagt „Annäääää!“, was türkisch ist und Mama heißt.

Und Filiz lacht und streicht ihr auf die gleiche Weise durch das Haar wie zuvor ihrem Mann und sagt: „Ach, Röslein!“, und Tekgül rastet aus – mehr, weil es von ihr verlangt wird, als weil sie sich noch ernsthaft über den Kosenamen ärgern würde. Aber ein Ausstieg aus dem Skript ist an keiner Stelle vorgesehen, weshalb sich „Röslein“ erst wieder versöhnt zeigt, wenn ihre Mutter zum wiederholten Male das Versprechen abgelegt hat, sie niemals – niemals! – vor anderen Leuten mit dieser peinlichen Verniedlichung anzusprechen.

Dass ausgerechnet ihre Eltern, die in allem so deutsch wie möglich sein wollen, ihre heiß ersehnte Tochter „die einzige Rose“ nannten, ist und bleibt Tekgül ein Rätsel. Aber so, betonten ihre Eltern, wann immer sie sich beschwerte, sei sie ihnen eben erschienen: wie eine Rose nach einem sehr langen Winter. Die Königin der Blumen krönte das Glück in Unna.

Ich war so ein verwöhntes Kind. Ich habe alles bekommen. Wie kann es sein, dass so viele meiner Erinnerungen wutgetränkt sind?

Mit vollem, warmem Herzen biegt sie in die Einfahrt ein und stellt den Jeep dicht vor das Garagentor der Eltern. Ihre Mutter liegt ihr im Arm, ehe die Autotür zugefallen ist.

•

Schwarztee, frische Waffeln mit Kirschen und selbst gemachte Baklava. „Ich hab extra mehr gemacht, dann kannst du welche mit nach Hause nehmen“, strahlt Filiz. „Ich weiß doch, wie sehr du meine Baklava liebst!“

Vor allem lieben meine Freundinnen deine Baklava, denkt Tekgül und fragt sich, ob ihre Mutter wirklich glaubt, sie würde auch nur einen einzigen Modeljob bekommen, wenn sie den Inhalt all der Tupperdosen aufessen würde, mit denen Filiz ihr nach jedem Besuch den Kofferraum befüllt. Von den regelmäßig in Berlin eintrudelnden Carepaketen ganz zu schweigen.

Sie sitzen im Wohnzimmer. Auf dem Tisch steht eine große tönerne Vase mit Forsythienzweigen. Die Eier sind in diesem Jahr dem Gelb der Blüten angepasst. Auf dem Sideboard steht eine Gruppe Keramikhasen um ein paar winzige Eier herum. Darüber hängt das Hochzeitsfoto. Der Nagel, der seinen Platz markiert, wurde bei beiden Renovierungen sorgfältig umstrichen. Es zeigt eine strahlende Filiz, die den vor Aufregung rotgesichtigen Ian allein kraft ihrer verschränkten Hände davor zu bewahren scheint, aus dem Bild zu kippen.

„Ich war so aufgeregt", erzählt er gerne, „du kannst es dir nicht vorstellen!"

„Er hat drei Whisky gebraucht, um die Zeremonie durchzuhalten", ergänzt Tekgüls Mutter – das muss etwa auf Seite fünf des imaginären Drehbuchs sein, nach dem derartige Konversationen ablaufen – und fährt mit fast schadenfrohem Lächeln fort: „Und eine halbe Flasche Raki, um bei meiner Familie überhaupt ein Bein auf den Boden zu kriegen." Dann streicht sie ihrem Mann durch das schüttere Haar, und es ist jedes Mal wieder, als wäre Tekgül selbst dabei gewesen, an dem strahlenden Tag mitten im August, auf dem unbebauten Grundstück, das ein gemeinschaftliches Hochzeitsgeschenk zweier unübersichtlich großer Familien war. Sie sieht das provisorische Zelt und das selbst gemachte Buffet, sieht all die Leckereien, die Anfang der Siebziger in Mode waren, ergänzt um Fleischspieße und Linsenköfte, sieht Massen an Alkohol, die kulturübergreifend funktionieren, und hört Gelächter in vielen Sprachen.

Das Bild erfüllt Tekgül mit Wärme.

Es wird Zeit.

Sie räuspert sich.

Ian räuspert sich ebenfalls.

Filiz legt jedem eine weitere Waffel auf den Teller.

Tekgül nimmt all ihren Mut zusammen.

„We've got something to talk about", kommt ihr Ian zuvor.

„Me, too", antwortet Tekgül.

„Önemli", sagt Filiz.

„Benimki de", erwidert sie. „Meins ist auch wichtig."

Auch wenn Tekgüls Mutter nahezu perfektes Deutsch spricht, ist ihr Englisch eher bescheiden. Ihr Vater verdreht sein flüssiges Deutsch durch unkonventionelle englische Satzbauten, und Tekgüls Türkisch war schon besser als seins, bevor sie in den Kindergarten kam. Wenn es emotional wird, argumentiert deshalb jedes Familienmitglied in seiner Muttersprache, und Tekgül hat freie Auswahl.

Anders sieht die Sache bei inhaltlich wichtigen Themen aus. Bei denen wählen die Carraghers die neutralste Sprache, weil sich ihre Eltern dann auf Augenhöhe zueinander und zu ihrer Tochter wähnen.

Also auf Deutsch.

„Worum geht es denn?" Beinahe erleichtert folgt Tekgül dem Blick ihres Vaters, der teilnahmslos auf dem Löffel in der Hand der Mutter liegt. Filiz häuft Kirschenberge auf die Teller und zeigt keine Anzeichen, damit je wieder aufzuhören. Das ist untypisch.

„Anne? Anne!"

Filiz schüttelt sich, lässt die Kirschen Kirschen sein und streicht ihren Pullover glatt. Die Veränderung der Atmosphäre zieht Tekgüls Herz zusammen. „Jetzt setz dich doch mal!" Ihr Ton ist, wie immer, wenn sie unsicher ist, ein wenig grob. „Was ist denn los?"

Ian fokussiert den Kirschenberg. Tekgül sucht nach vertrauten Mustern, wird aber nicht fündig. Also der Möglichkeitenkatalog aus dem Lehrbuch: „Ist einer von euch krank? Wollt ihr euch scheiden lassen? Worum verdammt noch mal geht's hier?"

Die Mutter lässt den Fluch unkommentiert passieren. Tekgüls Alarmglocken beginnen ein kaum hörbares, asynchrones Geläute. Filiz dreht sich um, geht zur Schrankwand, oberste Schublade links. Holt etwas heraus, wiederholt den Weg in umgekehrte Richtung. Vor Tekgül bleibt sie stehen. „Lies selbst."

Tekgül nimmt den Brief aus den Händen ihrer Mutter. Er ist an „Familie Carragher" adressiert – von Hand, mit schwarzer Tinte. Ihr Blick sucht Aufklärung bei ihrem Vater, ihrer Mutter. Sie findet keine und zieht das Papier, das Erhellung verspricht, aus dem Umschlag.

„*Sweetie pie*, bevor du das liest", Ians die Stimme vibriert vor schlecht verhohlener Panik. „Versprich mir eins: Vergiss niemals, wie sehr wir dich lieben, ja?"

Pathos ist üblicher Unterton im Familienkanon, aber was hier passiert, verstößt gegen alle Regeln. Erst die überschwängliche Begrüßung, das kaum erwähnenswerte Echo auf ihre neue Frisur, der enthusiastische Small Talk und schließlich ihre *beiden* Lieblingssüßigkeiten auf dem Tisch. Dieses Zittern in der Stimme ihres Vaters und die Augen der Mutter, die sie nicht zu greifen bekommt. Tekgül faltet das Papier auseinander.

Der Brief ist an ihre Eltern adressiert. Anwaltskanzlei Berwald und Partner, steht oben. Eine Adresse in Friedrichshafen und das Datum.

„Der ist ja schon vom Februar!", wundert sie sich.

„Ja", bestätigt ihr Vater. „Wir wollten ihn dir gern persönlich zeigen. Und du warst ja so lange nicht hier …"

Tekgül runzelt die Stirn. Ihr Blick bleibt an der Betreffzeile hängen:

Betrifft: Erbschaftsangelegenheit Silke Pfaff
Begünstigte: Franziska Yvonne Carragher, geborene Pfaff

Was zum …?, denkt sie und liest weiter.

Sehr geehrte Familie Carragher,

ich bedaure, Ihnen mitteilen zu müssen, dass Frau Silke Pfaff im Januar dieses Jahres nach schwerer Krankheit aus dem Leben geschieden ist. Erbschaftsangelegenheiten machen es dringend erforderlich, mit ihrer leiblichen Tochter in Kontakt zu treten.

Da uns, bedingt durch die bestehende Rechtslage und die Datenschutzbestimmungen, die aktuelle Adresse von Franziska Yvonne Carragher nicht zugänglich ist, wenden wir uns mit diesem Schreiben an Sie, mit der Bitte, es mit unserem herzlichsten Beileid an Ihre Adoptivtochter weiterzuleiten.

Es wäre wünschenswert, dass sich die Erbnehmerin zur Besprechung weiterer Details schnellstmöglich unter obiger Telefonnummer mit uns in Verbindung setzt.

Mit Dank und besten Grüßen aus Friedrichshafen,

Dr. Claus Berwald

Die Luft vibriert. Tekgül liest den Brief ein zweites Mal, diesmal laut, ehe sie den Kopf hebt und ihre Eltern verständnislos anstarrt.

„Ich versteh kein Wort. Was soll das heißen? Ich habe eine Adoptivschwester? Wieso weiß ich nichts davon? Und wo ist sie?"

Ian und Filiz sehen sich an. Dann, endlich, setzt sich Filiz neben ihre Tochter. „Das trifft es nicht ganz, Röslein", sagt sie. „Sie haben den Brief unter anderem deshalb an uns schicken müssen, weil wir den Namen geändert haben."

„Welchen Namen? Sie heißt doch schon Carragher. Steht hier: Franziska Yvonne Carragher, geborene …"

„Tekgül!" Die Stimme ihres Vaters klingt dumpf.

Der Raum verliert seine Struktur.

Die

Puzzleteile

fallen

an ihren Platz.

„Tekgül!“, ruft Filiz, weit entfernt. „Sag doch was!“

„Ich hab dir doch gesagt, es ist besser, ihr nichts …“ Englisch.

„Darüber haben wir doch schon geredet! Wir können nicht …“ Türkisch.

„Was soll das bringen? Du siehst ja, dass sie …“ Englisch.

„Wir hätten ihr viel früher …“ Türkisch.

„Jetzt fang nicht wieder damit an!“ Englisch.

Schweigen. Deutsch.

„Röslein?“

„Sweetie pie!“

„Ist alles in Ordnung?“

Tekgüls Augen finden wieder einen Punkt in dem, was sie bisher für die reale Welt hielt. Leben kriecht zurück in ihre Zehen, in ihre Füße, Beine. Langsam drückt sie sich vom Stuhl hoch. Einen Fuß vor den anderen. Die Tür kommt näher. Der Flur. Die Treppe.

Stufe, Stufe, Stufe.

Ihr Kinderzimmer. Ihr Bett.

Tränen.

SECHS.

„Wo zum Geier liegt Friedrichshafen?“, fragt Nicoletta, und Tekgül könnte sie umarmen für diese pragmatische Reaktion auf das frisch enthüllte Drama. Aber ein Telefon ist kein Körper, den man an sich pressen möchte, und überhaupt ist sie zu zerschlagen, um irgendetwas festzuhalten. Sie starrt die Decke ihres Kinderzimmers an, Nut- und Federbretter aus orange gewordenem Fichtenholz. Sie kennt jedes Astloch, jede Maserung aus dem Effeff. Sie weiß, wo sich die Feen verstecken, die Elfen, die Hexen, Drachen, Wolken und das Känguru. Ihre Zimmerdecke ist ein Fixpunkt. Immer schon gewesen. Friedrichshafen, denkt sie. „Ich hab keine Ahnung.“ Ihre Stimme ist stumpf.

„Und wieso haben sie dir das nie gesagt? Ich meine: Es gibt Schlimmeres, als adoptiert zu sein, oder?“

Nicht zu wissen, dass man adoptiert ist, zum Beispiel, denkt Tekgül und sagt: „Nicht gewollt gewesen zu sein zum Beispiel?“

Ihre beste Freundin am anderen Ende des Apparates schweigt. „Hör mal“, sagt sie vorsichtig, „mir ist klar, dass ich nicht mal ansatzweise nachvollziehen kann, was gerade in dir vorgeht. Aber du solltest nicht zu schnell beurteilen, was da passiert ist. Deine Eltern haben dich nämlich sehr, sehr gewollt, und das weißt du auch!“

Tekgül schnieft und schluchzt und ja, das weiß sie. Eine Unsumme an Gedanken tobt in ihrem Kopf, ent- und verwirft sich. Sie ist der Spielball ihrer eigenen Imagination. In diesem Vakuum verliert sie jedes Zeitgefühl – sie weiß weder, wie lange sie auf dem Bett gelegen und die hölzerne Decke angestarrt, noch, wie lange es gedauert hat, bis ihre Eltern die umschichtigen Klopfattacken an der Zimmertür aufgaben, geschweige denn, zu welchem Zeitpunkt sie in der Lage gewesen ist, Nicolettas Nummer zu wählen.

„Ich komm mir vor wie in einem David-Lynch-Film", sagt sie. „Es ist surreal. Dreißig Jahre, dreißig verdammte Jahre …"

Die Zeitspanne hängt zwischen Berlin und Unna. Nicoletta atmet hörbar ein. „Hör zu, du gehst jetzt am besten runter und sprichst mit ihnen. Und ich setz mich morgen früh in den ersten Zug und komm zu dir."

„Das würdest du …?"

„Das würde ich nicht, das tu ich. Ich schick dir eine Nachricht, wenn ich Genaueres weiß."

„Danke."

„Geh runter und sprich mit ihnen!", wiederholt Nicoletta, ehe sie auflegen, und weil Tekgül keinerlei eigenen Impuls spürt, folgt sie dem Rat. Sie stemmt sich aus dem Bett, rutscht ganz automatisch in ihre Hausschuhe und geht zur Tür.

Kaum dreht sie den Schlüssel und kaum gibt die Klinke mit dem vertrauten kleinen Schnarren nach, hört sie ein aufgeregtes Summen im Wohnzimmer. Sie geht ins Bad und wäscht sich das Gesicht.

Es hat lange gedauert, ehe der Spiegel Tekgüls Freund wurde. Mit fünfzehn, als zum ersten Mal eine ihrer Verliebtheiten erwidert wurde, fing es an, mit dem Modeln wurde es besser, aber so richtig versöhnte sich Tekgül mit sich selbst eigentlich erst, als sie nach Berlin zog. Wo sie sich ein Nest aus Menschen baute, bei denen Tekgül schlicht Tekgül ist, unabhängig von irgendwelchen Farben und Zuschreibungen. Wo sie feststellte, dass die Modelscouts und Agentinnen der Metropole genau das an ihr schätzen, was ihr immer das Gefühl gegeben hatte, eine Außenseiterin zu sein: ihre Haut, die sich im Sommer viel schneller bräunt als die ihrer Mitschülerinnen. Die vollen, fast schwarzen Haare, die dunkelgrünen Katzenaugen, den langen, schmalen Körper und die scharfen Züge. An einem bestimmten Punkt hat sie die Tatsache akzeptiert, dass nicht wenige Menschen sie für schön halten. Und wenngleich das, was Tekgül im Spiegel sieht, mit dem, was diese Menschen zu sehen scheinen, ganz offensichtlich nicht annähernd übereinstimmt, hat sie es mittlerweile akzeptiert.

Exotisch, denkt sie. Dass ich nicht lache! Franziska Yvonne Pfaff. Das kann nur ein schlechter Witz sein.

Sie richtet sich zu ihrer vollen Größe auf, hebt das Kinn und steigt die Treppe hinunter.

•

Abends kommt ihr Vater zum Gute-Nacht-Sagen. Er setzt sich auf den Rand ihres Bettes. Vor seiner Brust baumelt die unvermeidliche Lesebrille an einem von Filiz gehäkelten Band. An den Füßen dieselben unsäglichen Pantoffeln, die er seit Jahrzehnten trägt und die dennoch keine sichtbaren Anzeichen von Verfall zeigen.

„Hast du die in den Siebzigern eigentlich auf Vorrat gekauft?", will Tekgül wissen. Er sieht seine Tochter verwirrt an. Sie deutet auf seine Füße.

„Ach, die Schuhe meinst du!" Er wirkt in gleichem Maß irritiert wie erleichtert über die Banalität ihrer Frage. „Die sind von der Insel. Meine Schwester schickt mir jedes Jahr zu Weihnachten ein Paar. So schnell krieg ich die gar nicht kaputt, die sind echte irische Handarbeit, aus echter irischer Wolle, die halten ewig! Ich verschenk sie immer weiter und behalte nur ein Paar, wenn deine Mutter die alten zu abgetreten findet."

„Wieso hab ich das nicht mitgekriegt, ich bin doch fast jede Weihnachten hier?"

„Ich weiß nicht, *sweetie pie*", sagt er hilflos. „Vielleicht hab ich sie immer schon vorher ausgepackt?" Der Nebel senkt sich wieder über sie.

„I am so, so sorry!", sagt Ian leise, und Tekgül verfolgt den Weg einer Träne, die durch die tiefen Falten seines Gesichtes perlt, über Bartstoppeln rinnt und schließlich vom zerknautschen Kragen des Hemdes aufgesaugt wird. „Wir wollten es dir schon lange sagen. Wir wollten warten, bis du es verstehen würdest. Aber der Zeitpunkt war nie richtig. Wir dachten, wenn du achtzehn wärst. Aber dann bist du ausgezogen, und unsere Angst war so groß. Wir hatten solche Angst, dich zu verlieren!"

Dieser Satz ist an diesem Abend schon so häufig gefallen, dass er seine Bedeutung verloren hat. Tekgül hat keine Lust, ihn noch ein einziges Mal zu hören. „Jetzt hör endlich mit dieser Opferscheiße auf!", sagt sie und genießt, dass ihr Vater zusammenzuckt. Wenn sie nach Drehbuch spielt, respektiert Tekgül die Empfindsamkeiten ihres Vaters. Fluchen gehört dazu. Aber jetzt werden die Karten neu gemischt, und die Fluchgutscheine, die sich aus der Lüge ihrer Eltern ergeben, wird sie ausschöpfen. Einen nach dem anderen. Sie setzt sich im Bett auf, Schneidersitz, klarer Blick.

„Ihr habt euch den ganzen Abend nur gerechtfertigt. Erklärt. Gejammert. Ihr habt keine einzige meiner Fragen wirklich beantwortet: Wie kann das sein, dass zwei Ausländer in den Achtzigern ein deutsches Kind adoptieren dürfen? Was habt ihr mit Baden-Württemberg zu schaffen? Kanntet ihr meine Mutter? Wieso hat sie nie Kontakt aufgenommen, wenn ich doch ihr einziges Kind war? Was ist das für ein Erbe, von dem der Anwalt schreibt?"

Das Taschentuch ihres Vaters ist nach den Geschehnissen des Tages ein feuchter Klumpen Stoff. Er schnäuzt sich. Dann greift er in seine Hemdtasche, zieht ein Bündel Blätter heraus und dreht es in den Händen. „Ich hab schon vor Jahren alles aufgeschrieben, damit du die Wahrheit weißt, falls uns etwas passiert."

„Falls euch etwas …? Das wird ja immer besser! Damit ich dann alleine mit meiner Trauer um euch auf dieser Riesenlüge rumkauen kann? Wie krank ist das denn bitte?"

Ihr Vater errötet, fast wie auf dem Hochzeitsfoto, und bohrt mit dem irischen Wollpantoffel ein Loch in den ausgeblichenen Teppichboden. Er schluckt, laut und vernehmlich, und hält Tekgül den Stapel gefalteter Wahrheit entgegen. „Wenn du magst …“, Schlucken. „If you want me to, I'll stay while you read it.“

„Du musst nicht bleiben“, erwidert Tekgül, überrascht von ihrer eigenen Grausamkeit. „Es sei denn, du willst es mir erzählen. Mit eigenen Worten, weißt du? So von Vater zu …“ Ihre Stimme bricht.

Er schaut, als hätte sie ihm das Kreuz vom Hals gerissen. Sie bearbeitet den Mittelfinger ihrer linken Hand. Als das Nagelbett zu bluten beginnt, hat sie sich wieder gefasst. „Ich werde heute jedenfalls keinen Brief mehr anfassen, das schwör ich dir“, sagt sie unbewegt.

Ihr Vater nickt langsam. Dann legt er den Zettelstapel neben sie auf das Bett. Er steht auf, als wäre er unsicher, ob ihm seine Muskeln gehorchen werden, knetet kurz den Stoff seiner Hose, und dann, sehr bedächtig, geht er.

SIEBEN.

Der Schlag ist so hart, dass Nicoletta gegen die Abteiltür stolpert. „Au“, ruft sie. Der Rucksackträger bemerkt sie nicht einmal. Er schiebt sich weiter durch den übervollen Gang und rammt sein Gepäckstück gegen jeden Körper, an dem er sich vorbeidrängt. Ostersonntag ist keine gute Zeit, um Zug zu fahren. Besonders ohne Reservierung. Und Nicolettas Nervosität macht die Aktion auch nicht besser – genauso wenig wie die Nachrichten, die Tekgül in kürzer werdenden Abständen sendet.

Mein ganzes Leben ist eine Lüge.

Ich will diese Heuchler nie wiedersehen!

Migrationshintergrund. SCHEISSE!

Nicoletta steht im Gang des Zuges, die ganzen dreieinhalb Stunden von Berlin nach Unna, und versucht, die Balance zu halten, während sie auf ihr Mobiltelefon einhämmert und sich in Beschwichtigungen übt. Was sonst kann sie tun? Tekgüls Geschichte klingt so ungeheuerlich, dass sie wahr sein muss. Wer würde sich etwas Derartiges ausdenken?, überlegt Nicoletta. Und vor allem: Warum?

Als sie endlich auf dem Bahnsteig steht, fühlt sie sich seekrank. Immerhin, denkt sie, hab ich die ganze Zugfahrt über nicht an Isa gedacht. Und tut nun ebendas. Erst als sie in der Schlange an der Bäckerei ansteht, landet sie auch geistig in Unna. Sie ordert eine große Tüte Croissants und ein paar Brötchen und geht zum Taxistand.

•

Es ist Ian, der ihr die Tür öffnet. Die Haut um seine Augen herum wirkt so durchsichtig wie sehr, sehr feiner Strudelteig. Das Blau der Iris ist verwässert.

„Willkommen“, sagt er.

„Oh weh!“, sagt Nicoletta. Der Ian, den sie vor etwa fünf Jahren kennenlernte, scheint mit diesem hier bestenfalls lose verwandt zu sein. Sie beugt sich vor und küsst ihn rechts, links.

„Sie ist oben“, informiert er sie. „Redet seit gestern kaum. Wollte nicht mal auf einen Kaffee runterkommen.“

Das wundert mich nicht, denkt Nicoletta, spart sich aber für den Moment jeden Kommentar. Sie hat Tekgüls Eltern zwar mehrmals getroffen in den vergangenen Jahren, aber wer ist sie, deren Entscheidungen zu verurteilen? Was weiß sie über ihr Leid? Abgesehen davon, dass es sie weit weniger interessiert als Tekgüls.

„Ich geh gleich hoch“, beschließt sie, drückt Ian die Tüten mit dem Leckereien in die Hand und zieht ihre Reisetasche in den Flur.

„Ich trag die Tasche“, bietet er an.

„Nicht nötig.“ Nicoletta hebt sich die Tasche auf die Schulter. „Sie ist ganz leicht.“

„Magst du Kaffee?“

„Gerne. Gib uns ein bisschen Zeit. Wir kommen dann runter und frühstücken zusammen, ja?“

Ian blinzelt. Als sie die Treppe schon halb hoch ist, sagt er sehr leise: „Schön, dass du gekommen bist.“

Nicoletta murmelt ein „Selbstverständlich“ und nimmt die letzten Stufen doppelt schnell. Vor Tekgüls Tür hält sie inne, holt tief Luft und klopft. Als niemand antwortet, drückt sie die Klinke herunter und öffnet die Tür. Tekgül sitzt kerzengerade am weit geöffneten Fenster ihres Zimmers und raucht.

„Hey“, sagt sie, ohne sich umzudrehen.

„Hey“, antwortet Nicoletta. Sie stellt ihre Tasche ab und geht auf den Rücken ihrer Freundin zu.

„Wenn der Kopf voll ist, hilft es, ins Grün zu schauen.“ Tekgüls Stimme klingt leiser als gewöhnlich und etwas höher. „Den Apfelbaum da hab ich immer besonders geliebt.“ Das Telefon, mit dem sie Nicoletta den ganzen Morgen getextet hat, liegt schweigend auf der Fensterbank, gleich neben dem randvollen Aschenbecher. Nicoletta bleibt hinter ihrer Freundin stehen und betrachtet ebenfalls den Apfelbaum. Tekgül lässt den Kopf gegen Nicolettas Bauch sinken. Eine Weile verharren sie in dieser Position, ihre Hand auf Tekgüls Schulter.

„Ich bin so leer", sagt Tekgül schließlich. Da ist kein Widerspruch zwischen vollem Kopf und innerer Leere. Niemand weiß das besser als Nicoletta. Sie trägt diese bodenlose Leere seit der Nachricht von Simons Tod ebenfalls mit sich herum. Ihr Daumen streicht Tekgüls Hals entlang. „Es fühlt sich so endgültig an", fährt Tekgül fort. „Als wär alles zu Ende."

Ich weiß, würde Nicoletta gerne sagen, aber das wäre gelogen. Sie glaubt zu wissen. In Wirklichkeit ist das, was Tekgül gerade durchlebt, mit nichts zu vergleichen, was Nicoletta jemals passiert ist. Und trotzdem ist sie sich sicher, dass die Leere Ähnlichkeit hat.

„Was haben sie denn gesagt, als du gestern noch mal runtergegangen bist?"

„Nichts", antwortet Tekgül. „Dass es ihnen leidtut. Sie Angst hatten, mich zu verlieren. Blablabla."

„Stimmt wahrscheinlich."

Tekgül zuckt mit den Schultern. „Die Wahrheit hätte mir mehr gebracht. Aber dazu ... Kein Wort."

„Nichts?"

„Na ja." Tekgül wedelt mit dem freien Arm Richtung Bett, ohne ihren Blick von dem Apfelbaum zu lösen. „Dad ... Ian hat mir einen Brief gegeben, in dem er alles aufgeschrieben hat. Falls sie sterben, bevor sie mir die Wahrheit sagen konnten."

„Was?"

„Du sagst es."

Nicoletta schaut über ihre Schulter in die angewiesene Richtung. Ein Bündel eng beschriebener Zettel liegt auf dem Boden vor dem Bett. „Hast du ihn gelesen?"

„Nein." Die Verhärtung in Tekgüls Kieferknochen ist bis zu der Stelle am Hals zu spüren, die Nicoletta streichelt. „Im Ernst: Warum erzählen sie es mir nicht einfach? Ein Brief! Das ist doch lächerlich." Nicoletta legt die Hand auf Tekgüls Wange, von hinten. Die schmiegt ihr Gesicht hinein, als hätte sie darauf gewartet. Wie eine Katze. Ein Kind.

Nicoletta sieht in den Garten hinunter, in dieses Idyll, in das Tekgül hineingeboren, nein, hineingeraten ist. Von außen betrachtet hatte Tekgül das perfekte Leben – bis auf die Sache mit ihrer Herkunft, die Nicoletta gern flapsig als „das Ausländer-Ding" bezeichnet, weil sie Tekgüls Fokussierung darauf überdimensioniert fand. In ihren Gesprächen vertrat sie gerne lautstark die Überzeugung, dass die häusliche Stabilität der Carraghers dieses Thema ausbalanciert habe. Liebe und Grenzen und Verlässlichkeit – alles Dinge, von denen Tekgüls Leben überzufließen schien, und alles Dinge, die ziemlich viele negative Außeneinflüsse abfedern können.

Können, denkt sie jetzt, und schilt sich für ihre Arroganz und Blindheit. Können, aber nicht müssen, weil Tekgüls Rassismus-Erfahrungen natürlich trotzdem da waren. Und, wie sich gerade herausstellt, lag hinter der Idylle noch mehr im Argen. Vielleicht war Tekgül deshalb immer angespannt, auf dem Sprung, auf der Suche. Eine Anspannung, die nur ihre engsten Freundinnen wahrnahmen – erklären konnten sie es sich nicht. Genauso wenig wie Tekgüls unterschwellige Wut und die Aggression, die sie beim Kickboxen zu kanalisieren versuchte.

Genau genommen, vermutet Nicoletta, hat Tekgül unter ihrer unbeschwerten und manchmal oberflächlichen Leichtigkeit mehr gebrodelt als die meisten Menschen, die sie kennt – ihre jugendlichen Klienten und Klientinnen im Krisen- und Übergangsheim ausgenommen. Mit dem Wissen um die Adoption ergeben Tekgüls Charakterzüge weitaus mehr Sinn.

Im Garten trägt Filiz die blau-grün geblümten Sitzpolster nach draußen, Ian folgt ihr mit einem voll beladenen Holztablett. Tekgül drückt ihre Zigarette aus und dreht sich abrupt um. „Danke, dass du gekommen bist“, sagt sie und steht auf.

„Selbstverständlich“, wiederholt Nicoletta.

„Ist es nicht.“

„Doch.“

„Du hast selbst genug um die Ohren. Ich weiß, dass es dir nicht gut …“

„Schhht“, flüstert Nicoletta und nimmt Tekgül in die Arme. „Schhhht.“

Erst da kommen die Tränen.

•

Als sie schließlich die Treppe hinuntersteigen, ist es bereits nach zwölf. „Das macht gar nichts“, sagt Ian. „Dann ist es eben ein Osterbrunch.“

Filiz sagt gar nichts, bis Ian sie in die Seite stößt. Verwirrt sieht sie auf. Dann begreift sie und lächelt unsicher. „Entschuldige“, sagt sie zu Nicoletta. „Wie unhöflich von mir.“ Schnelle Schritte um den Tisch herum. Sie drückt die Freundin ihrer Tochter an sich. Nicoletta hat Tekgül immer um Filiz' Warmherzigkeit beneidet. Ach, ach, denkt sie.

„Schön, dass du hergekommen bist! Wie war denn die Reise?“

Nicoletta berichtet von dem vollen Zug und ereifert sich angemessen über die Bahn, die immer mehr Tickets verkauft, als sie Plätze anzubieten hat. Und Filiz nickt und ja, die Verspätungen! Wie nett, dass sie den weiten Weg auf sich genommen habe. Über die Gründe schweigen sie. Tekgül setzt sich an den reich gedeckten Tisch und scheint etwas zu vermissen.

„Kein Hefekranz?“, fragt sie.

„Ich bin nicht dazu gekommen. Ich war so … Und dann dachte ich, Baklava magst du ohnehin lieber."

Nicoletta nimmt den Stuhl neben Tekgül. Die zerbrochene Normalität sitzt auf der anderen Seite. Nicoletta nimmt Tekgüls Hand, die sich gefährlich anfühlt. Dass Nicoletta mit den Carraghers am Tisch sitzt, mag Ian und Filiz hemmen, aber für Tekgül, das könnte Nicoletta schwören, ändert das die Situation nicht nennenswert. Ihr Kopf schmerzt, als wäre sie es gewesen, die in der vergangenen Stunde in Tekgüls Zimmer Tränenströme vergossen hätte. Sie ist zerrissen. Was tu ich hier?, denkt sie. Soll ich mich raushalten, professionell vermitteln oder beschwichtigen? Eigentlich will sie einfach nur dasitzen, die Frühlingssonne genießen und die Narzissen anschauen. Aber im Gegensatz zu diesem hier ist ihr Drama immerhin schon etliche Jahre alt und wird ein paar Tage verminderter Aufmerksamkeit zweifellos verkraften. Und wenn es sich durch den Vergleich mit der Carragher-Tragödie verkleinert – umso besser. Sie wirft einen Blick auf Filiz' gerötete Augen und Ians Strudelteighaut und ringt sich nieder. Betont lebhaft erzählt sie von dem Film, den sie vor zwei Tagen im Moviemento am Kottbusser Damm sah, in einer Welt, die alles andere als heil war, aber diesem eingestürzten Paradies nicht ferner sein könnte.

„Den müsst ihr unbedingt sehen", rät sie.

„Der läuft hier bestimmt noch nicht", mutmaßt Filiz.

„Ach, komm, ihr lebt doch nicht hinterm Mond!" Nicoletta bestreicht ein Brötchen mit Filiz' selbst gemachter Marmelade. „Köstlich", seufzt sie und beginnt mit Ian eine Diskussion über die Vor- und Nachteile des Großstadtlebens, nicht ohne unter dem Tisch hin und wieder Tekgüls Hand zu drücken.

Alles okay?, heißt das. Ich tu das hier für dich, heißt es, und: Gönn euch allen doch etwas Ruhe. Tekgül schiebt ihr Croissant auf dem Teller hin und her und hypnotisiert die Zigarette im

Aschenbecher vor sich. Sieht der Asche beim Verglimmen zu. Zündet sich eine neue Kippe an.

In ihrem Zimmer, zwischen all den Weinkrämpfen, hat sie Nicoletta gestanden, dass ihr im Minutentakt neue Gedanken durch den Kopf schießen – wie eine Flipperkugel, die ziellos durch das Gerät taumelt. Hier etwas antickt, dort etwas berührt, zurückgeworfen wird, wegschnalzt. Ein Seitenblick verrät Nicoletta, wie schmerzhaft das sein muss. Tekgüls schmale Lippen sind zusammengepresst, ihre Hand drückt so fest auf Nicolettas herum, dass die nur mit Mühe stillhalten kann.

Dann platzt Tekgül.

„Deshalb musste ich also immer besonders nett zu dieser blöden Tante sein, die immer bei uns auftauchte, um zu sehen, ob es mir bei euch gut geht!" Mit einer sonderbar hohen Stimme, die nicht laut zu werden braucht, um zu schneiden. Der Einwurf kommt nur für Ian und Filiz überraschend. Nicoletta lässt von ihrem Brötchen ab und legt auch ihre zweite Hand auf Tekgüls.

„Bitte, Tekgül, lass uns das später besprechen." Filiz lächelt Nicoletta entschuldigend an. „Mit diesen Familienangelegenheiten müssen wir doch Nicoletta nicht belasten!"

„Nicht belasten?" Tekgül lacht schrill. Ihre Nägel bohren sich in Nicolettas Handrücken. „Dafür ist es wohl ein bisschen zu spät! Deshalb ist sie schließlich hier – weil es mir scheiße geht, weil meine eigenen ...", und dann wird sie doch laut und lauter. „Weil ihr mich belogen habt, mein ganzes Leben lang habt ihr mich belogen! Nicoletta ist eine von denen, die mich halten, wenn ich zurück in Berlin bin. Eine von denen, die für mich da sind, wenn ihr glaubt, dass längst alles wieder in Ordnung ist. Familienangelegenheiten! Dass ich nicht lache! Sie ist *ein Teil* meiner Familie! Wir sind vielleicht nicht blutsverwandt, aber wer an diesem verdammten Tisch ist das schon?"

Sie keucht.

Nicoletta biegt vorsichtig Tekgüls Finger auf. „Du tust mir weh“, sagt sie leise.

„Sorry“, sagt Tekgül. „Sorry.“ Dann schweigt sie wieder. Nicoletta sieht betroffen auf den Tisch. Wachstischdecke. Ebenfalls geblümt wie die Sitzpolster. Scheiße, denkt sie. Was für eine Scheißrolle hab ich hier? Auf ihrem Handrücken sind rote Halbkreise zu sehen. Halbmonde, denkt sie. Was für ein Chaos.

Ian räuspert sich. „Okay“, sagt er. Und dann noch einmal, fester: „Okay. Reden wir.“

Aber die Flipperkugel in Tekgüls Kopf ist schon fort. „Außerdem kann das nicht sein, ich seh schließlich total türkisch aus!“, fährt sie Filiz an.

Ihre Mutter nimmt den neuen Faden bemüht locker auf. „Wegen deiner Haare? Ja, darüber waren wir wirklich froh“, antwortet sie. „Aber weißt du, wenn es anders gewesen wäre, hättest du eben dem hellhaarigen Teil meiner Familie ähnlich gesehen. Denk doch mal an Tante Gülçan! Die war schon bei ihrer Geburt so blond, dass es aussah, als hätte sie nicht ein Haar auf dem Kopf!“ Ihr Lachen scheppert.

„Du siehst aus, wie du eben aussiehst“, brummt Ian. „Und die Leute sehen, was sie sehen wollen.“

Wohl wahr, denkt Nicoletta. Wohl wahr. Die Teller sind ebenfalls geblümt, in hellem Blau.

„Das einzige Problem war deine Größe. Du bist viel zu groß für eine Türkin.“ Filiz’ Stimme wirkt beinahe heiter.

„Und niemand in meiner Familie hat grüne Augen.“ Ian beginnt, Teller aufeinanderzustapeln. Keiner außer Nicoletta hat das Essen angerührt. „Wirklich niemand. Aber wenn die Leute Irland hören, denken sie gleich an rote Haare und grüne Augen. Das haben die sich ganz von selbst zurechtgelegt!“

„Aber musstet ihr mir dann auch noch einen türkischen Namen geben? Ist euch überhaupt klar, wie ich deswegen gelitten hab?“

„Ich verstehe bei Gott nicht, was falsch an einem schönen türkischen Namen ist“, kontert Ian. „Außerdem ist deine Mutter nun mal Türkin, und es ist eine Frage des Respekts.“ Kopfschüttelnd nimmt er das Tablett und geht ins Haus.

„Sie ist nicht meine …“, ruft Tekgül ihm nach. Filiz wird bleich, nimmt die Tassen und folgt ihrem Mann wortlos.

Nicoletta verdreht die Augen. Es tut weh. „Super, Tek!“

„Ist doch wahr“, murmelt Tekgül starrsinnig. „Erst pflastern sie mein Leben mit Lügen, und dann machen sie mich gleich doppelt zur Zielscheibe von rassistischen Deppen. Sie hätten mich doch auch – keine Ahnung, irgendwie anders nennen können!“

Es ist verfahren. Es ist verfahren, und Nicoletta hat sich überschätzt. Sie ist dazu ausgebildet, Mediatorin in akuten Konflikten zu sein – das Ganze in der Familie ihrer besten Freundin, die sie liebt und deren Eltern ihr obendrein herzlich leidtun, ist eine haushohe Überforderung. Von der Last ihres eigenen Kummers abgesehen. Der weiche Stoff ihres Pullovers schmerzt auf ihrer Haut. Die Maske der Professionalität fällt zu Boden.

„Worüber regst du dich eigentlich am meisten auf?“, fragt sie müde. „Dass du diskriminiert wurdest, obwohl es keinen genetischen Grund dafür gab, dass sie dich angelogen haben oder darüber, dass alles anders ist, als es aussieht?“

„Darüber, dass die beiden so tun, als hätten sie kein Stück davon begriffen, dass sie eventuell was falsch gemacht haben könnten!“, mokiert sich Tekgül.

„Das stimmt nicht“, erwidert Nicoletta. „Sie sind total schuldbewusst. Klar wissen sie, dass sie Mist gebaut haben …“

„Mist gebaut? Das ist ja wohl nicht dein Ernst! Sie haben mich belogen, getäuscht und mir meine Kultur vorenthalten. Weißt du eigentlich, wie das ist, immer anders zu sein? Einfach nicht zu passen?“ Tekgül springt auf und läuft im Garten hin und her, als wollte sie mit jedem Schritt das sorgfältig getrimmte Gras in den Boden zurückstampfen. Nicoletta folgt ihren Bewegungen, bis sie das ständige Hin und Her nicht mehr erträgt. Die Armlehnen der Gartenstühle sind äußerst nützlich beim Aufstehen. Sie hält sich am Tisch fest, bis das Zittern ihrer Knie abebbt. „Ich verstehe ja, dass du verletzt bist. Und erschüttert. Und misstrauisch. Dass du dich verraten fühlst und all das. Angelogen zu werden ist furchtbar. Aber davon abgesehen … Sie haben dich geliebt. Du bist mit drei Sprachen groß geworden, du kennst drei Kulturen statt einer. Du hast doch alles gehabt, Tek, wahrscheinlich weit mehr, als dir deine biologischen Eltern hätten bieten können."

„Aber vielleicht wären die wenigstens ehrlich zu mir gewesen!"

„Vielleicht." Was kann man in einer solchen Situation sagen? Es wird einige Zeit dauern, diese Trümmer einzusammeln. Sie dreht sich um und lässt ihre unglückliche Freundin stehen.

„Warum sagen sie mir denn nicht mal jetzt die Wahrheit? Warum tun sie so geheimnisvoll?", schreit Tekgül ihr nach.

Nicoletta hebt die Hände und lässt sie wieder fallen. Es schmerzt. „Wahrscheinlich, weil sie genauso überfordert sind wie du", ruft sie zurück. Und dann, etwas sanfter: „Lies halt diesen verdammten Brief." Dann geben ihre Knie nach.

•

Sie friert, wie sie seit Jahren nicht gefroren hat. Ihre Haut fühlt sich blau an. „Sie wacht auf", sagt eine Stimme neben ihr. „Allaha şükür!"

Eine kalte Hand auf ihrer Wange. „Himmel, sie glüht ja!" Das ist Tekgül.

Nicoletta versucht, das Gefühl von Watte in ihrem Mund einzuspeicheln. „Dad", ruft Tekgül. „Sie braucht was zu trinken!"

Das Wasserglas ist so kalt, dass sie es fast fallen lässt. Tekgül hilft ihr. Nach einigen Schlucken gelingt es Nicoletta, die Augen zu öffnen. Sie liegt im Wohnzimmer, Tekgül kniet neben ihr. „Scheiße", sagt sie. „Du hast uns einen Höllenschreck eingejagt."

„Was ist passiert?“, fragt Nicoletta.

„Du bist umgekippt. Mitten in der Verandatür. Das sah wirklich filmreif aus. Wir haben dich zusammen rübergetragen. Was ist denn los mit dir?“

Zusammen, denkt Nicoletta. Das ist ja schön. Filiz taucht in ihrem Blickfeld auf, steckt ihr was ins Ohr, es piept. „Neununddreißigacht“, sagt sie. „Das musst du doch gespürt haben, Kind! Oh, Ian, sieh nur, sie ist so krank, und wir ziehen sie in unser …“

„Wadenwickel“, ordnet Ian an. „Tekgül, hol die Handtücher. Filiz, mach eine Schale mit kaltem Wasser fertig. Ich trag sie nach oben.“

Einspruch, will Nicoletta sagen, das schaffst du nicht! Ich wieg bestimmt zwanzig Kilo mehr als deine Tochter. Es gelingt ihr, protestierend den Finger zu heben, da liegt sie schon auf Ians Armen. Sie lässt den Finger wieder sinken. Ach ja …, fällt ihr ein. Er ist ja Spediteur. Verglichen mit einem Wandschrank bin ich eine Feder. Sie kuschelt sich an ihn, die Arme um seine Schultern geschlungen, und stellt sich vor, es wäre Tekgül, die sie so trägt. Dann triftet sie in eine Welt voller Ritter und Schurkinnen und Prinzen und Königinnen.

ACHT.

„Wenn ich es nicht besser wüsste, hätte ich gewettet, dass du das inszeniert hast." Tekgül flößt ihr löffelweise Hühnerbrühe ein, was nicht nötig wäre, aber sich wunderbar umsorgt anfühlt.

„Hä?", fragt Nicoletta und kaut auf einer Erbse herum.

„Na, dein Zusammenbruch. Ich war drauf und dran, abzuhauen und zurück nach Berlin zu fahren."

„Typisch." In Erwartung des nächsten Löffels öffnet sie den Mund. Stattdessen gibt ihr Tekgül einen Klaps auf die Nase. „Was denn? Stimmt doch."

„Ja", räumt Tekgül ein. „Stimmt. Gibst du's also zu?"

Sie nickt matt. „Hab ich alles geplant. Dein Anruf kam, ich bin zum nächsten Arzt gerannt und hab mich unauffällig ins Wartezimmer geschmuggelt. Dann musste ich nur noch warten, bis jemand reinkam, der furchtbar krank aussah. Ich hatte Glück. Es war ein Kind. Deren Viren sollen am hartnäckigsten sein, hab ich gehört. Also bin ich zu ihr und hab mir ihr Spielzeugauto in den Mund gesteckt. Infektiöser ging es nicht – war also ganz einfach." Sie grinst erschöpft.

„Ganz schön heldinnenhaft", sagt Tekgül.

„Für dich immer." Sie sehen sich an. Nicoletta sieht zuerst weg. Tekgül lächelt. „Im Ernst: Wie geht es dir?", fragt sie.

„Ich weiß nicht." Nicoletta horcht in sich hinein. Sie fühlt sich wie ein Bienenstock, über den ein hungriger Braunbär hergefallen ist. „Kein Honig mehr", antwortet sie. Tekgül runzelt fragend die Stirn und sieht auf den Teller mit Hühnersuppe in ihrer Hand. „Alles ist so anstrengend!", übersetzt Nicoletta sich selbst.

„Kein Wunder." Tekgül schiebt ihr einen weiteren Löffel Brühe in den Mund. „Eine echte Grippe ist eine krasse Herausforderung für den Körper. Sterben nicht umsonst jedes Jahr zehn-, zwanzigtausend Menschen dran – und das in Deutschland!"

Vom Sterben ist sie glücklicherweise weit entfernt. Heute ist der fünfte Tag, an dem ihr Tekgül Suppe bringt, und nach der tagelangen Fürsorge der Carraghers fühlt sich Nicoletta beinahe fit genug, um aufzustehen. Genau wie der Arzt, ein alter Freund von Filiz und Ian, es vorhergesagt hat. „Vertrauen Sie Ihren Gefühlen nicht!", hat er gewarnt, als er einen Tag nach ihrem Zusammenbruch neben ihrem Bett stand. Ein Rat, der der fieberumnebelten Nicoletta sehr klug und weitreichend erschienen war. Was folgte, war weniger philosophisch: „Selbst wenn Sie sich schneller wieder gesund fühlen: Bleiben Sie mindestens eine Woche im Bett, und gehen Sie es danach ganz, ganz langsam an." Medikamente hat er ihr keine verschrieben, Wadenwickel dafür reichlich. „Sie sind jung und gesund. Eine gelegentliche Infektion ist gut für den Körper. Sie schaffen das schon! Essen Sie gut, trinken Sie viel, und wenn das Fieber bis Mittwoch nicht konstant unter achtunddreißig Grad ist, rufen Sie mich an."

Dann überließ er sie wieder der Obhut ihrer Gastgeber. Tekgül hat die Krankschreibung an Nicolettas Chef geschickt und dann bereitwillig ihr Zimmer geräumt. Sie schläft im Gästezimmer, sodass Nicoletta das Kinderzimmer, das noch immer so genannt wird, für sich hat. Filiz bringt ihr täglich selbst gemachte Leckereien ans Bett und macht unzufriedene Geräusche mit der Zunge, wenn sie sie nicht aufisst, und Ian hat ihr eine kleine Bronzeglocke neben das Bett gestellt, damit sie sich immer bemerkbar machen kann, wenn sie etwas braucht. Krank sein bei Carraghers ist wunderbar.

Berlin, Zürich und alles, was damit verbunden ist, sind weit an den Horizont ihres Bewusstseins gerutscht. Sie ist in Unna. In dem Zimmer, in dem Tekgül ihre Kindheit verbrachte, in dem Bett, in dem sie geweint und gelacht, geschlafen und geträumt hat. Beinahe versonnen betrachtet Nicoletta ihre Freundin und schlägt hart auf dem Boden der Tatsachen auf. Tekgüls Gesicht gleicht einem Scherenschnitt, einem anthrazitfarbenen. Ihre Lippen sind bleich, die Jochbeine stechen scharf hervor, und auch die Nase wirkt größer als sonst. Ich bin so eine Egoistin, denkt Nicoletta. Liege hier rum und lass mich umsorgen, und Tekgül …

„Hör mal", sagt sie. „Wenn du zurück nach Berlin willst …"

Tekgül unterbricht sie: „Mit Fieber darfst du auf keinen Fall reisen."

„Du könntest ohne mich fahren", schlägt sie vor. „Ich darf bestimmt noch bleiben, und sobald es wieder geht, nehm ich den Zug. Ehrlich, Tek, du musst meinetwegen nicht hierbleiben. Ich … ich würde das wirklich verstehen!"

„Ach was", sagt Tekgül. „Weglaufen bringt ja auch nichts."

Nicoletta schaut sie überrascht an. „Hast du das gerade wirklich gesagt?"

Ihre Freundin grunzt. „Ich hab darüber nachgedacht. Über Liebe und Selbstwert und so. Ich hab mich immer gefragt, warum ich mich nicht lieben kann, und war mir sicher, dass es an dieser Herkunftssache liegt. Tut es ja offensichtlich auch, aber anders …" Sie seufzt. „Jedenfalls hab ich mir nach deiner Predigt vorgenommen, Dinge zu verändern. Grundlegend, weißt du? Dass ich dazu gar nichts tun muss, weil sich alles um mich herum ungefragt auf den Kopf stellt, war zwar nicht exakt, was ich mir vorgestellt hab, aber … gut."

Nicoletta nickt langsam. „Und wie läuft es mit deinen Eltern? Hast du ihnen von der Kunsthochschule erzählt? Davon, dass du gar nicht Jura studierst?"

„Logisch! Hast du den Krach nicht gehört? Wir haben versucht, leise zu brüllen, aber ich hätte schwören können, dass du jedes Wort mitkriegst."

Nicoletta erinnert sich an fiebernasse Träume voller Irrsinn. Gebrüll kam darin nicht vor. „Wahrscheinlich hab ich geschlafen", sagt sie. „War es schlimm?"

Tekgül fährt sich durch die Haare. Ihre Hand schwebt einen Moment in der Luft, als wäre sie noch immer überrascht davon, wie unvermittelt die Haare zu Ende sind. Nicoletta erhascht einen Blick auf die Finger ihrer Freundin. Die normalerweise perfekt manikürten Nägel sind abgekaut, und die Nagelbetten sehen aus, als hätte eine ambitionierte Maskenbildnerin daran für einen Horrorfilm geübt. Tekgül zuckt zusammen, als Nicoletta ihre Hand aus der Luft fischt. Nicoletta pustet auf die gemarterten Fingerspitzen.

„Kann ich was für dich tun?“, fragt sie leise.

„Ich komm schon klar.“

„Hast du mit irgendwem geredet, als ich krank war? Hast du Marte angerufen oder … Jo?“

„Marte“, antwortet Tekgül. „Weil ich ihr doch sagen musste, wo du steckst. Und dass das hier alles etwas länger dauert und dass sie sich um Fräulein Rottenmeier kümmern soll. Das ging nicht ohne die Wahrheit.“

„Was hat sie gesagt?“

„Was glaubst du? Sie wollte natürlich sofort herkommen.“ Tekgül schüttelt lächelnd den Kopf. „War ganz schön schwer, sie davon abzubringen.“

Nicoletta lächelt. Die wunderbare Marte hätte die Wogen in Tekgül schneller geglättet, als Nicoletta „Adoption“ sagen kann. Ihr Pragmatismus, ihr Optimismus … Beinahe schade, dass Tekgül sich durchgesetzt hat. Oder gerade gut. Marte hat genug um die Ohren.

„Ich muss das erst mal selbst sortieren“, sagt Tekgül.

„Und wie sieht das aus, das Sortieren?“

„Morgen ruf ich diesen Anwalt an.“

„Und der Brief?“ Tekgüls Hand, von der Nicoletta beinahe vergessen hat, dass sie sie hält, zieht sich zurück. „Jetzt sag nicht, du hast ihn immer noch nicht gelesen?“

Tekgül stellt den Suppenteller auf das Tablett. „Fast alles aufgegessen“, sagt sie munter. „Filiz wird stolz auf dich sein. Schlaf ein bisschen, ja? Und heute Abend darfst du runterkommen, soll ich dir ausrichten, es kommt eine Rosamunde-Pilcher-Schmonzette im Fernsehen, und das hat …“, zu Nicolettas Erstaunen errötet Tekgül, „na ja … ich weiß, dass es Trash ist, aber Anne liebt es, und es hat irgendwie … Tradition.“

NEUN.

Tekgül liegt auf der Wiese, nah genug am Haus, um gegebenenfalls die Glocke zu hören, die neben Nicolettas Bett steht. Mit dieser Glocke hat Ian an Weihnachten immer das Christkind angekündigt, bis Tekgül zu alt wurde, um daran zu glauben, dass es ein geschenkebringendes Christkind gab. Ein, zwei Jahre lang hat Tekgül so getan, als merkte sie nicht, dass ihr Vater immer genau dann auf mysteriöse Weise verschwand, wenn der Schatten hinter der gläsernen Wohnzimmertür auftauchte und Geschenke im Zimmer verteilte. Aber als Ian eines Weihnachtens an einem schrecklichen Hexenschuss litt und mit verzweifeltem Gesichtsausdruck durchs Haus humpelte, hat sie ihn erlöst. „Du musst nicht durchs Wohnzimmerfenster klettern, Dad“, hat sie gesagt, als er gerade mit der üblichen Ausrede, etwas im Auto vergessen zu haben, das Haus verlassen wollte. „Ich weiß, dass du das Christkind bist.“ Sichtlich erleichtert hatte Ian sie mit nach draußen genommen, und sie hatten gemeinsam die Geschenke unter den Tannenbaum gebracht – durch die Vordertür allerdings.

Der Boden ist noch zu kühl, um darauf zu liegen, aber Tekgül mag das Gefühl der Erdung, die Welt unter, den Himmel über sich. Es ist ruhig, endlich ist es einmal ruhig. Nicoletta schläft, Filiz macht Einkäufe, und Ian konnte es, Urlaub hin oder her, nicht lassen, seine Nase in die Firma zu stecken. Ihr Vater – nach dem ersten Um-sich-Schlagen hat Tekgül sich rasch eingestanden, dass sie nicht anders von ihm denken kann als genau so: *Mein Vater*. Sie kann es vermeiden, ihre Eltern anzusprechen, kann dem *Anne* und dem *Dad* aus dem Weg gehen, aber sie kann nicht vermeiden, in diesen Worten und mit diesen Gefühlen an sie zu denken – ihr Vater also kann nicht ohne das Gefühl leben, gebraucht zu werden. Als Tekgül aus dem Haus war, ist er als Teilhaber in das internationale Umzugsunternehmen eingestiegen, in dem er bereits zwanzig Jahre lang als Geschäftsführer gearbeitet hatte. Er liebt seinen Job und die umwälzenden Veränderungen im Leben anderer Menschen, die er begleitet. Dass er dadurch bereits einmal in einer Auswanderungsserie im Fernsehen aufgetaucht ist, zaubert ihm noch immer ein selbstzufriedenes Strahlen ins Gesicht. Das Foto des Drehs, das neben dem überdimensionierten Flatscreen an der Wand des Wohnzimmers hängt, ist sein ganzer Stolz. Für Tekgül ist es Papier gewordene Peinlichkeit.

Ihre Finger streichen durch das Gras. Wenn das alles wäre, dessen du dich geschämt hast, denkt sie. Stattdessen hat sie sich für alles geschämt – am meisten für das, was die anderen Kinder am spannendsten fanden: Filiz' Kochkunst und die wunderbaren Süßigkeiten, die sie buk, und dass sie, als Tekgül auf das Gymnasium kam, wieder arbeiten ging. Und das, obwohl ihr Mann genug verdiente. Dass sich ihre Mutter als Tochter türkischer Arbeitsmigranten so weit emanzipiert hatte, rief Hochachtung bei allen Menschen hervor, denen Tekgül davon erzählte. Sie selbst spürte diesen Respekt vor ihrer Mutter erst, als sie bereits in Berlin lebte.

Erinnerungen an alles, was gut, und an alles, was schlecht war, wechseln sich ab. Das Tempo ist zu schnell, um jede einzelne greifen zu können. Vorgestern hat sie mit Nicoletta in Fotoalben gestöbert, während ihre Eltern sich eine Fernsehserie angesehen haben. Tekgül hat viel geweint. Zu viel.

Tekgül dreht sich auf den Bauch und steckt die Nase zwischen die Grashalme, bis sie keine Luft mehr bekommt. Erst dann faltet sie die Hände unter der Stirn zu einem Kissen zusammen und schließt die Augen.

Ein Erbe. Geld? Schulden? Ein Sofa, ein Tagebuch, verblichene Fotos von einer Familie, zu der sie nie gehört hat? Mit der sie nichts verbindet außer ein paar Chromosomen? Vielleicht gibt es einen Kinderschuh, den die Frau aufgehoben hat. Silke, denkt Tekgül. Silke! Und dann, zum ungezählten Mal: Franziska Yvonne. Keiner der Namen löst ein Gefühl in ihr aus. Vielleicht ist das Erbe ein weiterer Brief voller Rechtfertigungen. Ich will nicht, denkt Tekgül. Ich will nicht, dass dieses tote Leben sich in meins frisst. Was soll ich mit Memorabilien einer Frau, von der ich bis vor ein paar Tagen nicht einmal wusste, dass sie existiert?

Wo Friedrichshafen liegt, hat sie mittlerweile herausgefunden. Es ist eine kleine Stadt am Bodensee, knapp 60.000 Einwohner. Einer davon ist Doktor Claus Berwald. Und eine davon war, vermutlich, die Frau, die sie geboren hat. Die nun gestorben ist, ohne dass Tekgül jemals ein Wort mit ihr wechseln konnte. Sie weiß nicht, wie sie aussah, wie sie sprach, wie ihre Stimme klang. Hätte sie Ähnlichkeiten entdeckt? In der Klangfarbe, in Gesten oder der Mimik?

Sie hat sich in den vergangenen Tagen viel im Internet umgetan. Es scheint nicht ungewöhnlich zu sein, dass nahe Verwandte, auch wenn sie sich nie gesehen haben, ähnliche Verhaltensweisen an den Tag legen. Würde ich sie erkennen? Habe ich Geschwister? Und wer ist mein wirklicher Vater?, fragt Tekgül den Rasen. Die Grashalme kitzeln in ihrer Nase. Sie niest.

In den vielen Gesprächen mit ihren Eltern hat sie erstaunlich wenig aus ihnen herausgepresst. Immerhin ist sie nicht das vertuschte Resultat eines Seitensprungs. Das zumindest konnte sie dem geschockten Gesicht ihres Vaters entnehmen, als sie ihn fragte, ob er am Ende vielleicht doch ihr biologischer Erzeuger sei.

„Leider nein“, antwortete er. „Leider nein.“ Und wieder Tränen und noch mehr Blässe.

„Lies doch bitte den Brief“, bat ihre Mutter und flehte ihr Vater, und je öfter sie es wiederholten, desto weniger wollte sie ihn lesen, diesen verdammten Brief.

„Was ist so schwer daran, auszusprechen, was darin steht?“, schrie sie ungläubig. „Wisst ihr es am Ende selbst nicht?“ An dieser Stelle führte der Weg ins Nichts. An anderen taten sich Seitenpfade auf, Momente, in denen Ian und Filiz erleichtert über die Schwierigkeiten sprachen, die es ihnen bereitet hatte,

Tekgül nichts zu verraten, und über ihre Angst davor, dass es herauskommen könnte. Sie sprachen viel, stritten noch mehr, aber sie waren im Kontakt. Dank Nicoletta, die erst langsam wieder zu ihrer alten Form zurückzufinden schien.

Ohne Nicoletta wär ich längst abgehauen. Hätte mich irgendwo in Berlin besinnungslos betrunken und von fremden Frauen halten lassen. Hätte mich wahrscheinlich monatelang nicht, wenn überhaupt jemals wieder, bei Ian und Filiz gemeldet. Ich hätte mich verhalten wie ein selbstgerechtes, nachtragendes Kleinkind.

Immerhin: Was das Timing angeht, hat sich das Universum wirklich bemüht. Das Semester geht erst im Oktober los – das gibt Tekgül Zeit genug, wieder auf stabilen Grund zu kriechen. Bisher schwankt sie zwischen Heulattacken und Wutanfällen, zwischen Resignation und seltsamer Abgeklärtheit. So fragil hat sie sich seit der Trennung von Marte nicht gefühlt – wenn überhaupt jemals. Langsam trudeln die Nachrichten ihrer Freunde ein. Anteilnehmend, schockiert, neugierig. Aber immer: hilfsbereit. Es berührt sie, es nervt sie, aber sie weiß, dass sie jetzt nicht mehr zurückkann. Sie wusste, was passieren würde, als sie Marte erlaubt hat, es weiterzuerzählen. Aber früher oder später hätte sie es ihnen ohnehin erzählen müssen, und im Ernst: Wem nützen Schweigegelübte? Mittlerweile hat es sogar Johanna erfahren – über Frau Schäfer von Marte, hat sie Tekgüls Mobilbox erzählt. Tekgül ist nicht rangegangen, bei Johanna genauso wenig wie bei den anderen. Sie möchte nicht reden, und wenn sie muss, ist Nicoletta da, oder sie ruft selbst jemanden an. Dieses bisschen Kontrolle bedingt sie sich aus.

Johannas Nachricht auf der Mailbox war warm. Tekgül sehnt sich nach ihr, nach dem Vergessen in ihr und nach der Leichtigkeit, mit der sie sich beide auf Themen konzentrieren konnten, die in ihrer Oberflächlichkeit nichts Gefährliches bargen. Anders als bei Marte, die schon im dritten Satz den Finger auf die

Wunde legt und sie nach einem halbstündigen Gespräch gereinigt, vernäht und verbunden hat. Tekgül weint wieder, diesmal über ihre eigene Unfähigkeit und das Schicksal und den Lauf der Welt. Der Boden nimmt ihre Tränen auf.

•

Doktor Claus Berwald schien ausgesprochen erfreut, Tekgül zu hören. Darüber hinaus konnte er ihr lediglich mitteilen, dass er auch nicht wisse, wer ihr Vater sei – da müsse sie sich mit dem Jugendamt ihres Geburtsortes kurzschließen. Wenn er angegeben sei, habe sie dort die besten Chancen. Was er ihr aber sagen könne, sei, dass seine Mandantin keine weiteren Kinder geboren habe und sie somit ein Einzelkind sei.

Ein doppeltes, hat Tekgül gedacht. Zudem sei er nicht befugt, war Doktor Claus Berwald fortgefahren, am Telefon und ohne Prüfung ihrer Identität Auskunft über das Erbe zu geben, dazu müsse sie sich leider nach Friedrichshafen bemühen. Ob das möglich sei?

Prinzipiell durchaus, hat Tekgül geantwortet, aber nicht ohne Weiteres und sofort. Zudem wisse sie noch nicht, ob sie das Erbe überhaupt antreten wolle – ob sie Zeit habe, sich darüber klar zu werden?

Gewiss, hat der Anwalt ihr versichert, nach der Testamentseröffnung habe sie noch sechs Wochen Zeit, sich zu entscheiden, also spräche nichts dagegen, zunächst einen Termin zu machen und sich über den Umfang des Erbes zu informieren und im Anschluss eine Entscheidung zu treffen. Friedrichshafen, erlaubte er sich anzufügen, sei immer eine Reise wert und der Bodensee ein wundervolles Fleckchen Erde. Tekgül dankte ihm für den Hinweis und sein Verständnis und versprach, sich so schnell wie möglich – in Wirklichkeit sagte sie ASAP – mit ihm in Verbindung zu setzen.

Eine Frage stellte sie noch, der Daumen schwebte bereits über dem Icon mit dem roten Hörer.

Es sei der Krebs gewesen, hatte er geantwortet, und seine Stimme war einen geübten Halbton nach unten gesackt. Erst die Brust und dann … man kenne das ja. Furchtbar. Mit gerade einmal siebenundvierzig Jahren. Es tue ihm herzlich leid. Auch, dass Tekgül ihre Mutter, also, die leibliche, nun nicht mehr würde …

Ja, ja, hat Tekgül gesagt und vielen Dank einstweilen und dass sie sich wieder melde.

•

Zwei Tage später fahren sie zurück nach Berlin. Eine Everest-Expedition könnte nicht besser ausgestattet sein als Tekgül und Nicoletta. Nicoletta sitzt auf dem Beifahrersitz und ist in einen überdimensionierten Quilt gehüllt, den Ian im letzten Moment aus der Truhe gezogen hat, in der er die Geschenke seiner Familie aufbewahrt, die ihm besonders heilig sind. Ein Paar der unverwüstlichen irischen Wollpantoffeln hat er Nicoletta bereits geschenkt, als sie sich anschickte, den Weg vom Bett ins Wohnzimmer auf Socken zu bewältigen. Zu Tekgüls Erstaunen brach Nicoletta in Freudengeschrei aus, als sie die grauen Latschen in den Händen hielt. „So welche wollt ich schon immer haben!“, hat sie gerufen und beteuert, dass die eine Nummer Größenunterschied einen Hausschuh doch erst richtig bequem machen würde. Ihre Mutter hat ihnen eine gigantische Tüte Reiseproviant eingepackt und Tekgüls blaue Thermoskanne mit frischem Minztee gefüllt. „Nicoletta muss gut trinken“, instruiert sie ihre Tochter. „Wenn ihr nicht mindestens“, sie rechnet, „dreimal anhalten müsst, trinkt sie zu wenig.“

Nicoletta, die unter der Deckenmasse auf dem Beifahrersitz kaum zu orten ist, nickt gehorsam. Sie kämpft eine Hand frei, um ein weiteres Paket mit Hefezopf entgegenzunehmen und es da, wo Tekgül ihren Schoß vermutet, abzulegen. Sie steht halb schräg vor dem Auto und beobachtet, wie ihre Mutter die Genesende auf die linke Wange küsst, sie in die rechte zwickt und schließlich den Platz an der geöffneten Beifahrertür für ihren Mann räumt. Tekgüls Vater beugt sich ins Auto, nimmt Nicolettas Hand und presst sie sich an die Brust.

„Danke, dass du gekommen bist!", sagt er. „Du hast uns gerettet. Das werden wir dir nie vergessen!" Obwohl sie es durch die Scheibe lediglich erahnen kann, weiß Tekgül, dass Nicoletta unter derartigem Pathos errötet. Auf die Entfernung kann sie Nicolettas Erwiderung nicht hören.

Wäre die letzte Woche nicht gewesen, hätte sie sich für die Verhätschelung durch ihre Eltern geschämt. Ein paar Scherze gerissen, sich über die Situation lustig gemacht und sich auf den Hefezopf gefreut.

Aber die Woche ist gewesen.

Ihre Eltern stehen unbeholfen neben dem Geländewagen. Tekgül kann nicht ignorieren, dass die Hände ihres Vaters zittern. Sie sieht, dass seine Haut grau ist und seine Augen rot gerändert. Dass er ihrem Blick nicht standhält. Die aufgesetzte Munterkeit ihrer Mutter kann nicht über die Anspannung hinwegtäuschen, die ihre Lippen mit feinen senkrechten Falten umgibt, und nicht über die Mattigkeit ihrer Bewegungen. Ich sehe vermutlich auch nicht aus wie das blühende Leben, denkt Tekgül. Es ist ihr erstaunlich gleichgültig. Sie wirft einen Blick über die Schulter, auf das weiße Haus mit dem Vorgarten, in dem Krokusse und Tulpen blühen – hellrote, weil ihre Mutter die so liebt. Der Kloß in ihrem Hals sitzt fest. Sie löst sich aus dem Idyll und tritt zu den anderen.

„Schluss jetzt", sagt sie. „Wir müssen los."

Ihre Mutter wendet sich ihr zu. Unvermittelt, als wollte sie ihrer Abwehr zuvorkommen, umarmt sie ihre Tochter fest mit ihrem ganzen Körper, der Tekgül gerade bis den Schlüsselbeinen reicht. Sie streicht ihrer Mutter über das Haars und findet die Geste unangemessen, falsch herum, und tut es doch. Ihr Vater schlägt die Beifahrertür zu.

Laut Familiendrehbuch, denkt Tekgül, während sie ihre Mutter auf den Scheitel küsst und dann sanft von sich wegschiebt, würde jetzt die Stelle mit dem „Kind der Liebe" kommen. Sie hofft, dass er ihnen das erspart. Er legt seine Hände auf ihre Wangen, wie es das Ritual fordert, sagt aber nichts. Sie nimmt ihn in die Arme, ist erneut erstaunt, wie sonderbar sich die Umkehrung der Hierarchien anfühlt und wie schmal ihr Vater ihr vorkommt.

„Du musst ihn ein bisschen füttern, Anne!" Das Kosewort rutscht ihr heraus, aus Gewohnheit und weil es wahr ist. Ihre Mutter schluchzt. Ihr Vater zittert. Und Tekgül flieht.

Sie winkt aus dem Fenster, bis sie um die Straßenecke gebogen sind, und schaut erst dann zu Nicoletta hinüber. Nicolettas Kopf ist rot und von einem leichten Schweißfilm bedeckt.

„Himmel", ruft Tekgül, „ist es schlimmer geworden? Hast du wieder Fieber? Soll ich umdrehen? Ist alles in Ordnung?"

„Zu warm", keucht Nicoletta. „Kannst du bitte anhalten und mich von diesem Deckenmonstrum befreien?"

„Quilt", prustet Tekgül. „Es ist ein Quilt."

Dann fährt sie rechts ran.

•

Fünfeinhalb Stunden später – sie sind mit zwei Stopps ausgekommen, was Tekgül ein merkwürdig schlechtes Gewissen bereitet – lädt sich Tekgül die Plastikdosen, auf denen Nicolettas Name klebt, aus dem Kofferraum auf den Arm. Filiz hat von jedem Gericht gleich zwei Dosen gefüllt: jeweils eine für Nicoletta und eine für Tekgül. „Schätze, sie hat dich adoptiert", frotzelt Tekgül. Erst als sie den überraschten Gesichtsausdruck ihrer Freundin sieht, fällt ihr ihre Wortwahl auf, und sie versteift sich. „Bist ja in guter Gesellschaft“, murmelt sie und presst die Zähne aufeinander. Bevor Nicoletta etwas erwidern kann, nickt sie in Richtung Haustür. „Kannst du schon mal aufschließen?“

„Nö“, entscheidet Nicoletta und klingelt. Die Gegensprechanlage verzerrt Martes Stimme, nicht aber ihre Freude. „Hey!“, ruft sie. „Ihr kommt gerade rechtzeitig!“ Nicoletta lässt sich gegen die Tür fallen, läuft durch den Hausflur ins Hinterhaus und schleppt sich die ausgetretenen Treppenstufen zu ihrer Wohnung hinauf. Tekgül geht hinter ihr, Nicolettas Reisetasche über die Schulter geworfen und die Arme beladen mit Tupperdosen.

„Ich hab gerade das Brot aus dem Ofen geholt“, ruft Marte fröhlich ins Treppenhaus.

„Ich weiß nicht, ob ich je wieder was essen kann“, ruft Nicoletta zurück.

Martes Lachen kullert durch das Treppenhaus. Sie war oft genug mit Tekgül in Unna, und auch wenn Tekgüls Mutter ihr nie derartige Mengen an Essen mitgegeben hat, ist sie doch von Filiz’ Nahrhaftigkeit nicht verschont worden. Tekgül ist dankbar für jede einzelne Stufe, die sie von der Wohnungstür trennt. Sie kann nicht schon wieder weinen, und wenn Marte sie in die Arme nimmt, wird sie weinen. Sie bleibt auf der Treppe hinter Nicoletta stehen und beobachtet Marte in ihrer kanariengelben Yogahose mit den Pink-Panther-Schuhen, wie sie die Tür aufhält und Nicoletta umarmt und ihr durch die zerknautschten blonden Haare fährt. Zu Hause, denkt Tekgül. Endlich. Sie spürt Martes Blick, zu dem das Geräusch eines Scanners passt.

„Wir haben auch Essen dabei“, sagt sie, nimmt die letzten Stufen und stapelt Marte Gulasch und Manti und Hühnersuppe und Baklava und Linsenköfte und Hefezopf in die geöffneten Arme. Dann drückt sie ihr einen Kuss auf die Wange – die Wange! – und trägt die Tasche um die zu erwartende Umarmung herum in Nicolettas Schlafzimmer.

„Heißt das, ihr habt gar keinen Hunger?“, fragt Marte enttäuscht. „Ich hab eine Riesenschale Salat gemacht und Bruschetta …“

„Salat klingt gut“, befindet Nicoletta. „Ich muss nur schnell …“ Sie deutet auf das Badezimmer. Tekgül grinst.

„Drei“, sagt sie. „Aber gerade noch so!“

Nicoletta zieht eine Grimasse. „Filiz hat gesagt, wenn wir nicht mindestens dreimal anhalten müssen, hab ich nicht genug getrunken“, erklärt sie Marte.

„Dreimal? Auf knapp fünfhundert Kilometern? Das ist aber eine ganz schöne Quote.“ Sie lachen. „Nimm das kleine Klo, George duscht noch.“ Nicoletta verschwindet durch die schmale Tür, und Tekgül folgt Marte in die Küche. Es riecht nach Tomaten-Basilikum-Brot und Harmonie.

„Tee?“, fragt Marte.

„Bier wär mir lieber“, erwidert Tekgül.

„Wir haben aber nur alkoholfreies … Nicoletta will keinen Alkohol mehr im Haus haben.“

„Alkoholfrei ist super.“

Tekgül lehnt sich an den Tisch. Die Erschöpfung kommt plötzlich, sie muss in der Wärme und dem Duft und in Martes pinkfarbenen Hauschuhen gelauert haben. Sie drückt Tekgül die Augen zu, zart und nachdrücklich.

„Nicht anfassen, nicht reden?“, fragt Marte nah an ihrem Gesicht. Tekgül lehnt sich der Stimme entgegen, bis ihre Wange Martes berührt. Sie nickt. Marte nickt auch.

„Das Bild hätte ich gern in Bronze gegossen“, kommt es aus Richtung Küchentür. „Geht das?“

Tekgül zwingt ihre Augen, sich zu öffnen. George lehnt im Türrahmen, die Haut noch feucht vom Duschen. „Theoretisch schon, aber willst du deine Verlobte nicht lieber in Gold aufwiegen lassen?“

„Kann ich mir nicht leisten." Marte entzieht Tekgül die Wange und gibt ihrem Freund einen gutmütigen Klaps auf den kahl geschorenen Kopf.

„Das ist lange her!" Mit drei Schritten ist George bei Tekgül und nimmt Martes Stelle ein. Er umarmt Tekgül herzlich und löst damit erstaunlicherweise keinen Weinreflex aus.

„Zu lange", bestätigt sie. Es ist die Wahrheit. Tekgül mag George. Er kann nichts dafür, dass Marte und sie sich getrennt haben, und er war für Marte da nach Malachis Tod, obwohl sie sich damals gerade erst kennengelernt hatten. Er ist einer von den Guten. Seine einzigen Schwächen sind Whisky und Koks, aber das hat sich ja, laut Marte, eingepegelt. Außerdem kann er richtig schlecht verlieren, das aber äußerst reflektiert. Bevor die beiden nach Südafrika abgereist sind, haben Tekgül und George sich ein paarmal zum Squash getroffen – ein Desaster, das regelmäßig in lautstarken Diskussionen über die Spielregeln endete, die er immer zu seinen Gunsten drehte. Als unausgesprochene Entschuldigung hat George das Bier danach bezahlt. Er ist ein freundlicher Mensch. Und das Baby in Martes Bauch ist von ihm. Tekgül schluckt. „Wollen wir mal wieder squashen?", fragt sie. „Also: Falls du vorher die Regeln auswendig lernst."

„Gern", sagt George. „Aber ich warne dich: Ich hab viel trainiert in Johannesburg!"

„Wir werden sehen. Wo steckt denn Nicoletta?"

„Sie wollte noch Fräulein Rottenmeier Hallo sagen und dann kommen."

„Ich guck mal, wo sie bleibt."

Nicoletta liegt auf ihrem geliebten Flokati und balanciert die Schildkröte auf dem Bauch. Lauter potenzielle Statuen heute. Tekgül lächelt über Georges Kommentar. Haptografien sind ja der letzte Schrei, denkt sie. Offenbar gibt es mehrere Menschen, die ihre Liebsten in 3-D bei sich haben wollen. Im Hosentaschenformat. Ob das was mit Besitzen-Wollen zu tun hat? Oder mit Eitelkeit? Mit dem Wunsch nach Unvergänglichkeit? Jeder Mensch kriegt seine eigene Statue, denkt sie, und dass das ein interessantes künstlerisches Thema ist, über das es sich nachzudenken lohnt. Mein Ich aus dem 3-D-Drucker. Sie legt die Gedanken ad acta und sich neben Nicoletta auf den Boden.

„Hat sie dich vermisst?“, fragt sie und deutet auf die Schildkröte.

„Ich denke nicht“, erwidert Nicoletta. „Wir kennen uns schon so lange, da spielt es keine Rolle, ob ich körperlich anwesend bin oder nicht. Ich unterhalte mich ohnehin jeden Abend ein Viertelstündchen mit ihr, ganz egal, wo ich bin.“ Sie lässt den Kopf zur Seite sinken und sieht Tekgül an. „Findest du das komisch?“

Och, denkt Tekgül. Manche Leute beten, andere reden mit ihrer Schildkröte. Es ist doch die Kontemplation, um die es dabei geht. „Antwortet sie denn?“, fragt sie.

„Klar! Sie ist voll die Quasselstrippe.“ Fräulein Rottenmeier strampelt empört. Nicoletta lacht und beginnt dann zu husten. Sie setzt das Tier vorsichtig auf den Teppich und rollt sich auf die Seite. In einer Hustenpause stupst sie die Schildkröte vorsichtig auf den Panzer. „Ehrlich gesagt ist sie ganz schön überheblich“, sagt sie. „Aber sie gibt gutes Feedback – sie ist ja auch viel älter als ich.“

Tekgül schaut Nicolettas Ratgeberin nach, die majestätisch in Richtung Küche verschwindet. Dann steht sie auf und zieht auch Nicoletta hoch. „Was war denn der letzte Tipp, den sie dir gegeben hat?“

„Dass ich aufhören soll zu trinken und mir leidzutun und stattdessen die Zügel in die Hand nehmen.“

Verflixt, denkt Tekgül. So ein Fräulein Rottenmeier könnte ich auch brauchen.

ZEHN.

Frau Schäfer streikt. Zumindest steht das in der Nachricht, die sie Nicoletta endlich als Antwort auf deren hartnäckige Nachfragen der letzten Tage schickt.

Ich streike. Es sind noch zwei Wochen bis zum Prozess, seien Sie so gut und hören Sie auf, mich unter Druck zu setzen.

Nicoletta hält Marte ungehalten ihr Smartphone hin. „Jetzt sieh dir das an!"

Marte lacht. „Ich mag sie", sagt sie. „Sie ist so unverblümt."

„Ich find sie unsolidarisch", grummelt Nicoletta. Als wäre es eine so große Sache. Alles, was sie wissen will, ist, ob Isa noch lebt. Und wo. Und wie es ihr geht. Wem soll es schaden, wenn sie das weiß? Warum tut Frau Schäfer derartig geheimnisvoll? Je weniger Nicoletta erfährt, desto dringlicher wird der Gedanke an Isa, der sich durch sie frisst wie zischende Säure. Wenn sie nicht bald Klarheit bekommt, wird sie in sich selbst zusammenstürzen. Das sei der alten Geister wegen, behaupten Frau Schäfer, Marte und Fräulein Rottenmeier einstimmig, weil sie sich wegen der Sache mit Isa schuldig fühle. Aber es ist viel mehr als das. Viel mehr.

„Vielleicht war es doch keine so gute Idee, sie tagelang mit der gleichen Message zu bombardieren", schlägt Marte vor und zieht Nicoletta zum nächsten Stand. Sie bummeln über den Flohmarkt am Maybachufer, schieben sich zwischen Menschen, Ständen und Kinderwagen hindurch und lassen den Sonntag an sich abperlen.

„Es war nicht die gleiche Message. Sie war …", Nicoletta muss selbst schmunzeln, „… leicht variiert."

Lebt Isa noch?

Isa lebt noch, oder?

Wenn Isa gestorben wäre, dann hätte ich das doch erfahren, oder?

Wenn Isa noch lebt, wo steckt sie?

Wissen Sie überhaupt, ob Isa noch lebt?

Was ist mit Isa passiert?

Da capo.

Zugegeben, denkt sie, ich war schon origineller. Aber das Internet war recherchetechnisch eine Einbahnstraße, und jede Telefonnummer, die ihr hätte weiterhelfen können, hat sie schon vor Jahren verbrannt. Frau Schäfer ist die einzige Lösung, die ihr einfällt. Es würde sie nicht einmal einen Fingerschnips kosten, die Last von Nicoletta zu nehmen. Stattdessen beruft sie sich ständig auf ihre berufliche Integrität. Die hat gut reden. Sie wacht schließlich nicht Nacht für Nacht auf, weil Isa ihren Namen ruft. Nacht für Nacht.

Zwei Worte würden reichen.

Halbherzig zerrt Nicoletta ein rot gepunktetes Oberteil aus dem Wust vor sich und hält es Marte hin. Die mustert es und schüttelt den Kopf, und das Teil fällt zu den anderen zurück. „Alles, was ich wissen möchte, ist doch, ob ich mir auch ein Medium suchen muss wie Johanna oder ob ich einfach so mit Isa reden kann … Glaubst du, die Frau, die Johanna damals diese Prophezeiung geliefert hat, kann auch mit Toten sprechen?“ Sie weiß, dass ihre Augen leuchten, sie sieht es in Martes Gesicht.

„Bestimmt“, vermutet Marte. „Ich kann George fragen, der war ja auch mal bei ihr. Und falls sie das kann und falls sich in zwei Wochen – zwei Wochen, Nicoletta! –, also falls sich dann rausstellt, dass Isa wirklich tot ist, fahr ich höchstpersönlich mit dir zu diesem Medium, und wir kümmern uns darum, dass du wieder schlafen kannst.“

„Versprochen?“

„Ja. Aber bis dahin musst du durchhalten.“

Sie schieben sich um zwei Kleiderständer herum und landen an einem Büchertisch. Eine Weile herrscht Schweigen. Marte zieht Bücher hervor, überlegt, steckt zurück und entscheidet sich schließlich für drei Kinderbücher. „Für George." Offenbar missinterpretiert sie Nicolettas gerunzelte Stirn. „Er lernt damit Deutsch."

Nicoletta nickt abwesend. Marte drückt den Preis um fünfzig Cent, weil sie schließlich auf dem Flohmarkt sind. Als sie die Bücher gerade in die Tasche stecken will, stutzt sie. „Astrid Lindgren ist nicht wirklich politisch korrekt", fällt ihr auf.

Nicoletta schaut sich Martes Ausbeute genauer an. „Ich liebe *Pippi Langstrumpf*", gesteht sie.

„Ich auch", sagt Marte. „Ist das nicht komisch, dass so vieles, was mal wahnsinnig progressiv war, sich plötzlich als rassistisch oder sonst wie schwierig herausstellt?"

„Die Zeiten ändern sich", sagt Nicoletta. Sie schlendern zum Crêpe-Stand, mit Schokolade für Marte, mit Käse für Nicoletta, und finden einen Platz auf den Stufen zum Discount-Supermarkt, dessen Parkplatz heute neugierigen Touristen, modeaffinen Hipstern und stolzen Jungeltern gehört. Und welchen wie ihnen, die von Gruppe A vermutlich bei Gruppe B eingeordnet würden, auf verdrehte Weise aber am ehesten zu Gruppe C gehören. Oder zu keiner. Nicoletta streckt die Beine aus, beißt in ihr Crêpe und kaut. Dann fällt ihr etwas ein.

„Sie kann gar nicht tot sein. Sonst würde ich nicht so wahnsinnig realistisch von ihr träumen."

„Oder gerade." Marte leckt sich die Butter vom Finger.

„Was?"

„Oder gerade!"

„Träumst du von Malachi?"

Marte zuckt zusammen. „Jetzt reicht's aber!", fährt sie Nicoletta an. „Was hat denn Malachi damit zu tun? Komm endlich runter, Mensch! Du bist einundvierzig, verdammt noch mal, du hast uns Isa all die Jahre lang einfach verschwiegen. Und jetzt, ganz plötzlich, bist du total besessen von ihr?“ Menschen schauen verstohlen herüber, die Vater-Kind-Kleinfamilienzelle neben Marte rutscht ein Stück ab. Marte schimpft ungerührt weiter. „Simon ist schon seit über einem Jahr tot, und Isa war erst mal überhaupt kein Thema! Aber neuerdings kannst du plötzlich von nichts anderem mehr reden. Als wär die Büchse der Pandora explodiert.“

„Das ist, seit ich dir davon erzählt hab.“ Nicoletta hasst es, sich grundlos zu rechtfertigen, noch dazu vor ungewollten Zuhörern. „Du bist der Deckel zu dieser Büchse!“

„Na, danke auch“, faucht Marte. „Dann leg ich mich jetzt wieder drauf, auf diese furchtbare Geschichte, und dann ist Ruhe, zum Teufel noch mal!“

Marte kann fluchen, dass einer hören und sehen vergeht.

Das kleine Mädchen neben ihnen beginnt laut zu heulen. „Sagt mal, könnt ihr euch nicht woanders streiten? Ihr macht der Laura total Angst!“, fährt der dazugehörige Vater sie an.

Zwei Köpfe fahren herum. Er weicht noch etwas weiter zurück.

„Tut mir herzlich leid, dass wir eure Sonntagsidylle stören“, giftet Marte. „Aber das Leben ist nicht immer nur Erdbeereis. Je früher Laura das lernt, desto besser.“ Nicoletta sieht, dass der Vater an einer Erwiderung feilt und wie er scheitert. Stattdessen setzt er sich seinen Spross auf die Schultern, wirft ihnen einen bösen Blick zu und geht.

Eine Weile essen sie schweigend die über den Streit erkalteten Crêpes. „Gu-zi-ba“, sagt Nicoletta schließlich. Marte schaut sie verständnislos an. „Gurke-Zitrone-Basilikum.“ Als würde das etwas erklären. Dritter Versuch: „Kinder mit solchen Vätern essen Gurke-Zitrone-Basilikum-Eis in einer Eisdiele mit Kindertreppchen aus Holz und markierten Kinderwagenparkplätzen. Erdbeer ist eher Astrid Lindgren.“

„Politisch unkorrekt?“

„Das nun nicht."

Sie kichern. „Warum fährst du nicht in Urlaub, bis der Prozess rum ist?", schlägt Marte schließlich vor. „Lass dich krankschreiben, irgendwas Psychisches, und nimm dir eine Auszeit. Du müsstest nicht mal lügen, mit deiner Story schreibt dir jeder Arzt drei gelbe Scheine. Flieg doch einfach mit nach Island, als Überraschungsgast für Sandyunmanus Hochzeit. Oder fahr in die Sonne, Spanien, Frankreich, Italien – was weiß ich."

Nicoletta überlegt. „Aber wenn ich vor Gericht muss?"

„Wieso solltest du vor Gericht müssen? Die haben dich doch gar nicht vorgeladen, und Frau Schäfer hat auch gesagt, dass deine Aussage auf Papier reicht. Mit dem Mord an Simon hast du doch nichts zu tun."

Stimmt. Frau Schäfer hat mehr als einmal betont, dass der Prozess nicht das Geringste mit Nicoletta zu tun hat. Und Urlaub könnte sie tatsächlich gebrauchen. Die Sonne scheint zwar auch hier, aber das Plätschern des Landwehrkanals kann es mit Meeresrauschen nicht einmal ansatzweise aufnehmen. Aber Nicoletta weiß, dass sie Isa mitnehmen würde. „Ich glaub, allein sein ist nicht die beste Idee gerade", sagt sie.

„Dann", ein Lächeln legt sich auf Martes Gesicht, „fahr nach Ingolstadt und besuch deine Tochter! Liza und Clemens freuen sich bestimmt, wenn du kommst."

Da wär ich mir nicht so sicher, denkt Nicoletta. Andererseits? Warum nicht? Sie hat die Kleine seit Ewigkeiten nicht gesehen, und der Stich, den es ihr versetzt, wenn sie an sie denkt, ist verblasst. Ein Stich, der ohnehin darauf zurückzuführen war, dass sie sich rabenmütterlich fühlt, weil Sonja bei Liza und Clemens aufwächst und nicht bei ihr. Aber – so überraschend ihre Zeugung auch kam und so selbstverständlich es war, sie zur Welt zu bringen – Nicoletta wollte nie Kinder. Daran hat sich nichts geändert. Macht sie das zu einem schlechten Menschen? Es hätte sie möglicherweise zu einer schlechten Mutter gemacht. Was sie zu einer guten Mutter macht, ist die Entscheidung, das Kind seinem anderen Elternteil zu überlassen.

„Ob Sonja später auch so leidet wie Tekgül, wenn sie erfährt, dass sie nur halbwegs bei ihren leiblichen Eltern aufgewachsen ist?“, fragt sie.

Marte schüttelt energisch den Kopf. „Quatsch! Was für Tek das Schlimmste ist, ist das Gefühl, Teil einer großen Lüge zu sein. Nicht mehr zu wissen, wem man was glauben kann. Aber ihr seid ehrlich zu Sonja, und darauf kommt es schließlich an: Ehrlichkeit und Authentizität.“

Stimmt. Nicoletta, Liza und Clemens sind ehrlich zu ihrer Tochter. Sonja nennt Liza Mapa und Clemens Pups. Nicoletta ist Letta. So einfach.

•

Isa wollte immer Kinder. Keine Fußballmannschaft, aber den aktiven Teil eines Basketballteams. Mit dir!, hat sie schon in der ersten Woche unserer Beziehung geseufzt und sich an mich geschmiegt, und es gab Tage, da hab ich mich potent genug gefühlt, um welche zu zeugen. Ich hab mich nie wieder so stark und unverwundbar gefühlt wie damals. Wahrscheinlich ist das die Jugend, aber vielleicht waren es auch die Nähe zu Isa, ihre Bestimmtheit und das Wissen, dass sie in mir genau das sah, was ich war. Ein großes Kind. Ein großer Junge.

Tomboy, hat meine Mutter mich genannt, wenn ich mich mal wieder geprügelt hatte, weil sich die anderen Kinder über ihre schrägen Klamotten lustig gemacht haben. Tomboy … Meine Mutter kannte das Wort lange, bevor es die bildungsbürgerlichen Kreise erreichte – weil sie so viel Englisch sprach, mit den ganzen Bands, denen sie hinterherreiste. Sie war ein waschechtes Glamrock-Groupie, und wenn sie das Wort für sich benutzt, klingt es wie eine Auszeichnung. Dass ich meinen Vater nicht kennengelernt habe, hat mich nie gestört. Ein Rockstar, hat sie gesagt, und dass er, wenn die Zeit-

schriften nicht gelogen hätten, in den späten Siebzigern an Heroin draufgegangen sei. Es sei eine harte Zeit gewesen. Mein Genpool jedenfalls dürfte die ein oder andere Überraschung bieten, und ich bin nicht sonderlich erpicht darauf, sie zu entdecken. Was ein Argument gegen Kinder ist.

Ein anderer ist das mit der Erziehung. Nachts aufstehen, Dinge erklären, für die man keine Erklärung hat, sich Sorgen machen, dass das Kind ebensolchen Blödsinn verzapft wie man selbst früher, und dabei auch noch eine Beziehung pflegen, damit die Gören ein stabiles Umfeld haben. Weil natürlich alles besser sein soll als bei einem selbst. Nein danke. Von den körperlichen Aspekten gar nicht zu reden. Sonja auszutragen war die absurdeste Erfahrung meines Lebens. Ich war fast zehn Monate ihre Wohnung, für die sie keine Miete zahlte, aber dafür ein Chaos verursachte, das seinesgleichen sucht. Aber mit Isa wär das anders gelaufen. Schon allein, weil sie die Kinder selbst austragen wollte. Und außerdem wär ich ja genetisch nicht wirklich involviert gewesen.

Isa hat das manchmal vergessen.

Mach mir ein Baby, hat sie einmal gekeucht, in ihrer letzten Nacht in Berlin, und sich an mich gepresst, nackt und weich und unglaublich bereit. Und ich hab gehorcht und sie gefickt, bis sich unsere Körper auseinanderbogen und dann wieder zueinander hin. Dass daraus kein Kind entstanden ist, wundert mich noch heute. Was ist schon Biologie? Isa und ich, wir haben der Biologie getrotzt, wenn wir flogen, obwohl wir es nicht können konnten, und wir haben der Zeit abgeschworen, wenn wir die Nacht zum Tag machten und die Tage bis an den Rand des Erträglichen dehnten. Isa liebte den Exzess, weil sie sich in ihm spüren konnte. Sie liebte den Exzess, und sie liebte ihn exzessiv. Ihr Hunger war nicht zu stoppen, sie war süchtig nach Leben, und diese Sucht war in allem zu spüren. Wie sie lachte, wie sie aß oder auch nicht aß, wie sie rannte, schnell und schneller, und wenn ich schon keuchend die Hände auf den Knien abstützte, rannte Isa weiter, weiter, weiter über die Grenzen ihres Körpers hinaus, und verschwand. Isas Leben war Rausch und Eile – als hätte sie schon damals gewusst, dass ihr die Zeit davonlief … Oder lief ihr die Zeit davon, weil sie so hungrig war? Wer weiß das schon.

Im Nachhinein glaube ich, sie erinnerte mich an meine Mutter. Das klingt komisch, aber meine Mutter mit ihrer bekifften Schläfrigkeit und ihrer sprunghaften Spontaneität war für mich der Inbegriff von Sicherheit. Sicherheit und Vertrautheit. Dass Isa genau das Gegenteil war, hab ich erst gemerkt, als es schon zu spät war.

ELF.

Das Internet hilft. Es antwortet, ohne Fragen zu stellen, und manchmal hat es sogar gute Tipps auf Lager. Als wenig hilfreich haben sich die Websites der Ämter erwiesen. Anzurufen und nachzufragen hat Tekgül nicht über sich gebracht, weil ihr selbst ihr Fall einfach zu ungewöhnlich erscheint, um sinnvolle Auskünfte von Beratungsstellen zu bekommen, weil es ihr zu nahegeht, und auch, weil sie gar nicht genau weiß, was sie eigentlich wissen möchte. Dank Foren, Buchtipps und Infoseiten hat sie trotzdem eine ganze Menge in Erfahrung bringen können. Zum Beispiel, dass in Deutschland jedes Jahr mehrere Tausend Kinder adoptiert werden, von fremden Eltern oder als Stiefkindadoption. Die „annehmenden“ Paare müssen dabei unter vierzig Jahre alt sein – Filiz war bei Tekgüls Geburt, ergo der Adoption, gerade einunddreißig geworden, Ian war fünfunddreißig. Bis auf ihre kulturelle Verwirrung passt Tekgül gut in das Bild des durchschnittsadoptierten Kindes: Wie fast alle der vermittelten Kinder kam sie bereits kurz nach der Geburt zu ihren neuen Eltern. Und selbst die Geheimhaltung ihrer Eltern war 1984 absolut zeitgemäß. Wo heutzutage für Transparenz und Offenheit plädiert wird, war es damals durchaus Usus, den Kindern zu verschweigen, dass sie adoptiert worden sind. Ziemlich oft sogar inklusive Namensänderung. Weil es vielen annehmenden Eltern peinlich ist, selbst keine Kinder bekommen zu können, wie in Ians und Filiz' Fall, oder auch, um eine „mögliche Gefährdung oder Schädigung der Identitätsentwicklung des Kindes“ zu verhindern. Tekgüls Identität fühlt sich trotz neuen Namens und trotz Verschweigens ziemlich geschädigt an, aber so weit dachten damals vermutlich weder der sogenannte Adoptionsvermittler noch ihre wohlmeinenden Eltern. Selbst das gesellschaftliche Bildungs- beziehungsweise Hierarchiegefälle bedient ihr Fall:

Die abgebenden Menschen, las sie, entstammten zumeist eher „bildungsfernen Schichten", während die annehmenden Menschen eher einen akademischen Hintergrund hätten. Was daran liege, dass von Adoptierenden eine finanzielle Unabhängigkeit gefordert wird. Die Randdaten also machen Tekgül zu einem sehr durchschnittlichen Adoptivkind.

Spannender findet sie, was sie in den Foren liest, in denen die Betroffenen selbst zu Wort kommen. Nach stundenlangem Stöbern hat sie den Eindruck, dass die Folgen für Kinder, die erst spät im Leben von der Adoption erfuhren, weitreichender sind als die für die, die sich von Anfang an bewusst waren, dass ihre Eltern nicht die leiblichen sind. Außerdem scheinen sie ihr Leben lang ein diffuses Verlustgefühl zu spüren und sich, wenn sie die Wahrheit erfahren haben, schneller und nachdrücklicher auf die Suche nach ihren Wurzeln zu machen. Die, von denen Tekgül las, und die, deren Suche von Fernsehteams begleitet worden und für jeden Internetuser zugänglich ist, waren vom Ergebnis ihrer Suche oft furchtbar enttäuscht. Und trotzdem fanden die meisten ihren Seelenfrieden, wenn die nagende Frage nach dem „Wo komme ich her?" endlich beantwortet war.

Und doch: Bei allen Parallelen findet sie bei ihren nächtelangen Recherchen im Netz nicht einen Menschen, dem es wirklich geht wie ihr. Einen Menschen, der mit dem Glauben aufgewachsen ist, einer bestimmten Kultur anzugehören, die in dem Land, in dem er lebt, nicht die vorherrschende ist, und der dann herausfindet, dass das alles Nonsens und er oder sie, im Gegenteil, so durchschnittlich ist, wie jemand es sein kann, der eben adoptiert ist. Es gibt eine Menge Kinder, die nichtdeutsch sind und von deutschen Eltern adoptiert werden – bei den meisten ist schon dank der Äußerlichkeiten ein Verwirrspiel, wie es Tekgüls Eltern inszeniert hatten, ausgeschlossen. Es ist perfide.

Sie legt den Tablet weg und geht ins Bad.

Der Aluminiumkoffer mit ihren Klamotten steht noch immer unausgepackt neben der Waschmaschine. Seit sechs Tagen. Kurz wägt Tekgül ab, ihn ins Auto zu packen und ohne Umwege nach Friedrichshafen zu fahren. Es gibt wenig, was dafür, und viel, was dagegen spricht. Dagegen zum Beispiel, dass sie versprochen hat, Sandyundmanus Hund Rutherford zu sitten, während die sich in aller Stille auf Island das Jawort geben. Dass sie in Berlin all die Dinge zu klären hat, die von innen gegen ihren Kopf trommeln. Dass sie recherchieren und reden sollte und sich verkriechen und schweigen will. Dass sie nicht wissen will, was sie in Friedrichshafen erwartet.

Seufzend öffnet sie die Verschlüsse des Koffers und klappt ihn auf. Er duftet nach Heimat. Obenauf liegen, gefaltet und gebügelt, die Sachen, die Filiz bereits gewaschen hat, durch eine Zwischenwand säuberlich getrennt von Schuhen und bereits getragener Wäsche. Alles riecht nach Filiz, nach Unna, nach der Wärme des Wäschetrockners und nach Zuhause.

Weichspüler, ätzt eine Stimme in ihr. Zuhause ist für dich also ein x-beliebiger Weichspüler. So sieht's aus, gesteht sich Tekgül ein und vergräbt ihre Nase in dem Geruch des Glücks. So sitzt sie, bis ihr die Knie wehtun. Dann erst stopft sie Stück für Stück der sauberen Kleider in die Trommel, gibt Waschmittel dazu und stellt die Maschine ein. Während die Maschine ihre Heimatgefühle abwäscht, nimmt sie ihre Zahnbürste und geht unter die Dusche.

•

Das Geräusch der Klingel, dezent und distinguiert und völlig anders als das schrille Kreischen in ihrer eigenen Wohnung, schreckt einen Schwarm Kolibris in Tekgüls Bauch auf. Panisch flattern die Tiere gegen Tekgüls Magenwände, streifen ihr Zwerchfell, ihren Beckenboden, ihren Solarplexus. Suchen einen

Ausweg. Finden keinen. Sie will sich gerade umdrehen, da hört sie ein Seufzen hinter der Tür.

„Ich bin's", sagt sie.

„Ich seh es", antwortet Johanna.

Tekgül lächelt in den glänzenden Punkt neben dem Klingelknopf. Sie weiß, wie Johanna vor der Tür steht – wie sie immer vor der Tür steht, wenn jemand geklingelt hat, und wie sie auf den kleinen Bildschirm schaut, der Tekgüls Gesicht zeigt. Hat sie auf diesen Besuch gehofft? Ihn erwartet? Gefürchtet? „Unten war offen", erklärt Tekgül. „Darf ich reinkommen?"

Ein Schloss wird entriegelt, die Tür öffnet sich. „Bitte."

Sie legt ihre Jacke auf den Stuhl neben der Tür, gewohnheitsmäßig, und Johanna nimmt sie von dem Stuhl und hängt sie an die Garderobe, ebenfalls gewohnheitsmäßig.

„Deine Haare", sagt sie. Tekgül steht still und lässt sich anschauen und schaut selbst an. Die Kolibris drehen Loopings. Ihr ist ein bisschen übel. „Sieht toll aus." Johanna räuspert sich und findet in ihre Alltagspersönlichkeit zurück. „Willst du was trinken?", fragt sie. Ihr Gesicht verschließt sich. Einzig das leichte Tremolo in ihrer Stimme zeugt noch von ihrer Überraschung.

„Ich will …", beginnt Tekgül. Es ist schwerer, als sie dachte. Sie haben sich seit sieben mal sieben Tagen nicht gesehen, und Tekgüls Marte-Schmerz steht auf einem anderen Blatt, ebenso wie der neue, der mit ihren Eltern zusammenhängt und noch keinen Namen trägt. Auf dem Weg ins Wohnzimmer spürt sie vornehmlich Johanna-Schmerz. „Ich war ein Monster", sagt sie zu Johannas Rücken.

Johanna lacht, ohne zu lachen. „Ja", antwortet sie. „Aber so weit waren wir doch schon, oder? Dass du mich nicht lieben kannst und all das?"

Vor den bodenlangen Fenstern bleibt Tekgül stehen. Johanna verschwindet in der Küche. Die kleinen Dinge, die Tekgül Johanna geschenkt hat, sind verschwunden. Der Art-déco-Aschenbecher, in dem eine Tillandsie gestanden hat, der Hühnergott von ihrem gemeinsamen Rügentrip und der kleine Metallthron, den Tekgül aus den Drahtteilen über dem Champagnerkorken an der Flasche gebogen hat, die sie getrunken haben, nachdem sie die Monate des On-und-Off zusammengezählt und stolz ihr Zweijähriges gefeiert haben. Der Thron ist ein Symbol ihrer Liebe. Liebe? Tekgül sieht zum Sessel hinüber und wundert sich nicht. Anstelle des Bildes, das sie Johanna zum Geburtstag gemalt hat, schmückt eine schreiend ultraviolett-orangefarbene Fotografie die Wand. Katharina Sieverding. Original, natürlich. Das großformatige Bild über dem Sofa, das Johanna eigenhändig in Tekgüls Atelier gemalt hat, hängt noch. Nur Tekgül ist getilgt.

Johanna stellt eine Karaffe mit Wasser und zwei Gläser auf den Tisch. Die für Gäste. „Oder willst du lieber einen Kaffee?"

Tekgül winkt ab. Sie streckt ihre Hand nach Johanna aus, und die zögert, weil sie weiß, was auch Tekgül weiß: Sobald sie sich berühren, gibt es kein Zurück. Und kein Zurück ist genau das, was Tekgül gerade braucht.

„Bitte!", sagt sie.

Und sieht, wie Johanna kämpft, weil ihr der Schlussstrich schwer genug gefallen ist, vor sieben mal sieben Tagen, und weil sie die Nase voll hat, gestrichen voll von Tekgüls Eskapaden, von ihrer Unfähigkeit, sich einzulassen, und von der ungeheuren Macht ihrer Körper. Hat sie immer wieder gesagt. Auch, dass sie kein Spielzeug sei und keine gefühllose Puppe, deren Körper Tekgül aufschneiden und das Herz inspizieren könne. Dass sie verstehe, dass Tekgül ihre Art zu leben nicht nachvollziehen könne, aber dass sie das schließlich auch nicht müsse, weil es doch um so etwas wie Toleranz gehe, letzten Endes. Und überhaupt, wer sie eigentlich sei, über Johanna zu urteilen?

Leider erinnert sich Tekgül auch an ihren eigenen Beitrag zu diesen Diskussionen – an ihre Arroganz, ihr Hohnlachen, ihre

Überheblichkeit. An ihre Fassungslosigkeit, als sie begriff, dass diese Diskussion die letzte war. Sie war sich Johannas Liebe sicher gewesen. Hatte geschwankt zwischen Faszination und Irritation, ständig. War seltsam berührt von der Zartheit hinter all dem Koks, dem Konsum, der Kälte. Kalt war ich auch, denkt sie. Aber ich hab mich geändert. Ich bin nicht mehr ich, ich bin jemand anders. Ich … „Bitte“, wiederholt sie.

Und Johanna gibt auf. Zunächst ihre Fingerspitzen, dann die Handteller, Handrücken, Handgelenke und Unterarme, dann ihre Oberarme, ihr Hals, ihre Ohren, ihre Haare zwischen Tekgüls Fingern. Tekgüls Hand an Johannas Wange, der Flaum und die Lippen, endlich die Lippen. Unter der Berührung ihrer Lippen begreift Tekgül sämtliche Metaphern, die je über Küsse geschrieben wurden, über Verzweiflung und Sehnsucht – sie begreift all diese Metaphern gleichzeitig … Es gibt kein Morgen, es gibt nur das Jetzt.

Ihre Hände sind überall, und sie hat nicht genug davon, bekommt nicht genug davon, umschlingt Johannas Körper, umschlingt Johanna, lässt sich zu Boden küssen und von ihrem Körper bedecken, windet sich aus Pullover, T-Shirt, Unterhemd, entledigt sich der Jeans, der Unterhose und der Socken und liegt schließlich nackt unter der bekleideten Johanna, ein Eingeständnis, ein Geschenk. Sie presst sich an den Körper, den sie schon so oft besessen hat, aber von dem sie sich noch nie besitzen ließ. Sie presst sich an Johannas Brust und unter ihre Achseln, das Gesicht nass.

„Alles okay. Alles okay“, sagt sie, als sie spürt, wie Johanna erstarrt angesichts der Tränen und der Situation und aus Hilflosigkeit. „Lieb mich“, fleht sie. „Bitte, bitte lieb mich!“, und weiß nicht, ob sie Johanna meint oder sich selbst, ob sie es körperlich meint oder seelisch. Johanna nimmt die Herausforderung an, und es gelingt ihr, Tekgül zu tragen, sie zu halten. Und irgendwann, viele, viele Berührungen später, schiebt sie ihre Hand in

Tekgül – tief, tiefer –, gräbt sich in sie, den Blick unverwandt auf Tekgüls Gesicht gerichtet, die sie noch immer anfleht, diesmal wortlos, und ihre eigene Wärme um Johannas Finger spürt, die ihr schließlich zurückgeben, was sie verloren hat: eine Kontur, einen Körper, einen Sinn.

•

„Und jetzt?"

Tekgül hat mit der Frage gerechnet, seit sie wieder zu Sinnen kam. Eine Antwort hat sie nicht. Aber eine Hoffnung. Danach, sich selbst nahezukommen und über diesen Weg auch Johanna. Und das sagt sie ihr auch.

„Klingt schön", murmelt Johanna in Tekgüls Armbeuge und zieht mit den Zehen die Decke auf das Bett, in das sie umgezogen sind, als der Boden zu hart wurde.

„Glaubst du, du kannst das?", will Tekgül wissen.

„Was meinst du?"

„Es aushalten, wenn ich nicht dauernd die coole, unnahbare, dominante Checkerin bin, in die du dich verliebt hast?"

„Keine Ahnung", erwidert Johanna. „Ich find die coole, unnahbare, dominante Checkerin ziemlich sexy." Sie schweigt.

Ich wusste es, denkt Tekgül. Johanna ist und bleibt ein sozial inkompetenter, egozentrischer Klotz. Sobald sie das Gefühl hat, die Jagd gewonnen zu haben, ist der Reiz vorbei. Dass es derartig schmerzt, erstaunt sie allerdings. Sie überlegt, wie sie am schnellsten aus der Sache herauskommt, ohne ihr Gesicht zu verlieren, denn sich derartig verletzlich machen, sich anbieten und dann abgewiesen werden ist mit Abstand das Erniedrigendste, was ihr je passiert ist. Sie zieht ihren Arm unter Johanna heraus, als die weiterspricht. „Aber das gerade, das fand ich auch ziemlich sexy", sagt sie. Ihr Lächeln ist gleichermaßen schadenfroh und grausam. „Du kannst ausatmen", grinst sie.

„Boah, du bist so ein Aas!“ Tekgül umfasst ihre Taille und zieht die längst ebenfalls nackte Johanna auf sich.

„Du hast es verdient!“, kichert Johanna. „Du hast es so was von verdient!“

Hat sie. Johanna versucht, von ihr herunterzurollen, aber Tekgül hält mühelos dagegen. „Du bist viel zu dünn“, stellt sie fest. „Feierst du zu viel?“

Feiern ist ein Synonym für Koks und Alkohol, in Johannas speziellem Fall für Champagner und Whisky. „Schön wär's“, antwortet sie und strampelt sich frei. „Ich arbeite zu viel.“

„Und isst zu wenig.“

„Ja-ha.“ Der gleiche Dialog wie früher, bevor ihre Affäre zu einer Beziehung wurde. Und bevor Tekgül begann, Johanna zu füttern – mit Ökofastfood oder überhaupt mit Food. Die Arbeit ist zumindest teilweise eine Ausrede, Johanna kontrolliert ihre Gefühle über ihr Essverhalten, und Tekgül weiß das. „Hör mal“, sagt sie scharf. „Ich hab keine Lust auf so 'ne Magersuchtsnummer, und ich werd dich garantiert nicht wieder bemuttern.“

„Ich will auch gar nicht bemuttert werden“, schießt Johanna zurück.

„Dann ist ja gut.“ Die Luft sirrt in der Erinnerung an vergangenen Streit. Zurück auf null. „Sorry“, lenkt Tekgül ein. „Ich hab's nicht so gemeint. Es ist nur, weil ich …“

„Ich weiß“, unterbricht sie Johanna erstaunlich milde. „Das muss alles ganz schön heftig sein für dich. Wenn du darüber reden willst …“

„Gerade nicht, aber – danke.“

Johanna legt ihre Hand auf Tekgüls Brustkorb, mittig oberhalb des Herzens. „Fährst du hin?“, fragt sie, und Tekgül weiß sofort, was sie meint. Friedrichshafen. Am anderen Ende des Landes. Ziemlich weit unten links. „Ich denk schon.“

„Sag Bescheid, wenn ich was tun kann, ja?“ Johanna hält den Kontakt, bis Tekgül genickt hat, dann geht sie ins Bad. Die Wärme ihrer Hand bleibt. Tekgül sieht ihr nach. Die Ereignisse haben Johanna verändert. Das zwischen ihnen, die Sache mit Malachi und vor allem Johannas Auszeit in der Wüste. Trotzdem ist deutlich, dass die letzten Wochen nicht nur Tekgül ganz schön gebeutelt haben. Johanna kommt zurück, lächelt ihr zu und sucht ihre Klamotten zusammen. Sie sieht anders aus, bemerkt Tekgül, dünner, wie gesagt, und die Haare sind heller und länger. Ersteres sieht schlimm aus, Letzteres toll. Aber was sich wirklich verändert hat, sind ihre Bewegungen. Als sie sich kennenlernten, bewegte sich Johanna zu jeder Minute ihres Tages vor einem Publikum, selbst, wenn sie sich unbeobachtet glaubte. Jetzt wirkt sie … echter, mehr in sich ruhend, weniger … bemüht. Es steht ihr ausgezeichnet.

„Wollen wir uns vorher noch mal sehen?", fragt Tekgül.

Johanna trägt wieder den Hosenanzug von vorhin, der, obwohl er in heißen Sex involviert war, nicht eine Knitterfalte aufweist. Sie legt den Finger an den Nasenflügel. „Ich würd gern, Tek, aber ich hab echt irre viel zu tun. Wann fährst du denn?"

„Weiß nicht, irgendwann die Tage."

„Ich tu, was ich kann, ja?"

Tekgül streckt den Daumen nach oben. Dann winkt sie mit einer kleinen Bewegung der anderen vier Finger Johanna zu sich, die gehorsam zum Bett kommt. Na bitte, denkt Tekgül, das funktioniert noch. Mit der flachen Hand bedeutet sie ihr, stehen zu bleiben. Dann zieht sie, sehr, sehr behutsam, die Decke von ihrem nackten Körper, stellt die Füße auf und spreizt die Beine. „Versprich es", fordert sie.

„Du bist gemein." Johannas Stimme ist rau. Tekgül legt ihre Hand zwischen die Beine und presst, den Blick fest auf Johanna gerichtet, ihr Becken dagegen. Sie bewegt sich langsam. Johannas Wangen röten sich. Das zumindest hat sich nicht verändert: Sie reagiert auf Tekgüls Spiel wie ein konditioniertes Tier. „Ich hab keine Ahnung, wie, aber ich versprech es", sagt sie schließlich. Tekgül schmunzelt. „Ich freu mich."

„Ich hasse dich.“
„Ich dich auch. Sehr.“

•

Rutherford springt an Tekgül hoch, als wäre sie der Hundefutterlieferant. Was im Hinblick auf das getrocknete Schweineohr, mit dem sie vor seiner Nase herumwedelt, eine naheliegende Verwechslung ist.

„Du willst wohl nicht um deiner selbst willen geliebt werden“, knurrt Manu, nachdem sie den Hund mit einem entschiedenen Pfiff zur Räson gerufen und in sein Körbchen am Ende des Ganges gescheucht hat. Sie nimmt Tekgül das Mitbringsel aus der Hand und steckt es in die Bauchtasche ihres Kapuzenpullis. Rutherford jault. Tekgül zwinkert ihm zu.

„Um meiner selbst willen“, echot sie. „Glaubst du ernsthaft, Hunde lieben irgendwen ‚um seiner selbst willen‘? Nur, weil er so freundlich lächelt?“

„Absolut.“ Manu grinst. „Anders als Menschen übrigens, wenn du mich fragst. Ich hoffe also, dass du mir auch was mitgebracht hast.“

„Klar! Aber du kriegst es erst, wenn Rutherford sein Ohr hat.“

„Pah.“ Manu winkt Tekgül ins Haus und schleust sie an einem Sammelsurium von Dingen vorbei, die neben einer geöffneten Reisetasche darauf warten, eingepackt zu werden.

„Ein Plastiksieb?“, fragt Tekgül ungläubig und schiebt es mit dem Fuß zu dem Stapel an Textilien, einem Bund getrockneten Salbeis und einem Konstrukt aus Metall, dessen Sinn sich ihr ebenso wenig erschließt wie die Notwendigkeit eines Siebes im Reisegepäck. „Ist das Teil eines isländischen Hochzeitsrituals, oder wollt ihr Gold schürfen?“ Sie lacht über ihre Idee. „Ich seh euch schon vor mir, wie ihr an irgendeinem Fjord hockt und Wasser siebt. Oder Steinchen aus dem Schnee auf einem Gletscher.“

Manu stemmt die Hände in die Hüften. „Sehr witzig", sagt sie. „Das brauche ich, um meinen chinesischen Tee abzugießen. Und den Salbei, um das Hotelzimmer auszuräuchern, schließlich können wir am schönsten Tag unseres Lebens keine unguten Energien gebrauchen. Und das hier", sie beugt sich hinunter und zieht an dem metallenen Teil, „das ist ein Spike, den man unter die Schuhe schnallt. Falls es glatt ist. Aber wo ist der zweite?"

Staunend beobachtet Tekgül, wie sie die Hände in dem Stapel versenkt und gräbt. „Vielleicht solltest du Rutherford …", schlägt sie vor. Der Hund springt in seinem Körbchen auf und wedelt Manus Bauchtasche an. Manu ignoriert ihn. „Ich hab ihn schon gefunden", brummt sie. „Er hat sich nur verhakt." Gemeinsam mit den Spikes fördert sie ein Knäuel Kabel zutage. „Scheiße, die Ladekabel. Sandy bringt mich um!"

Mit einem wachsamen Auge auf der Küchentür trennt sie drei verschiedene Kabel voneinander und legt sie zum Aufwickeln in Tekgüls Hände, die kommentarlos wickelt und sich wundert. „Ich dachte, ihr wollt heiraten. Solltet ihr da nicht eher Hochzeitskleider und Eheringe mitnehmen?"

„Seh ich aus, als würde ich ein Brautkleid tragen?"

„Warum nicht? Wenn Sandy das gleiche anhat", frotzelt Tekgül.

Manu lächelt gutmütig. Die Stichelei ist nah an der Wahrheit, einer Wahrheit, die sie ganz offensichtlich glücklich macht. Und Sandy vermutlich auch. Ich würde ausrasten, denkt Tekgül, wenn meine Freundin meine Klamotten tragen würde, wenn wir uns die gleichen Kapuzenpullis und Blusen kaufen würden – bestenfalls in unterschiedlichen Blauschattierungen. Wenn der Unterschied in unseren Hosen alleine in der Größe bestünde und das Maximum an Individualität in ein paar Zentimetern mehr oder weniger Haarlänge. Seit Manu sich entschieden hat, ihre Haare wachsen zu lassen, ist die Frisur ein wunderbarer Indikator dafür, mit wem man es zu tun hat – selbst, wenn man eine der beiden lediglich aus dem Augenwinkel heraus sieht, so wie Tekgül jetzt. Auch weil Manu neben ihr steht, ist es eindeutig Sandy, die an der Küchentür lehnt.

„Essen ist fertig“, verkündet sie. Tekgül geht zu ihr und nimmt sie in die Arme. Sandy zupft an Tekgüls Haaren. „Ganz schön kurz“, sagt sie. „Warum hast du sie abgeschnitten? Du hattest doch so schöne …“

„Ich fand sie nicht schön, sondern nervig“, unterbricht Tekgül. Bei einer radikalen Veränderung bleibt es nicht aus, dass Menschen Bemerkungen machen. Jeder hat eine Meinung zu ihrer neuen Frisur, die meisten sind positiv, aber die Menge an Gesprächen, die sie in den vergangenen Wochen wegen ihrer Haare führen musste, sind überflüssig und anstrengend. Vor allem in Anbetracht der Sturmflut, die hinter ihr liegt. Beziehungsweise vor ihr.

„Verstehe.“ Sandy nickt. „Schön, dass du da bist. Es ist toll von dir, dass du dich um Rutherford kümmerst. Am liebsten hätten wir ihn ja mitgenommen, aber …“

„… es war einfach zu viel Aufwand“, beendet Manu den Satz. „Und zu teuer.“ In bedauerndem Einvernehmen nicken die beiden.

Tekgül lächelt. Sandyunmanu sind unglaublich. Sie hat noch immer nicht herausgefunden, ob das Paar einem Märchen oder einem Albtraum entsprungen ist, aber sie sind die warmherzigsten und zuverlässigsten Freundinnen, die man sich vorstellen kann. Dass ausgerechnet diese Herdentiere sich gegen eine große Party und für eine zweisame Hochzeit auf Island entschieden haben, hat den Freundeskreis überrascht.

„Ich glaub, es ist gut, dass du ihn schon ein bisschen früher holst“, fährt Sandy fort. „Wir sind beide so aufgeregt, das kriegt er natürlich mit.“

Manu geht zum Hundekorb und tätschelt Rutherfords Schädel. „Armes Schätzchen“, sagt sie. Tekgül umarmt sie von hinten, ehe die Szenerie melodramatisch werden kann. „Er ist doch in den besten Händen“, verspricht sie. Dann greift sie flink um Manus Mitte herum in die Bauchtasche des Pullovers und zieht das Schweineohr heraus. „Ha!“, ruft sie.

Rutherford springt auf. Sein ganzer Körper wackelt. Er hypnotisiert das Ohr und quietscht unterdrückt. Sandyunmanu geben widerwillig nach, und Tekgül wird geliebt.

Der Hund kaut genussvoll auf dem Knorpel herum, während seine Besitzerinnen ihren Gast zu dem Küchentisch dirigieren. Es gibt Steinpilzrisotto à la Léa Linster, die gerade Sandys Lieblingsköchin ist. Tekgüls wohliges Seufzen übertönt Rutherford knapp.

„In Island …“, beginnt Manu.

„*Auf* Island!“, verbessert Sandy.

„Quatsch. Es ist doch ein Land.“

„Aber auch eine Insel. *Auf der Insel.*“

„Aber du sagst doch auch nicht *auf* England.“

„Weil England nur ein Land *auf einer* Insel ist.“

„Aber England liegt in Großbritannien. Du sagst nicht *auf* Großbritannien.“

„Aber *auf* Ibiza, *auf* Teneriffa, *auf* La Gomera!“

„Es geht beides“, mischt sich Tekgül ein.

„Echt?“ Im Chor. Die Harmonie ist im Handumdrehen wiederhergestellt.

„Ja.“ Sie weiß es, weil sie genau diese Diskussion einmal mit Caroline hatte, wegen eines potenziellen Jobs auf Island, aus dem allerdings zu Tekgüls Bedauern nichts geworden ist. „Ich hab's mal nachgeschlagen. Was wolltest du denn eigentlich erzählen?“

Manu legt den Finger an die Nase. Dann fällt es ihr wieder ein. „Also in und auf Island gibt es ja total krasses Essen. Fermentierten Hai, wusstest du das? Der ist schon am Gären, also halb verwest.“ Sie schüttelt sich. Tekgül deutet auf das perfekte, leicht schleimige Risotto auf ihrem Teller, aber Manu ist nicht zu stoppen. „Und Schafsköpfe. Und eingelegte Robbenflossen. Und Hammelhoden!“

Sandy legt ihrer Liebsten die Hand aus Knie. „Das isst da heute kaum noch wer“, sagt sie. „Aber wenn du willst, finden wir sicher ein Restaurant, in dem sie sich auf diese Sachen spezialisiert haben.“

Manus Gesicht ist Gold wert. Tekgül grinst. „Ihr seid echt ’ne Nummer“, sagt sie. „Ich bin sicher, ihr werdet eine Traumhochzeit haben. Und Rutherford und ich, wir machen in der Zwischenzeit Abenteuerurlaub in Süddeutschland. Ein bisschen halb verwesten Fisch finden wir da bestimmt auch. Ich wette, er wird ihn lieben!“

„Und dir ist das wirklich nicht zu viel, dich um ihn zu kümmern?“, fragt Sandy vorsichtig. Tekgül denkt an Nicolettas telepathische Verbindung zu Fräulein Rottenmeier und schüttelt energisch den Kopf.

„Im Gegenteil! Ich freu mich, dass ich nicht alleine fahren muss. Immerhin ist er doch ein halber Kampfhund, oder?“

„Kampfhunde gibt es nicht“, rügt Sandy. „Und Rutherford ist sowieso ein Ausbund an Sanftheit. Seine Mutter ist zwar eine Akita, aber die stehen nicht auf der Liste, oder, Herzblatt?“

Manu schüttelt den Kopf. „Außerdem hat er mehr vom Vater, und Sibirische Huskys sind total lieb, wenn sie genug Beschäftigung kriegen. Also nicht bloß stundenlang im Auto sitzen mit ihm, ja?“

„Und vergiss nicht, ihn immer anzuschnallen!“, fällt Sandy ein.

„Anschnallen? Den Hund?“

„Natürlich!“ Der Schrille des Wortes nach zu urteilen, ist Sandy angesichts der offensichtlichen Naivität ihre Hundesitterin drauf und dran, die Hochzeitsreise zu stornieren. „Du bist doch verpflichtet, Ladung zu sichern! Und vorm Gesetz sind Tiere Ladung. Deshalb haben wir doch diese fette Box im Auto.“ Sie wendet sich an Manu. „Hast du ihr das Hundeanschnallset nicht gezeigt?“ Ihre Verlobte zieht schuldbewusst den Kopf ein. Sandy seufzt. „Es liegt in der Kiste mit seinen Sachen. Es geht ganz einfach, du musst nur …“

„Jetzt macht euch mal keinen Kopf, wir schaffen das schon, Ruthie und ich.“

Sandy sieht sie durchdringend an. „Bist du sicher?“

„Natürlich bin ich mir sicher! Aber ihr müsst mir versprechen, mich nicht jeden Tag anzutexten, um rauszufinden, wie es ihm geht“, fordert Tekgül. „Genießt einfach eure Hochzeit. Wie war das? Sind die Straßen im Landesinneren denn so früh im Jahr schon auf? Ihr wolltet doch zu diesem einen Gletscher …“

Die Saat geht auf. Das Gespräch plätschert sanft und wird von dem Strahlen erhellt, mit dem sich Sandyunmanu gegenseitig bedenken. Tekgül nimmt einen weiteren Löffel Risotto und lässt sich von dem Enthusiasmus ihrer Freundinnen einlullen.

ZWÖLF.

„Und? Was haltet ihr davon?"

Betont unaufgeregt nippt Nicoletta an ihrem Espresso. Tekgül antwortet nicht. Sie sieht durch ihre überdimensionierte Ray-Ban regungslos den Spatzen bei Ringen um die Reste des Croissants auf dem Nachbartisch zu – zumindest ist das die Richtung, in die sie starrt. Rutherford liegt unter ihrem Stuhl und ignoriert die Vögel wie ein guter Stadthund.

Immerhin Marte reagiert auf den Vorschlag. Ihre Gabel, die schon während Nicolettas Monolog fassungslos über dem Teller schwebte, landet wie ein Fallbeil in der Käsesahne. „Nee jetzt!", poltert sie. „Das ist nicht dein Ernst! Ich dachte, wir hätten uns darauf geeinigt, dass du Urlaub machst und Sonja besuchst und …"

„Mach ich doch!"

„Ja, klar! Himmel, das ist echt die bescheuertste Idee, die du je …" Marte dreht sich zu Tekgül und wedelt mit der Hand vor ihrem Gesicht herum. „Hallo?", fragt sie. „Jemand zu Hause? Jetzt sag doch auch mal was!"

Sichtlich widerwillig verlagert Tekgül ihre Aufmerksamkeit von den Spatzen auf die Konversation. Nicoletta verknotet unter dem Tisch Mittel- und Zeigefinger. Über dem Tisch nimmt sie einen weiteren, ungerührten Schluck Kaffee. Aus dem Augenwinkel registriert sie, wie Tekgül sich die Sonnenbrille auf das Haar schiebt. Dann sieht sie von Nicoletta zu Marte und legt den Kopf schief. „Warum nicht?", sagt sie schließlich.

Marte vergräbt stöhnend das Gesicht in den Handflächen.

Die Idee lag so nahe, dass Nicoletta sich gewundert hat, warum sie nicht sofort darauf gekommen ist. Tekgül muss an den Bodensee. Das kleine Dorf bei Ingolstadt, in dem Liza und Clemens mit Sonja leben, liegt auf dem Weg. Nicoletta ist krankgeschrieben, Tekgül hat so etwas Ähnliches wie Semesterferien ... Und Friedrichshafen liegt nur etwas mehr als eineinhalb Stunden von Zürich entfernt. Wenn das kein Schicksal ist. Es ist Nicoletta egal, was Marte und Frau Schäfer sagen, und es ist egal, dass Johanna die Idee „das Dümmste, was dir je eingefallen ist" nennt. Nicoletta muss Isa finden, und wenn ihr keiner hilft, dann eben alleine.

Alleine mit Tekgül.

Sie hat damit gerechnet, dass Tekgül sie versteht. Schließlich ähneln sich die Punkte, an denen sie in ihren jeweiligen Leben stehen, frappierend. Trotzdem fällt bei diesem „Warum nicht?" ein ganzer Steinbruch von Nicolettas Herz.

Sie strahlt Tekgül an und hält ihr die Faust hin. Tekgül grinst und stößt ihre eigene Faust sachte dagegen. Dann beugt sich Nicoletta nach vorne und sieht Rutherford in die Augen. „Wir machen einen Roadtrip in die Vergangenheit", erklärt sie ihm. „Du, Tante Tekgül und ich. Wie Thelma und Louise!" Rutherford schließt die Augen. Nicoletta strahlt.

„Solange wir nicht enden wie die beiden", sagt Tekgül trocken.

Marte verdreht entnervt die Augen. „‚Einen Roadtrip in die Vergangenheit'", äfft sie Nicoletta nach. „Was willst du da finden, in einer Vergangenheit voller Drogen und Gewalt? Und wie willst du deine Isa finden, wenn du keinen Schimmer hast, wo du nach ihr suchen sollst?"

Auf dem Friedhof, denkt Nicoletta. Wahrscheinlich dort. Aber dann hab ich immerhin Gewissheit.

„Wir finden sie schon", knurrt Tekgül. Marte fährt herum. „*Ihr* findet sie? Wird das hier so eine pathetische Zwei-Frauen-gegen-den-Rest-der-Welt-Nummer? Ist das noch präpubertär oder schon Midlife-Crisis? Das ist kein Spiel, verdammt noch mal! Nicolettas Ex ist, wenn sie überhaupt noch lebt, wahrscheinlich total fertig, weil ihr Bruder tot ist, und ganz sicher bewegt sie sich, wie gesagt: *wenn* sie noch lebt, in Kreisen, in denen ihr euch besser nicht rumtreiben solltet. Und du, meine

Liebe", sie weist mit der Gabel auf Tekgül, „solltest den Ball flach halten! Dir passt Nicolettas Obsession klasse in den Plan, weil du dich dann nicht mit deinen eigenen Gefühlen auseinandersetzen musst. Du könntest dir nämlich deine halbe Vergangenheitssuche sparen, wenn du endlich diesen Scheißbrief lesen würdest." Sie legt die Gabel beiseite und schaut von einer zur anderen.

Was Tekgül angeht, liegt Marte absolut richtig, denkt Nicoletta, aber sie wird sich hüten, in dieselbe Kerbe zu hauen. Schließlich braucht sie Tekgül als Verbündete. Also legt sie ihre Hand auf Martes.

„Ich versteh, dass du dir Sorgen machst, aber ich hab mir das wirklich gut überlegt!" Und dann, weil sie weiß, wie Marte tickt: „Ich hab so viele Therapien gemacht, und hat es mir geholfen? Ein kleiner Auslöser, und die ganze Scheiße ist wieder da, schlimmer als vorher!"

„Ein kleiner Auslöser? Dein Mann ist ermordet worden!"

„Ich sollte trotzdem drüberstehen. Tu ich aber nicht. Ich mein: Du siehst doch, wie es mir geht, und … ich hab einfach keine Lust, das noch länger mit mir rumzuschleppen!" Martes Hand zuckt hoch, aber Nicoletta lässt ihr keine Chance. „Ich kann nicht mehr warten. Ich muss das endlich abschließen, und du musst zugeben, dass alles perfekt passt. Tek muss eh nach Friedrichshafen. Wir können uns gegenseitig unterstützen; dafür sind Freundinnen doch da, oder nicht?"

Sie sucht Bestätigung in Tekgüls Blick, aber die zieht spöttisch die linke Braue hoch und schiebt ihre Sonnenbrille wieder auf die Nase. Sie hat mich durchschaut, denkt Nicoletta. An Martes Blick sieht sie, dass es ihr nicht anders geht. Die eigenen Freunde zu täuschen ist das Schwierigste. Zumal, wenn sie nicht getäuscht werden wollen.

„Weißt du", sagt Marte resigniert. „Mir gehen die Argumente aus. Mach, was du willst. Aber wenn du am Ende in Zürich hockst und dir irgendwelche Dealerkumpel von Simon auf den Fersen sind, sei so gut und ruf nicht mich an."

„Du liest zu viele Krimis", frotzelt Tekgül. „Wir werden Sonja an den Füßen kitzeln, uns in einem oberbayrischen Gasthaus eine Schweinshaxe teilen, und ich werde ein paar Kröten erben, die wir in Zürich auf den Kopf hauen und in Grabkerzen für Isa und wunderschöne Geschenke für unsere Freunde investieren." Grabkerzen, denkt Nicoletta. Sie lächelt zustimmend über den Stich und die Tretmine hinweg, die Tekgül vor ihr platziert hat. „Genau", stimmt sie zu. „Und dann kommen wir zurück, und ich kann endlich wieder klar denken, und Tekgül liest den Brief und sucht sich eine Therapeutin." Minen legen kann sie auch.

Tekgül grinst sie betont liebenswürdig an. „Ja!", albert sie. „Vielleicht mach ich eine Gestalttherapie. Und der Therapeut erklärt mir, dass mein Vater das rote Kissen ist, meine Mutter das blaue und meine biologische Mutter das Bild an der Wand. Und dann klären wir das unter uns, die Kissen, das Bild und ich. Am Ende studier ich Kunst, und Nicoletta findet eine neue Isa, eine ohne Drogen, und du und George, ihr kriegt ein süßes, gesundes Baby. Happy End."

Marte sieht konsterniert von einer zur anderen und muss wider Willen mitlachen. „Wehe, wenn nicht", sagt sie. „Wehe, wenn nicht!" Dann sammelt sie ihr Kleingeld zusammen, bezahlt den Kuchen und macht sich auf den Weg nach Erkner, um Sandyunmanu zu besuchen. „Kann spät werden", informiert sie ihre Mitbewohnerin auf Zeit. „George will Sandy irgendein südafrikanisches Rezept beibringen, und danach will Manu uns Fotos von Island zeigen."

„Vor der Hochzeit? Wieso das denn?", fragt Tekgül.

„Damit wir verstehen, warum sie ausgerechnet dort heiraten wollen." Marte kniet sich vor den Hund und streichelt seine Nase. „Ich glaub, sie haben ein schlechtes Gewissen, weil sie ohne uns heiraten."

„Was für ein Quatsch", sagt Nicoletta.

„Was für ein Quatsch", bestätigt Tekgül. „Außerdem gibt's ja noch eine Hochzeit dieses Jahr. George und du müsst es dann halt rausreißen." Dann sieht sie wieder zu den Spatzen hinüber.

Trotz ihrer Aufregung wegen des Roadtrips entgeht Nicoletta der scharfe Unterton unter Tekgüls Schnodderigkeit nicht. Marte schweigt, aber sie sucht Nicolettas Blick. Es geht ihr nicht gut, sagt sie wortlos. Kümmer dich um sie. Nicoletta nickt langsam. „Dann lass dich mal schick bekochen", sagt sie. „Und grüß schön!"

„Von mir auch!", bittet Tekgül. „Ich bin gespannt, was sie dazu sagen, dass Rutherford jetzt zwei Reisegefährtinnen hat." Als Martes Rücken Richtung U-Bahnhof verschwunden ist, bestellt sie sich eine Club Mate.

Nicoletta drückt ihr einen Kuss auf die Wange. „Du bist die Beste!", sagt sie. „Das wird toll!"

„Auf jeden Fall wird es zu zweit weniger schlimm", hofft Tekgül.

Den Rest des Nachmittags verbringen sie mit der Planung ihrer Reise. Dann bringen sie Rutherford zu Tekgül und ziehen los, um sich die Köpfe frei zu tanzen. Als Nicoletta frühmorgens euphorisch nach Hause kommt, liegt ein Zettel auf ihrem Kopfkissen. *Ich find die Idee wirklich scheiße*, steht darauf. *Aber dass du mich nicht anrufen sollst, war Unsinn.* Daneben ein Herz aus Schokolade, das für eine Fluglinie wirbt und köstlich schmeckt. Mit dem Geschmack der Schokolade im Mund schläft Nicoletta zum ersten Mal seit Monaten einfach ein.

•

Der Anruf bei Clemens und Liza holpert zu Anfang.

„Morgen schon?", fragt Clemens nach den üblichen Eingangsfloskeln. „Das ist in der Tat ganz schön spontan, wir haben eigentlich … Wart mal eben …“ Sie hört, wie er die Hand auf den Hörer legt und mit Liza spricht. Die das Gespräch übernimmt.

„Nic-Noc!“, ruft sie, und Nicoletta krümmt sich buchstäblich bei diesem Spitznamen. „Was für eine Überraschung! Natürlich kommt ihr! Wir freuen uns!“ Und dann rattert sie eine ganze Liste mit Dingen herunter, die Nicoletta mitbringen könnte, wenn sie die Zeit dazu fände, sie zu besorgen – natürlich nur dann.

„Gibt es in Ingolstadt keine Bioläden?“, frotzelt Nicoletta und schreibt mit.

„Doch“, entgegnet Liza, „aber die Auswahl ist nicht ganz so üppig wie bei euch. Und es ist immer so kompliziert, dahin zu kommen, mit Sonja und in Ruhe, weißt du?“

Stimmt, denkt Nicoletta, sie haben ja nur das eine Auto. Vater, Mutter, Kind. Der ausgebaute Dachboden seines Elternhauses. Ein Verdiener, ein Auto. Ein Albtraum. „Dann bring ich dir wohl besser ein Carepaket aus Berlin mit. Wir haben ja viel gutzumachen, was das angeht.“

Liza versteht die Anspielung auf ihre US-amerikanische Herkunft sofort. „Ich glaub nicht, dass einer meiner Opas bei den Rosinenbombern dabei war, aber danke.“

Es stimmt nicht, dass es einem auffällt, wie sehr man Menschen liebt, wenn sie aus dem täglichen Leben verschwinden. Es fällt einem erst dann auf, wenn man ihre Stimmen wieder hört und ihr Lachen, denkt Nicoletta. „Das ist doch das Mindeste! Und gibt es irgendwas, womit ich Sonja eine Freude machen kann?“

„Hauptsache kein Spielzeug. Ihre Spielzeugkiste platzt schon aus den Nähten. Mit Tofuwürstchen kannst du sie gerade kriegen, auf die steht sie total. Aber das Wichtigste ist eh, dass ihr da seid.“ Und damit ist die Sache geritzt.

Die Einkäufe für Liza wird sie gemeinsam mit Tekgül machen, bevor sie losfahren. Die Route ist ausgedruckt, Berlin–Altmühltal–Friedrichshafen–Zürich. One way.

Nicoletta legt ihre drei Lieblingshemden in die Tasche, zuoberst, damit sie nicht zerknittern. Und dann, als Allerletztes, das Foto.

•

Ich besitze genau zwei Bilder von Isa. Es ging zu schnell am Ende, um mehr mitzunehmen. Wir hatten noch keine Handys Mitte der Neunziger, und Digitalkameras waren erst langsam im Kommen. Wir hatten Filme und analoge Schnappschusskameras, und ein Bild war ein Bild und ein Moment ein Moment … und dann, eingefangen oder uneingefangen, vorüber. Keine Serienaufnahmen, kein Photoshop auf jedem Rechner. Sechzehn Jahre sind Welten in der Computertechnologie. Bis auf das Foto, dass ich in meinem Portemonnaie hatte, sind alle Erinnerungen an Isa in einem gut bewachten Extrazimmer in meinem Kopf eingelagert. Das Bild zeigt uns beide, ganz am Anfang in Berlin. Unsere Köpfe liegen auf einem großen Kissen, das weiß aussieht, aber hellblau war. Isas dunkle Haare zerschneiden das helle Kissen in viele kleine Teile, wie Algen oder Seetang oder Schlangen. Angefühlt haben sie sich wie Federn, weich und flusig. Ihre Augen fangen die Farbe der Haare auf, wie sie überhaupt immer andere Farben gefangen haben. Die Farben ihrer Pullover und T-Shirts, die Farbe der Wand hinter ihr oder die Farbe ihrer Gefühle. Auf dieser Aufnahme sind sie fast schwarz und tragen noch diesen abwesenden Glanz, den sie kurz nach dem Orgasmus immer hatten. Isas Augen waren Magie für mich. Ich hatte immer die Illusion, durch sie wirklich in ihren Kopf hineinsehen zu können, einzutauchen in diese Bodenlosigkeit, die manchmal so beängstigend wirkte.

Zu mir sind Fotografien wenig gnädig. Meine Augen, die ohnehin etwas Glubschiges haben, werden im Blitzlicht stechend rot, während mein Gesicht im grellen Licht schnell die Farbe verliert. Bei diesem Bild kommt alles zusammen, sodass ich aussehe wie eine

Wasserleiche, die von einem quietschlebendigen Fabelwesen bestaunt wird. Dass ich mit weit offenem Mund lache, tut mir auch keinen Gefallen. Trotzdem hab ich mein Gesicht nicht abgeschnitten – vermutlich wollte ich sichergehen, dass ich wirklich da war, mit ihr. Durch all die Jahre in meinem Geldbeutel und die folgenden in einer Kiste mit allerlei anderen Dingen, die ich unbedingt aufheben, aber nie wieder anschauen wollte, ist Isas Gesicht von Falten durchzogen. Auf dem Papier und durch meine Liebe ist sie gealtert. Mein Gesicht hingegen, weggeknickt zur Rückseite und dort festgeklebt, wirkt ebenso dämlich wie an dem Tag, als ich die Fotos beim Drogeriemarkt abgeholt habe.

Sandyunmanu haben recht. Auf den ersten Blick sehen sich meine Ex-Freundinnen wirklich ähnlich: dunkle Haare, gern lang, auffälliger Mund, auffällige Nase, ziemlich groß, ziemlich dünn. Isa, Stine, Tekgül, Liza … und der Großteil der Frauen, die dazwischen kamen, passt auch in das Schema. Was Sandyunmanu nicht wissen, ist, dass Isa diesen Geschmack geprägt hat. Isa hat mich konditioniert. Nicht wegen ihres Äußeren, sondern wegen ihres unstillbaren Hungers nach Leben.

Das zweite Bild, das ich von Isa habe, darf weiter verknittern in der Kiste mit den Dingen, die ich nicht wegwerfen kann. Auf diesem Bild ist sie ohnehin fast tot. Ich habe es auf der Kamera gefunden, als ich den Film Jahre später entwickeln ließ. Ich muss es an dem Abend gemacht haben, an dem sie mir versprochen hat, mit mir abzuhauen. Auch diese Aufnahme ist auf dem Bett entstanden, dem in Zürich. Den Glanz in ihren Augen habe allerdings nicht ich herbeigeführt. Isa sieht mit diesem großen, flehenden Blick in die Kamera, vor dem ich schließlich weggelaufen bin. Das zweite Bild ist verwaschen, unscharf und überbelichtet. Es ist eine Lüge.

DREIZEHN.

Marte ist nicht blöd, denkt Tekgül. Sie weiß, dass ich ihren Trick durchschaue, und sie weiß auch, dass ich trotzdem hingehe. Ausgerechnet an dem Abend, bevor sie sich auf den Weg gen Süden machen, will George squashen. Das ist zu auffällig, als dass Marte ihre Finger nicht im Spiel haben könnte. Tekgül kennt Marte gut genug, um zu ahnen, dass sich hinter diesem Date ein Gespräch verbirgt, auf das sie liebend gern verzichten würde. Trotzdem hat sie das Treffen mit Johanna um zwei Stunden nach hinten verschoben und Rutherford zu Nicoletta gebracht. Egal, mit welchen Argumenten George kommen wird, es ist ebenso naheliegend wie brillant, die Reise gemeinsam mit Nicoletta zu machen. Auch für Tekgül. Sie hat den ersten Schock zwar halbwegs überwunden, aber das bedeutet nicht, dass der Gedanke an einen Anwalt, der ihr das Testament einer Mutter eröffnet, die sie nicht kennt, sie ruhig schlafen lässt. Ihre eigene Herausforderung mit Nicolettas Suche nach Isa zu verbinden, von der sie – genau wie alle anderen bis auf Johanna – vor der gemeinsamen Zeit in Unna nichts außer dem Namen wusste, ergibt einen Sinn, der über sämtlichen logischen Denkübungen steht. Nicoletta ist ein verdammt tiefes Wasser, denkt Tekgül, wenn auch nicht still.

•

Etwas stimmt nicht. George ist zu unterwürfig. Er regt sich zu wenig auf. Er beschuldigt Tekgül nicht, dass sie schummeln würde oder Vorteile wegen ihrer Körpergröße habe oder ihn mit dem Ball zu verletzen versuche. Er behauptet nicht, dass sie die Regeln zu ihren Gunsten auslege, und – spätestens das hätte Tekgül stutzig gemacht, wenn sie es nicht ohnehin schon gewesen wäre – vor allem legt er die Regeln nicht zu *seinen* Gunsten aus. Es ist einfach zu auffällig.

„Come on, George!", brüllt sie ihn an, als er den dritten Ball in Folge ins Aus spielt. „Was immer es ist, über das du mit mir reden sollst, können wir das bitte nach dem Spiel klären? Ich bin hier, um Sport zu machen, also konzentrier dich gefälligst!"

Und dann bombardiert sie ihn mit Schmetterbällen, bis sein Überlebensinstinkt erwacht und er zu kämpfen beginnt. Am Ende gewinnt er, knapp, aber dafür regelkonform. Beide sind schweißnass. Nach dem Duschen holen sie sich ein Bier vom Spätkauf und setzen sich auf die Stufen vor dem Squash-Center.

„Leg los", befiehlt Tekgül. „Was hat sie dir aufgetragen?"

George errötet. „Ist es, weil du sie so gut kennst, oder ist es, weil ich so ein schlechter Schauspieler bin?"

„Beides vermutlich. Geht es um Nicoletta? Ich finde wirklich, es ist ihre Entscheidung, ob sie …"

„Nein", sagt George. „Es geht um dich."

Tekgül blinzelt überrascht. Sie nimmt einen Schluck Bier und zieht es durch die Zähne, ehe sie schluckt. „Um mich?", fragt sie dann.

„Ja, na ja … Marte denkt, dass es gut wäre, wenn wir uns mal austauschen, wegen dieser Diskriminierungssache und so … Weil sie den Eindruck hat, dass du ganz schön damit haderst – also, mit deiner Vergangenheit. Sie denkt, es würde dir guttun, darüber zu reden."

Das glaub ich jetzt nicht, denkt Tekgül. Marte schickt ihren Freund vor, um mit mir über meine Diskriminierungserfahrungen zu diskutieren? Ausgerechnet? George ist ein schwarzer Südafrikaner. Seine Erfahrungen sind wohl kaum vergleichbar mit denen einer deutschen Irisch-Türkin … Wenn ich denn eine wäre.

George, scheinbar unbeirrt von ihrer spürbaren Fassungslosigkeit, beobachtet die vorbeifahrenden Autos und spricht weiter.

„Und sie hat recht, weißt du? Es ist total wichtig, darüber zu reden, weil das, was dir gerade passiert, ein krasser Identitätsverlust sein muss. Zu glauben, man gehört einer Gruppe von Menschen an, und es dann doch nicht tun. Dieses Verlorensein, weißt du?"

O ja, denkt Tekgül. Ich weiß.

„Das lässt sich zwar nicht wirklich vergleichen", fährt George fort, „aber der Umzug nach Berlin, das ist für mich ein krasser Schnitt. In Südafrika war ich einer unter vielen Menschen unterschiedlichster Hautfarben. Ich war Teil einer Community, mit der ich eine Menge geteilt hab – normale Alltagserfahrungen, aber auch den Kampf gegen die ganzen Diskriminierungen. Hier in Berlin ... Ich hab das Gefühl, ich bin ein Außenseiter, viel mehr als in Johannesburg. Die Leute schauen mich an, wenn ich an ihnen vorbeigehe, Frauen halten ihre Taschen fester, Teenager sprechen mich an, ob ich ihnen Drogen verkaufen kann, und wenn ich in einem Club rumstehe, weil ich nun mal einfach nicht tanzen kann, kannst du wetten, dass einer den Spruch mit dem ‚Rhythmus im Blut' macht. Die Menschen kommen gar nicht auf die Idee, dass ich Immobilen verkaufe. Ich fühl mich hier viel ausgegrenzter als je in Johannesburg." Er nimmt den Flaschenhals zwischen Zeige- und Mittelfinger und lässt die Flasche kreiseln. Tekgül zählt die Umdrehungen, die das Etikett dabei zurücklegt. Beim dritten Mal möchte sie Marte am liebsten ohrfeigen. Beim siebten Mal öffnet sie den Mund.

„Ich weiß nicht, was ich ...", sagt sie und verstummt wieder. Georges Leidensdruck steht auf einem ganz anderen Blatt als ihr eigener. Was soll sie damit anfangen? „Scheiße", poltert sie bei der elften Umdrehung. „Was denkt Marte sich eigentlich? Du und ich – das ist doch was völlig anderes! Ich mein: Klar haben mich Leute wegen meines Äußeren und wegen meines Namens angegangen. Klar nervt mich die ganze Exotisierung im Modelbusiness, und klar haben mir Vermieter abgesagt, als sie meinen Vornamen gehört haben. Und was es für ein Akt war, eine Kreditkarte zu beantragen! Aber ich hab auch ganz andere Erfahrungen gemacht." Türen, die sich plötzlich geöffnet haben, wenn ihr Vorname fiel. Wärme und Zusammenhalt, wo sie beides nicht erwartet hätte. Offenheit, wo eine Franziska Yvonne an Plattitüden gescheitert wäre. Plötzlich kommen Tekgül ihre eigenen Kämpfe jämmerlich vor. Ihre Kiefergelenke schmerzen. Sie wippt mit den Knien, aber es beruhigt sie kein bisschen, also wippt sie schneller. „Das kann man doch nicht mit dem vergleichen, was du mir hier gerade erzählst."

Das Bier in Georges Hand pendelt aus. Er löst den Blick von der Straße und sieht Tekgül an. „So funktioniert das nicht, Tek. Bloß, weil meine Haut dunkler ist als deine, heißt das nicht, dass ich schlimmer dran bin als du. Das ist doch kein Wettbewerb. Was Marte meint, ist, dass das Gefühl, nicht dazuzugehören und wegen des Äußeren ausgegrenzt zu werden, in uns beiden Wunden geschlagen hat. Und ich finde, sie hat nicht unrecht damit …"

Tekgül stellt ihr Bier auf den Boden, so heftig, dass es überschäumt. Ihre Beine zappeln im Takt ihres komprimierten Grolls. „Natürlich hat sie unrecht!", sagt sie, in der Stimme das Vorgrollen eines Bebens der Stufe sieben auf der Richterskala. „Ich bitte dich! Sie schickt dich, damit du mir darüber weghilfst, dass ich eine weiße Frau bin! Dich! Das kann doch nicht ihr verdammter Ernst sein!" Ihre Füße malträtieren den Asphalt, aber sie bleibt sitzen. „Das macht doch alles nur noch schlimmer! Ich fühl mich wie eine Verräterin an der türkischen Community, weil ich ein Teil davon war, obwohl ich kein Recht dazu hatte. Und dann, auf der anderen Seite, finde ich es total unfair, dass ich immer diskriminiert wurde, obwohl es keinen Grund dazu gab. Was wieder scheiße gegenüber den Menschen ist, die wirklich, wirklich diskriminiert werden. Und da beißt sich die Schlange in den Schwanz."

Sie hat, im Sitzen, neben George, einige Kilometer zurückgelegt. Ihr T-Shirt ist schon wieder nass unter den Achseln, und der

Puls schlägt in ihren Schläfen. „Mann, George, alles, was ich bin, ist eine Lüge. Und das nicht nur einfach, sondern gleich dreifach."

George kniet sich auf die Stufe unter ihr, um ihr direkt ins Gesicht sehen zu können. „Unsinn!", sagt er. „Eine Identität ist doch mehr als eine Hautfarbe und sicher mehr als Blut! Wenn du türkisch-irisch erzogen bist, dann trägst du diese Kulturkreise in dir, egal, wer deine ‚echten' Eltern sind. Du hast nichts falsch gemacht, und ganz sicher musst du dich nicht schlecht fühlen, weil alles anders ist, als du dein Leben lang geglaubt hast. Du bist, wer du bist! Und zwar unabhängig davon, was ein Papier behauptet oder andere Menschen dir zuschreiben!"

Aber wer bin ich denn, verdammt noch mal?, denkt Tekgül. Wer, verdammt noch mal, bin ich denn?

Sie zieht die Knie an, legt die Arme um ihre unruhigen Beine und die Stirn auf die Knie. Und erst, als sie dasitzt, Georges Arme von vorne um das ganze Tekgül-Paket geschlungen und sein besänftigendes Gemurmel in ihren Ohren, erst da begreift sie, dass es exakt das war, was Marte erreichen wollte.

Sie hat sich manipulieren lassen, wie es plumper nicht ging. Niemals hätte Marte, deren Passion Rassismusdebatten sind, Tekgül und George alleine mit diesem Thema an einen Tisch gesetzt. Sicherlich nicht zu diesem Zeitpunkt. Es ging ihr einzig und allein darum, den Korken zu ziehen, der mich verstopft hat, erkennt Tekgül. Die Wahl ihres Gegenübers war perfekt, der Augenblick perfide. Sie schwankt zwischen Hochachtung für Martes Strategie und Ärger. Die Leichtigkeit, die sie genau so lange aufrechterhalten kann, wie sie nicht tiefer in ihre eigenen Verwicklungen dringt, ist verschwunden. Wenn Marte das Ziel hatte, dass Tekgül sich öffnet, hat sie es erreicht. Wenn sie gedacht hat, dass Tekgül sich danach besser fühlen würde, ist sie gescheitert.

•

Es gibt wenige Probleme, die nicht verschwinden, wenn man sie lange genug ignoriert. Zumindest gilt das für die Dinge, die Tekgül bisher als Probleme angesehen hat. Oft reicht ein Scherz oder ein Themenwechsel, und schon dematerialisiert sich das Problem von selbst. Ganz einfach. Das sicherlich ist ein Verdienst ihrer Eltern: Probleme zu übersehen ist eine von Tekgüls Stärken … oder besser: war es, bis sie auf Marte traf, deren geduldiges Hinsehen, wo Tekgül sich wegdrehen wollte, beide regelmäßig an den Rand ihrer Kapazitäten brachte. Tekgül hat den Verdacht, dass die meisten Probleme wachsen, wenn man über sie spricht – falls sie dadurch nicht überhaupt erst entstehen. Wenn sie während der Beziehung mit Marte mit einer anderen Frau geschlafen hat, hat sie es Marte gesagt, und damit war die Sache, solange es nur einmal vorkam, erledigt. Hätten sie darüber geredet, hätte Marte wissen wollen, wie es war, ob es schöner war als mit ihr, warum Tekgül es wichtig fand, auch mit anderen und genau mit dieser Person Sex zu haben, hätten sie – möglicherweise – ein Problem kreiert. Da aber beide einhellig der Meinung waren, dass Monogamie eine schöne, aber unrealistische Idee ist, gab es kein Problem.

Das Beispiel hinkt, denkt Tekgül und betrachtet die Decke ihres Schlafzimmers. Was hat Martes und mein Übereinkommen mit dem Schlamassel zu tun, in dem ich jetzt stecke? Außerdem hatten wir spätestens, als Johanna aufgetaucht ist, eben doch ein Problem, und zwar eins von der Sorte, das sich nicht aussitzen lässt.

Rutherford liegt in seinem Körbchen an der Zimmertür und schlummert so tief, wie Tekgül auch schlafen sollte. Sie wollen früh los morgen, und die Reise wird sicher anstrengend, aber das Gespräch mit George sitzt ihr in den Knochen. Und das über die Zusammenhänge von Sex, Liebe und Bestätigung, das sie mit Nicoletta in ihrem Studio hatte, bevor sie nach Unna gefahren ist. Und Unna selbst … Es ist nicht nur ihr Kopf, der voller

Fragen ist, ihr ganzer Körper scheint damit vollzulaufen. Und jede einzelne ist zu groß, um durch den feinmaschigen Abfluss zu passen, durch den Tekgül Schwierigkeiten normalerweise aus sich herauslaufen und im Boden versickern lässt. Wenn sie überhaupt bis zu ihr vordringen.

„Ich frag mich, ob du solche Angst vor Konflikten hast, weil du keine Konfliktlösungsstrategien ausgebildet hast, oder ob du keine Strategien entwickelt hast, weil Konflikte dir solche Angst machen“, hat Marte einmal ratlos gesagt, als Tekgül erneut über eins der wenigen Thema hinweggesprungen war, das Marte zu wichtig war, um sie damit davonkommen zu lassen. Das Kinderthema wahrscheinlich, denkt Tekgül, als sie sich an diesen Satz erinnert, den sie dreimal durchdenken musste, eh sie ihn begriff. Erst jetzt, Jahre später, versteht sie wirklich, was Marte meint. Tekgül hat keine Ahnung, wie sie die Erkenntnisse und Ereignisse, die ihr Leben überfluten, verarbeiten soll.

Nicoletta schwört, seit sie erneut mit dem Trinken aufgehört hat, auf Therapie und Schokolade. Marte spielt stundenlang Computerspiele und ist danach sonderbar geklärt, Johanna stürzt sich in Analysen und Kokain, und Clemens schreibt Listen. Sandyunmanu reden, viel, immer und überall. Und ich?, denkt Tekgül. Ich lache und schweige, und wenn es zu brenzlig wird, hau ich ab oder habe Sex. Oder beides. Ihre Methode hat jahrelang bestens funktioniert. Auch vorhin. Mit Johanna, Leib an Leib, Haut an Haut, die Hände voller Verantwortung für die Hingabe, die ihr geschenkt wurde, war George, war Friedrichshafen, war die Frage nach dem „Wer bin ich?“, war alles vergessen. Aber selbst der gemeinsamen Lust, so exzessiv sie ihr auch frönten, gelang es nicht, den Druck in Tekgül anhaltend zu mildern. Seit sie sich von Johanna verabschiedet hat – schon sehnsuchtsvoll, als sich die Tür hinter ihr schloss –, war die Anspannung wieder da, diffus ausgebreitet in ihrem gesamten Körper. Auf dem Weg nach Hause spürte sie, wie sich ihre Lungen mit Atemlosigkeit füllten, wie der Pegel anstieg, bis sie zu ersticken glaubte. Sie war keuchend abgestiegen, hatte das Fahrrad an das Geländer der Oberbaumbrücke gelehnt und sich gleich daneben. Sie musste der Spree lange beim Fließen zusehen, bis das Stechen verschwand. Dann erst fand sie die Kraft, das Rad am Lenker zu greifen und es den Berg hoch über die Warschauer Brücke zu ihrer Wohnung zu schieben. Als sie ankam, war sie so erschöpft, dass sie beinahe unmittelbar ins Bett fiel. Wo sie nun liegt. Und wach ist. Tekgül wälzt sich zur Seite, knipst die Lampe an und zieht den Skizzenblock zu sich heran, der zu ihrem Nachttisch gehört wie der Lippenbalsam und die Handcreme. Sie blättert durch hingeworfene Skizzen ihrer Träume und nächtlichen Ideen, bleibt an der Zeichnung einer Bettgefährtin hängen, deren Namen sie vergessen hat, deren Anmut sie aber offensichtlich bemerkenswert genug fand, um sie auf Papier zu bannen, und findet schließlich eine freie Seite.

Unchronologische Chronologie des Ertrinkens, schreibt sie, malt eine Eins und setzt einen Punkt dahinter.

Nicoletta sagt, ich soll endlich aufhören, Liebe mit Sex und Sex mit Bestätigung zu verwechseln. Es gibt Menschen, die mich lieben, auch wenn ich nicht mit ihnen schlafe.

Zwei., malt sie.

Ich bin problemlösungsunfähig, wofür ich mich bei meinen Eltern bedanken kann, und offensichtlich beziehungsunfähig, sonst wär das mit Marte nicht gescheitert. Johanna liebt mich, und ich will, dass es funktioniert. Wenigstens etwas muss ich doch auf die Reihe kriegen. Kann das alles mit meiner Kindheit zu tun haben? Freud würde sagen: Ja. Freud war ein misogyner Idiot.

Drei. Ich bin vermutlich ein stinknormales deutsches Kind. (Genau würde ich das nur wissen, wenn ich meinen Vater kennen würde.) Aber als Arbeitsthese: Wenn ich nicht bin, wer ich dachte, dass ich sei … Kann ich als Deutsche mit irisch-türkischen Eltern eine halbe Türkin sein, auch wenn ich biologisch keine bin? Ich dachte mein Leben lang, ich sei eine Mischung verschiedener Kulturen – und, wenn George recht hat, wäre ich das immer noch, auch wenn meine Gene schlicht deutsch wären. Gibt es das, „deutsche Gene"? Niemand hat je an meinen Wurzeln gezweifelt. Weil ich „so aussehe"? Wie denn? Weil es eben doch auf Sozialisation ankommt? Ist die dicker als Blut?

Vier. Ich bin adoptiert. Meine „Eltern" sind feige Lügner, aber sie lieben mich.

Fünf. Warum die Frau, die mich geboren hat, mich weggegeben hat, weiß ich nicht. Ich kann ihr nicht egal sein, sonst hätte sie mich nicht in ihrem Testament erwähnt. Will ich überhaupt etwas erben von ihr? Geld würde ich nehmen, denk ich. Es spenden, vielleicht. Aber sonst?

Sechs. Ich bin also adoptiert. Ich hab keine Ahnung, woher ich komme, ob ich noch mehr Onkel und Tanten und Cousins und Cousinen und Omas und Opas habe, als ich bisher dachte. Antwort geben kann mir offensichtlich keiner mehr, also muss ich es selbst herausfinden.

Der letzte Satz ist gelogen, denkt sie. Zumindest teilweise. Sie sieht ihren Vater an ihrem Bett im Kinderzimmer in Unna sitzen, übermüdet und zerknittert und mit Tränenspuren auf dem Kragen. Ein Bündel Papier in der Hand.

„Erst wenn das Problem, mit dem du dich gerade herumquälst, etwas ist, was dir in einem Jahr immer noch wichtig ist, ist es eins", lautet ein Credo ihrer Mutter. „Falls nicht, ignorier es. Falls doch: Geh es an."

Wie wahr, denkt Tekgül. Sie sieht auf den Wecker, halb drei, und nimmt all ihre Kraft zusammen.

•

Unna, 17. Februar 2001

Liebe Tekgül,

heute ist dein achtzehnter Geburtstag. Wenn du diesen Brief liest, ist vermutlich etwas passiert, das uns daran hindert, dir diese Sache selbst zu erklären.

Es ist kompliziert, und wir wollten schon seit Jahren mit dir darüber sprechen, aber es gab immer zu viele Gründe, die dagegensprachen. Wir hoffen, du verstehst das. Du bist das Licht in unserem Leben. Vergiss nie, wie sehr wir dich lieben, egal, was du denkst, wenn du diesen Brief gelesen hast.

Wir lieben dich!!!

Die Geschichte, die wir dir erzählen müssen, beginnt im Sommer 1982, zumindest ist das der Zeitpunkt, an dem wir darin verwickelt wurden. Wir hatten eine schwere Zeit hinter uns, in der wir von einem Arzt zum anderen gelaufen waren. Das Ergebnis war niederschmetternd: Die Ärzte sagten uns, dass wir niemals gemeinsame Kinder bekommen könnten. Auch wenn wir nach all den Jahren ohne Verhütung schon vermutet hatten, dass etwas mit uns nicht stimmen konnte, war das ein Schock für uns.

Nach dieser letzten Untersuchung kamen wir nach Hause und sprachen nie wieder darüber. Mit niemandem. Für meine Familie genauso wie für Ians war unbegreiflich, dass wir keine Kinder bekamen, und es gab, wie du weißt, hier wie dort einige Menschen, die unserer Hochzeit ablehnend gegenüberstanden. Schließlich waren meine Eltern Muslime und Ians Christen, und selbst wenn es für mich nie ein Problem gewesen wäre, für Ian zum Christentum überzutreten, habe ich es doch nie getan. Ich verstehe erst heute, wie radikal diese Entscheidung für unsere Familien gewesen sein muss, aber ich war nie besonders religiös und dein Vater damals auch nicht – das kam erst, nachdem das Wunder geschehen war. Jedenfalls behaupteten einige Menschen in unserer Verwandtschaft, unsere Ehe sei nicht gesegnet, weil wir unterschiedlichen Glaubensrichtungen angehören … Um kein Öl ins Feuer zu gießen, schwiegen wir.

Trotzdem hat uns die Nachricht den Boden unter den Füßen weggerissen. Dass wir mit unserer Liebe wirklich einen Gott erzürnt haben, glaubte keiner von uns. Trotzdem wurde ich krank. Wochenlang konnte ich das Haus kaum verlassen und Ian … Du kennst ja deinen Vater. Während ich wie gelähmt war, arbeitete er. Er arbeitete und arbeitete. Und obwohl es nicht an einem von uns, sondern an uns beiden lag, dass wir unfruchtbar waren (was es auf sonderbare Art leichter machte), haben wir uns in dieser Zeit voneinander entfernt. Ian lebte beinahe in seinem Büro, und ich weiß noch, wie ich eines Morgens aufgewacht bin und er war wieder nicht da, und ich dachte: Wenn wir jetzt nichts tun, verlieren wir uns auch noch.

Da habe ich mich an den Haaren gepackt und begonnen, das Haus zu putzen. Ich habe gekocht, und als er abends nach Hause kam, haben wir geredet. Eine Woche später haben wir unsere Koffer gepackt und sind in Urlaub gefahren.

Es war das erste Mal, dass wir gemeinsam Urlaub machten, anstatt eine unserer Familien zu besuchen. Stattdessen fuhren wir drauflos, so lange, bis wir einen Ort fanden, an dem es uns gefiel. Wir mieteten ein Zimmer in einem winzigen Hotel am Bodensee, nur dein Vater und ich. Es war eines von diesen Häusern, die man dort unten häufig sieht, mit Dachgauben und einem Balkon mit dunklem Geländer, der um das gesamte Haus herumführte und von allen Gästen benutzt werden durfte. Morgens frühstückten wir auf der Hotelterrasse, danach fuhren wir mit unserem Auto – wir hatten damals gerade diesen wunderschönen blauen Citroën GS gekauft, erinnerst du dich? – am See entlang, besuchten die Cafés in den Städtchen oder picknickten am Ufer. Langsam kamen wir uns wieder näher.

Und dann trafen wir Silke.

Es war an einem der Liegeplätze am Seeufer. Ian war in der Sonne eingeschlafen, und ich lag wach und schrieb Postkarten an unsere Familien und Freunde. Das erste Mal seit Wochen, oder ehrlich gesagt, seit Jahren, fühlte ich Frieden in mir.

Ich erinnere mich nicht, was es war, das mich aufschauen ließ. Ich denke, ein Geräusch. Auf einem großen Stein am anderen Ende der Wiese sah ich ein Mädchen sitzen. Sie trug Jeans und eins von diesen bauchfreien Oberteilen, die damals in Mode waren, und warf Steinchen ins Wasser. Etwas an der Art, wie sie dasaß, verdreht und aufrecht zugleich, zwang mich dazu, sie anzustarren. Irgendwann wandte sie mir ihr Gesicht zu, und ich sah, dass sie weinte. Natürlich bin ich aufgestanden und zu ihr gelaufen.

Silke war wider Erwarten sehr zutraulich, vielleicht, weil ich eine Fremde war und so anders als die Menschen, die dort unten leben. Jedenfalls erzählte sie mir, dass sie schwanger sei, und ich nahm sie in den Arm, und dann, als sie zu weinen aufgehört hatte, gingen wir zu Ian und aßen Käsebrote, und sie erzählte uns, wie es dazu gekommen war.

Sie war fünfzehn und hatte in den Frühlingsferien als Verkäuferin in einer Eisdiele gejobbt, als sie einen Jungen kennenlernte, der mit seiner Familie am See Urlaub machte. Sie verliebten sich, denn das geht schnell in dem Alter, daran erinnere ich mich, dass ich das dachte: Das geht schnell in dem Alter. Als er neun Tage später abreiste, war sie bereits schwanger. Der Brief, den sie ihm schrieb, kam mit dem Vermerk zurück, der Empfänger sei unbekannt. Silke war verzweifelt. Sie ging noch zur Schule und hatte große Pläne mit ihrem Leben. Sie wollte das Abitur machen und dann wegziehen aus dem kleinen Ort am See, in dem sie lebte. Sie wollte die Welt sehen und reisen und vielleicht später auch mal Kinder bekommen. Aber als Allererstes wollte sie leben. An dieser Stelle, als sie von ihren Träumen sprach, blühte sie regelrecht auf. Aber dann begann sie wieder zu weinen und schlug sich gegen den Bauch, bis Ian ihre Hand festhielt.

Ein Kind muss geliebt werden, dachte ich und sah, dass Ian dasselbe dachte. Und während er ihre Hand hielt, wurde mir klar, dass hier ein Wunder geschah. Ich nahm meinen ganzen Mut zusammen und erzählte Silke von uns. Und als ich zum Ende kam, zu den niederschmetternden Berichten der Ärzte, sahen wir uns alle drei an und spürten die Hoffnung.

Es war ein magischer Moment.

Danach ging alles ganz schnell. Nach den Sommerferien kehrte Silke nicht zurück in die Schule, offiziell, weil sie ein halbes Jahr als Au-pair-Mädchen arbeiten wollte. Ihre Eltern waren rechtschaffene Leute, sie besaßen einen Campingplatz am See und machten Silke große Vorwürfe, dass es so weit gekommen war. Sie waren derartig entsetzt über die Schwangerschaft, dass sie alles getan hätten, um das Problem aus der Welt zu schaffen. Alles, nur keine Abtreibung. Wobei es für die ohnehin zu spät gewesen wäre. Wir trafen Silkes Eltern nur ein einziges Mal, und ich erinnere mich an den Blick ihres Vaters, wie er den Mundwinkel verzog und uns dafür dankte, dass wir diesen Bastard bei uns aufnehmen. Er hat dich einen Bastard genannt! Ich war sehr wütend, deinetwegen und auch wegen Silke, die ohnehin schon am Boden zerstört war. Aber ich sagte nichts, weil wir auf die Hilfe der Leute angewiesen waren, auf ihre Unterschrift und ihre Unterstützung. Sie leiteten alles in die Wege, um dafür zu sorgen, dass Silkes Geschichte nicht auffliegen würde, und überließen uns ihre schwangere Tochter.

Der Arzt in Unna schrieb mich weiterhin krank, aus familiären Gründen, die mich zwangen, eine Weile bei meiner Familie in der Türkei zu sein. Das war unsere Erklärung gegenüber allen: den Nachbarn in Unna, unseren Kolleginnen und selbst unseren besten Freunden. Wir streuten in Gesprächen kleine Hinweise, die unsere Geschichte im Nachhinein untermauern würden. Ich habe noch nie so viel gelogen wie in der Zeit.

Parallel dazu mieteten wir eine kleine Wohnung bei Stuttgart, in die ich mit Silke einzog. Weit weg von Unna und weit genug von ihrem Heimatort entfernt. Wir kannten niemanden, und niemand kannte uns.

Die Situation war alles andere als leicht. Silke war kein stilles Mädchen, und sie hasste es, unauffällig leben zu müssen, sie hasste es, eingesperrt zu sein. Aber darum ging es: einige Monate keine Freundschaften zu knüpfen, keine Aufmerksamkeit zu erregen, unsichtbar zu werden. Silke fehlte die Ruhe dazu, sie sprudelte über vor Ambitionen, und wir haben uns sehr oft gestritten.

Es fällt mir nicht leicht, das zuzugeben, aber der Neid zerfraß mich, als ich ihren Bauch wachsen sah. Ich habe mir so sehr gewünscht, dass ich es wäre, in deren Bauch dieses kleine Wesen heranwachsen würde …

Silkes Temperament war schwer zu zügeln. Jeden Morgen wachte ich voller Angst auf, dass sie weggelaufen sein könnte oder es sich anders überlegt hätte. Sie war ein liebes Mädchen, aber sie war weit davon entfernt, eine Mutter zu sein.

Ian kam uns besuchen, so oft es ging. Alles schien sich von selbst zu fügen. Nur mit den Adoptionsbehörden hatten wir zunächst weniger Glück. Es hat eine Menge Kraft und eine Stange Geld gekostet, die Sachbearbeiterin davon zu überzeugen, dass es Silkes ausdrücklicher Wunsch war, ihr Kind in unsere Obhut zu geben. Dass die Adoption geglückt ist, ohne größere Aufmerksamkeit zu erregen, verdanken wir einzig und allein unserem Anwalt und dem Mitgefühl der Beamtin, die den Fall bearbeitete. Nachdem sie auf unserer Seite war, erwies sie sich als erstaunlich findig, wenn es darum ging, Paragrafen zu unseren Gunsten auszulegen. Wir brachten ihr alle Papiere, die sie benötigte, die Unterschrift von Silke und vor allem von Silkes Eltern und noch viel, viel mehr.

Als Silke niederkam, bin ich vor Angst fast gestorben. Was, wenn sie plötzlich ihr Herz an ihr Kind verlieren würde? Wenn ihr Mutterinstinkt ihren Freiheitsdrang besiegen würde? Aber es ging alles glatt. Nur vier Tage nach der Geburt fuhren wir als stolze Eltern mit dir zurück.

Dieses Baby, du, war ein Wunder, das uns geschenkt wurde, als wir gerade resigniert hatten.

Du bist ein Geschenk, Tekgül! Und du wurdest von Anfang an geliebt, auch von Silke. Aber sie war jung und überfordert, und ihre Pläne sahen zu diesem Zeitpunkt keine Kinder vor. Den Rest hat das Schicksal besorgt. Die Nachbarn, die Familie, meine Arbeitsstelle – alle waren völlig aus dem Häuschen, dass es doch noch geklappt hatte mit einem Kind. Niemand kam auf die Idee, infrage zu stellen, dass du *unser* Kind warst.

Trotzdem ließen wir sicherheitshalber deinen Vornamen ändern. Du warst so ein wunderbares Baby, und du bist so ein wunderbares Mädchen geworden und eine wunderbare Frau.

Du wirst heute achtzehn, und ich habe es wieder nicht geschafft, dir die Wahrheit zu sagen. Aber ich habe diesen Brief geschrieben, damit du weißt, woher du kommst, wie dich das Schicksal oder Gott oder Allah (wie unsere Familien gesagt haben) zu uns geführt hat und wie sehr wir dich lieben.

Der Kontakt zu Silke blieb knapp, genau, wie wir das verabredet hatten. Sie hat einige Jahre geschrieben, zuletzt vor etwa dreizehn Jahren aus Los Angeles – da warst du fünf und sie einundzwanzig. Danach haben wir nie wieder etwas von ihr gehört. Nach ein paar Jahren stellte auch die Frau vom Jugendamt ihre Kontrollbesuche ein. Sie haben begriffen, wie sehr wir dich lieben.

Dein Vater und ich können bis heute nicht fassen, dass niemand uns auf die Schliche gekommen ist – wobei natürlich alles ganz legal war. Dass alles so gut geklappt hat, lag sicherlich auch daran, dass du Silkes Haare geerbt hast. Fast schwarz waren sie schon bei der Geburt und sind es immer noch. Die Augen, hat sie gesagt, als sie dich nach der Geburt sah, hättest du von deinem Vater. Dann hat sie dich in meine Arme gelegt, den Kopf weggedreht und uns fortgeschickt.

Wir waren die glücklichsten Menschen auf der Welt, Tekgül, und sind es noch. Manchmal, wenn ich dich angesehen habe, habe ich Silke in dir gesehen, ihren impulsiven Charakter und ihre Vorliebe, im Mittelpunkt zu stehen, die du von ihr geerbt hast. Du hast alle Menschen in deinem Umfeld verzaubert. Das hast du schon als Kind getan und tust es noch. Du hast es von ihr. Wer weiß, wohin es dich einmal führen wird.

Wir haben dir alle Liebe gegeben, derer wir fähig waren, und das war viel. Ich hoffe, dass du das spürst, Röslein. Du bist meine Tochter und ein Wunschkind und ein Wunderkind, und wir hätten dich nicht mehr lieben können, wenn ich dich selbst geboren hätte.

Es tut mir sehr leid, dass wir es noch immer nicht geschafft haben, es dir zu sagen. Vielleicht wird der richtige Zeitpunkt einmal kommen. Für den anderen Fall hinterlege ich diesen Brief bei einem Notar, damit du die Wahrheit erfährst, wenn uns etwas passiert. Auch wenn wir deine Familie sind, so hat doch jeder Mensch das Recht, seine Wurzeln zu kennen.

Wir lieben dich. Sehr.

Deine Anne und dein Dad

VIERZEHN.

„Das soll man nicht."

„Was?"

„So sitzen." Tekgül deutet mit ihrer rechten Hand auf Nicolettas Füße, die sie auf dem Armaturenbrett abgestellt hat. „Es ist gefährlich. Wenn ein Unfall passiert, kann der Airbag dir die Beine brechen. Zum Beispiel."

Nicoletta sieht sich um. Der Fußraum des Beifahrersitzes ist vollgestopft mit dem Reiseproviant, der Thermosflasche und einer Tüte für den Abfall. Mittendrin liegen Nicolettas Schuhe, nicht besonders zierlich. Für Füße in Größe einundvierzigeinhalb ist kein Platz. Die Rückbank gehört dem auftragsgemäß angeschnallten Rutherford. „Schätze, das Risiko muss ich eingehen", resümiert sie.

Tekgül nickt. „Ich sag's ja bloß." Dann dreht sie die Anlage lauter. *„I travel the world and the seven seas"*, singt sie. *„Everybody's looking for something."*

Ihre Imitation von Annie Lennox' Stimme ist so gut, dass ihr mittelprächtiges Gesangstalent kaum auffällt. Tekgül hat zwei Playlists zusammengestellt, eine mit Songs aus ihrem Geburtsjahr und eine mit Titeln, die 1996 in den Charts waren – dem Jahr, in dem Nicoletta Isa kennengelernt hat. „Damit wir uns einstimmen können", hat sie gelächelt. Und während Nicoletta darüber nachdachte, ob sie einen Zeitsprung mithilfe von Alanis Morissette, Everything but the Girl und Oasis aushalten würde, klickte Tekgül bereits den 1983er-Mix an. Die kuriose Mischung aus internationalen Hits und Neuer Deutscher Welle hat Nicolettas Erschrecken über Tekgüls gut gemeinte Idee vertrieben. Seit einer halben Stunde sind sie unterwegs, und schon breitet sich das Gefühl von Freiheit in ihr aus. Dass der Anlass ihres Roadtrips kompliziert ist, heißt nicht, dass sie die Reise nicht genießen werden – zumindest haben sie sich das vorgenommen: die Reise zu genießen. Nicoletta und Tekgül sind noch nie zusammen irgendwohin gefahren, zumindest nicht auf diese Weise. Das gemeinsame Wochenende auf der Fusion in Mecklenburg zählt nicht. Schließlich war Nicolettas Traum von einem zweisamen Party-Wochenende schon am Bahnhof Gesundbrunnen zerplatzt, als drei Bekannte dazustiegen, die ebenfalls zu dem Festival wollten. Ein Horrortrip für die damals schwer in Tekgül verliebte Nicoletta.

Das hier ist anders. Nicht nur, weil Tekgüls Anblick bei Nicoletta längst kein Herzflattern mehr auslöst, sondern auch, weil sie im Auto sitzen, zu zweit, und Berlin auf unbestimmte Zeit den Rücken zukehren. Es hat was Wildes, denkt Nicoletta, und egal, wie verzwickt die Dinge sind, die auf uns zukommen: Wir sind zusammen, und die größten Dramen haben wir schon hinter uns. Sie fährt das Fenster ein Stück nach unten, streckt die Hand durch den Spalt und presst sie gegen den Fahrtwind. Sie legt den Kopf in den Nacken und stimmt in Tekgüls Gesang ein.

Ohne Filiz' Trinkvorgaben müssen sie nur einmal halten. Auf einem Rastplatz bei Nürnberg raucht Tekgül während der Runde mit Rutherford zwei schnelle Zigaretten, dann kaufen sie zwei Eis, jagen sich einmal ums Auto und fahren mit vertauschten Plätzen weiter. Auch Tekgül stellt die Füße auf das Armaturenbrett. Kurz bevor sie den Naturpark Altmühltal erreichen, dreht sie die Musik leiser.

„Glaubst du, sie erkennt dich noch?“, fragt sie.

„Isa?“

„Isa?“, wiederholt Tekgül ungläubig. „Du bist echt 'ne harte Nuss. Ich mein natürlich deine Tochter.“

Nicoletta errötet. „Ich hoffe es“, antwortet sie. „Auch wenn das gerade nicht so klang: Ich freu mich total auf sie. Ich bin neugierig, ob sie gewachsen ist, und auf das Haus …“

„Ich auch“, sagt Tekgül. „Und auf Clemens’ Mutter. Hat er eigentlich mittlerweile wieder den krassen Dialekt drauf, den er sich am Anfang in Berlin so mühsam abtrainiert hat?“

„Hat er“, bestätigt Nicoletta. „Aber in die Kirche geht er immer noch nicht.“

„Gib ihm noch fünf Jahre in der niederbayrischen Provinz“, verheißt Tekgül.

„Sie haben Ihr Ziel erreicht“, verkündet das Navigationssystem.

•

Liza ist schön und androgyn wie immer, Clemens’ braune Locken glitzern stellenweise silbrig, und Nicoletta fällt auf, dass seine Hose am Bauch ein bisschen spannt. Es steht ihm. In der ersten Viertelstunde versteckt sich Sonja hinter Lizas Beinen und beäugt die Besucherinnen skeptisch. Clemens’ Mutter tut es ihr gleich. Sie hat, vertraute Clemens Nicoletta am Telefon an, noch immer keine Ahnung von Lizas Transidentität. Erst nach einer sahnigen Torte mit Rumaroma und Kaffee aus blau geblümten Tassen entlässt Frau Scharnhofner sie ins Obergeschoss, in dem die junge Familie wohnt.

Alles schreit Idylle.

Auf dem ausgiebigen Spaziergang klebt Sonja wechselweise an Nicolettas und Rutherfords Bein, bis sie schließlich in den Buggy fällt, den Tekgül schiebt. Später bringt Nicoletta ihre Tochter ins Bett, überreicht Mutter Scharnhofner Babyfon und Hundeleine und fährt mit den anderen in die Stadt. Statt der – halb befürchteten, halb erhofften – Schweinshaxe gibt es ein mongolisch-chinesisches Erlebnisbuffet, zu dem überraschenderweise auch Sushi angeboten wird. Sie plaudern bis spät in die Nacht, klammern die heiklen Themen aus, lachen über gemeinsame Erinnerungen und darüber, dass das Feuer des mongolischen Grills beinahe den Kragen von Nicolettas Hemd versengt, weinen ein wenig, weil sie sich vermissen, und schlafen schließlich, jeweils zu Paaren getrennt, traumlos ein. Am nächsten Morgen nehmen sie Abschied. Was Nicoletta betrifft, melancholisch und mit vollem Herzen.

•

„Ich hab sie total lieb“, sagt Nicoletta, als sie wieder auf der Autobahn sind.

„Isa?“, spottet Tekgül.

Nicoletta grinst. „Sonja. Liza. Clemens. Die sind toll.“

„Sind sie. Aber, ganz ehrlich: Der Besuch an sich war doch eher unspektakulär.“ Tekgül scheint deutlich weniger beseelt als Nicoletta selbst. „Das war nichts Halbes und nichts Ganzes. Kaum waren wir da, waren wir schon wieder weg. Keine wirklichen Gespräche, keine tiefer gehenden Erkenntnisse … Oder hat dich dieser Abstecher wirklich weitergebracht?“

„Aber darauf kommt es überhaupt nicht an!“, protestiert Nicoletta. „Es muss doch nicht immer was passieren, wenn man sich begegnet. Ich wollte nicht über Isa reden, du nicht über die Adoptionssache. Bleiben Alltagsdinge. Das ist wichtig, es schweißt zusammen.“ Sie hält nachdenklich inne, dann fährt sie, leiser, fort: „Außerdem hab ich sie vermisst. Ich wollte sie gern wiedersehen.“

„Sorry“, rudert Tekgül zurück. „So hab ich es nicht gemeint. War es denn schön für dich?“

„Total. Und es war toll, so viel zu lachen. Ich hab bloß ein bisschen Angst, dass es schwierig werden könnte, Sonja eine gewisse …“, sie sucht das passende Wort, „… Weite im Denken zu vermitteln.“

„Wie soll sie denn bitte nicht weit denken können? Sieh dir doch ihre Eltern an. Eine Performancekünstlerin und Yogalehrerin und ein linker Online-Redakteur. Und eine butchige Berliner Tante."

„Aber ihre Oma? Das Umfeld? Katholizismus? CSU?"

„Die schaffen das schon." Tekgül kaut nachdenklich auf ihrer Unterlippe. „Bereust du es?"

„Keine Sekunde. Liza und ich haben nicht wirklich zusammengepasst und Sonja ... Sie ist süß, aber ehrlich: Ich bin schon froh, dass das einzige Wesen, das morgens auf meinem Bett herumtrampelt, Fräulein Rottenmeier ist. Mir reicht es, sie alle paar Monate zu sehen und hin und wieder mal zu skypen."

„Versteh ich." Tekgül sieht zum Fenster hinaus und beobachtet die Landschaft, die sich grundlegend von dem Berliner Umland unterscheidet, an das Nicoletta gewöhnt ist. Gelegentlich vermeldet Nicolettas Telefon rülpsend, dass eine Nachricht eingegangen ist. Als sie das Smartphone kaufte, fand sie den Ton lustig, danach war sie zu faul, ihn zu ändern. Tekgül verzieht bei jedem Rülpsen das Gesicht, kommentiert den Ton aber nicht. Dafür ruft sie hin und wieder: „Guck mal, Rehe!", und Nicoletta schaut immer einen Moment zu spät hin, um die Tiere zu sehen. Das Los der Fahrerin, denkt sie.

Sie haben darum gelost, wer ans Steuer darf, denn beide fahren gern Auto, weniger gern um den Münchner Stadtring herum, aber sehr gerne durch diese Umgebung. Nicoletta hat gewonnen.

Sie genießt das Gefühl von Unabhängigkeit, das sie überfällt, wenn sie Auto fährt. Trotzdem besitzt sie keins, weil es ihr in Berlin, wo alles denkbar einfach mit den Öffentlichen zu erreichen ist, absolut überflüssig vorkommt. Das Licht ist sonderbar, fast sonnig, der Himmel dramatisch bewölkt. Nicoletta kann die Berge bereits fühlen, den Wechsel in der Mentalität. Sie ist diese Strecke oft gefahren, mit dem Zug und weiter westlich, aber sie erinnert sich an die Sehnsucht auf dem Hin- und an die auf dem Rückweg und an die liebevoll gemixten MiniDiscs, die sie begleitet haben, auf dem Player, den ihr Isa für die langen Reisen geschenkt hat. Sie liegen noch immer in einer kleinen Box in ihrem Schrank. Ob Tekgüls 1996er-Playlist dieselben Songs enthält?

„Sie sieht dir ähnlich", sagt Tekgül unvermittelt, und diesmal fällt Nicoletta der Gedankensprung nicht schwer.

Ich weiß, denkt sie. Zu ihrer eigenen Überraschung hat sie sich in Sonjas Gesicht tatsächlich wiedererkannt – in den leicht vorstehenden Augen und sogar in der Nase, die stupsig ist wie bei fast allen Kleinkindern, aber trotzdem unverwechselbar Nicolettas Züge trägt. Trotz der dunklen Augen und der dunklen Haare, die Sonja von Liza geerbt hat, ist sie unbestreitbar auch Nicolettas Tochter. Die Ähnlichkeit hat sie berührt. Und es hat sie schockiert, dass sie dennoch keine überbordenden Muttergefühle bekam, keine Zweifel, keine Schuld. „Sie hat ja auch zur Hälfte meine Gene", antwortet sie pragmatisch. „Trotzdem: Die Menschen im Dorf denken vermutlich, dass das Kind Clemens wie aus dem Gesicht geschnitten ist, glaubst du nicht?"

„Die Menschen sehen, was sie sehen wollen", zitiert Tekgül Ian. Dann schweigt sie wieder. Ihre Anspannung ist spürbar.

Wie egozentrisch ich bin, denkt Nicoletta. Ich bin schon beim dritten Schritt, nachdem wir den ersten gerade hinter uns gebracht haben. Und das, obwohl der zweite der eigentliche Grund unserer Reise ist – zumindest für Tekgül. In knappen zweieinhalb Stunden haben sie den Termin bei diesem Anwalt, der für Tekgül alles ändern kann. Vielleicht wird sie herausfinden, was für ein Mensch ihre Mutter war, wie sie gelebt hat, und sicherlich auch, was es mit diesem geheimnisvollen Erbe auf sich hat, das sie antreten soll. Vermutlich könnte man mit der Adrenalinkonzentration in ihrem Blut eine Horde klinisch Toter reanimieren.

„Willst du reden?", fragt Nicoletta leise.

Tekgül schüttelt den Kopf und starrt, eine unangezündete Zigarette reglos zwischen den Fingern, weiter aus dem Fenster. Erst als der Name Friedrichshafen weiß auf blau auf die Autobahnabfahrt hinweist, bewegt sie sich wieder. „Friedrichshafen", sagt sie. „Was soll man bitte von einer Stadt erwarten, die Adolf Hitler 1933 zum Ehrenbürger ernannt hat, ihm den Titel aber erst 2013 wieder aberkannte? Symbolisch aberkannte, wohlgemerkt."

„Wo hast du das denn her?", erkundigt sich Nicoletta irritiert.

„Wikipedia."

Nicoletta lacht laut. „Na dann", sagt sie gutmütig.

„Und", schimpft Tekgül weiter, „überhaupt sind alle Ehrenbürger nur Männer. Mindestens seit den 1880ern, davor wahrscheinlich auch, aber weiter ging die Liste nicht zurück. Und natürlich gab es nur Männer als Oberbürgermeister. Dagegen sind die zehn Frauen von sechsundvierzig genannten ‚Söhnen und Töchtern der Stadt' ja schon fast revolutionär."

„Gute einundzwanzig Prozent", überschlägt Nicoletta. „Um Längen mehr als in den Vorständen der Großkonzerne."

Tekgül schnaubt. „Gut, dass ich da nicht aufgewachsen bin."

„Hast du im Vergleich mal Unna gecheckt?", will Nicoletta wissen.

„Einundvierzig zu elf", sagt Tekgül dumpf. „Plus einundzwanzig ‚Weitere Unnaer Persönlichkeiten'. Bis auf Ireen Sheer alle im Jungsclub. Aber immerhin kein Hitler als Ehrenbürger."

„Immerhin." Es fällt Nicoletta schwer, sich das Lachen zu verkneifen. „Im Ernst, Wikipedia! Da kann doch jeder Mensch, der tippen kann, alles Mögliche reinschreiben. Deshalb haben da ja auch Leute, von denen noch niemand gehört hat, biografische Einträge. Ein subjektives Lexikon, was für ein Quatsch! Hab ich dir schon mal die Geschichte mit Stalins Badezimmer erzählt, wo ein Journalist einen Wikipedia-Eintrag erfunden hat? Am

Ende durfte er ihn nicht mehr löschen, weil er so oft kopiert und zitiert worden ist, dass die Story für real gehalten wurde!"

„Ungefähr fünfmal", sagt Tekgül. Und dann: „Es gab ein KZ in Friedrichshafen, ein Außenlager von Dachau. Wusstest du das?"

Nicoletta seufzt. „In Berlin gab es auch Konzentrationslager", antwortet sie.

„Aber nicht so viele Waffenfabriken."

Nicoletta schnalzt unwillig mit der Zunge. „Gibt's nicht was Positives über die Stadt zu sagen?"

„Keine Ahnung. Ich wusste ja bis vor ein paar Wochen nicht mal, dass sie existiert."

„Wart halt erst mal ab", schlägt Nicoletta vor. „Es soll schön sein am Bodensee."

„Hm."

„Kann ich ein bisschen Tee haben?"

Tekgül schraubt die Thermosflasche auf und gießt Tee in den Deckel. Sie nippt vorsichtig und brummt zufrieden. „Trinktemperatur", sagt sie und reicht Nicoletta die Tasse. Sie nimmt einen Schluck. „Wie machen wir das eigentlich, wenn wir da sind? Hast du einen Plan?"

Tekgül zuckt mit den Schultern. „Wir parken das Auto, suchen einen Pinkelbaum für Rutherford, und dann gehen wir rein."

„So einfach?"

„So einfach."

Wer's glaubt, denkt Nicoletta, sagt aber nichts. Ihr Handy rülpst.

„Das ist so was von nicht witzig!", nörgelt Tekgül. „Du solltest dir echt mal einen neuen Klingelton zulegen. Überhaupt, wer textet dir da dauernd?"

„Keine Ahnung. Ich krieg schon seit zwei Tagen komische Nachrichten."

„Komische Nachrichten?"

„Spamscheiße. Jemand muss meinen Account geknackt haben."

Tekgül betrachtet sie nachdenklich. „Eine abgelegte Affäre vielleicht?"

Nicoletta lacht humorlos. „Schön wär's. Ich hatte seit Ewigkeiten keinen Sex mehr!" Genau genommen zum letzten Mal seit der Sache unter dem Küchentisch, die du einen Ausrutscher und Freundschaftssex nennst, fügt sie gedanklich hinzu.

„Glaub ich nicht." Der Zweifel ist begründet, weil Nicoletta selten etwas anbrennen lässt. Trotzdem entspricht es der Wahrheit. Sie hält Tekgüls Blick stand – Auge in Auge, bis der Wagen auf die andere Fahrspur schlingert. Glücklicherweise ist die Bundesstraße ruhiger als die Autobahn. „Was soll das eigentlich?", schimpft Nicoletta, als sie den Wagen wieder unter Kontrolle hat. Tekgül sitzt mit dem Rücken zum Fenster und starrt Nicoletta unbeirrt weiter an. „Du würdest es mir sagen, wenn die Nachrichten was mit unserer Reise zu tun hätten, oder?"

„Mit unserer Reise?" Nicoletta kneift die Augen zusammen. „Was sollen sie mit unserer Reise …?"

„Wann hattest du vor, mir davon zu erzählen?"

„Dir davon …? Was ist das Problem, Tek? Ich krieg blöden Spam, und du witterst – ja, was eigentlich? Dass ich hinter deinem Rücken Neuigkeiten mit einer *deiner* Liebsten austausche? Dass Isa mir Geheimbotschaften schickt? Dass ich was weiß, was du nicht weißt? Irgendwer erlaubt sich einen Scherz mit mir – was soll das mit unserer Reise zu tun haben?"

„Irgendwer?", bohrt Tekgül. „Kein Name?"

„Kein Name. Die Nummer ist unterdrückt. Und jetzt reiß dich gefälligst zusammen. Ich versteh, dass du nervös bist, aber wir sind hier nicht vor Gericht, und ich hab auch nichts ausgefressen." Sie kneift die Augen noch weiter zusammen und konzentriert sich auf die Fahrinstruktionen der Computerstimme. Schweigend passieren sie das Ortsschild.

„Lass uns halt erst mal diesen Anwalt treffen", schlägt sie vor.

„Ja. Aber über diesen ‚Spam' reden wir noch!"

Nicoletta verdreht die Augen. Die Hartnäckigkeit, mit der sich Tekgül auf jede erdenkliche Ablenkung stürzt, ist einfach zu durchschaubar. Sie verkneift sich ein Grinsen.

„Heute Abend!" Tekgül sticht mit dem Finger in die Luft. „Spätestens! Ich will jede verdammte Nachricht lesen."

„Ich hab sie gelöscht", lügt Nicoletta und nimmt sich vor, genau das zu tun. Ihr Telefon rülpst erneut.

FÜNFZEHN.

Das Feuerzeug funktioniert nicht. Genervt kramt Tekgül in ihrer Umhängetasche und fördert ein abgegriffenes Streichholzbriefchen zutage. Das erste Hölzchen bricht ab, das zweite entzündet endlich ihre Zigarette. Sie saugt das Gift ein, bis das Zittern aufhört. Nicoletta klappt den Sitz nach vorne.

„Na los, Ruthie", lockt sie.

Als ob das nötig wär, denkt Tekgül. Die Kunst ist eher, Rutherford *in* das Auto zu manövrieren, heraus kommt er von ganz alleine. Heute wie jedes Mal. Es gelingt Nicoletta nicht, seine Sprungbahn rechtzeitig freizugeben. Der große Hund landet – punktgenau und schwanzwedelnd – auf ihren Füßen. Nicoletta jault, und Tekgül muss wider Willen grinsen. Rein visuell sind Rutherford und Nicoletta ein Dreamteam. Beide sind groß und kräftig und haben dieses strubbelige blonde Fell, in Rutherfords Fall ist die Farbe allerdings Natur. Leider hat Nicoletta, aller Äußerlichkeiten zum Trotz, kein Händchen für Hunde. Ihre Stimme steigt hoch statt herunter, wenn sie mit dem Tier spricht, sie stellt Fragen, statt Ansagen zu machen, und lässt ihm alles durchgehen, weil er „so süß guckt". Was bei Katzen funktionieren würde, weil die ohnehin tun, was sie wollen, geht bei Rutherford nach hinten los. Auf dieser Reise ist die Rangordnung des Rudels klar: Erst kommt Tekgül, dann Rutherford und als Letzte Nicoletta, die das überhaupt nicht zu stören scheint. Gut, dass sie eine Schildkröte hält.

Nach kurzem Gerangel gelingt es ihr, die Rollleine an das Halsband zu klicken und Rutherford zum Sitzen zu überreden. Sie strahlt Tekgül stolz an. „Er hört auf mich!"

„Erstaunlich!" Tekgül feixt und tritt die Kippe aus. „Wollen wir?"

„Weiß nicht. Willst du?"

„Nicht wirklich.“ Sie reibt sich den Nacken, der ihr die Nacht auf Clemens’ aufblasbarem Gästebett übel nimmt. Ihre angespannte Psyche kann sie nicht massieren. Sie sieht an dem weißen Haus hoch, an dessen Wand ein Messingschild die Anwaltskanzlei „Berwald und Partner“ verortet. Zwei rund getrimmte Buchsbäume scheinen in massiven Eichenkübeln die Tür zu bewachen. Irgendwann, denkt sie, hat meine Mutter diese Steinstufen genommen und das Haus betreten. Sie muss dabei an mich gedacht haben. Ob sie wusste, dass sie sterben würde? Ihre Kehle wird eng.

„Let’s go“, sagt sie, mehr zu sich selbst als zu Nicoletta. Das Rudel setzt sich in Bewegung. Tekgül, Rutherford, Nicoletta.

Die Holztür ist schwer. Dicke rote Teppiche schützen die Treppenstufen vor Abnutzung und dämpfen die Schritte.

„Darf er eigentlich mit rein?“, fragt Nicoletta ehrfürchtig und deutet auf Rutherford.

„Ich hab nicht gefragt!“, antwortet Tekgül, bewusst laut, bewusst grob. Sie kann nicht anders. Wenn sie Angst hat, wird sie unfreundlich. Wenn sie unsicher ist, hart. Vor der Tür im zweiten Stock zerzaust sie sich die Haare. Sie trägt eine abgerockte Slim-Cut-Jeans und ein übergroßes Sweatshirt, das ihr über die Schulter rutscht. Einen Schal wegen des Nackens, eine rote Lederjacke über dem Arm, Sneakers. Statt einer Tasche einen der unvermeidlichen Statement-Stoffbeutel, die gerade angesagt sind. Ihrer ist schwarz und trägt die Aufschrift *When nothing goes right: Go left!*.

Ein Outfit, wie es Menschen anhaben, die das Schönheitsideal prägen und es deshalb ohne Konsequenzen brechen können. Menschen wie Tekgül. Es mir egal, was Sie von mir denken, soll diese Aufmachung sagen. Genau wie der bröckelnde Nagellack.

Sie weiß, dass sie trotzig ist. Dass Herr Doktor Berwald keine Schuld an der Situation trägt und dass Nicoletta, die mit einer gehörigen Portion Obrigkeitshörigkeit geschlagen ist, diese Attitüde unangenehm ist. Sie weiß es und kann nicht anders. Tekgül strafft ihre Haltung. Schultern zurück, Brust raus, Becken raus – diese überspannte Pose, die Models über die Laufstege tragen und die im wahren Leben ebenso affektiert wie ungesund aussieht. Und immer Eindruck macht.

Nicoletta berührt ihre Hand. „Ich bin da", sagt sie.

Tekgül schluckt und klingelt.

Die Frau, die öffnet, passt zu dem dunklen Parkett. Sie passt zu den großformatigen Bildern an der Wand, die weder mit Farbe noch mit Ambition geizen, und sie lächelt überaus gewinnend.

„Carragher." Tekgül streckt die Hand aus. Nie im Leben wird sie den Namen bemühen, der offensichtlich in ihrer Geburtsurkunde steht. Nie im Leben.

„Frau Carragher", flötet die freundliche Dame. „Herzlich willkommen in Friedrichshafen. Kommen Sie doch herein."

Tekgül nickt gnädig und tritt durch die Tür. „Nicoletta Aurand", stellt Nicoletta sich vor. „Und das ist Rutherford."

„Willkommen, Frau Aurand. Hallo, Rutherford." Das Gesicht zeigt kein Anzeichen von Überraschung. Im Gegenteil. „Wie schön, dass Sie ein Tier haben. Sie geben einem so eine Sicherheit, finden Sie nicht?" Tekgül gelingt keine Reaktion, aber Rutherford wedelt Bestätigung. Die Dame tätschelt ihm den Kopf, dann wendet sie sich wieder den Menschen zu. „Ich bin Frau van Pelt, Doktor Berwalds persönliche Assistentin. Er wird gleich für Sie da sein." Sie lotst die Besucherinnen den Gang entlang in einen großen Erker. „Nehmen Sie doch einstweilen in unserer Lounge Platz. Darf ich Ihnen etwas bringen? Kaffee? Tee? Etwas anderes?"

„Für mich ein Wasser, bitte." Wenn sie in ihrem Zustand Kaffee trinkt, kann Tekgül für nichts mehr garantieren.

„Ich nehme einen Kaffee", sagt Nicoletta.

„Sehr gerne." Frau van Pelt deutet auf Rutherford. „Er möchte sicher auch etwas Wasser, nehme ich an?"

Nicoletta lächelt. Frau van Pelt lächelt zurück, deutet auf zwei dunkelgrüne Ledersessel neben einem üppigen Palmengewächs und verschwindet. „Sie hat Lounge gesagt“, flüstert Nicoletta Tekgül zu. „Lounge! Ich fass es nicht.“

„Immerhin läuft keine Beschwichtigungsmusik.“ Ohne ihr Zutun senkt sich auch Tekgüls Stimme.

„Glaubst du, ich darf mir einen Keks nehmen?“

„Dafür stehen sie vermutlich da.“ Sie schiebt einen der Sessel so, dass sie aus dem Fenster schauen kann, und lässt sich auf ihn fallen.

„Das sind Chesterfields“, sagt Nicoletta, die sich dank Clemens' Faible für Designermöbel ein solides Grundwissen erarbeitet hat. „Ich wette, Original.“

„Bequem sind sie.“

„Sollten sie auch besser!“ Nicoletta nimmt in dem zweiten Schmuckstück Platz. „Die kosten mindestens …“

„Frau Carragher!“ Tekgül erkennt die Stimme an der ungewöhnlichen Tonfarbe, die ihr schon bei ihrem Anruf aufgefallen war. Doktor Claus Berwald klingt sogar noch kristallener als am Telefon. Sie schiebt sich aus dem Edelmöbel und wendet sich dem Anwalt zu, der sie zu ihrem Erstaunen und seiner Stimme zum Trotz um einige Zentimeter überragt. Die Bodenseeversion von Matthew McConaughey, Anfang vierzig, braun gebrannt und mit einer Tonlage, die den Wiener Sängerknaben Ehre machen würde. Es gelingt ihr, sich ihre Verwunderung nicht anmerken zu lassen.

„Herr Doktor Berwald. Das ging ja schnell!“ Sie schütteln Hände, sie stellt Nicoletta und Rutherford vor, sie werden in das Büro gebeten. Frau van Pelt folgt ihnen mit einem Tablett.

Der Schreibtisch ist riesig und aufgeräumt. Eine lederne Schreibunterlage schont das edle Holz, eine Stiftablage, eine Schreibtischlampe. Ein Telefon mit zahlreichen Knöpfen. Ein unaufgeregter Tablet-Computer. Einige Aktenordner, liegend. Genug Platz für den Kaffee und das Wasser.

Rutherford ignoriert den Napf, den Frau van Pelt neben der Tür platziert hat. Er lässt sich neben Tekgül nieder und hält den Kontakt zu ihrem Bein. Nach der Beantwortung der üblichen Floskeln – „Hatten Sie eine angenehme Reise?", „Haben Sie gut hergefunden?", „Haben Sie bereits eine Unterkunft gebucht?" – versinkt Tekgül in Schweigen. Sie betrachtet die Regalwand hinter Berwald, ebenso groß und dunkel wie der Schreibtisch, ebenso aufgeräumt und voller Gesetzestexte und dicker Standardwerke des Jurastudiums, die Tekgül selbst besessen und dann, weitestgehend ungelesen, an Kommilitoninnen verkauft hat.

Das Zittern kriecht aus ihrem Magen in ihre Finger.

Berwald und Nicoletta erörtern die besondere Wetterlage des Bodensees und ihre Auswirkungen auf Migräne-Patienten. Als Nicoletta vom Föhn zu den Parallelen zwischen Touristenströmen in Berlin und Friedrichshafen überleiten will, grätscht Tekgül dazwischen. Für Höflichkeit reicht es nicht.

„Können wir bitte zum Thema kommen?", fragt sie.

Nicoletta verstummt. Der Anwalt pariert jovial. „Selbstverständlich, Frau Carragher." Er beugt sich über den Schreibtisch und hat Mühe, den Ordner am Tischrand zu erreichen, ohne aufzustehen. Schließlich gelingt es. „Also", sagt er. „Wie Sie wissen, hat Ihre Mutter Sie in Ihrem Testament bedacht."

Tekgül schaut ihn regungslos an. Er lässt sich nicht aus der Ruhe bringen. Ein Vollprofi, denkt Tekgül. Entweder als Anwalt oder darin, sich wie ein Hollywood-Anwalt zu inszenieren. In Anbetracht seines Aussehens, seines Alters und ihrer Vorurteile tippt sie auf Letzteres. Immerhin scheint er mit Menschenkenntnis gesegnet, denn nach eingehender und schneller Taxierung durchschaut er seine Klientin.

„Sparen wir uns die Formalitäten“, sagt er. „Es gibt keinen Ehepartner und keine weiteren Kinder. Als einzige Tochter der Erblasserin sind Sie die Alleinerbin.“

„Und ihre Eltern?“

„Sind vor vierzehn Jahren im Tessin tödlich verunglückt. Aber selbst wenn sie noch leben würden, stünden die in der Erbfolge hinter Ihnen. Zudem hat Frau Pfaff explizit verfügt, dass ihre sämtlichen Besitztümer an ihre Tochter, ergo Sie, gehen.“

Also doch, denkt Tekgül. Tagebücher. Spitzendecken. Hirschbilder. Das atemlose Gefühl von der Oberbaumbrücke kehrt zurück. Es kostet sie enorme Kraft, Luft in ihre Lungen zu pressen. Rutherford springt auf und legt seine Schnauze auf ihren Oberschenkel. Sie verschränkt die Finger unter dem Tisch und drückt die Knöchel aufeinander. Dann spürt sie Nicolettas Hand auf dem Rücken, unten, im Lendenwirbelbereich, und genau dort atmet sie hin, so lange, bis in ihren Lungen wieder Platz ist.

„Was für Besitztümer sind das?“, fragt Nicoletta, weil Tekgül es nicht kann.

„Die Drei Eulen“, antwortet er.

Tekgül starrt ihn fassungslos an. „Bitte was?“ In ihrem Kopf überblenden sich Bilder des Rowling'schen Speisesaals in Hogwarts und Hunderter flatternder Nachtvögel. „Ich habe drei Eulen geerbt?“, vergewissert sie sich.

„Hedwig!“ Nicoletta, offensichtlich von derselben Assoziation geleitet, prustet unvermittelt los. Der Anwalt schaut ratlos von einer zur anderen, ehe er begreift.

„Sie ...? Nein! Ich meine: Nicht so, wie Sie das jetzt ... Nein!“

„Wie denn dann?“ Tekgül umklammert jetzt die Tischplatte. Ihre Fingerspitzen sind blutleer.

„Ich ... Verzeihen Sie meine Ungenauigkeit. In unserer Gegend kennt jeder Die Drei Eulen, aber das können Sie natürlich nicht wissen. Also: Die Drei Eulen bezeichnen selbstverständlich keine echten Eulen, sondern den Ort.“

„Den Ort."

„Die Drei Eulen", doziert Berwald, „sind eine Friedrichshafener Institution. Sie bestehen schon seit den Zwanzigerjahren und ..."

„Was soll das werden?", unterbricht Tekgül. „Ein Ratespiel?" Ihre Stimme hat mühsam beherrschte Minusgrade. Energisch löst sie die Nägel aus dem Schreibtisch. „Können Sie endlich auf den Punkt kommen? Meine Mutter ist gestorben und hat mir offensichtlich etwas vererbt. Drei Eulen, die aber keine Vögel sind, sondern ein Ort. Was ist so verdammt kompliziert daran, mir mitzuteilen, was mir diese Frau hinterlassen hat?"

Herr Doktor Berwald beherrscht seine Mimik exzellent. Noch während ihm seine Züge entgleiten, hat er sie schon wieder im Griff. Er steht auf.

„Es ist ein ... Ach was. Ich zeig es Ihnen!"

Statt die Stirn auf die Tischplatte zu schlagen, bis dieser Irrsinn aufhört, bohrt Tekgül die Nägel erneut in das Holz und lässt den spannungsliebenden Anwalt nicht aus den Augen. Sie erwartet, dass er den Computer nimmt und ihnen Fotos zeigt. Dass er eins der Gemälde umklappt und mit viel Brimborium einen geheimen Tresor öffnet. Dass er einen Knopf drückt, hinter ihm eine Leinwand herunterfährt und das Gesicht der unbekannten Toten darauf erscheint, die eine tränenreiche Botschaft an ihre Tochter verkündet.

Was sie nicht erwartet, ist, dass er ihnen die Tür aufhält und sie eine knappe halbe Stunde, nachdem sie das Haus betreten haben, wieder im Auto sitzen und hinter Berwalds silberfarbenem Toyota herfahren, der ebenso überdimensioniert wie sein Schreibtisch, aber leider nicht hölzern ist.

Was für ein Gewese, denkt Tekgül, raus aus dem Auto, rein in die Kanzlei, in die Lounge, in das Büro und wieder in das Auto.

Drei Eulen.

So ein Unsinn.

„Wo zum Geier führt der uns hin?“, knurrt sie.

„Keine Ahnung. Sieht aus, als hättest du etwas Unaussprechliches geerbt.“

„Oder er hat einfach Defizite in klarer Kommunikation“, ätzt Tekgül, während sie hinter dem Testamentsverwalter durch die hübschen Friedrichshafener Straßen kurvt. Sie zündet sich eine Zigarette an, im Auto und trotz Rutherford. Nicoletta sagt nichts. Dafür rülpst ihr Handy. „Sorry“, entschuldigt sie sich. „Ich hab vergessen, es lautlos zu stellen.“

Tekgül hat keine Muße, sich erneut über das Telefon, das Geräusch oder den Spam, an den sie nicht glaubt, zu echauffieren. Kurz hinter dem Ortsschild biegt die anwaltliche Limousine in einen schlaglochreichen Schotterweg, und Tekgüls Jeep bekommt – vermutlich erstmals in seinem beinahe zehnjährigen Leben – eine Idee seiner Bestimmung und seiner Fähigkeiten. Ein trauriger Gedanke. Ich werde mit ihm Offroad fahren gehen, verspricht sich Tekgül. Irgendwo in Brandenburg gibt es bestimmt Offroadstrecken für all die depressiven Großstadt-SUVs. Aber erst mal muss ich das hier überleben. Die Chancen stehen gut, denn das Nikotin beruhigt sie. Das Nikotin und die bezaubernde Landschaft. Das Grün um sie herum muss jede Künstlerin zur Verzweiflung bringen, weil es zu satt, zu intensiv, zu vielfältig, zu … grün ist, um es einzufangen.

Mit einem eleganten Schlenker umgeht der rote Wagen vor ihr ein monströses Schlagloch und kommt unvermittelt vor einem schlichten Metalltor zum Stehen. Tekgül tritt mit beiden Füßen auf die Bremse. Rutherford fällt in seinen Sicherungsgurt. Er bellt entrüstet. Nicoletta lehnt sich nach hinten und bugsiert ihn zurück auf die Bank. „Scheiße!“, flucht sie. „Der hat ja wohl nicht mehr alle Latten am Zaun!“

„Wichser“, zischt Tekgül. Sie braucht einen Moment, um das Adrenalin zu verarbeiten, dann dreht sie sich um und tätschelt

Rutherford entschuldigend den Kopf. „Nichts passiert", beruhigt sie ihn, Nicoletta und sich selbst. „Ist ja nichts passiert."

Es klopft an ihr Fenster. Sie lässt es herunter.

„Entschuldigen Sie meine Unachtsamkeit", sagt Berwald. „Ich übersehe den Eingang gerne, er ist so gut geschützt, finden Sie nicht?"

Tekgül beißt sich von innen auf die Wange. „Ist ja nichts passiert", wiederholt sie.

„Vielleicht lassen Sie den Hund erst mal im Wagen", rät er. Tekgül wechselt einen Blick mit Nicoletta und einen mit Rutherford. „Okay", entscheidet sie, fährt das Fenster nicht ganz hoch, schnallt sich ab und steigt aus. Nicoletta kramt einen Kauknochen aus der Provianttasche und legt ihn vor Rutherfords Nase. Dann schiebt sie sich rückwärts aus dem Auto und gesellt sich zu Tekgül, die unverwandt das Tor betrachtet. Das Übermaß an Grün setzt sich hinter dem Durchgang fort. Bäume überdachen einen Weg, der bereits nach wenigen Metern eine Kurve beschreibt. Es lässt sich nicht ausmachen, wohin er führt.

So riecht also Sauerstoff, denkt Tekgül.

Nicoletta stupst sie an. „Sieh mal!" Sie deutet auf ein Blechschild, das an einem kleinen Mast neben dem Tor schwingt. „Die Drei Eulen" steht darauf. Tekgül registriert es, ohne zu denken.

„Ich bin gleich bei Ihnen!", ruft der Anwalt, den Oberkörper in seinem Auto. Er fischt einen Schlüssel aus der Mittelkonsole. „Voilà!"

Das Schloss ist gut geölt, die Kette, die das Tor sichert, öffnet sich problemlos. Sie lassen die Autos auf dem Schotterweg stehen, denn den benutzt, laut Berwald, „ohnehin niemand, der nicht hierher will".

Es riecht fremd. „Das sind die Tiere", erläutert er.

„Tiere", echot Tekgül matt.

„Ja."

„Jetzt sagen Sie nicht, dass Tekgüls Mutter eine von denen war, die abgeschottet irgendwo leben, sich mit Müll umgeben und heimatlose Tiere aufsammeln!“ In die Richtung hat Tekgül noch gar nicht gedacht, aber jetzt, da Nicoletta es sagt, gäbe es eine erstaunlich gute Erklärung für das ganze Getue ab. Entsetzt sieht sie den Anwalt an.

„Nicht ganz“, beruhigt er sie. „Aber auch nicht ganz falsch. Ihre Mutter hatte in der Tat ein überaus großes Herz für Tiere. Dieses Grundstück ist seit Generationen im Besitz der Familie Pfaff. Das Grundstück und der Campingplatz.“

„Der …?“

„Naturcamping Die Drei Eulen“, bestätigt Berwald. „Nach dem überraschenden Unfalltod ihrer Eltern, also Ihrer Großeltern, gab Ihre Mutter ihr Leben in Los Angeles auf und kam zurück nach Deutschland. Seither hat sie den Campingplatz geleitet. Wir sind von der anderen Seite aus hineingefahren. Sozusagen durch den Privateingang.“

Die Bäume lichten sich und geben den Blick auf den See frei.

„Es ist wunderschön“, sagt Nicoletta.

„Seit Generationen“, hört Tekgül sich sagen. „Am Bodensee.“

Nicoletta nimmt ihre Hand.

„Ein Campingplatz also“, fasst sie zusammen. „Und was ist mit den Tieren?“

„Zwei Esel, drei Ziegen, siebzehn Kaninchen, acht Katzen, die Hühnerherde und natürlich das Hängebauchschwein.“

„Das Hängebauchschwein.“

„Ja. Brutus. Nero, der Hund, ist leider wenige Monate nach seinem Frauchen gestorben. Es hat ihm wohl das Herz gebrochen.“ Einige Schritte laufen sie schweigend.

„Brutus“, murmelt Nicoletta. „Nero … Dann heißen die Esel wahrscheinlich Cäsar und Oktavian.“

„Fast!“, freut sich der Anwalt. „Cäsar und Caligula! Die Namen der Katzen habe ich allerdings gerade nicht im Kopf.“

„Prima“, stöhnt Tekgül. „Meine Mutter hatte also ein Herz für Tiere und ein Faible für römische Kaiser. Gab es davon überhaupt genug für all die Kaninchen?“

Berwald sticht mit dem Zeigefinger in die Luft. „Ich sehe, Sie denken mit.“ Seine Stimme kiekst. „Aber das spielt keine Rolle, denn die sind, soweit ich weiß, nach Märchenfiguren benannt.“

Sie sind am Ende des Weges angekommen. Vor ihnen erstreckt sich ein eingezäunter Bereich, auf dem Cäsar und Caligula neben drei Ziegen grasen, die unabhängig von ihrem biologischen Geschlecht vermutlich Titus, Hadrian und Mark Aurel heißen. Der dunkle Berg, der vor einem Unterstand in einem separaten Gehege liegt, ist vermutlich Brutus. An der Längsseite der Weide führt ein Weg am Seeufer entlang, am anderen Ende sind einige Caravans mit Vorzelten zu sehen.

Angesichts von Tekgüls starrer Miene verlegt sich Berwald auf Fakten. „Der Campingplatz trägt sich durch die Dauercamper von selbst. Seine Leitung und die Gastronomie – wenn Sie mich fragen, eher eine Frittenbude mit Sitzplätzen – hat Ihre Mutter schon vor Jahren in die Hände eines Verwalterehepaares gegeben. Die Tiere werden zurzeit von zwei Frauen …“ – er nimmt sich Zeit für eine ausführliche Pause. Dass er ihnen dazu nicht verschwörerisch zublinzelt, grenzt an ein Wunder –, „… betreut.“

„Zwei Frauen?“, wiederholt Tekgül matt.

„Ja.“ Der Anwalt wendet Campern und Tieren den Rücken zu und deutet auf ein Häuschen mit einem Nebengebäude, das Tekgül bisher nicht bemerkt hat. „In dem Haus dort hinten hat Ihre Frau Mutter gewohnt. Im Nebengebäude sind die restlichen Tiere untergebracht, zumindest im Winter. Im Sommer sind sie natürlich draußen.“

Drei Eulen. Ein Campinglatz. Vierzehn römische Kaiser, siebzehn Märchenfiguren und eine Schar bestenfalls namenloser Hühner. „Haben Sie noch weitere Überraschungen auf Lager?“, will Tekgül wissen.

„Nur eine noch“, antwortet der Anwalt. „Es gibt eine Botschaft für Sie.“ Hab ich’s doch geahnt, denkt Tekgül. „Ihre Frau Mutter hat sie im Haus deponiert. Wo genau, ist mir auch nicht bekannt – sie hat es in einer Nachricht vermerkt, die dem Testament in einem separaten Umschlag beiliegt. Wenn Sie sich also fürs Erste einen Überblick verschafft haben, schlage ich vor, dass wir zurück in meine Kanzlei fahren und den Rest dort besprechen.“

Zurück in die Kanzlei? Um dort einen Brief zu bekommen, der Informationen darüber enthält, wo sie eine Extrabotschaft im Haus suchen soll? Klingt wie die Anleitung zu einem *Jump-’n’-Run*-Spiel für Vierjährige, denkt Tekgül. Sie ist keine vier mehr, und *Jump-’n’-Run*-Spiele hat sie noch nie gemocht. „Nein“, beschließt sie.

„Nein?“

„Wir gehen in diese Campingplatzgastronomie. Ich brauch jetzt erst mal eine Portion Pommes.“

SECHZEHN.

An der Decke des Hotelzimmers erzählt ein kleiner, gelblich brauner Umriss von einem früheren Wasserschaden.

„Vielleicht", mutmaßt Tekgül düster, „hat sich jemand im Badezimmer über uns umgebracht und dabei den Wasserhahn offen gelassen."

Nicoletta betrachtet den Fleck. „Wäre er dann nicht eher rotbraun?", antwortet sie, ehe ihr einfällt, dass das Zimmer im obersten – sprich: zweiten – Stockwerk des Hotels liegt und über ihnen lediglich der Dachboden ist. „Er sieht ein bisschen aus wie Caligula, findest du nicht?"

„Eher wie Cäsar." Tekgül kichert und stöhnt und kichert. Nicoletta legt den Arm um ihre Freundin und zieht sie dichter an sich. Gemeinsam betrachten sie die Decke. Abgesehen von dem Fleck ist sie sauber. Ebenso wie die Nachtischlampe mit dem Messingfuß, wie der Laminatboden und die Fliesen. Das Doppelbett, auf dem sie liegen, ist mit reinweißer Wäsche bezogen, die so steif ist, wie Nicoletta das nur von ihrer Großmutter kennt, die ihre Wäsche mit Wäschestärke besprühte und dann durch die Mangel drehte. Ein ordentliches Hotel in einer ordentlichen Kleinstadt. Einer Kleinstadt, in der vor über dreißig Jahren ein Teenager von Hollywood träumte, wie vermutlich Hunderte anderer Teenager auch. Mit dem Unterschied, dass Tekgüls Mutter es versucht hat. „Als sie aus Los Angeles zurückkam", hatte der Anwalt gesagt, und auch wenn diese Frau, von der Tekgül offenbar nicht nur das Aussehen, sondern auch den Ehrgeiz und die Zielstrebigkeit geerbt hat, in den USA gescheitert sein mag – in Friedrichshafen hat sie es zu etwas gebracht.

„Ein Campingplatz", sagt Nicoletta zu der Decke. „Ein Campingplatz und Unmengen an Tieren."

„Fuck."

Sie schweigen und starren den Cäsar-Fleck an.

Ein Seegrundstück dieser Größe und Lage sei heute unbezahlbar, hatte der Anwalt gesagt. Aber unbezahlbar hin oder her und von der Erbschaftssteuer abgesehen: Was soll Tekgül mit einem Grundstück am Bodensee? Gerade jetzt, wo ihr Leben in Berlin in die Bahnen zu gleiten scheint, die sie sich schon immer gewünscht hat? Die Kunsthochschule war Tekgüls Traum, seit Nicoletta sie kennt. Sie selbst hat diesen Wunsch von Anfang an skeptisch betrachtet, weil Tekgül daran gewöhnt ist, ein Star zu sein – umschwärmt, gehätschelt und einzigartig. Ihre Freundin als Teil einer Masse irrsinnig talentierter Studierender, umgeben von so viel Attitüde, dass ihre eigene darin verblassen würde? Schwer vorstellbar.

Aber Tekgül ist immer für eine Überraschung gut. Dass es ihr gelungen ist, sich mit Johanna zu versöhnen, war der letzte Clou, und der ist so geheim, dass sie Nicoletta nichts davon erzählt hat. Offiziell weiß sie also von nichts. Inoffiziell schon. Johanna ist nämlich weit weniger diskret. Kaum dass sie nach dem Wiedervereinigungssex im Auto saß und zu ihrem Termin fuhr, rief sie Nicoletta triumphierend an. „Rate, wer in meinem Bett liegt", trällerte sie, und entgegen ihrer generell eher verlangsamten Reaktionsgeschwindigkeit begriff Nicoletta sofort.

„Ich glaub's nicht!", antwortete sie. „Und was ist aus ‚Die muss gar nicht wieder ankommen?', ‚So lass ich mich nicht behandeln!' und ‚Das hat sich ein für alle Mal erledigt' geworden?"

Johanna schnaubte. „Jede hat schließlich eine zweite Chance verdient!"

„Wohl eher eine fünfte", stichelte Nicoletta, woraufhin Johanna erneut schnaubte und dann zu schwärmen begann.

Es war also alles beim Alten zwischen Johanna und Tekgül, wobei Johanna schwor, dass Tekgül sich verändert habe.

Wär auch sonderbar, wenn nicht, denkt Nicoletta jetzt und streichelt Tekgüls Oberarm mit dem linken Daumen. Bleibt nur abzuwarten, wie lange diese Veränderung anhält und wohin sie Tekgül, schon allein rein räumlich, treiben wird.

Etwa an den Bodensee?

Zumindest ist der Verkauf des Grundstückes, dem Kleingedruckten gemäß, lediglich unter sehr speziellen Bedingungen gestattet, das hat ihnen der Anwalt bei einer Familienportion Pommes-Mayo sehr deutlich auseinandergesetzt. Außerdem haben die Tiere lebenslanges Wohnrecht. Nicoletta erinnert sich nicht an die genaue Wortwahl, was das angeht, aber im Endeffekt läuft es wohl darauf hinaus. Und selbst wenn der Campingplatz nur geringfügige Betreuung braucht – der Bauernhof und die Tiere sind ein Fulltimejob, für den man Menschen bezahlen oder den man selbst übernehmen muss. Und, bei allem Respekt für Tekgüls grünen Daumen und ihren Aktionismus, wenn es um Gartenarbeit geht: Es fällt Nicoletta schwer, ihre Freundin an diesem See, in diesem Häuschen und mit dieser Aufgabe zu sehen. Und ganz sicher nicht mit Johanna an ihrer Seite.

„Jo wird bestimmt nicht mit dir an den Bodensee ziehen!“, vermutet sie und begreift zu spät, dass sie sich verplappert hat. Tekgül dreht sich abrupt auf die Seite und sieht Nicoletta an. „Woher …? Ach, was frag ich eigentlich? Sie kann einfach die Klappe nicht halten!“

„Warum sollte sie auch?“, verteidigt Nicoletta ihre Kindergartenfreundin. „Sie hat sich eben gefreut, dass alles wieder gut wird!“ Tekgüls Stirn ist eine unruhige See. Oh nein, denkt Nicoletta. „Wird denn alles wieder gut?“, vergewissert sie sich.

„Keine Ahnung. Ich hab zumindest vor, mir Mühe zu geben, dass es *besser* wird.“ Tekgül kaut auf ihrer Unterlippe. „Aber das heißt garantiert nicht, dass ich mit Jo an den Bodensee ziehe.“

„Und ohne sie?“

„Fuck.“ Nicht aggressiv, sondern ratlos. Es scheint die bisher einzige Antwort auf das Dilemma, die Tekgül einfällt. Nicoletta lässt nicht locker. „Nimmst du das Erbe an?“

Tekgül angelt nach der Fernbedienung. Zappt, zappt, zappt. Wortlos. Bei der Zahnbürstenwerbung eines Shoppingkanals gibt sie auf. „Weiß nicht. Aber ich werd nicht hierherziehen. Und selbst wenn, dann werd ich jedenfalls nicht diese Pommesbude betreiben oder kreischenden Kindern dabei zusehen, wie sie Kaninchen und Ziegen streicheln. Keine Chance."

„Lass uns erst mal das Haus ansehen und dieses ‚Frauenpaar' ...", Nicoletta zeichnet Anführungszeichen in die Luft, „... treffen. Vielleicht verlierst du am Ende doch dein Herz."

„An eine von den Frauen?"

„Quatsch. In das Haus, die Aussicht aus dem Fenster, die römischen Kaiser-Katzen, was weiß ich?"

„Unwahrscheinlich."

„Abwarten. Deine Mutter hat sich schließlich was dabei gedacht, als sie dir das alles vererbt hat. Apropos: Hat er schon geschrieben, wo genau wir diese mysteriöse Botschaft finden?"

Tekgül nickt. „In der obersten Schublade in einem Schrank in einem Zimmer rechts im Obergeschoss. Es ist lächerlich." Sie wedelt mit der Fernbedienung durch die Luft. Unter Nicolettas Kopfkissen rülpst es. Dreimal hintereinander. Och nö, denkt Nicoletta, als Tekgül ihren Blick langsam vom Fernseher löst und sie auffordernd ansieht. „Zeig her!"

„Jetzt fang nicht wieder damit an! Ich hab doch gesagt, dass es Spam ist."

„Mir egal. Zeig her!"

Sie greift unter Nicolettas Kopfkissen und zieht das Handy hervor. „Hey!" Nicoletta nimmt es ihr sofort wieder aus der Hand. „Was fällt dir ein?"

Tekgül lacht. Ihre Hand umschließt Nicolettas, die das Handy hält. Einen Moment lang kämpfen sie. Tekgül gewinnt und schiebt das Telefon in die Hintertasche ihrer Jeans. „Pincode!", fordert sie. Dann wirft sie sich auf Nicoletta und beginnt sie zu kitzeln. Vor Überraschung verschluckt sich Nicoletta an ihrer eigenen Spucke. Sie röchelt und lacht und kämpft gegen Tekgüls Gewicht und darum, die Situation nicht sexy zu finden.

Und dann ist da dieser Moment, natürlich ist da dieser Moment, in dem ihre Gesichter ganz nah beieinander sind. In einer Distanz, die keine Option außer Küssen zulässt. Küssen oder ...

„Okay, okay", keucht sie. „Du hast gewonnen!" Dann bäumt sie sich auf und wirft sich zur Seite – zur falschen allerdings, denn Tekgül landet, den Rücken zuerst, auf dem Boden. Sie reibt sich den Nacken und schnappt nach Luft. Nicoletta lässt sich ebenfalls aus dem Bett fallen, rollt Tekgül auf die Seite und klopft ihr vorsichtig auf den Rücken.

„Miststück", japst Tekgül.

„Selber." Sie hievt die Verliererin zurück auf das Bett, schiebt ihr ein Kissen unter den Nacken und reicht ihr die Wasserflasche. Dann setzt sie sich im Schneidersitz neben sie, entsperrt das Handy, tippt auf dem Display herum und hält es Tekgül hin.

„Danke." Tekgül scrollt sich durch Nicolettas Nachrichtenliste. „Das sind ja krass viele!"

„Bestimmt fünfzehn mittlerweile", bestätigt Nicoletta. „Außer dieser Buchstabenzahlenkombi steht nie was drin."

„Stimmt. Die Nummer, von der sie kommt, ist immer unterdrückt, und die Kombination ist immer dieselbe."

„Spam", sagt Nicoletta.

„Mag sein. Aber was für ein Spam?", bohrt Tekgül. „Klingt nach einem Code. GPS vielleicht? Wie soll man das bitte lesen? Der Kringel steht bestimmt für Grad. Aber was sollen die Striche sein? Fuß? Inch?"

Nicoletta zuckt mit den Schultern. „Ich hab noch nie einen GPS-Code gesehen", gibt sie zu. „Und ehrlich gesagt auch keine Ahnung, wozu man den braucht. Außer für Handyortung oder Überwachung oder wenn man bei Interpol ist."

„Bist du bei Interpol?"

„Sehr witzig."

Tekgül saugt nachdenklich die Wangen nach innen, was ihr Gesicht noch hagerer wirken lässt. Die letzten Wochen haben sie ausgezehrt. Wenn sie nicht diese leicht olivefarbene Haut hätte, würde sie sehr krank aussehen, denkt Nicoletta. Egal, wer ihre biologischen Eltern sind – sie kann ihnen dankbar sein. Es fühlt sich nicht ganz fair an, aber Nicoletta, die ihrer wunderbaren Groupie-Mutter vieles verdankt und vieles vorwirft, kann nicht umhin, einen gewissen Neid zu verspüren. Tekgül ist so in Liebe gebadet, dass einer fast schlecht werden könnte. Und selbst wenn etwas wirklich Tragisches geschieht, besteht offensichtlich das größte Drama darin, dass sie in der Konsequenz noch mehr geliebt wird. Zwei liebende Elternteile werden um ein weiteres liebendes Elternteil erweitert.

Bei allem Verständnis für Tekgüls Lage könnte die Situation schlimmer sein, findet Nicoletta. Schließlich ist alles, was Tekgül tun muss, sich entscheiden: Ein Kunststudium an einer der renommiertesten Universitäten Deutschlands, eine Eigentumswohnung, ein großer Freundeskreis und eine liebende Freundin oder ein Millionenerbe mit tierischem Anhang am Bodensee. Fehlt nur noch der Erzeuger, der, bei Tekgüls Sternenkonstellation, wahrscheinlich Galerist in Hamburg-Leipzig-New-York ist und seine Tochter ganz groß herausbringen wird. Nicoletta schämt sich für ihre Gedanken, aber doch.

„Hast du die Nummern schon mal im Netz gesucht?", unterbricht Tekgül Nicolettas semiempathischen Gedankenfluss. Etwas an diesen Nachrichten scheint sie zu fesseln.

„Nö, warum sollte ich? Vielleicht aktiviert diese Zahlenkombi einen Virus und, zack!, hast du einen Trojaner auf dem Telefon, der deine Onlinebanking-Daten klaut."

„Jetzt sag nicht, dass du dein Onlinebanking mit dem Handy machst!"

„Klar, warum denn nicht? Glaubst du, dein iPad ist sicherer?"

Tekgül verdreht die Augen. Dann steht sie auf, nimmt ihren schwarzen Stoffbeutel vom Sessel und zieht Schokoladenkekse und ihren Tablet heraus. Sie nimmt sich drei Kekse und wirft Nicoletta den Rest der Rolle zu. „Bio", sagt sie.

„Macht nichts", antwortet Nicoletta. Den Mund voller Keks, schiebt sie sich neben Tekgül und betrachtet das Display.

„Es sind Koordinaten", triumphiert Tekgül. „Wusst ich's doch."

„Na und?"

„Die Buchstaben stehen für Nord, Süd, Ost und West. Da hätten wir auch drauf kommen können. Die Striche sind Winkelminuten und Winkelsekunden. Also siebenundvierzig Grad, achtunddreißig Minuten, achtundzwanzig Sekunden Nord und neun Grad siebenundzwanzig Minuten, elf Sekunden Ost", liest sie. Dann ruft Tekgül *Apple Maps* auf und gibt die Kombination ein. Langsam weckt Tekgüls Interesse an den Zahlen auch Nicolettas Neugier. Der Computer sucht und findet.

Als das Bild auf dem Display erscheint, fällt Nicoletta vor Überraschung und zu Rutherfords Freude der Keks aus der Hand. „Friedrichshafen?", stottert sie. „Wieso schickt *mir* irgendwer die Koordinaten von Friedrichshafen?"

•

Zehn Stunden später stehen sie vor dem kleinen Haus, in dem Tekgüls Mutter gelebt hat. Eine Katze schmiegt sich in Achten um Tekgüls Beine, so aufdringlich, als teilten sie seit Jahren Bett und Futternapf.

„Haben Katzen gar keinen Stolz?", fragt Tekgül, sichtlich überfordert von der emotionalen Bedürftigkeit des Tieres. „Wir kennen uns kaum, und sie benimmt sich, als wären wir ABFs!"

„ABFs? Ist das noch so ein geheimer Code?"

„Die deutsche Variante von BFF", erklärt Tekgül. *„Best Friends Forever*. Oder eben Allerbeste Freunde. Nie gehört?"

„In solchen Momenten merke ich, dass uns fast zwölf Jahre trennen", grinst Nicoletta. „Und bin sehr froh darüber." Sie beugt sich zu der grau getigerten Katze und hebt sie hoch. Das Tier beginnt zu schnurren. Eine weitere Katze, diesmal schwarz-weiß, biegt mit erhobenem Schwanz um die Ecke. Als sie die Besucherinnen sieht, stoppt sie unvermittelt und lässt sich neben eine steinerne Froschstatue fallen. „Scheint Fütterungszeit zu sein", mutmaßt Nicoletta und krault die Stirn der Grauen, die lauter schnurrt und den Kopf fest gegen die Handfläche presst. „Gut, dass wir Rutherford im Auto gelassen haben!" Beglückt steckt Nicoletta die Nase in das sonnenwarme Fell. „Lass mich raten", flüstert sie in das Katzenohr. „Du heißt bestimmt Tacitus? Nein? Constantin? Leo? Tiberius?"

Tekgül niest. Die Katze zuckt zusammen und springt von Nicolettas Arm. Sie schaut ihr bedauernd nach. „Maximian?", ruft sie der Katze nach, die sich in sicherer Entfernung zu der schwarz-weißen niederlässt und geruhsam Nicolettas Geruch von ihrem Fell leckt. Nicoletta wendet sich Tekgül zu und schnalzt mit der Zunge. „Ich hab doch gesagt, dass du eine Tablette nehmen sollst", rügt sie. „So allergisch, wie du auf Katzen reagierst!"

„Ja, Mama!" Tekgül durchwühlt ihren Beutel nach dem Medikament und der Wasserflasche. Sie spült die kleine Pille herunter und zündet sich eine Zigarette an. „Woher kennst du eigentlich so viele römische Kaiser?"

„Mein Geschichtslehrer hätte deiner Silke-Mutter gefallen", grinst Nicoletta. „Er hatte ein Faible für alles, was römisch ist. In der sechsten Klasse mussten wir sogar ein Gedicht auf Latein auswendig lernen. Und du weißt ja …" Sie tippt sich an den Kopf. „Je überflüssiger, desto besser merk ich's mir."

„Vielleicht hat der Typ in Friedrichshafen unterrichtet, eh er nach Berlin-Zehlendorf kam", mutmaßt Tekgül. „Wenn solche

Leute wüssten, was sie den Tieren der Welt antun." Sie betrachtet die Glut ihrer Zigarette. „Wann kommen die beiden Frauen, die sich um die Tiere kümmern, noch mal?"

Nicoletta sieht auf die überdimensionierte Armbanduhr, die sie angeschafft hat, um nicht dauernd auf ihr Handy starren zu müssen. Das heute, immerhin, noch keine unerwünschten Nachrichten geschickt hat. Nur eine von Marte und eine von Frau Schäfer, die beide wissen wollten, wie der Anwaltstermin gelaufen sei und wann sie in die Schweiz weiterreisen würden. Ansonsten ist es still. Vielleicht ist es doch Interpol, überlegt Nicoletta, und sie schicken keine Nachrichten mehr, weil sie längst wissen, dass wir die Koordinaten überprüft haben. Das kann alles kein Zufall sein. Nie im Leben ist das ein Zufall. Ihr Magen zittert nervös. Wie sie Tekgül um die Zigarette beneidet. „In knapp zwei Stunden sind die beiden Frauen hier. Lass uns reingehen."

Tekgül nickt, drückt die Kippe auf der Steinstufe aus und geht zu der Tür mit der eingebauten Katzenklappe. An dem Ring des Schlüssels, den ihr der Anwalt in die Hand gedrückt hat, baumelt ein übergroßes silberfarbenes „S". Sie schließt auf, öffnet die Tür und lässt Nicoletta den Vortritt.

Kein Eingangsbereich, keine Garderobe, dafür viel Licht und noch mehr Staub. Das Zimmer, in dem sie stehen, bietet mehr Sitzmöglichkeiten als ein durchschnittliches Wartezimmer. Sessel, Sofa, Hocker, Stühle und zwei lederne Sitzkissen. Auf einem davon liegt eine zusammengerollte Katze. Eine weitere buckelt auf einem samtigen Ohrensessel. Rechts von der Tür führt eine Treppe ins Obergeschoss; im hinteren Bereich verbirgt ein blauer Perlenvorhang den Durchgang zum Nebenzimmer. Dass der Raum trotz der Masse an Mobiliar nicht wie ein Sperrmülllager wirkt, liegt an dem hellen Holzboden und an den Bücherregalen, die sich an den Wänden entlangziehen. Sie sind vollständig ausgelastet. Neugierig tritt Nicoletta näher. Lyrik. Die Auswahl überrascht sie.

Tekgüls leibliche Mutter wurde mit fünfzehn Jahren ungewollt schwanger, hatte hochfliegende Träume von Hollywood und verstarb mit Mitte vierzig als – zugegebenermaßen steinreiche – Besitzerin eines Campingplatzes am Bodensee … Ausgehend von dem, was sie von ihr weiß, hätte Nicoletta mit einer Sammlung tönerner Enten oder Gänse gerechnet, aber sicher nicht mit Wänden voller Bücher. Und wenn schon Bücher, dann maximal Krimis und Kitschromane, aber ganz sicher keine Lyrik.

Vielleicht, weil Tekgül außer Kunstbildbänden und Comics wenig liest. Oder weil Silke Pfaff Nicoletta an ihre eigene Mutter und deren Suche nach der weiten Welt erinnert. Und erstaunlicherweise auch an sich selbst. Nicht nur wegen der römischen Kaiser, sondern auch, weil Nicoletta gerade mal fünf Jahre jünger ist, als Tekgül Mutter jetzt wäre. Sie hat sich eine solide Frau vorgestellt, die mit beiden Beinen auf der Erde steht, was ihrer Vorstellung einer schöngeistigen Gedichtliebhaberin widerspricht. Als sie sich umdreht, um ihr Erstaunen mit Tekgül zu teilen, ist die verschwunden. „Tek?", ruft sie.

„Hier oben! Ich such die ominöse Botschaft." Es klingt ein wenig dumpf.

„Brauchst du mich?"

„Alles gut."

Das heißt wohl nein. Nicoletta geht zu einem intarsienbesetzten Sekretär, auf dessen heruntergeklappter Tischplatte ein vergilbter Rosenstrauß liegt. Daneben steht ein Bilderrahmen. Das Glas des Rahmens spiegelt das hereinfallende Sonnenlicht, sodass Nicoletta nicht erkennen kann, was darin steckt. Mit dem Hemdsärmel wischt sie den Staub vom Rahmen und nimmt ihn in die Hand. Sie sieht ein Ebenbild von Tekgül. Mit blondiertem Pagenkopf und in schrecklichen Neunzigerjahre-Klamotten, aber die Verwandtschaft ist nicht zu übersehen. Tekgül ist ihrer biologischen Mutter wie aus dem Gesicht geschnitten.

In diesem Moment begreift Nicoletta, was diese Reise für ihre Freundin bedeutet – verspätet, aber vermutlich noch bevor es Tekgül selbst bewusst ist. Was bisher eine absurd anmutende Geschichte war, wird in diesem Zimmer voller Sessel und Gedichte Realität. Nicoletta sieht die lässige Haltung, sieht den großen, schmalen Mund mit dem ironischen Lächeln und den kraftvollen Körper. Sie sieht, dass Tekgül Nase und Augen von ihrem Vater haben muss, und wird neugierig auf den anderen Teil des DNA-Strangs, der für das Aussehen ihrer Freundin verantwortlich ist. Ihr Inneres, sind Tekgül und Nicoletta auf der Fahrt nach Friedrichshafen übereingekommen, nachdem Tekgül ihr den Inhalt des Briefes in aller Kürze wiedergegeben hat, ist vermutlich Prägung, ist Erziehung und Möglichkeiten. Aber die Äußerlichkeiten lügen nicht: In Tekgül schlummert ein Stück Silke Pfaff neben Filiz und Ian Carragher. Silke Pfaff und ein unbekannter Erzeuger.

Wie bei mir, denkt Nicoletta. Nur dass ich weiß, dass mein Vater tot ist. Wenn ich das nicht wüsste … Ich würde ihn suchen und nicht aufgeben, bis ich ihn gefunden hätte – notfalls mit Suchsendungen im Fernsehen und tränenreichen Zusammentreffen. Aber Tekgül ist anders. Sie nimmt das Leben, wie es kommt, und wenn es ihr nicht gefällt, dreht sie sich um und geht in eine andere Richtung. Genau wie der Siebdruck auf ihrer Tasche sagt. *When nothing goes right: Go left!* Wenn es so einfach wäre. Sicher ist: Tekgül wird ihren Vater nicht suchen. Wenn es sein soll, wird er sie finden.

Das Geräusch aus dem Obergeschoss kommt einem Schrei erstaunlich nahe. Dann fällt etwas zu Boden.

„Alles okay?“, ruft Nicoletta. Sie legt das Bild beiseite und spurtet, als keine Antwort kommt, die Treppen nach oben.

SIEBZEHN.

Tekgül steht bewegungslos im Türrahmen. „Sieh dir das an“, sagt sie tonlos, als sie Nicoletta hinter sich die Treppe heraufstürmen hört. „Sieh dir das an.“

Das kleine Zimmer ist in sanftem Graugrün gestrichen. Die halb zugezogenen Gardinen liegen wie ein Schleier über dem frühsommerlichen Licht, das den Raum weichzeichnet. Die Wand, die der Tür gegenüberliegt, ist mit einer Collage aus Zeitungsschnipseln, Computerausdrucken und Katalogseiten gespickt. In der Mitte hängt das lebensgroße Foto einer jungen Frau, die Tekgül auffallend ähnlich sieht. Sie trägt ein weißes Krankenhaushemd mit blauen Blümchen und hält ein Baby im Arm. Beide schauen direkt in die Kamera.

„Deine Mutter“, erklärt Nicoletta das Offensichtliche. Sie macht einige Schritte in den Raum hinein. Dann quietscht sie überrascht und deutet auf die anderen Bilder. „Und das bist du! Alles! Tek, du bist auf allen Bildern drauf!“

Sag bloß, denkt Tekgül. Sie löst sich von dem Türrahmen und betritt den Raum, der sie an *Das Schweigen der Lämmer* erinnert und an drittklassige Fernsehkrimis. Mit dem Unterschied, dass er freundlich wirkt. Sie geht zu Nicoletta und lehnt sich gegen sie. Sie ist nicht „auf allen Bildern drauf“, sie ist in alle Bilder *hineinmontiert.* Mal mit dem Computer, mal von Hand ausgeschnitten und aufgeklebt. Die Collagen, die so entstanden sind, sprechen Bände. Tekgül lachend mit George Clooney, die Hand seiner ursprünglichen Begleiterin auf seiner Hüfte mit Edding übermalt. Tekgül auf dem roten Teppich, an Brad Pitt gelehnt. Tekgül Arm in Arm mit Johnny Depp, beim Essen mit Morgan Freeman und beim Joggen mit Jude Law. Vor einem Club mit Jared Leto. Aber auch: Tekgül mit Felicity Huffman, mit der Jolie, mit Halle Berry im Catwoman-Kostüm.

Die Abbildungen von Tekgül sind oft dieselben, doppelt und dreifach ausgedruckt und verwendet – der immer gleiche Gesichtsausdruck in immer gleichem Kleid mit immer gleicher Pose. Bis auf das Foto, auf dem sie mit ihrer Mutter zu sehen ist, stammt jedes einzelne Bild aus ihrer Modelzeit. Und doch ist sie auf keinem alleine zu sehen. Sie ist stets eingearbeitet in die Arme oder die Umgebung der ihr zugewiesenen Begleitung.

„Sie war verrückt", konstatiert Tekgül.

Nicoletta räuspert sich. „Verrückt? Na ja, vielleicht ein bisschen besessen – von Hollywood und von dir."

„Ein bisschen!", echot Tekgül. Dann beginnt sie zu lachen. Zunächst rau und stockend, dann zunehmend unbeherrschter. Nicoletta betrachtet sie einen Moment lang, dann stimmt sie in das Lachen ein.

„Es war vermutlich ihre Art, dir nahe zu sein", mutmaßt sie mit ihrer Sozialarbeiterinnenstimme. „Sie hat dich mit ihrer Hollywoodleidenschaft vermischt."

„Und einen Schrein errichtet", gluckst Tekgül. „Immerhin keinen römischen!" Sie lachen weiter, bis Tekgüls Seiten schmerzen, als hätte sie einen Hundertmetersprint hinter sich. Sie taumelt rücklings gegen die Wand neben der Tür und lässt sich auf den Boden sinken. Nicoletta setzt sich neben sie und betrachtet die Collage.

„Glaubst du, dass das ihre Botschaft ist?", fragt sie, als sie wieder zu Atem gekommen ist.

Es ist absurd. Tekgül Mutter, die ihr Baby verschenkte, kaum dass es ihren Körper verlassen hatte, hat die Wand eines Zimmers mit ihrer erwachsenen Tochter regelrecht tapeziert. Ist das Kunst oder eine Geisteskrankheit?, überlegt Tekgül. Oder am Ende: Liebe? Die angekündigte Botschaft jedenfalls ist es nicht. Die liegt in einem DIN-A4-Umschlag auf dem Boden neben ihr, dort, wo er ihr aus den Händen gefallen ist. Wie angekündigt hat sie ihn in der Schublade im Nebenzimmer gefunden. Hineingesehen hat sie nicht. Jetzt zieht sie ihn zu sich herüber, reißt ihn auf und schüttet den Inhalt auf den Boden.

Eine CD, ein Lippenstift, ein eng beschriebenes Blatt Papier, zweimal gefaltet. Ein Plastiktütchen wie die, in denen Dope verkauft wird, sogar ein Cannabisblatt ist daraufgedruckt. Darin sind zwei Schlüssel.

„Das war's?"

„Nicht ganz." Tekgül greift in den Umschlag und zieht ein schmutzig weißes Plastikband hervor, das nach Konzerteinlass aussieht. „Aber jetzt." Sie betrachtet die Ausbeute. „Interessante Kombination."

Nicoletta greift nach der CD.

„Vaya Con Dios!", ruft sie. „*Night Owls*. Oh Mann, das Album hab ich geliebt!"

„Du kennst das?"

„Ja, du etwa nicht?" Ungläubig kneift Nicoletta die Augen zusammen. „Ney nah neh nah?", hilft sie nach.

Tekgül zuckt mit den Schultern, nimmt ihr die CD aus der Hand und dreht sie um. „1990", liest sie. „Da war ich sieben!"

„Das", behauptet Nicoletta, „ist eine Bildungslücke. Die hören wir auf der Fahrt nach Zürich statt deinem Neunziger-Mix."

Tekgül grinst. „Und der Lippenstift? Ist der auch eine Bildungslücke?"

„Keine Ahnung. Steht bestimmt da drin." Nicoletta deutet auf das gefaltete Blatt. „Genau wie, was das für Schlüssel sind. Ich bin gespannt. Der Tüte zufolge war deine biologische Mutter zumindest nicht übermäßig spießig. Aber wer weiß? Vielleicht liest du den Brief ja ausnahmsweise mal gleich und nicht erst in ein paar Wochen, dann erfahren wir es."

Tekgül streckt ihr die Zunge heraus. „Vielleicht verscharren wir die Schlüssel einfach", schlägt sie vor. „Mir reicht's nämlich mit Überraschungen – und zwar für die nächsten dreißig Jahre." Sie dreht das Plastikband zwischen ihren Fingern. An der Seite steht ein Name. Franziska Yvonne Pfaff. 17. Februar 1983. Sie hält es Nicoletta hin.

„Ach, diese Babybeschriftungsbänder“, sagt Nicoletta. „So eins hab ich auch. Nur, dass meins rosa ist. Ich glaub, das heben alle Mütter auf.“ Dann nimmt sie den Brief, wiegt ihn in den Händen und sieht Tekgül an. „Ist es leichter, wenn ich ihn lese?“

„Viel.“

Nicoletta nickt. Während sie liest, sieht sich Tekgül die Collagen an, die Wunschträume ihrer Mutter. Die Bilder, auf denen sie Frauen an die Seite geklebt wurde, sehen nicht mehr oder weniger romantisch aus als die mit den Männern. Ob sie wusste, dass ich lesbisch bin?, fragt sie sich. Allem Anschein nach hat ihre Mutter ziemlich zurückgezogen gelebt. Kein Partner, keine Partnerin. Nur ihre Tiere. Und dann Brustkrebs. War Silke Pfaff alleine, als sie starb? Tekgül hat genug Filme gesehen und Geschichten gehört, um zu wissen, welche immense Rolle es spielt, Unterstützung zu haben – bei dieser wie bei allen Krankheiten. Sie spürt Mitgefühl für diese Fremde, die ihr ähnlich sieht – nein!, der *sie* ähnlich sieht, die ihr Musik vermacht und Lippenstift und ein Babyerkennungsbändchen und zwei Schlüssel. In deren Haus sie sitzt und sich selbst anschaut, in Varianten an einer Wand. Alles in diesem Haus wirkt friedlich und geliebt – selbst der Irrsinn dieses Schreins.

Nicoletta neben ihr faltet den Brief wieder zusammen.

„Und?“, will Tekgül wissen.

„Die kurze oder die lange Fassung?“

„Kurz.“

„Dein Vater hat sich in diesen Lippenstift verliebt. Sie trug ihn, als du gezeugt wurdest. Das Band war ihr Beweis dafür, dass du real bist. Die Musik hat sie geliebt, sie wurde auf ihrer Beerdigung gespielt, und es ist, als wäre ein Stück von ihr in die Musik übergegangen. Sie hofft, dass die CD zu dir spricht. Das ist der absurde Teil.“

„Und die Schlüssel?"

„Noch eine Überraschung. Im Keller. Bisher haben sich die beiden Frauen darum gekümmert, aber du kannst damit machen, was du willst, schreibt sie."

„Ich fühl mich wie auf einer Schnitzeljagd", stöhnt Tekgül. „Nur, dass ich keine Ahnung hab, was es am Ende zu gewinnen gibt."

Nicoletta schlägt sich mit der flachen Hand vor die Stirn. „Natürlich!", ruft sie. „Eine Schnitzeljagd!"

Der Wahnsinn des Raumes scheint abzufärben, denkt Tekgül. „Und was ist daran so aufregend? Besonders originell ist der Vergleich ja jetzt nicht."

„Na, der Code! Es kommt mir vor wie eine Schnitzeljagd. Geocaching, du weißt schon!"

„Nee", sagt Tekgül. „Weiß ich nicht."

„Beim Geocaching suchen die Leute Schätze nach GPS-Daten. Der Code soll mich irgendwohin führen!"

„Aber er hat dich doch bloß dahin geführt, wo wir eh hinwollten!"

„Stimmt", räumt Nicoletta ein. „Aber generell klingt es plausibel."

„Geht so."

Um die Zahlen werden sie sich kümmern, wenn sie dieses Erbschaftsding hinter sich gebracht haben. Tekgül nimmt die Schlüssel aus ihrem Tütchen, stopft die Botschaft Stück für Stück zurück in den Umschlag und schiebt sich in den Stand. „Hadi bakalım!"

„Ich komm ja schon", antwortet Nicoletta.

Sie gehen zurück ins Erdgeschoss und nehmen von dort aus die Treppe in den Keller. Die Stufen sind mit marmoriertem PVC belegt. Am Ende der Treppe befindet sich eine dicke Metalltür mit zwei Schlössern. Im Gegensatz zu der hibbeligen Nicoletta ist Tekgül nicht neugierig, nicht aufgeregt und nicht einmal ernsthaft interessiert. Große Emotionalität war noch nie ihr herausragendes Charaktermerkmal, aber wie verbissen ihr Gefühlshaushalt in letzter Zeit schweigt, ist auffallend. Dafür zittern ihre Hände mehr als sonst. Tekgüls Grundkenntnisse in Stammtischpsychologie reichen völlig aus, um ihren eigenen Seelenzustand zu analysieren: Sie ist drüber und kompensiert mit Ungerührtheit. Und sie raucht zu viel. Das ist alles. Sie braucht zwei Anläufe, bis der erste Schlüssel steckt, und eine gefühlte Ewigkeit für den, der in das zusätzlich angebrachte Schloss etwas weiter unten passt. Nicoletta zappelt hinter ihr.

Die Tür klemmt. Erst nach einem leichten Tritt in die untere linke Ecke schwingt sie auf. Tekgül schließt geblendet die Augen. Als sie es wagt, sie millimeterweise wieder zu öffnen, gelingt es ihr, in dem grellweißen Licht Umrisse auszumachen. Ein vage vertrauter Geruch breitet sich aus. Ihr Gehirn braucht einen Augenblick, um die einströmenden Informationen zu verarbeiten. „Was zum …?"

Sie dreht sich zu Nicoletta um, deren Gesichtsausdruck ihren eigenen vermutlich genau spiegelt. „Verdammte Scheiße", bestätigt ihre Freundin und bricht in ungläubiges Gelächter aus.

•

„Du verarschst mich!", sagt Johanna ungehalten.

„Leider nicht", erwidert Tekgül und wirft Nicoletta einen „Ich hab's dir doch gesagt"-Blick zu.

„Sie hat einen Schrein für dich gebaut? Und eine Plantage in ihrem Keller?" Offensichtlich hofft Johanna, dass der mäßige Empfang im Keller ihr eine akustische Fata Morgana beschert. Es ist amüsant, ihr diese Hoffnung zu nehmen.

„Feinstes *Cannabis indica*. In vollster Blüte." Tekgül hört durch das Telefon, wie sich Johannas Atem beschleunigt. Sie grinst Nicoletta an.

„Aber … Das ist doch immer noch verboten. Oder gibt es ein neues Gesetz, das …“ Der Rest ist Knarzen. Der Empfang im Keller ist unterirdisch. Tekgül schüttelt ihr Telefon, als könnte das das Signal verstärken, aber das Gerät gibt auf, und die Verbindung bricht ab. Sie dreht sich zu Nicoletta um, die verschwunden ist. Ihren Aufenthaltsort kann Tekgül lediglich anhand des leichten Wackelns einer Pflanze ausmachen, die bis zur Decke reicht. „Hast du hier Empfang?“, fragt sie das Riesengewächs entnervt.

„Hab mein Telefon im Hotel gelassen.“

„Hat es zu viel gerülpst?“

„Witzig.“

Tekgül sieht, wie sich zwei Finger um den Stamm schließen und ihn leicht hin- und herbewegen. Ihr Erstaunen darüber, wie gut sich Nicoletta mit diesen Pflanzen auszukennen scheint, hält sich in Grenzen. Man kennt keinen Menschen jemals ganz. Nicht einmal sich selbst – und das weiß sie nicht erst, seit ihre Eltern ihr lang gehütetes Geheimnis gelüftet haben. Insofern hat sie interessiert zugesehen, wie Nicoletta mit wenigen Schritten den Kellervorrat durchmessen und die Gewächse begutachtet hat, und keine Sekunde an ihrer Einschätzung gezweifelt, dass sie es mit äußerst hochwertigen Pflanzen zu tun haben. Warum auch? Schließlich war ihre Freundin nach eigener Aussage ziemlich umtriebig, bevor sie mit siebenundzwanzig allen Drogen abgeschworen hat und diese Abstinenz bis auf den Alkoholrückfall vor anderthalb Jahren bis heute durchhält. Ob und wie viel ihres Wissens sie dabei in der Zeit in Zürich gesammelt hat, kann Tekgül nicht einschätzen, aber sie glaubt ihr unbesehen, dass dieses Gras von ausgezeichneter Qualität ist und schnellstmöglich geerntet gehört. Für den Lachanfall, der auf diese Nachricht folgte, musste Tekgül keinen einzigen Zug der Droge inhalieren.

Sie drängt sich durch die Pflanzen zu dem kleinen, vergitterten Lüftungsschacht, der einem Fenster nahekommt. Und siehe da: Ihr Handy klingelt.

„Tschuldigung", sagt sie. „Der Empfang ist grottig hier unten."

„Du stehst wirklich mitten in einem Gewächshaus?"

Tekgül bejaht. Dann nimmt sie den Faden wieder auf. „Jedenfalls: Kein neues Gesetz, zumindest nicht, dass ich wüsste. Aber sie hatte ja Krebs, und bei Krebspatientinnen und bei Aids wird Cannabis doch verschrieben, oder nicht?"

„Verschrieben, du sagst es. Was nicht heißt, dass man es anbauen darf."

„Vermutlich nicht."

„Du hast also was Illegales geerbt."

Ja, etwas Illegales. Und einen Streichelzoo, einen Campingplatz und ein millionenschweres Seegrundstück, denkt Tekgül. „Sieht so aus."

„Und was macht ihr jetzt damit?", fragt Johanna.

„Keine Ahnung. Das Erbe ausschlagen?"

„Quatsch", ruft Nicoletta zwischen den Pflanzen hervor. „Wir ernten es natürlich!"

„Was sagt sie?", will Johanna wissen.

Tekgül wiederholt Nicolettas Worte. Johanna schnaubt. „Genau, und dann nehmt ihr es mit in die Schweiz. Nichts da!" Die Leitung schweigt, während Johanna denkt. Es tut gut, die Stille zu hören und zu wissen, dass sie am anderen Ende ist. Irgendwo in Berlin … Wenn sie hier wär, würden wir uns wahrscheinlich erst mal eine Tüte bauen, denkt Tekgül. Dann würde uns schon was einfallen. Aber mit Nicoletta geht das nicht und außerdem …

„Oh, Sie haben Silkes Versteck schon gefunden!", sagt eine Stimme hinter ihr, die nicht Nicoletta gehört.

Vor Schreck fällt Tekgül beinahe das Telefon aus der Hand. Sie fährt herum. „Geht's noch?", faucht sie. Die zierliche Frau in der Kellertür lächelt entwaffnend. „Ich wollte Sie nicht erschrecken", entschuldigt sie sich.

„Hallo?" Johannas Stimme klingt so weit weg, wie sie ist. „Tek, bist du noch da? Ich hab eine … Hallo?"

Tekgül wirft der Frau einen wütenden Blick zu und hebt das Handy wieder ans Ohr. „Sorry, Jo, ich muss auflegen." Ohne eine Antwort abzuwarten, drückt sie das Gespräch weg.

Endlich taucht auch Nicoletta aus dem Blätterwald auf und streckt der Besucherin die Rechte entgegen. „Sie müssen eine der guten Seelen sein, die sich um die Tiere kümmern!", vermutet sie. „Danke, dass Sie gekommen sind."

„Ich bin Kathi." Kathis blonde Locken bewegen sich gegengleich zum Schütteln der Hände.

„Nicoletta. Und dieser wahnsinnig freundliche Mensch da drüben ist Tekgül. Also … Sie denken wahrscheinlich, sie heißt Franziska Nicole …"

„Franziska Yvonne", brummt Tekgül und gesellt sich zu den beiden.

„Wurscht, denn in Wirklichkeit heißt sie Tekgül. Wollen wir Du sagen?"

„Gern. Mein Beileid wegen deiner Mutter", sagt Kathi.

„Sie stand dir vermutlich näher als mir", murmelt Tekgül.

Kathi nickt. Erstaunt beobachtet Tekgül, wie sie eine Träne wegblinzelt. Es berührt sie. „Wart ihr befreundet?"

„Wir kennen uns seit der Grundschule. Also: kannten." Sie muss also auch schon siebenundvierzig sein. Mindestens. Sie sieht jünger aus, aber was heißt das schon? Tekgüls Freundeskreis ist altersmäßig so durchmischt, dass ihr solche Dinge nicht mehr ohne Weiteres auffallen. Meine Mutter und ich, wir hätten Freundinnen sein können, wird ihr klar. Tekgül sieht Nicoletta an, die nur fünf Jahre jünger ist, als Silke Pfaff war, als sie starb. Unvermittelt begreift sie, wie fragil das Leben ist. Es schnürt ihr die Luft ab.

Kathi zieht ein zerfleddertes Taschentuch aus der Tasche ihrer Jeans und putzt sich die Nase. „Zwischendurch ist der Kontakt mal abgebrochen, als sie in den USA gelebt hat, aber seit sie zurück war, haben wir uns fast täglich gesehen. Sie war eine sehr besondere Frau, deine Mutter."

„Besonders oder … ein bisschen verrückt?“, hakt Tekgül nach. Es klingt härter, als sie es beabsichtigt. „Ich meine, wegen dem Zimmer oben.“

„Ja, das ist echt krass. Bis zu dem Anwaltstermin wussten wir ja nicht mal, dass Silke eine Tochter hat! Und dann dieses Zimmer … Wir haben es erst entdeckt, als wir ihre Sachen sortiert haben – das hat uns ziemlich von den Socken gehauen. Aber verrückt? Würd ich nicht sagen.“

Sie stehen am Eingang des Raumes, Kathi auf der untersten Stufe der Kellertreppe, Nicoletta ihr gegenüber, Tekgül einen Schritt von den beiden entfernt. Der Geruch der Pflanzen verbreitet eine Trägheit, die offensichtlich auch Nicoletta zusetzt. „Was meint ihr: Wollen wir diese Drogenhölle verlassen und einen Kaffee trinken?“, schlägt sie vor.

„Gute Idee! Wir können uns in den Garten setzen. Irina, also: meine Freundin, kommt auch gleich. Sie wollte noch Kuchen holen. Donauwellen, die hat Silke so gern gegessen.“ Die Trauer über den Verlust durchdringt Kathis Stimme und sickert bis zu Tekgül durch. Ihre Mutter, die biologische, kommt ihr nahe, und sie hat nicht das Gefühl, eine Wahl zu haben, ob und wie dicht sie diesen Menschen an sich heranlassen will. Ihr Leben hat sich auf den Kopf gestellt, hat sie auf den Kopf gestellt. Sie und alles, von dem sie glaubte, dass es sicher wäre. Das Schlimmste ist, dass ihr alles passiert, ohne dass sie einen wie auch immer gearteten Einfluss nehmen kann. Die Rolle des passiven Spielsteins bereitet ihr körperliches Unbehagen.

„Ich muss erst mal eine rauchen“, sagt sie.

„Soll ich mitkommen?“, fragt Nicoletta.

Tekgül winkt ab.

„Sicher?“

„Ganz sicher. Ich komm nach.“

Nicoletta zögert, dann folgt sie Kathi in die Küche. Tekgül verlässt das Haus durch die Vordertür und geht zu dem Freigehege, in dem die Kaninchen leben. Die Tiere laufen aufgeregt durcheinander, als Tekgüls Schatten auf das eingezäunte Stück Wiese fällt, aber als sie begreifen, dass sie nichts zu essen, sondern nur einen stinkenden Stab in der Hand hält, lässt die Aufregung über ihre Ankunft nach. Tekgül setzt sich neben das Gehege, raucht und sieht den Tieren beim Mümmeln zu. Ihr Kopf ist zu voll zum Denken. Ihr Telefon piepst. Neugierig fummelt sie es aus der Tasche, bis ihr einfällt, dass nicht sie es ist, der von einer unbekannten Nummer aus geheimnisvolle Koordinaten gesendet werden. Ein wenig enttäuscht ruft sie die Nachricht auf. Sie kommt von Johanna.

Ruf Frau Schäfer an. Sie kann dir bestimmt helfen!

Frau Schäfer? Die Irre, die sie erst allesamt ausspioniert und sich dann in ihren Freundeskreis gedrängt hat? Die tut, als wäre sie ein Putzfrau, und in Wirklichkeit bei den Bullen ist? Eher fall ich tot um, denkt Tekgül.

ACHTZEHN.

Tekgül spricht im Schlaf. Nicht laut genug, als dass Nicoletta verstehen könnte, was sie sagt oder gar meint, aber durchaus laut genug, um sie vom Schlafen abzuhalten. Von Rutherfords Geschnarche gar nicht zu reden. Sie liegt stocksteif auf dem Rücken, um Tekgül nicht auch noch zu wecken. Wenn sie sich sehr konzentriert, kann sie den Cäsar-Fleck in der Ecke erahnen. Der Tag war zu lang, um zu denken, und ihr Kopf ist zu voll, um zu schlafen. Sie hat versucht, sich auf Tekgül zu konzentrieren, weil dieser Tag ihr gehört hat, dieser und der danach und überhaupt so viele, wie sie brauchen wird, um zu regeln, was zu regeln ist. Egal, wie unruhig Nicoletta ist, egal, wie aufgeregt und ängstlich sie an Isa denkt und wie sehr sie darauf brennt, endlich herauszufinden, was aus dieser Liebe ihres Lebens geworden ist: Erst ist Tekgül dran.

Und doch – der Keller war eine Zeitmaschine. Der frische Geruch des Krauts, das so viel mit Isa gemein hatte, der Geruch, der getrocknet in ihrer gemeinsamen Wohnung und geraucht in ihren Haaren gehangen hat.

Als sie zurück ins Hotel kamen, vermeldete ihr Telefon fünf neue Nachrichten. Eine von Marte natürlich, weil Tekgül auf nichts außer Johanna reagiert hatte. Eine zaghafte von Filiz, aus demselben Grund. Und Sandyunmanu:

Island ist toll. Friedrichshafen auch? Ist alles in Ordnung bei euch? Was macht die Erbschaftsgeschichte? Tek antwortet nicht, ist alles okay mit ihr? Wie geht's unserem Baby? Alles Liebe und viel Kraft! SaMa

Nicoletta hat Rutherford den angesabberten Ball aus dem Maul gerungen, ihm seinen Futternapf gefüllt und seinen sorgenden Müttern zurückgetextet. Dass er wegen einer Katzenschar dreieinhalb Stunden im Auto liegen musste, hat sie nicht geschrieben. Die beiden letzten Nachrichten kamen wieder von einer anonymen Nummer, lediglich der Inhalt hat sich geändert.

Während Tekgül eine nicht enden wollende Dusche nahm, beantwortete Nicoletta zunächst brav alle – bis auf die anonymen – Nachrichten und tippte dann die Koordinaten, die neuen, in die Suchmaschine. Zürich.

Sie hat sich rückwärts aufs Bett fallen lassen und die Augen geschlossen. Erst ihr rasendes Herz weckte sie auf. Das Herz und Tekgüls schlaftrunkenes Gequatsche. Mittlerweile ist es wieder still im Bett, still bis auf das rasselnde Auf und Ab von Rutherfords Atem. An Schlaf ist trotzdem nicht zu denken.

Von wem kommen diese Nachrichten? Woher hat der Sender ihre Handynummer? Es muss jemand sein, der die Geschichte von Tekgüls Erbe kennt, warum sonst wüsste er von Friedrichshafen-Daten? Was sie allerdings weitaus mehr erschüttert, ist, dass der anonyme Sender auch über Nicolettas Beziehung zu Isa Bescheid wissen muss, und zwar gut. Denn der Punkt, den die Koordinaten angeben, liegt in der Straße, in der sie gewohnt haben: Simon, Isa und sie. Keine ihrer Freundinnen kennt diesen Ort. Bis auf Johanna, aber die kann sich ja nicht einmal Nicolettas Geburtsdatum merken, geschweige denn eine Adresse, an der sie vor vielen Jahren eine drogenschwangere Nacht verbracht hat.

Sie geht die Menschen durch, die ihr damals in Zürich nahegekommen sind. Menschen, die von ihrer Scheinehe mit Simon und ihrer Liebe zu Isa wussten. Sie kann sie an einer Hand abzählen, und die meisten werden von Simons Tod wissen. Ob sie auch wissen, dass Nicoletta nie geschieden worden ist? Wo sie jetzt lebt? Und: Warum würde sich jemand die Mühe machen, das herauszufinden, um sie in die Schweiz zu locken? Und warum sollte dieser Mensch sie zuvor nach Friedrichshafen lotsen? Es ergibt einfach keinen Sinn.

Es sei denn … Sie hält vor Schreck die Luft an.

Was, wenn sie nun auch etwas geerbt hätte. Simons Schulden bei zwielichtigen Schweizer Mafiabossen zum Beispiel? Oder seinen möglicherweise immer noch florierenden Drogenring? Was immerhin eine Lösung für das Cannabis im Keller wäre. Aber … Waffen? Frauen? Sie zieht jede dieser Möglichkeiten kurz und ernsthaft in Erwägung, um sie dann – zugegebenermaßen erleichtert – wieder fallen zu lassen.

Vermutlich müsste sie nicht einmal eine Sozialarbeiterin sein, um zu verstehen, dass die Fantasie, ebenfalls etwas geerbt zu haben, lediglich ihrem Wunsch nach Nähe zu Tekgül geschuldet ist. Tekgül ist in so vielen Dingen anders als Nicoletta, ihr fern von Herkunft, Erziehung und Zielen her und ähnlich, was die Werte, den Humor und die Verletzlichkeiten angeht. Und selbst wenn sich Nicoletta, so weit das möglich ist und so gut sie kann, entliebt hat: Ihr Bedürfnis, Tekgül nahe zu sein, für Tekgül besonders zu sein, ist ungebrochen. Sie hat sich an Tekgüls Verschlossenheit und die unvermittelten Wutausbrüche gewöhnt, an ihre Kälte, wenn es emotional wird, und ihre gelegentlich trampelige Art. Und sicher liegt es im Bereich des Möglichen, dass diese ganze Adoptions- und Identitätsgeschichte Tekgül weitaus weniger erschüttert, als vor allem Marte befürchtet. Aber etwas hat sich verändert. Nicoletta kann den Finger nicht darauflegen.

Sie ist zu wach, um länger liegen zu bleiben. Vorsichtig schält sie sich aus der Decke und stellt überrascht fest, dass sie Hemd und Hose vom Vortag noch trägt. Es erleichtert sie, dass Tekgül sie nicht ausgezogen, sondern lediglich zugedeckt hat. Leise steht sie auf. Tekgüls Atem geht ruhig und gleichmäßig. Sie schlüpft in ihre Schuhe, schleicht zur Tür und stolpert beinahe über Rutherford, der sich ihr – offensichtlich verwirrt über die ungewohnte Änderung im Tages- beziehungsweise Nachtablauf – in den Weg stellt. Auch gut, denkt Nicoletta, nimmt die Hundeleine vom Garderobenhaken und schnipst mit den Fingern, wie Tekgül es immer tut.

Die Verwirrung des Hundes scheint grundlegend genug, um ihr zu gehorchen. Gemeinsam verlassen sie das Hotelzimmer.

Die Luft ist warm, frühsommerlich, und es duftet sanft nach Blüten, die Nicoletta nicht einordnen kann. Was nicht viel heißt, denn bis auf Linden und Flieder kann sie nichts auseinanderhalten. Im Gegensatz zu Rutherford vermutlich, der an jedem Zweig, an jeder Lampe, an jedem Nichts stehen bleibt und schnüffelt. Nicoletta überlässt ihn seinen olfaktorischen Genüssen und wählt Martes Nummer. Es klingelt lange.

„Ist was passiert?", fragt Marte atemlos.

„Nee, alles okay ... Also mehr oder weniger. Wieso?"

„Na, weil du mitten in der Nacht anrufst!"

Scheiße, denkt Nicoletta, daran hab ich gar nicht gedacht. Da sieht man mal, wie verpeilt ich bin. „Sorry, ich hab gar nicht auf die Uhr geguckt", stottert sie. „Wie spät ist es denn?", fragt sie.

„Viertel nach eins. Ich dachte wirklich, es wär was passiert!"

„Tut mir leid. Ich hab einfach ... Ich geh gerade mit Rutherford spazieren und wollt mal eine normale Stimme hören."

Marte gähnt. „Weil Tekgül schon schläft oder weil sie nicht normal ist?", will sie wissen.

Nicoletta überlegt kurz, ehe sie „beides" antwortet. Marte kichert verschlafen. „Sorry, dass ich dich geweckt hab!", entschuldigt sich Nicoletta. „Ist alles okay mit der Schwangerschaft? Geht es euch gut?"

„Hier ist alles in Ordnung", sagt Marte. Nicoletta hört, wie sie den Wasserkocher anstellt, ein Geräusch, das sie von allen anderen Wasserkochern unterscheiden könnte, weil es ihr eigener ist, der in ihrer eigenen Küche in Berlin steht, wo alles klar und warm und sicher ist. Oder sich zumindest so anfühlt. Nicoletta würde etwas darum geben, jetzt mit Marte in der WG-Küche zu sitzen und Kamillentee zu trinken. Kamillentee! Die Vergangenheit fehlt ihr. Während der Wasserkocher arbeitet, spricht Marte weiter. „Ehrlich gesagt bin ich froh, dass ich überhaupt was von euch höre. Tek ist ja komplett abgetaucht."

„Es ist alles ein bisschen viel für sie." Schon als sie es sagt, ärgert sich Nicoletta, weil sie Tekgül in Schutz nimmt, obwohl sie deren Verhalten selbst nicht versteht. Ian und Filiz nicht zu kontaktieren ist eine Sache – aber die anderen? Noch etwas, das uns unterscheidet, begreift sie. Ich würde meine Freundinnen, die sich Sorgen machen, immer mitdenken, aber Tekgüls Fokus verengt sich in Extremsituationen auf sich selbst. Sich selbst und Johanna. Warum auch immer. „Ich weiß es auch nicht", räumt sie ein. „Sie tut cool, raucht aber Kette, schläft wie ein Stein, aber kriegt kaum einen Bissen runter. Sie wirkt fast … fatalistisch …"

„Na, viel tun kann sie ja gerade wirklich nicht."

„Auch wieder wahr." Nicoletta zieht Rutherford von einem großen Hundehaufen weg, dem ersten, den sie hier sieht. „Es ist so sauber hier", beklagt sie sich bei Marte. „Alles ist hübsch und ordentlich."

„Ihr seid bestimmt im falschen Stadtteil", besänftigt Marte sie und gießt Tee auf. „Ich wette, es gibt auch verschissene Ecken in Friedrichshafen!"

„Das bezweifle ich. Wusstest du, dass es mehr als sechsmal so groß ist wie Kreuzberg, aber nur ein Drittel der Einwohner hat?"

„Nö."

„Ist so. Tek hat mich die ganze Fahrt hierher mit Fakten über Friedrichshafen bombardiert. Vermutlich, um nicht zu ausführlich über ihre Gefühle wegen des Briefes reden zu müssen. Hat sie dir was davon erzählt?"

„Die Kurzversion. Dass ihre Mutter sechzehn war, als sie sie bekam, und es keinen Hinweis auf den Vater gibt. Aber wie sie zu Filiz und Ian kam … Keine Ahnung. Habt ihr nicht drüber geredet?"

„Doch", gibt Nicoletta zu. „Ein bisschen. Bis sie genug hatte und die Musik aufgedreht hat. *Do You Really Want to Hurt Me*. Ich bin nicht sicher, ob das Zufall war."

„Wenn, dann ein passender“, seufzt Marte. „Tekgül redet nur, wenn sie will. Wenn nicht, beißt man auf Granit. Wassermann halt.“

Stimmt, denkt Nicoletta. Tekgül ist stur. Noch eine Verschiedenheit.

„Und du?“, fragt Marte. „Bist du immer noch auf dem Trip mit Zürich?“

„Natürlich!“, antwortet sie. „Mehr denn je“, sagt sie nicht, und auch die Sache mit den Koordinaten behält sie für sich.

„Ich versteh nicht, warum du dich da derartig rein verbeißt.“ Marte nippt an ihrem Tee, der, nach dem folgenden Zischlaut zu schließen, zu heiß ist, um getrunken zu werden. Nicoletta bleibt vor einer Tankstelle stehen. Auf dem Weg sind ihr höchstens fünf Autos begegnet. Sie bezweifelt, dass es sich für die Betreibenden lohnt, nachts geöffnet zu bleiben. Trotzdem ist geöffnet. „Ganz ehrlich, Nicoletta“, Marte lässt sich nicht wegschweigen. „Ich hab das Gefühl, dass du uns was verheimlichst.“

Uns, denkt Nicoletta. Verbeißen. Klingt nach Egotrip und Sturheit. Vielleicht sind wir uns doch nicht so unähnlich, Tekgül und ich, und erzählt, um die mysteriösen Nachrichten für sich behalten zu können, von der überreifen Miniplantage im Keller des geerbten Hauses. Marte reagiert gleichermaßen amüsiert und besorgt. „Weiß der Anwalt davon?“, will sie wissen.

„Glaub nicht.“

„Gut. Aber ihr braucht definitiv Hilfe! Pass auf …“ Nicoletta sieht Marte an dem wunderschönen Küchentisch sitzen, den Clemens seinerzeit in die WG mitbrachte. Wahrscheinlich trägt sie ihren rosaroten Bademantel und hat ihre aktuelle Lieblingstasse mit dem Aufdruck *„The World Isn't Working“* in der Hand, die ihr Tekgül vor Jahren von einem der zahlreichen Berliner Designmärkte mitgebracht hat. Das Bild macht Nicoletta schläfrig. Die Stille weckt sie wieder auf. „Bitte?“, fragt sie.

„Ob du das verstanden hast?“ Marte scheint Nicolettas Abwesenheit gespürt zu haben. Sie atmet hörbar aus und wieder ein und fasst zusammen: „Ihr lasst das Dope, wo es ist, und fahrt halt erst in die verdammte Schweiz, wenn das unbedingt sein muss. Ich spreche mit Frau Schäfer und mit Jamal.“

„Jamal?“

„Ein Freund von George. Er ist Anwalt. Hörst du mir eigentlich gar nicht zu?“ Nicoletta murmelt die dritte Entschuldigung des Telefonats. Rutherford pinkelt gegen einen Strauch am Straßenrand. „Jedenfalls“, fährt Marte fort, „haben die bestimmt eine Idee, was ihr tun könnt. Und bis dahin fasst ihr diese Pflanzen nicht an! Nein, es ist mir wumpe, wie dringend sie geerntet gehören.“ Als hätte Nicoletta einen Einspruch gewagt. „Und vor allem entscheidet ihr nichts. Sprich mir nach: Wir entscheiden nichts.“

„Wir entscheiden nichts“, wiederholt Nicoletta folgsam.

„Brav“, lobt Marte. „Jetzt geh ich wieder ins Bett. Und du am besten auch.“

„Mach ich“, verspricht Nicoletta. „Gute Nacht. Und: Danke!“

„Gern. Vielleicht haltet ihr euch ausnahmsweise mal an meinen Rat. Schlaf gut.“

Sie legen auf. Nicoletta überlegt, ob ein Schokoriegel sie eher wach oder müde machen würde. Abwägend sieht sie zur Tankstelle hinüber. An der Glasschiebetür steht eine Gestalt. „Alles in Ordnung bei Ihnen?“, schwäbelt sie.

„Alles bestens“, ruft Nicoletta zurück. Sie entscheidet sich gegen den Riegel und gegen das damit verbundene Gespräch. Stattdessen winkt sie. Friedrichshafen macht sie fertig. Ein Mensch, der nachts seine unlukrative Tankstelle verlässt, um nach einem anderen Menschen zu sehen, der zu lange vor ebendieser Tankstelle herumlungert, und dann nicht schreit: „Mach, dass du wegkommst!“, sondern fragt, ob alles in Ordnung ist.

Berlin hat mich verdorben, denkt sie. Fassungslos macht sie sich auf den Heimweg.

•

„Wie sieht's aus?“, fragt Tekgül. „Frühstück?“

Nicolettas Augen wehren sich dagegen, geöffnet zu werden. Schließlich gelingt es mit dem linken. Tekgül steht in ihren Laufklamotten neben dem Bett und wippt. Zehenspitzen, Ferse, Zehenspitzen, Ferse.

„Jetzt sag nicht, du warst schon joggen?“

„Klar, Rutherford brauchte Bewegung und ich auch. Es ist herrlich draußen!“

Nicoletta ist schwer. Ihr Oberteil ist kalt geschwitzt, ihr Mund trocken. Sie tastet nach der Wasserflasche, trinkt und schlägt schließlich auch das andere Auge auf. Tekgül tigert durch das Zimmer und strahlt Tatendrang, Vitalität und eine Aura glücklichen Irrsinns aus, das frühe Morgenstunden den Menschen verleihen, die sich ihnen aussetzen.

„Warst du nicht früher mal Langschläferin?“, brummelt Nicoletta.

„Nur, wenn es nichts zu tun gibt. Und wir haben schließlich super viel zu tun!“ Tekgül öffnet die Vorhänge so schnell, dass die eindringende Sonne Nicoletta schier erschlägt.

„Wenn du mir jetzt auch noch die Decke wegziehst, lass ich dich einweisen“, droht sie.

„Gute Idee!“, grinst Tekgül, lässt es aber bleiben, als sie Nicolettas grimmige Miene bemerkt. „Hast du schlecht geschlafen?“

„Mach ‚fast gar nicht‘ draus. Wo steckt Rutherford?“

Tekgül nickt in Richtung Hundekorb. Der zusammengerollte Hund wirkt nach der doppelten Dosis unverhoffter Spaziergänge beziehungsweise Spazierläufe ungefähr so agil wie Nicoletta.

„Als ich ins Bett kam, lagst du wie abgeschossen drauf", plappert Tekgül. „Ich konnte dir unmöglich den Pyjama anziehen, deshalb hab ich dich bloß unter die Decke gerollt. Hast du das gar nicht gemerkt?"

„Doch", antwortet Nicoletta. „Hab mich noch umgezogen." Ihr Mund schmeckt nach ungeputzten Zähnen. Die alte Tekgül, die morgens nicht aufstehen wollte und vor dem ersten Kaffee nicht sprach, war ihr lieber gewesen. „Ich wette, an diesem Frühaufsteherding ist Jo schuld", argwöhnt sie.

Tekgül lässt sich in einen der gelben Kunstledersessel am Fenster sinken, schlägt die langen Beine übereinander, löst sie wieder und springt auf. Johanna, wenig originell, hat sie einmal mit einem edlen Rennpferd verglichen. Oder wahlweise mit einer Gazelle. Das mag zutreffen, wenn Tekgül in sich ruht. Gerade gleicht sie eher einem aufgeputschten Windhund. „Stimmt wahrscheinlich", gibt sie zu. „Jo und die Sonne und der ganze Kram, der mir durch den Kopf schwirrt."

Mein Kopf schwirrt auch, denkt Nicoletta, aber aus anderen Gründen. Missmutig schlägt sie die Decke zurück und hebt ihre Beine, eins nach dem anderen, über den Bettrand, bis die Füße auf dem Boden stehen. Tekgül umrundet das Bett, baut sich vor ihr auf und zappelt weiter. Die schnelle Bewegung ihrer Füße schmerzt in Nicolettas Augen. „Willst du nicht duschen?", schlägt Nicoletta vor.

„Ach, ich hab gar nicht geschwitzt!"

Auch das noch. Joggen und nicht schwitzen. „Dann geh doch schon mal runter und trink einen Beruhigungstee."

„Meinst du?"

„Ja, mein ich! Sag mal, wie alt bist du eigentlich gerade?"

Tekgül mustert sie verständnislos. „Weißte", sagt sie schließlich. „Du hast recht. Ich warte unten. Und wenn du genießbar bist, kommst du einfach nach." Sie schnipst. Rutherford schlägt – kaum eleganter als Nicoletta zuvor – die Augen auf, hievt sich aus dem Körbchen und tapst hinter der hyperaktiven Rudelchefin zur Tür. „Bis gleich“, flötet Tekgül.

„Hmmm“, knurrt Nicoletta. Als die Tür sich schließt, kämpft sie sich hoch und schlurft ins Bad, um sich Müdigkeit und Fragen aus dem Kopf und vom Körper zu spülen.

NEUNZEHN.

Tekgül nippt an dem grünen Detox-Smoothie, ohne den sie – beendete Modelkarriere hin oder her – keinen Tag beginnen kann. Sie hat ihren Mixer vergessen, ausgerechnet! Zu ihrer Freude war der Portier des Hotels so hilfsbereit, die Tüte mit ihren Einkäufen in die Küche zu bringen, wo wunderbare Menschen aus dem Spinat, dem Kopfsalat, den Kohlrabiblättern und der Papaya, die sie nach dem Joggen auf dem Wochenmarkt gekauft hat, nach ihren Vorgaben eine durchaus trinkbare Version ihres Lieblingsfrühstücks zauberten. Dazu einen Kaffee, stark und schwarz, und ein Croissant für das Urlaubsgefühl, das sie nicht hat. Ebenso wenig wie Nicoletta, ihrem Gesicht beim Aufwachen nach zu schließen.

Ohne etwas wahrzunehmen, sieht Tekgül in die Zeitung, die vor ihr liegt. Die Ereignisse der letzten Tage haben sie abgestumpft. Wenigstens konnte sie gestern eine halbe Stunde nachdenken, draußen, bei den Kaninchen … Bis Kathis Freundin Irina mit den Donauwellen kam und es um ein vorsichtiges Kennenlernen ging. Die Situation war linkisch geblieben, bis Tekgül begriffen hatte, dass Kathi fürchtete, ihren Job zu verlieren – oder besser: die Tiere zu verlieren und den Ort, den sie mit Silke verband. Tekgül hatte sie beruhigt. Die Tiere müssten weiter versorgt werden, und sie selbst habe, offen gesagt, wenig Ambitionen, ihre Atelierwohnung und den frisch ergatterten Studienplatz in Berlin gegen ein Idyll in Friedrichshafen einzutauschen. Sie sei auf die Hilfe der Frauen angewiesen und überaus dankbar dafür. Wie sie das alles bezahlen solle, sei ihr zwar ein Rätsel, aber es werde sich schon eine Lösung finden.

Und weil Klarheit der Schlüssel zu Lösungen ist, hat sie auf dem Rückweg vom Wochenmarkt, die Einkäufe in einer, die Hundeleine in der anderen Hand, den Anwalt angerufen, der, nicht im Mindesten überrascht über den frühmorgendlichen Anruf, versprach, dass Frau van Pelt die Aufstellung sämtlicher Ein- und Ausgaben des Campingplatzes heraussuchen werde. Bis heute Nachmittag. Sehr gerne.

Tekgül wippt mit den Knien. Wenn sie die Situation und die darin verwickelten Menschen richtig einschätzt, wird sich ein Teil ihres Erbproblems mühelos in den Griff bekommen lassen. Anders als der Schmerz über den Verrat ihrer Eltern, auch wenn der erstaunlich schnell abebbt, als hätte sich Tekgül in den Tagen in Unna leer dramatisiert. Was bleibt, sind ihre Fragen und die Bitterkeit.

Kathi und Irina waren die Ersten, die sie ausschließlich als Silke Pfaffs Tochter kennenlernten – wenngleich sie ihren ungewöhnlichen Namen anstandslos akzeptiert haben, sehen sie in ihr doch die vermutlich mehrheitlich weiße Tochter einer Friedrichshafener Ureinwohnerin. Dabei ist sie das beste Beispiel für die Diskrepanz zwischen Schein und Sein: Ihre trikulturelle Erziehung und ihre Rassismuserfahrungen haben ihre Identität geprägt, und aus Tekgül Carragher wird niemals eine Franziska Yvonne Pfaff werden, egal, was die Gene behaupten. Sie hat sich nicht verändert. Was sich verändert hat, ist die Sicht auf sie.

Die Internetforen, die Tekgül besucht hat, wimmeln von Menschen, für die ihre Adoption die Triebfeder ihres Lebens ist, die hadern und suchen und verstehen möchten. Tekgül hat sich in den Stunden vor dem Rechner fast abgebrüht gefühlt, weil sie herzlich wenig Neugier auf ihre biologische Herkunft verspürte. Spätestens seit sie den Brief gelesen hat, kommt ihr die Geschichte wie etwas vor, das einer anderen passiert ist – der Protagonistin eines Kitschromans vielleicht, die am Ende des Buches ihre biologischen Eltern wiedertrifft, die sie auf dem Sterbebett voller Schuldgefühle umhalsen, oder die sich in einen Menschen verliebt, mit dem sie am Ende verwandt ist. Silke Pfaff kann Tekgül nicht mehr umhalsen – und wenn sie es noch könnte, bezweifelt

Tekgül, dass sie es zugelassen hätte. Was sie in den letzten Tagen und vor allem gestern über das Leben ihrer biologischen Mutter erfahren hat, der Schrein, die Plantage, die römischen Kaiser und die Märchenfiguren … Im Endeffekt bewirkt es, dass sie sich Filiz und Ian näher fühlt als jemals zuvor.

Silke Pfaff war sicherlich ein netter Mensch, denkt sie, sonst würde eine Frau wie Kathi nicht um sie trauern. Aber mir ist sie fremd und wird es bleiben. Dass ich hier bin, ist keine Frage der Liebe, sondern eine Frage des Respekts.

„Respekt", sagt Nicoletta. Tekgül schreckt hoch.

„Na, dass du es wieder hingekriegt hast, dir diesen widerlichen grünen Matsch machen zu lassen." Sie streichelt Rutherford über den Kopf. „Als Liza vorgestern gesagt hat, dass sie keinen Mixer, sondern nur einen Pürierstab haben – dein Gesicht war Gold wert!" Vorgestern? War das erst vorgestern? „Als würdest du tot umfallen, wenn du einmal auf deinen wahnsinnig gesunden Detox-Drink verzichten musst."

Irgendwo zwischen dem Bett, der Dusche und den zwei Treppen scheint Nicoletta ihre Lebensgeister wiedergefunden zu haben. Und das, obwohl sie noch keinen Kaffee hatte. Betont freundlich streckt Tekgül ihr den grünen Saft entgegen. „Magst du einen Schluck?"

Nicoletta winkt ab und geht zum Buffet. Sie ist blass, noch immer. Tekgül beobachtet, wie sie sich ein Croissant und zwei Brötchen nimmt, Rührei – von hoteleigenen Hühnern, wie ein Schild stolz verkündet –, Orangensaft, Marmelade, Honig, Butter, Käse. Sie lässt sich von der Maschine drei Espressi zubereiten, schüttet alle in ein großes Glas und gießt die Mixtur mit warmer Milch aus der Thermoskanne auf. Tekgül grinst. Was Essen angeht, erinnert Nicoletta sie an Marte. Die kann auch immer essen, egal, wie stressig das Leben ist oder was sie bedrückt. Essen erde sie, behauptet Marte, und Tekgül hat das geliebt an ihr und sie zugleich um diese Unverkrampftheit beneidet. Ihr selbst ist das modelmäßige Dünnsein von Anfang an leichtgefallen, wahrscheinlich auch, weil es immer etwas in ihrem Leben gibt, das ihr wichtiger ist als Nahrungsaufnahme. Wenn sie die Fotos, die sie von Silke Pfaff gesehen hat, richtig interpretiert, ist das nicht genetisch bedingt. Sie leert das Glas mit ihrem Smoothie und kaut die Flüssigkeit. Vielleicht ist sie doch ein klitzekleines bisschen neurotisch.

Nicoletta schlängelt sich, zwei Teller auf dem linken Unterarm und zwei Gläser in der rechten Hand, um Rutherford herum. Tekgül wartet, bis sie sich gesetzt und das erste Drittel des Kaffeeglases geleert hat. „Ah!", sagt Nicoletta. „Das hilft. Du glaubst gar nicht, wie glücklich ich bin, dass die Italiener ihre Kaffeekultur nach Deutschland gebracht haben. Von deutschem Filterkaffee wär ich nie abhängig geworden."

„Freut mich, dass dich deine Sucht glücklich macht."

Nicoletta grinst. „Außerdem haben sie das Kaffeeglas eingeführt. Du musst zugeben, dass das viel schöner aussieht als diese winzig kleinen deutschen Porzellantassen." Tekgül denkt an Filiz' hübsches Kaffeegeschirr mit sehr hübschen deutschen Porzellantassen. Sie hat lange darauf gespart. Ihr schwant, dass Nicoletta sie mit ihrem Geplapper über die Geschichte des Kaffees in Deutschland von etwas ablenken will.

„Geht's dir besser?", fragt sie.

Nicoletta nickt und stippt das Croissant in den Kaffee. „Ich hab einfach schlecht geschlafen. Bin nachts noch ewig mit Rutherford draußen gewesen."

„Echt? Das hab ich gar nicht mitgekriegt."

„Ich war leise."

Tekgül betrachtet sie nachdenklich. „Und was hat dich nicht schlafen lassen?", fragt sie und weiß es plötzlich. „Du hast eine neue Nachricht gekriegt! Stimmt's?"

Nicoletta nickt ihr Rührei an.

„Was stand drin?"

Kauend zieht Nicoletta ihr Handy aus der Hosentasche, entriegelt es und schiebt es über den Tisch.

An den Nachrichten von Marte, Filiz und Johanna vorbeizuscrollen, ohne sie zu lesen, ist eine Herausforderung. Dann erscheinen auf dem Display die unterdrückte Nummer und die Koordinaten. Andere. „Hast du sie schon gecheckt?"

„Ja."

„Und?"

„Zürich."

„Nein!"

„Doch."

„Aber wer …?"

„Ganz ehrlich?" Zum ersten Mal an diesem Morgen sieht ihr Nicoletta direkt ins Gesicht. „Ich hab keine Ahnung!"

Unter ihren Augen liegen dunkle Schatten, und Tekgül erkennt das Verfahrene an ihrer Situation: Nicolettas Leid lenkt sie von ihrem eigenen ab, und ihre eigene Suche hindert Nicoletta daran, allzu viel über Isa nachzudenken. Sie sind in einem Hamsterrad gefangen. So geht das nicht, denkt sie und streicht alle Pläne von ihrer inneren Liste.

•

Sie sind durch alle Muskelschichten hindurch erwärmt, ihre Haut duftet, und zumindest Tekgüls Hirn ist in einem Zustand, der dem ihrer Umgebung angemessen ist. Drei Saunagänge und eine Massage lassen die Dinge an Bedeutsamkeit verlieren. Tekgül hat Nicoletta in die Therme eingeladen, gegen deren Willen und zu ihrem Besten. Rutherford haben sie in der Obhut von Kathi gelassen, die versprochen hat, ihn mit den Katzen vertraut zu machen und gleichzeitig ein Auge darauf zu haben, dass er keine von ihnen frisst. Ganz ohne schlechtes Gewissen Rutherford und Nicoletta gegenüber liegt Tekgül auf einer der Liegen im Saunagarten, in einen flauschigen Leihbademantel gehüllt und mit Blick auf den See. Nicoletta neben ihr hat den Bademantel geöffnet und bietet der Sonne ihren nackten Körper dar. Hingebungsvoll und weich.

Die Pose erinnert Tekgül an ihre gemeinsamen Nächte. Warum bin ich nicht mit Nicoletta zusammen?, denkt sie. Wenn schon keine große Liebe – wenn schon nicht Marte! –, warum dann ausgerechnet Johanna? Warum nicht stattdessen große Freundschaft mit ruhigem, gutem Sex? Nicoletta ist ehrlich und obendrein der zuverlässigste Mensch gleich nach Marte. Eigentlich sogar vor Marte. Tekgül mag ihren Körper, mag seine Fragen und Antworten, seine Rundungen und seine Lebenszeichen. Und, wie gesagt, der Sex war gut. Aber irgendetwas fehlt. Martes unvermittelte Rückzüge oder Johannas Masochismus. Nicoletta ist ein offenes Buch, und offene Bücher interessieren Tekgül ausschließlich, wenn sie Langeweile hat oder unkomplizierte Unterhaltung braucht. Nicht nur Johanna ändert sich niemals ganz, denkt sie. Ich mich sicher auch nicht. Und zwar völlig unabhängig davon, wie ich heiße und welchem Genpool ich das alles verdanke. *I Am What I Am.* So wahr, so wenig hilfreich. Sie zieht die Sonnenbrille aus der Tasche ihres Bademantels, nimmt einen Schluck lauwarmen Kräutertees und sieht auf das Wasser.

Seit ihrem Gespräch im Gewächskeller des Drei-Eulen-Hauses hat sie Johanna nicht mehr gehört und ihre Nachrichten ignoriert. Gut möglich, dass das ein Fehler ist, denn möglicherweise hätte ihre ebenso drogen- wie businessaffine Freundin durchaus hilfreiche Ratschläge parat. Genau wie Frau Schäfer, die sicherlich eine Meinung zu dem Erbe, den Tieren und dem noch nicht geernteten Marihuana hätte – aber die Menge der involvierten Menschen und der mit ihnen verbundenen Ratschläge überfordert Tekgül schon jetzt.

Warum also sollte sie Johanna anrufen? Entscheidungen öffentlich zu diskutieren liegt ihr nicht. Sie kennt Johanna hinlänglich, um zu wissen, dass es nötig ist, eine gewisse Distanz zu wahren, wenn sie für sie interessant bleiben möchte.

Niemand ändert sich jemals ganz. Und Johanna braucht es, zu ihrer Partnerin aufschauen zu können, sie braucht die Jagd und das Zurückgewiesenwerden und dazu einen Hauch von Nähe, den Tekgül ihr bisher vorenthalten hatte, weil sie nicht sicher war, ob sie die unterschiedlichen Anforderungen zu gleichen Teilen würde aufrechterhalten können. Ihre Verletzlichkeit mit Johanna zu teilen war ein Versuch und Eingeständnis genug – ein letzter Anlauf, um die Beziehung zu retten. Johanna mag beteuern, dass es anders sei, aber zu viel Nähe und Vertraulichkeit töten die sexuelle Energie, zumindest die zwischen ihnen beiden. Mit Marte war das anders, aber Marte …

„Ich hab Marte angerufen."

Langsam wird es Tekgül unheimlich. „Hast du deine übersinnlichen Fähigkeiten mal testen lassen?", fragt sie.

„Hä?"

„Egal … Wie geht's ihr?"

„Ganz okay, glaub ich. Ich hab ihr von den Pflanzen erzählt."

Tekgül richtet sich halb auf – für größere Gesten ist sie zu entspannt – und zieht eine Grimasse. „Scheiße, wieso das denn?"

„Weil nicht ich, sondern Marte übersinnliche Fähigkeiten hat. Glaubst du, die merkt nicht, wenn wir ihr was vorenthalten? Und wenn ich ihr von den Koordinaten erzählt hätte, hätte sie doch kein Auge mehr zugemacht. Ich dachte, die Pflanzen machen ihr wenigstens keine Angst."

„Und?"

„Sie fragt Frau Schäfer und Jamal, das ist wohl ein Anwaltsfreund von George, ob man sich strafbar macht, wenn man ein Erbe antritt, das Drogen beinhaltet, und was wir wegen dem Cannabis tun können."

Langsam verflüchtigt sich Tekgüls Gelassenheit. Laut wird sie nicht. „Sag mal, was habt ihr eigentlich alle mit Frau Schäfer?

Ist doch klar, was die sagt, die ist bei der Polizei. Die hat einen Eid auf die Verfassung geschworen oder aufs Vaterland, was weiß denn ich … jedenfalls muss sie jedes Vergehen, das ihr zu Ohren kommt, ahnden."

„Ich mag sie."

„Ich mag sie auch, aber …" Tekgül bricht ab.

„Was ist so schwer daran, dir helfen zu lassen, Tek?", fragt Nicoletta sanft.

„Wenn es so toll ist, sich helfen zu lassen, was ist das dann mit dir und diesen Koordinaten?", gibt sie müde zurück. „Dazu würde Frau Schäfer bestimmt auch was einfallen. Oder Marte. Oder Johanna."

„Du bist gemein." Nicoletta rafft den Bademantel um sich und knotet ihn zu. „Jedenfalls sagt Marte, dass wir nichts ernten oder entscheiden sollen, bis sie sich meldet. Und dass es dauern kann, also sollen wir erst mal nach Zürich fahren."

Für den Moment klingt das ziemlich vernünftig, denkt Tekgül. Es wird ihr guttun, sich auf andere Dinge zu konzentrieren. Auf die Suche nach Isa zum Beispiel. Aber zuerst muss sie die Unterlagen bei Berwald und danach den Hund bei Kathi und Irina abholen.

„Okay", beschließt sie. „Morgen. Morgen fahren wir rüber."

•

Kathi und Irina erweisen sich als äußerst gastfreundlich. Zum Hundeabholen gibt es eine Einladung zum Abendessen. „Es gibt Felchenfilet mit Champignon-Frischkäse-Füllung auf einem Kartoffelbett", lockt Irina und erinnert Tekgül verdächtig an Sandy, die zu blumigen Bezeichnungen für ihre Kreationen neigt. Da Sandys Kochkünste sie noch nie enttäuscht haben und Kathi das Felchen – das sie wie Fellchen ausspricht, was Tekgül rührt – obendrein als regionale Bodensee-Spezialität anpreist, reicht ein kurzer Seitenblick zu Nicoletta, und sie bleiben. Der Fisch schmeckt wunderbar, ebenso wie die Suppe, die es vorweg gibt, und die warmen Schokoladentörtchen zum Nachtisch, obwohl die, wie Irina behauptet, gnadenlos out seien. Nach dem Essen dreht Kathi einen formschönen Joint aus Silkes Vorrat. „Ich hoffe, das ist okay für dich. Silke hat gesagt, wir können uns nehmen, so viel wir wollen“, fügt sie erklärend hinzu.

„Nur zu!“, bestätigt Tekgül. „Es gibt ja mehr als genug!“ Sie selbst hätte eher vor dem Essen gekifft, aber Gewohnheiten sind unterschiedlich. „Fährst du?“

Nicoletta bejaht mit großzügiger Geste. Kathi lächelt und reicht Tekgül die Tüte über die leeren Teller hinweg.

„Rauch du an“, sagt sie. „Das Gras war Silkes Baby, auch wenn sie es immer vor dem Essen geraucht hat.“ Tekgül blinzelt überrascht, dann nimmt sie die Zigarette und das Feuerzeug. Schon der erste Zug umfängt sie. Tekgül seufzt wohlig, zieht zwei weitere Male, ehe sie weitergibt. Die Sauna hat die Grundlage geschaffen, die Masseurin die Hauptarbeit geleistet – dieser alkoholfreie Aperitif setzt ihrer Entspannung die Krone auf. Nicoletta beobachtet sie mit breitem Grinsen, und Tekgül strahlt dankbar zurück. Sie rauchen und reden – über Berlin und über den Bodensee. Und über ihre Coming-outs, natürlich. Irgendwann, ihr Zeitgefühl ist ihr ein wenig abhandengekommen, fragt Tekgül zaghaft:

„Habt ihr zufällig noch eins von diesen Schokotörtchen?“

Nicoletta bricht in Gelächter aus, obwohl sie nicht mitgeraucht hat, und ihre Fröhlichkeit reißt die anderen mit. Japsend schaffen sie es in die Küche, allesamt, und es beginnt eine wenig effektive, aber rundum spaßige Teigzubereitungsaktion, die erst ernst zu nehmende Formen annimmt, als Nicoletta Tekgül mit einem Paket Backschokolade, Vollmilch, auf den Küchentresen setzt. Glücklich sieht sie den anderen bei der Zubereitung weiterer Törtchen zu, nagt hin und wieder an der Schokolade und freut sich. Irina und Kathi sind ein eingespieltes Team.

Die zweite Ladung Schokotörtchen schmeckt beinahe besser als die erste. Findet auch Nicoletta, die in diesem Zusammenhang und an diesem Abend sicherlich die Kompetenteste ist.

Die Verabschiedung ist herzlich.

„Silke hätte dich geliebt", befindet Kathi, als sie Tekgül umarmt.

„Silke hat dich geliebt", verbessert Irina und sieht Tekgül aufmerksam an. „Im Ernst: Sie war so stolz auf dich! Du hättest sie erleben müssen, als sie herausgefunden hat, dass du modelst! Sie war ständig auf deiner Website und hat sich jedes Foto von dir besorgt, an das sie rankommen konnte. Sie hat eine richtige Sammelwut entwickelt …" Tekgül denkt an Brad Pitt und die Collagen an der Wand. Irina fängt ihren Blick auf und denkt offensichtlich an dasselbe. „Am Ende", räumt sie ein, „ist sie vielleicht ein bisschen übers Ziel hinausgeschossen."

„Ein bisschen", bestätigt Tekgül und lacht.

Kathi streicht ihr liebevoll über den Arm. „Du lachst wie sie. Sie hat auch immer so …", sie stockt, „… so rau gelacht, ganz tief aus dem Bauch heraus. Echt oder gar nicht. Silke war keine Freundin von Kompromissen. Deshalb hat sie auch diesen Bauunternehmer – wie hieß der noch mal?"

„Herrlicher", antwortet Irina und läutet damit die nächste unvermittelte Lachsalve ein.

„Herrlicher, stimmt!", schnauft Kathi. „Wie konnte ich diesen bescheuerten Namen vergessen? Der Typ war Lichtjahre davon entfernt, herrlich zu sein!" Ohne zu wissen, wovon die beiden Frauen sprechen, kichert und gluckst Tekgül mit, bis sie sich verschluckt. Nicoletta schlägt ihr auf den Rücken, ein wenig zu hart, aber es hilft.

„Jedenfalls", fährt Kathi fort, als sie wieder Luft bekommt, „hat sie diesen Herrlicher abgeschossen, weil er – warum noch mal?"

„Er war ein Idiot."

„Stimmt, er war ein Idiot.“

Die Fahrt zurück zum Hotel verbringt Tekgül mit einem breiten Grinsen auf dem Beifahrersitz, hin und wieder kichert sie, und Nicoletta kichert mit ihr. Oder über sie, was herzlich egal ist.

Im Hotel bekommt Nicoletta einen weiteren, völlig drogenfreien Lachanfall, als Tekgül sich mit den Blumen auf dem Tischchen zu unterhalten beginnt, die bedauerlicherweise das Gespräch verweigern. Verdammt, Silke, denkt Tekgül vor dem Einschlafen, Hut ab. Als Dealerin hättest du ein Vermögen machen können.

ZWANZIG.

Die Straße, das Haus. Der Weg vom Bahnhof zu Isas und Simons Wohnung, die später unser gemeinsames Zuhause wurde. Ich habe die Schritte gezählt damals, von dem Augenblick an, in dem ich den Bahnhofsboden betreten habe, bis zum ersten Schritt, den ich in ihre Wohnung, in ihre Arme gemacht habe. Zweitausendsechshundert waren es, und ich bin sie immer zu Fuß gegangen. Jeder Schritt einer zu ihr. Ich war romantisch wie ein Teenager und genauso fit.

Wir rauchten eine Willkommenstüte, wir liebten uns, wir tranken ein Glas oder zwei und liebten uns erneut. Und erst, wenn wir satt waren, aßen wir etwas. Waren wir verantwortungslos? Ich denke nicht. Wir waren jung und liebten uns und das Leben. Bis es umschlug. Früher für Isa, später für mich. Kiffen fand ich harmlos (und finde das noch immer), nicht gefährlicher als Alkohol zumindest, und so war es ja auch.

Ich hab mich nie gefragt, wie es kam, dass immer genug von allem da war, also genug zu rauchen und zu trinken – und das, obwohl wir beide chronisch pleite waren. Es war Simon, der das Geld hatte. Es floss ihm zu, seine Kunden brachten es in unser Wohnzimmer im Tausch gegen kleine Tütchen. Es schien, als würde immer mehr bleiben als gehen.

Nicht genug für Simon. Er beschloss, sein Angebot zu erweitern. Dass drei Jahre, nachdem der Platzspitz – und somit der größte Umschlagplatz der harten Zürcher Drogenszene – geschlossen worden war, auch der Letten, an dem sich die Fixer seither trafen, geräumt wurde, spielte ihm in die Hände. Die Needleparks, für die Zürich berüchtigt gewesen war, wurden aus dem Stadtbild getilgt. Für ein besseres Image bemühten sich Politik, Polizei und Gesellschaft gleichermaßen um Hilfe für die Tausenden Heroinsüchtigen, die in den Neunzigern in Zürich lebten. Es gab Programme, in denen ihnen Methadon oder sogar Heroin staatlich verordnet wurden, und es gab die ungezählten Süchtigen, die nicht in diese Programme aufgenommen werden konnten. Die waren Simons Marktlücke. Er begann, harte Drogen zu verkaufen.

Simons „Freunde", die auf unserem Sofa lümmelten und sich ihre Cannabisprodukte in jeder Form abholten, waren bis dahin vollkommen unauffällig wirkende Normalos gewesen. Die harten Drogen änderten alles. Seine Klienten wurden fahriger, wirrer, vorsichtiger.

Wie habe ich das nicht merken können? Isa und ich lebten in einer großen Blase, aber im Gegensatz zu mir ahnte Isa sehr wohl, was im Wohnzimmer abging.

Heute macht mich meine Naivität sprachlos, aber damals lebte ich – wir lebten einfach, ohne zu denken, ohne uns zu sorgen. Schwierigkeiten hatten die anderen, Falten würden wir nie bekommen und ganz sicher keine Zahnprothesen. Hedonistisch nennt man das wohl … Ich weiß es nicht. Simon erkaufte sich unser Wegsehen. Es floss Geld aus seinen Taschen in Isas und von ihren in meine. Geld und Kokain. Die Menschen in unserem Wohnzimmer waren mir Warnung vor dem Heroin, aber das Kokain? Koks stand für Erfolg, für Coolness und hatte in meiner Vorstellung noch immer den High-Society-Appeal der Achtziger. Unsere Nächte wurden länger und die Tage zu hell. Koks ließ Kiffen wie ein Vergnügen für Leute aussehen, die Angst vor dem Leben hatten. Wir hatten keine Angst, weil wir gemeinsam stark waren. Isa mochte das Kokain, und ich mochte sie auf Kokain. Als ihr die Ausreden für ihre immer häufigeren Verspätungen ausgingen, kündigte sie ihre Stelle an der Schule. Aber süchtig waren wir nicht.

•

Statt der einen Stunde und dreiundvierzig Minuten, die ihnen die emotionslose Stimme des Navigationsgeräts versprochen hat, sind sie bereits satte drei Stunden zwölf unterwegs. Schuld daran ist Rutherford, der Durchfall hat. Es fing in der Nacht an, hielt aber nur Nicoletta wach. Tekgül schlief ungerührt durch die zwei Schnellspaziergänge hindurch. Immerhin rief sie am Morgen Irina und Kathi an, die beschworen, dass er gestern zu keiner Zeit in die Nähe von Marihuana gekommen sei. Unmöglich, dass er etwas gefressen haben könnte! Zumindest das. Nicoletta hat halbherzig für einen Rutherford-Ruhetag plädiert und sich für ihre Erleichterung geschämt, als Tekgül widersprach. „Quatsch! Er hat bestimmt bloß was Falsches gegessen. Wenn ihr heute Nacht ein paarmal draußen wart, ist es bald durch."

Im wahrsten Sinne des Wortes, dachte Nicoletta, bezweifelte es aber. Sie tippt eher darauf, dass sie dem überempathischen Hund mit ihren eigenen Verwirrungen und der Instabilität, die sie gerade an den Tag legten, zu viel zumuteten. Sandyunmanu würde das nicht gefallen.

Nicolettas Unruhe, die sich an sie klammert wie eine Mistel an einen Baum, allerdings ohne deren romantischen Nutzen, hat über die Schuldgefühle gegenüber dem kränklichen Tier gesiegt. Zur Strafe halten sie im gefühlten Minutentakt an. Beim vierten Stopp erinnert sich Nicoletta an die Box, die Manu Tekgül mitgegeben hat. Sie findet die „Homöopathische Hunde-Hausapotheke" bei Rutherfords Futter und studiert den Zettel, auf dem Manu die Mittel für alle Eventualitäten aufgelistet hat.

„Verbrennungen", liest sie laut. „Heimweh. Übelkeit vom Autofahren. Übelkeit nach schlechtem Futter. Mundgeruch. Mundgeruch? Dagegen kann man was tun? Ich dachte, alle Hunde stinken ein bisschen."

Tekgül sieht ihr über die Schulter. „Mich wundert weniger, dass man was dagegen tun kann, als vielmehr was." Sie tippt auf die Anleitung zur Verabreichung der Kügelchen, von denen jedes einzelne kleiner als ein Stecknadelkopf ist.

Ein Globuli in einer Tasse Wasser auflösen, steht da in Manus flacher Schrift. *Umrühren – mit einem Plastiklöffel, auf KEINEN FALL Metall! (Liegt bei, genau wie die Tasse.) Dann den Inhalt wegschütten. Mit Wasser auffüllen, wieder umrühren, wieder wegschütten. Aus der vierten Tassen tut ihr einen Tropfen auf ein Hundeleckerli, am besten eins von denen in der roten Tüte, und gebt es ihm. Sollte binnen kürzester Zeit helfen. Sonst ruft die Tierhomöopathin an, die Nummer steht auf seinem Impfpass.*

„Krass", sagt Nicoletta. „Ein Tropfen? Aus der was …? Vierten Tasse?"

„Wenn Manu das sagt."

Nicoletta fährt mit dem Finger die Symptomliste ab, bis sie Durchfall findet. Auch hier gibt es mehrere Optionen: Futter, Stress, Infekt. Nicoletta entscheidet sich für Stress, sucht das zugehörige Mittel und macht sich an die Zubereitung. Rutherford nimmt das betropfte Fleischstückchen wenig enthusiastisch entgegen. Tekgül und Nicoletta setzen sich auf den hölzernen Rastplatztisch und warten auf ein Zeichen.

„Woran erkennen wir, dass es ihm besser geht?", fragt Nicoletta.

„Na, wenn er nicht mehr dauernd mit diesem gequälten Gesichtsausdruck nach dem nächsten Gebüsch Ausschau hält – das würd ich schon als Verbesserung verbuchen."

Sie beobachten ihn eine Viertelstunde. Dann sucht Tekgül sich selbst ein Gebüsch. Nicoletta geht zum Auto, um die Wasserflasche zu holen. Als sie die Tür öffnet, steht Rutherford neben ihr. Schwanzwedelnd und bereit zum Einsteigen. Sie sieht ihn fassungslos an. „Tekgül!", ruft sie. „Ich glaub, es wirkt!"

„Echt jetzt?" Tekgüls Stimme kommt aus dem Gestrüpp hinter dem Parkplatz. Im Gehen zieht sie den Reißverschluss ihrer Jeans hoch und kommt zu ihren Weggefährten ans Auto. Ungläubig betrachtet sie Rutherford, zuckt schließlich mit den Achseln und klappt den Beifahrersitz nach vorne. Das wundergeheilte Tier schaut sie erwartungsvoll an. „Sieht aus, als ob er vorne sitzen will", rät Tekgül. „Geh ich nach hinten oder du?"

„Ich fahre", entscheidet Nicoletta. „Schließlich kenn ich die Strecke besser."

Anstandslos klettert Tekgül auf die Rückbank ihres Wagens und reicht Hundedecke und Gurt nach vorne. Den Gurt, weil Sandyunmanu ihnen schließlich eingebläut haben, den Hund immer, immer!, anzuschnallen, und die Hundedecke wegen der Ledersitze. Rutherford springt auf den Beifahrersitz. Das Anschnallen lässt er stoisch über sich ergehen. Nicoletta begutachtet die verschobene Rang- und Sitzordnung, setzt sich hinter das Lenkrad und legt ihren eigenen Gurt um. Sie betrachtet die Berge und den Himmel und bräuchte einen Schnaps. Stattdessen rülpst ihr Handy. Zweimal.

Ein Stöhnen vom Rücksitz. „Weißte, was ich mich frage?"

„Wer mir das schickt?"

„Auch. Aber vor allem wüsste ich gerne, *warum* dir ‚egal wer' das schickt!"

Das geht Nicoletta nicht anders. Wobei das *Wer* sie durchaus umtreibt. Will dieser Mensch sie unterstützen, oder ist es eine Falle? Wenn Ersteres der Fall ist, dann: Wobei? Und wenn das Zweite zutrifft: Zu welchem Zweck? Mehr als die Frage nach dem Warum würde helfen, zu wissen, ob es eine wohlmeinende oder eine schlechte Seele ist, die ihr im Stundentakt Koordinaten schickt. Und das mit solchem Nachdruck!

Aber wie lässt sich das herausfinden? Sie kann ja schlecht eine unterdrückte Nummer anrufen.

Ein Rädchen in ihrem Kopf dreht sich. Es rastet an der Stelle ein, an der Nicoletta einmal recherchieren musste, weil einer ihrer jugendlichen Klienten Nachrichten an seine Familie verschicken wollte, ohne dass die seine Nummer herausfinden könnte.

Sie macht den Motor an und wieder aus. Dann schlägt sie mit den Händen auf das Lenkrad. Warum ist sie nicht längst darauf gekommen?

„Wir sind so blöd!", ruft sie. „Man *kann* vom Handy aus gar keine anonymen Nachrichten verschicken – Simse schon mal gar nicht und über die Apps ... Alles, was über Apps läuft, läuft doch übers Internet! Auch wenn's anonym ist!"

„Ja, und?", fragt Tekgül vom Rücksitz.

Aufgeregt dreht sich Nicoletta zu ihr um. „Na, die IP-Adresse! Über die kann man doch rausfinden, wer uns diese Nachrichten schickt, auch wenn die Nummer unterdrückt ist. Und an die IP-Adresse zu kommen ist doch ein Klacks! Wofür haben wir denn Frau Schäfer? Die ist doch bei der Polizei, die machen so was doch ständig!" Sie kramt nach ihrem Telefon. „Ich ruf sie an."

Tekgül schnaubt. „Hast du vergessen, wie sehr sie dir davon abgeraten hat, Isa zu suchen?"

„Hast du vergessen, wie dringend sie zu unserem Freundeskreis gehören will? Das ist doch die Chance für sie, sich zu beweisen!" Nicoletta wählt, stellt den Lautsprecher an und hält das Telefon in Höhe der Kopfstütze zwischen sich und der Rückbank, auf der Tekgül sitzt, in die Luft.

Frau Schäfer hebt nach dem zweiten Klingeln ab. „Na, das ist ja eine Überraschung!"

„Ich freu mich auch, Sie zu hören."

„Und? Wie läuft der ‚Roadtrip in die Vergangenheit'?", spöttelt Frau Schäfer am anderen Ende. Nicoletta runzelt die Stirn. Der Flurfunk funktioniert offensichtlich auch in ihrer Abwesenheit einwandfrei. Aber warum Marte ausgerechnet Frau Schäfer zu ihrer neuen Lieblingsvertrauensperson auserkoren hat, ist ihr ein Rätsel. So unterhaltsam sie sein mag, wirklich geheuer ist die Polizistin Nicoletta nicht. Auch wenn ihr trockener Humor, ihre Zuverlässigkeit und ihr grandioser Käsekuchen leicht davon ablenken – ihre Stalking-Aktion im letzten Jahr hat hinlänglich bewiesen, dass sie ein nicht unbedeutendes Maß an Irrsinn in sich trägt. Aber sie hat eben auch ans Licht gebracht, was für eine begnadete Rechercheurin sie ist.

„Schön, dass Sie gleich zur Sache kommen", antwortet Nicoletta. „Wir würden weitaus besser vorankommen, wenn Sie mir einfach sagen könnten, ob Isa noch …"

Frau Schäfer und Tekgül stöhnen zeitgleich auf. Frau Schäfer zieht die richtigen Schlüsse aus der Verdoppelung des Geräusches. „Hallo Tekgül!", sagt sie. „Schön, Sie zu hören."

Tekgül brummt eine Erwiderung in Richtung des Telefons und verdreht die Augen. Trotzdem bemüht sie sich um einen neutralen Tonfall. „Es läuft mittelprächtig. Aber deshalb rufen wir eigentlich gar nicht an. Also … zumindest nicht direkt."

„Ah", sagt Frau Schäfer. „Das beruhigt mich. Sie wissen ja, dass ich Ihnen keine Auskünfte geben kann, solange der Prozess …"

„Wie lange wollen Sie sich eigentlich noch hinter diesem Scheißprozess verstecken?", braust Nicoletta auf. „Der ist doch so gut wie vorbei!"

Frau Schäfer schnalzt unwillig mit der Zunge. Tekgül starrt Nicoletta an und fährt sich mit der flachen Hand an der Kehle entlang.

Sie hat recht. Mit Aggressionen kommt man bei Frau Schäfer nicht weiter, denkt Nicoletta, dazu ist die viel zu erzieherisch unterwegs. „Bitte" sagen. Ruhig bleiben.

Sie holt Luft. „Entschuldigung", sagt sie. „Ich weiß, Dienstgeheimnis und so."

„Ja", antwortet Frau Schäfer verstimmt. „Und so."

„Aber wie gesagt: deswegen rufen wir eigentlich gar nicht an", wiederholt Tekgül. „Es geht um was anderes."

„Und dabei können Sie uns ganz bestimmt helfen!" Nicolettas Stimme liegt im besänftigenden Kopfton-Bereich. „Allerdings", fügt sie hinzu und kommt sich wahnsinnig raffiniert vor, „dürfen Sie den anderen nichts davon erzählen."

Sie hat Frau Schäfers Lust auf Geheimnisse und die damit verbundene Macht richtig eingeschätzt. Ihre Gesprächspartnerin öffnet sich hörbar; die Geräusche, mit denen sie Nicolettas kurzen Bericht über die Koordinaten untermalt, werden zunehmend munterer.

„Eine spannende Geschichte“, befindet sie am Ende. „Und was ist mein Part bei der Sache?“

„Wir müssen wissen, wer diese Koordinaten schickt“, erklärt Nicoletta. „Das können Sie doch bestimmt für uns herausfinden, oder?“

„Nun ja“, sagt Frau Schäfer. „Das ist nicht so einfach, wie Sie sich das vielleicht vorstellen. Immerhin sind hier zwei Länder involviert, und eins davon gehört nicht zur EU.“

„Wir dachten nicht an den langen Dienstweg“, schaltet sich Tekgül ein. „Eher an eine … Abkürzung.“

„Hören Sie …“ Frau Schäfer gönnt sich eine Denkpause. Nicoletta zählt drei schweigende Atemzüge, ehe Frau Schäfer weiterspricht. „Ich bin noch keine zwei Jahre zurück in meinem Job, und es liegt mir fern, wegen ein paar sonderbarer GPS-Codes meine Rente zu riskieren. Wenn ich das richtig sehe, haben Ihnen diese Koordinaten bisher keinen Schaden zugefügt. Es ist also keine ‚Gefahr im Verzuge‘, wie wir so schön sagen.“

Nicoletta schnaubt. „Keine Gefahr? Woher wollen Sie das wissen? Vielleicht will er uns nur in Sicherheit wiegen, bis wir ihm in die Falle gelaufen sind, und dann … paff!“

Frau Schäfer kichert. „Paff!“, echot sie. „Paff!“

Nicoletta verspürt keinen Drang herauszufinden, ob Tekgüls Kopfschütteln ihr selbst oder Frau Schäfer gilt. Sie will gerade auflegen, als das Telefon zu kichern aufhört.

„Entschuldigen Sie“, bittet Frau Schäfer. „Es ist nur, weil Sie so plastisch …“ Ein weiteres Glucksen, dann hat sie sich wieder im Griff. „Wenn Sie meine Meinung hören wollen …“ Nein danke, denkt Nicoletta, aber Frau Schäfers telepathische Fähigkeiten sind nicht ausgeprägt genug, um diese Signale aufzufangen. Sie fährt ungerührt fort. „Ich würde mir keine Sorgen machen.

Wenn ich das richtig verstanden habe, haben diese Signale Sie doch bis jetzt nur an gute Orte geführt, oder nicht? Wenn Ihnen jemand schaden wollen würde, hätte er das längst getan, da bin ich mir sicher. Aber wenn es Sie beruhigt, werde ich selbstverständlich mein Bestes tun, um herauszufinden, wer Ihnen diese seltsamen Nachrichten schickt."

Nicoletta spürt rote Flecken an ihrem Hals aufsteigen. Ihr Kiefer verhärtet sich. „Danke", presst sie zwischen zusammengebissenen Zähnen hervor. „Ich leite Ihnen eine der Nachrichten weiter."

„So einfach ist das nicht. Sie müssen …"

Die Flecken nehmen Überhand. Sie hätte auf Tekgül hören sollen. Frau Schäfer anzurufen war eine Scheißidee. „Wissen Sie was? Vergessen Sie's!"

„Nun seien Sie doch nicht gleich beleidigt, nur weil das nicht so leicht ist wie im Fernsehen!", rügt Frau Schäfer. „Ich will Ihnen doch helfen, aber es ist … Paff!", sagt sie und kichert erneut.

Nicolettas Hand bebt. Tekgül nimmt ihr das Telefon ab, sehr sachte, stellt den Lautsprecher aus und hält sich das Handy ans Ohr. „Wissen Sie, es war vielleicht doch keine so gute Idee, Sie anzurufen", sagt sie freundlich. „Wir schaffen das schon alleine. Viel Erfolg bei dem Prozess!"

Dann drückt sie behutsam die rote Taste, gibt Nicoletta das Gerät zurück und legt ihr mitfühlend eine Hand auf die Schulter. „Ich hab doch gesagt, dass sie keine große Hilfe sein wird. Die ist total gesetzestreu, da hat sie schließlich mal irgendeinen Eid drauf geschworen. Polizisten sind …"

„Quatsch, Polizisten! Frau Schäfer hat einfach eine Meise." Nicoletta erwacht aus ihrer Starre. Sie dreht sich weg und steckt das Telefon zurück in die Hemdtasche. Rutherford, der sich wohlig auf dem Beifahrersitz zusammengerollt hat, knurrt im Schlaf. Nicoletta spürt Tekgüls Blick in ihrem Rücken.

„Was?", fragt sie, ohne sich umzuwenden.

„Paff!“, feixt Tekgül. „Was hast du dir bloß dabei gedacht? Ich mein: Paff!“

Sie lachen, bis ihnen die Tränen kommen. „Und jetzt?“, will Tekgül wissen, als sie wieder atmen können.

„Ganz einfach: Wir fragen Marte! Sie ist doch Computerfachfrau, die kann sich irgendwo reinhacken und …“

„Marte designt Computerspiele!“

„Aber sie kennt diese ganzen Computerfreaks. Von denen muss mir doch einer helfen können.“

„Hilf dir selbst, sonst hilft dir keiner“, murmelt Tekgül.

„Was soll denn das heißen?“

„Das heißt, dass es mir reicht. Wir fahren da jetzt hin.“

„Du meinst …?“

„Ja. Wir fahren zu den Koordinaten!“

•

Das Haus ist größer, als sie es in Erinnerung hatte. Größer und viel prachtvoller als damals. Sie ist sich nicht sicher, ob sie hingefunden hätte ohne die App, die Tekgül heruntergeladen hat und mit der Menschen GPS-Daten zum Wandern, für Radtouren oder zum Geocaching auswerten. GPS-Wandern, denkt sie. Ich bin ein Fossil. Sie sieht an der Fassade hoch und spürt den Ekel. Die Angst. Die Wut. Liebe spürt sie nicht.

Das Fenster, gegen das Isa ihr Gesicht gepresst hat, als Nicoletta den letzten Blick zurückwarf. Zu ihrer Erinnerung würde Regen passen, Tropfen, die an der Scheibe herunterrinnen, während Isas bleiches Gesicht und ihr Atem das Glas beschlagen lassen, Weichzeichner, Fade-out.

Hätte, wäre, wenn. In Wahrheit war es sonnig. Ein Wetter zum Helden-Zeugen, hat ihre Mutter immer gesagt. Kaiserwetter hat es ihre Oma genannt. Die Sonne ließ die Hauswand leuchten; das Licht war so gleißend, dass Nicoletta Isas Gesicht hinter der

Spiegelung der Scheibe nur erahnen konnte. Das Wetter wurde dem Drama nicht gerecht. Der Tag, an dem Nicolettas Leben gleichzeitig aufhörte und neu begann.

Sie spürt Tekgüls Hand auf ihrem Arm und ihr Schweigen neben sich.

„Da oben war es", sagt sie leise. „Dritter Stock." Sie weist auf die Fenster, nacheinander, zählt auf. Schlafzimmer, Badezimmer, Küche. Wohnzimmer und Simons Zimmer nach hinten raus. Dielenboden. Stuck. Kernsaniert.

„Und die Eltern haben die Wohnung gekauft?" Nicoletta nickt. Tekgül pfeift anerkennend. „Nicht schlecht!"

„Sie hatten viel gutzumachen", sagt Nicoletta. „Schweinereich und herzlos bis in die kleinste Zelle. Sie haben sich nur an Weihnachten gesehen, und das war eine Tortur für alle. Ich versteh nicht, wieso manche Menschen Kinder kriegen", fügt sie tonlos hinzu. Wie viele Kinder kommen wohl jedes Jahr ungewollt auf diese Welt, weil es gesellschaftlich erwartet wird oder sie ungeplant „passieren"? Wie Sonja. Wie Tekgül. Nicoletta schluckt. Beide ungewollt und beide doch am Ende sehr geliebt. Ein Glück, das Simon und Isa nicht hatten. Tekgül scheint Ähnliches zu denken. „Geld kann halt keine Liebe ersetzen", sagt sie.

„Nichts kann das. Liebe lässt sich nicht erkaufen oder erzwingen und vor allem nicht substituieren."

„Oh weh, du verfällst nahtlos von Plattitüden in Pädagogen-Sprech." Tekgül lacht. „Ist es so schlimm?"

Nicoletta legt den Kopf in den Nacken und sieht noch einmal zum Fenster hinauf. „Schlimmer", sagt sie. „Als wär es gestern gewesen."

„War es nicht", versichert ihr Tekgül. „Gestern waren wir in der Sauna am Bodensee. Weißt du noch? Die Berge, die Dampfsauna, die süße Masseurin?"

„Von der hast du gar nichts erzählt", entrüstet sich Nicoletta, dankbar für den Realitätsabgleich. Tekgül grinst und legt den

Arm um Nicolettas Schultern. „Und du hast mir nie was von Isa erzählt. Da hab ich wohl noch das ein oder andere gut, findest du nicht?"

„Sorry." Der Schmerz ist so akut, dass sie sich darüber wundert, wie tief sie die Geschichte in sich vergraben konnte. Mit Simons Tod kam sie zurück. Quälend langsam. Erst die Erinnerung an das Ende, dann, Stück für Stück, die Liebe, die Angst und das Unverständnis für ihr eigenes unrühmliches Verhalten. „Ich hab sie im Stich gelassen", sagt Nicoletta matt. „Ich hätte bei ihr bleiben müssen. Für sie da sein müssen. Sie mitnehmen müssen. Ich hätte ..."

Tekgül dreht sie zu sich und sieht sie scharf an. „Du hast selbst gesagt, dass du das versucht hast. Dass sie nicht wollte und dass du gehen musstest, weil du sonst draufgegangen wärst. Ich weiß ja nicht alles, aber von dem, was du mir erzählt hast, war Gehen das Klügste, was du tun konntest."

Das hat sie erzählt, ja. In der Nacht, als sie entschieden haben, gemeinsam herzufahren, hat Nicoletta ausgepackt, damit Tekgül wusste, worauf sie sich einließ. Sie hat von der Heirat erzählt, von den Drogen und von Isas Absturz. Ihre eigene Rolle hat sie, soweit es ging, ausgespart. Sie hielt den Gedanken an ihr jüngeres, naiveres Ich nicht aus. Sie hielt die Wahrheit nicht aus.

„Wollen wir mal gucken, ob sie noch hier wohnt?", schlägt Tekgül vor.

Nicolettas Beinmuskeln beginnen zu zittern. Was um alles in der Welt tut sie hier? Die Koordinaten scheinen ihr Böses zu wollen. Sie wickelt einen Kaugummi aus seinem Papier, steckt ihn in den Mund und faltet das Papier sorgfältig zusammen. Pfefferminz-Eukalyptus-Menthol, irgendwas Scharfes.

„Geh du", sagt sie, als sie wieder sprechen kann. Ihre Stimme tut weh. „Ruegg heißt sie ... hieß sie."

EINUNDZWANZIG.

„Guten Tag." Tekgül bemüht ihre unschuldigste Tonlage und lächelt die Kamera über der Freisprechanlage an. „Verzeihen Sie die Störung. Wir sind auf der Suche nach einer Frau, die hier mal gewohnt hat. Isabelle Ruegg."

„Nie gehört", knarzt es. Dann nichts mehr.

„Hallo?", fragt Tekgül. „Hallo?" Einzig Nicolettas warnender Blick hält sie davon ab, den Klingelknopf ein weiteres Mal zu drücken. Sich abwimmeln lassen ist nicht ihre Stärke. „Höflichkeit ist hier nicht so angesagt, was?", grummelt sie.

„Im Gegenteil!", widerspricht Nicoletta. „Die Eidgenossen sind für ihre Höflichkeit nahezu berühmt. Der hier hatte sicher bloß einen schlechten Tag."

„Oder er hat herausgehört, dass ich Deutsche bin."

Ich bin Deutsche.

Ob sie das gut oder schlecht finden soll, kann Tekgül gerade nicht abschätzen. Generell ist sie – im Urlaub zum Beispiel oder im Geschichtsunterricht – immer dankbar dafür gewesen, dass ihre Herkunft ihr eine gewisse Distanz zu allem „typisch Deutschen" ermöglichte. Wie ihr bis vor einigen Wochen noch angenommener kultureller Mix in der Schweiz angekommen wäre, weiß sie nicht. In der derzeitigen politischen Stimmungslage vermutlich besser als Deutschsein. Sie seufzt.

„Höflich oder nicht: Sie wohnt nicht mehr hier", resümiert sie.

„Natürlich nicht", antwortet Nicoletta, als würde es ihr nichts ausmachen. „Wär ja auch zu leicht gewesen."

Tekgül sieht ihre Freundin von der Seite an. „Und was jetzt?"

Nicolettas Handy beantwortet die Frage mit seinem unsäglichen Rülpsen.

„Nee, ne? Jetzt sag nicht, dass das wieder …"

Nicoletta zieht das Telefon aus der Tasche und checkt die Nachricht. „Doch“, sagt sie ungläubig und streckt ihr zum Beweis das Handy entgegen. Auf dem Display steht eine neue Nummernkombination, der Absender erneut anonym. Diese Schnitzeljagd-Scheiße beginnt Tekgül gehörig zu nerven.

„Wie kann das sein?“, regt sie sich auf. „Wir sind doch erst vor einer halben Stunde hier angekommen! Woher wissen die, dass wir tatsächlich zu den letzten Koordinaten gefahren sind?“

„Und woher wissen die überhaupt, wo Isa und ich gelebt haben?“

„Ich lass mich doch verdammt noch mal nicht verarschen!“ Tekgül ist auf dem Weg, sich in einen veritablen Wutanfall zu steigern. „Was weiß dieser Mensch, was wir nicht wissen? Wo sollen wir hin? Was soll diese Karotte-vor-der-Nase-Nummer? Und was zum Geier ist die Karotte?“

Nicoletta sieht nervös an der Hauswand hoch.

„Glaubst du, die beobachten uns? Glaubst du, die haben Kameras?“

„Klar haben die Kameras an so einem schicken Haus. Aber in Friedrichshafen gab's keine, und da wussten sie auch, wo wir sind“, knurrt Tekgül.

„Drohnen vielleicht. Ich hab gelesen, dass sie aus Tausenden von Metern Höhe noch eine Briefmarke …“

„Quatsch. Ich mein: Möglich, aber warum sollte uns jemand mit einer Drohne überwachen? Viel wahrscheinlicher ist doch, dass sie deine Handynummer haben und die verfolgen. GPS eben.“

Nicolettas Körper neben ihr verliert an Spannung. Ihr Blick gleitet erneut über das Haus und hoch zu dem Fenster. Ihre Unterlippe zittert leicht. Sie hat mir nicht alles gesagt, denkt Tekgül. Bei dem Teil, in dem sie erzählt hat, wie sie aus der Wohnung geflohen ist, haben ihre Augen geflackert. Irgendwas verschweigt sie mir. Aber Geständnisse lassen sich nicht erzwingen. Genauso wenig wie Rosenkränze beten für Vergebung sorgt, auch wenn ihr Vater fest an diese Theorie glaubt. Vergeben, davon ist Tekgül überzeugt, vergeben kann man sich nur selbst.

Sie tippt Nicoletta sanft an. Die zuckt zusammen und schaut sie mit ihren überdimensionierten blauen Augen an. „Alles klar?“, fragt Tekgül.

Nicoletta nickt. „Lass uns ein Schümli trinken gehen. Um die Ecke war immer ein total nettes Kaffeehaus …“ Sie stockt. „Vielleicht ist es ja noch da.“

Es ist noch da. Sie haben Rutherford aus dem Auto befreit und die wenigen Meter schweigend zurückgelegt. Jetzt sitzen sie vor ihrem Schümli, einem schaumigen Kaffee, der extrem gut schmeckt. Tekgül verschlingt dazu ofenwarmen Hefezopf mit Butter und Marmelade, die die Bedienung Konfi nennt. Es schmeckt wunderbar. Nicoletta isst nichts.

„Willst du nicht doch ein Scheibchen?“, lockt Tekgül.

„Später.“ Nicoletta scharrt mit den Füßen wie ein nervöses Tier; Tekgül kann es unterm Tisch spüren. Und am Tisch. Ihr Kaffee schwappt in seiner Tasse im Tempo von Nicolettas Gezappel. Rutherford flüchtet von seinem Platz unter dem Tisch hinter Tekgüls Stuhl. Tekgül streicht ihm beruhigend über den Schädel und schiebt ihr das Handy über den Tisch. „Check du doch schon mal die neuen Koordinaten. Vielleicht sagen sie dir ja was.“

Der Kaffee kommt zur Ruhe. Nicoletta nimmt das Smartphone, wischt und tippt. Dann schüttelt sie den Kopf.

„Was?“

„Immer noch Zürich. Direkt am See. Keine Ahnung, was da sein soll.“

Tekgül schiebt sich ein weiteres Stück Hefezopf, diesmal pur, in den Mund. Hinfahren? Ignorieren? Geheimnisse sind da, um gelöst zu werden, und dieses Geheimnis hier ist gleich ein doppeltes. „Langsam wird's gespenstisch“, sagt sie.

Nicoletta nickt. „Ich fühl mich so manipuliert", sagt sie. „Dabei will ich doch bloß Isa finden."

„Ich weiß." Tekgül streicht über Nicolettas Hand, die nutzlos auf dem Tisch liegt. „Lass uns was machen, was nichts mit diesen Koordinaten zu tun hat", schlägt sie vor. „Wo würdest du denn suchen, wenn diese bescheuerten Nachrichten nicht wären?"

„Bei ihren Eltern", antwortet Nicoletta, ohne nachzudenken. „Die wohnen irgendwo am Zürichberg."

„Irgendwo", echot Tekgül. Nicolettas Hand erwacht zum Leben.

„Das ist alles nicht so groß hier", versichert sie. „Ich weiß ungefähr, wo es sein muss."

„Du warst mal da?"

„Es war der pure Horror. So schlimm, dass ich mich sogar ziemlich gut erinnere. Ich bin sicher, wenn wir da langfahren, find ich es."

Die Idee ist nicht neu, denkt Tekgül. Das ist ihr Plan – der, mit dem sie losgefahren ist. Der, der existierte, ehe die Koordinaten-Nachrichten eine Art wackliges zweites Standbein wurden. Dass ausgerechnet Isabelles Eltern wissen sollen, wo sich ihre Tochter aufhält, kommt Tekgül in Anbetracht dessen, was Nicoletta über die Familienbande berichtet hat, eher unwahrscheinlich vor, aber Nicoletta aus ihrer Starre erwachen zu sehen ist jede Autotour durch Zürcher Wohngebiete wert. „Okay", unterbricht sie Nicolettas Überzeugungsarbeit.

„Okay?"

„Ja. Wenn Isa tot ist, werden sie es schon wissen. Und ansonsten sehen sie sich ja jedes Jahr zu Weihnachten."

„Stimmt." Nicolettas Lachen hat ihr gefehlt. Das rülpsende Handy wischt es beiseite. „Marte", sagt Nicoletta mit einem Blick auf das Display. Die Erleichterung ist ihr anzumerken. Sie liest, runzelt die Stirn und sieht Tekgül an. „Ist es okay, wenn ich kurz antworte?"

„'türlich. Ich geh so lang eine rauchen."

Sie greift sich ihr eigenes Telefon und steht auf. Rutherford folgt der momentanen Nummer eins des Rudels vor die Tür.

•

„Mittenwald."

Johannas Stimme klingt unnahbar und nah. Tekgüls Bauchraum füllt sich mit Wärme. Was immer es ist, das sie mit Johanna verbindet, es macht ihr Angst. Was will sie von Johanna? Ihr erzählen, dass sie in Zürich sitzt, mit einer total verstrahlten Nicoletta, deren Blick ständig wegrutscht und die ihr ferner ist als je zuvor? Dass sie sich nach Johannas Körper sehnt und nach ihrem bissigen Pragmatismus? Dass sie etwas darum geben würde, in die Arme und an die Hand genommen zu werden? Gern von Johanna?

„Hallo?", fragt Johanna gereizt.

Wieso erkennt sie meine Nummer nicht?, überlegt Tekgül. Normalerweise plappert Johanna gleich los, wenn sie Tekgüls Namen auf dem Display sieht. Verwirrt betrachtet Tekgül das Telefon und legt dann behutsam den Finger auf den imaginären Knopf, der den Anruf beendet. Johannas Stimme hat sie leer gefegt. Was hätte sie sagen sollen? Entschuldige, dass ich erst zu dir zurückgekrochen komme und mich dann tagelang nicht melde? Oder: Ich weiß nicht, wo mir der Kopf steht. Kannst du mir bitte helfen? Sicher nicht. Tekgül atmet tief durch. Sie ist eine Macherin, war sie schon immer, und eine veränderte Herkunft ändert daran nicht die Bohne. Nicoletta braucht sie, und solange sie gebraucht wird, ist keine Zeit für eigene Bedürftigkeiten. Sie zieht entschlossen an der Zigarette.

Was gäbe sie um einen Krümel des Erbes, das im Keller bei Friedrichshafen auf sie wartet. Etwas Entspannung würde ihr guttun. Das Geräusch des Zündsteins, wenn das Rädchen darüberratscht, ist einer der Gründe, warum Tekgül noch immer raucht. Das und der Geruch frisch abgebrannter Streichhölzer. Sie entdeckt eine kleine Grünfläche auf der anderen Seite der Straße und läuft mit Rutherford hinüber. Einige Minuten tollen die beiden über den Rasen, dann schlendern sie zurück zum Café.

Tekgül tritt ihre Zigarette aus, sammelt den Stummel auf, wie Marte es ihr beigebracht hat, und scheucht Rutherford zurück zu Schümli und Backwaren.

Der Kaffee scheint gewirkt zu haben. Nicoletta betrachtet sichtlich wacher den Gastraum. Vom Hefezopf sind nur noch Krümel übrig.

„Das war aber eine lange Zigarette", bemerkt sie.

„Zwei", stellt Tekgül richtig. Den versuchten Anruf bei Johanna lässt sie unter den Tisch fallen. „Und du? Was war mit Marte?"

„Sie macht sich Sorgen, ob wir uns an ihre Ansage halten. Ich hab sie beruhigt." Nicoletta winkt der Bedienung und ordert einen weiteren Kaffee. Und noch etwas Zopf und zwei Bürli für die übrige Marmelade.

„Bürli?", fragt Tekgül.

„Eine Art Brötchen", erklärt Nicoletta. „Köstlich."

„Freut mich, dass du deinen Appetit wiedergefunden hast. Was hast du denn Marte geschrieben?"

Nicoletta reicht ihr wortlos das Telefon. Tekgül hat es aufgegeben, Nicolettas höchsteigene Privatsphäreeinstellungen verstehen zu wollen. Bei manchen Dingen ist sie extrem eigen, für ihr Handy samt Inhalt scheinen andere Regeln zu gelten. Sie nimmt das Telefon, sucht und liest die blaue Blase.

Keine Sorge, alles bestens. Wir sind brav und artig in Zürich, haben ein superspätes Frühstück und fahren dann zu Isas Eltern. Hast du was rausgefunden?

Die Antwort in Gelb kam offenbar Sekunden später.

Ich arbeite dran. Wir finden eine Lösung. Macht keine Dummheiten und vergesst nicht, dass heute Sandyunmanus großer Tag ist.

Tekgül erschrickt. „Heute schon? Shit, das hab ich total vergessen!" Sie beugt sich zu Rutherford hinunter. „Süßer, hast du gehört? Ab heute bist du kein unehelicher Hund mehr! Mami und Mami heiraten!"

Nicoletta prustet los. Rutherford stimmt ein. Der Kellner, den georderten Nachschub in der Hand, hält kurz inne, steigt dann über den bellenden Hund und stellt Kaffee und Brotkorb ungerührt auf dem Tischchen ab. Tekgül zieht Rutherford an den Ohren, bis er das Gekläffe einstellt und sich hingebungsvoll auf den Rücken wirft.

„Wir sollten ihnen ein Video schicken", schlägt sie vor. „Von uns, Rutherford und den Bergen."

„Berge haben sie auf Island auch genug", mutmaßt Nicoletta, als sie hicksend zu lachen aufhört. „Und wär anrufen nicht netter?"

„Ich hab keine Ahnung, wann die Zeremonie ist. Du?"

Nicoletta schüttelt den Kopf. „Und Zeitverschiebung", fällt ihr ein. „Dann wirklich besser ein Video. Lass uns das machen, wenn wir am Berg sind, da hat man einen schönen Blick auf den See, und wir können ihnen ein Liedchen singen … Oder so."

Tekgül nickt. Aktivität hilft gegen den Blues, das ist deutlich. Überhaupt hat sich Nicoletta verändert, seit sie in der Schweiz sind. Eigentlich schon, seit sie in die Nähe der Schweiz gekommen sind … Es ist, als würde jeden Tag eine weitere Lage des Grauschleiers von ihr genommen, der sich in Schichten auf sie gelegt hat, seit sie von dem Mord an Simon hörte.

„Warum habt ihr euch eigentlich nie scheiden lassen?" Die Frage rutscht heraus, ehe Tekgül denken kann. Der letzte Rest Gelächters verschwindet aus Nicolettas Gesicht. Sie zieht sich zusammen. „Entschuldigung", sagt Tekgül reumütig. „Ich weiß, dass du nicht drüber reden willst … Es ist nur … Ich seh doch, wie scheiße es dir geht. Du erzählst lauter Bruchstücke, aber nicht alles. Lange nicht alles. Ich merk das doch." Sie greift über den Tisch und nimmt Nicolettas Hand, die hart ist und warm. „Glaubst du nicht, es wär gut, darüber zu reden? Und wo wir schon dabei sind …" Sie nimmt ihre Tasse mit der freien Hand und trinkt einen beiläufigen Schluck Kaffee. „Was ist wirklich passiert an dem Tag, als du gegangen bist?"

ZWEIUNDZWANZIG.

Die Tage verliefen ineinander, und anfangs taten wir es ihnen gleich. Aber dann, zunehmend, drifteten wir auf unserer kleinen Insel von Simon weg. Und dann brachen auch wir auseinander, langsam und völlig geräuschlos. Wobei … Unser Streit war immer laut.

Ich erinnere mich noch an den Tag, an dem ich sie zum ersten Mal verlor. Es war kühl draußen, keine Gewitterstimmung, aber die dazugehörige Spannung. Frühjahr, wenn ich mich recht erinnere. Der Vogelkirschbaum vorm Fenster trug Blüten von der Farbe reiner Asche, und die Spatzen weckten uns jeden Morgen weit vor unserer Zeit mit ihrem Enthusiasmus und ihrem Gezänk. Ich hatte Kaffee gemacht, und wir saßen im Bett, nebeneinander. Ich hatte mein Studium auf Eis gelegt, um mit Isa in Zürich zu leben, ich hatte keinen Job und keine Perspektive. In Berlin hätte ich um diese Jahreszeit mit meinen Freundinnen und Freunden vor irgendeiner Kneipe, in Wolldecken gewickelt, den Frühling willkommen geheißen. Mich mit sozialpädagogischen Fragen auseinandergesetzt. Mein Leben geplant. Mit Isa tat ich nichts. Vielleicht war ich deshalb gereizt – weil ich woanders hätte sein sollen, etwas anderes hätte tun sollen und weil das Zusammensein mit Isa mich nur noch glücklich machte, wenn genug Drogen im Spiel waren. Etwas in mir war ermattet vom wilden Leben. Heute denke ich, dass ich diese Erschöpfung bereits seit meiner Kindheit in mir trage. Die Kindheit, klar! Aber warum sollte es mir anders gehen als den meisten Menschen? Meine Mutter brach mit jeder Regel, die ihr als „normal" verkauft wurde, und mit allen anderen auch – und das, weiß ich heute, vor allem aus Trotz. Der höchste Wert meiner Kindheit und Jugend war die Abweichung von der Norm. Mich in der Gesellschaft zurechtzufinden, mich anzupassen, musste ich mir mühsam antrainieren, und Johanna hat mal gesagt, dass ich wahrscheinlich bloß lesbisch geworden sei, um aufzufallen. Was natürlich Schwachsinn ist. Der Enthusiasmus, den meine Mutter bei meinem Coming-out an den Tag legte, war vielmehr das Gegenteil dessen, was ich wollte. Welcher Teenager will schon wissen, dass die eigene Mutter was darum gäbe, selbst lesbisch zu sein, weil es mit Männern unerträglich kompliziert sei, und sich dann tumbe Hetero-Sexgeschichten anhören? Ich jedenfalls nicht. Und den Zahn, dass Frauen und Frauen oder Männer und Männer es leichter miteinander hätten, den kriegt man den Heteros ohnehin nicht gezogen. (Dass ihre Probleme an ihrer Partnerwahl liegen könnten, darauf ist zumindest meine Mutter nie gekommen.)

Jedenfalls denke ich heute, dass schon damals alles, wonach ich mich sehnte, Stabilität war. Ein schönes Zuhause, klare Regeln, Verlässlichkeit. So gesehen bin ich Sandyunmanu nicht allzu fern; wir teilen dieselben Wünsche ans Leben … Nur: Symbiotisch mit einer anderen Person verschmelzen kam mir nach und vermutlich durch die Sache mit Isa nie mehr in den Sinn.

Zurück zu dem Morgen, dem eine Phase vorausging, in der das Rosarot unserer Wolke sich verlor. Ich war zunehmend grantig, sie war ständig gereizt, wir hatten kein Geld, und Simon gebärdete sich immer geiziger mit seinem Stoff … Wenn ich mir überlege, in wie kurzer Zeit wir wie viel konsumiert haben, wundert mich das nicht. Aber damals wirkte es wie pure Tyrannei. Wir begannen uns zu nehmen, was wir brauchten, ohne ihn zu fragen. Als er es herausfand, drehte er durch. Das war der Abend vor dem Morgen. Er tobte, brüllte und warf schließlich einen Aschenbecher nach mir, einen großen, schweren aus geschliffenem Glas. Die Stelle, an der er in die Wand eingeschlagen ist, war zu sehen, bis ich wegging. Schreiend forderte er, dass wir für ihn auf die Straße gingen – also: nicht auf den Strich, sondern um zu verkaufen. Simon war mit seinen eins dreiundsiebzig zwar verhältnismäßig klein, aber äußerst trainiert, und das Bild, wie er seine Schwester gegen die Wand drückt, die Hand um ihren Hals geschlossen … Die Angst in ihrem Blick … Sein höhnisches Grinsen … Dieses Bild, dieses Bild …

An dem Abend bat ich Isa, mit mir wegzugehen. „Komm mit nach Berlin", schmeichelte ich und malte ihr das Leben aus, das wir führen könnten. Sie wieder als Lehrerin, warum denn nicht? Und ich als Sozialarbeiterin, die Nächte in Berlins Clubs, die Tage nicht zu lang. Eine kleine Wohnung in Kreuzberg. „Wir brauchen doch nicht viel", sagte ich. Ihre Wangen waren noch heiß von Simons Ausbruch und ihrer eigenen Angst. Ihre Augen reflektierten das dämmrige Licht kaum. Sie sagte Ja. Und ich spürte erstmals seit Wochen wieder Energie, Zuversicht. Hoffnung.

Bis zum nächsten Morgen. Ich hatte, wie gesagt, Kaffee gemacht, und wir saßen im Bett, nebeneinander. Ich schmiedete Pläne, aufgeregt und vorfreudig. Isa blieb stumm, so stumm, dass auch mein Redefluss langsam in ihrem Schweigen verebbte.

„Ich kann nicht", sagte sie.

„Du kannst nicht? Wieso?"

„Er ist mein Bruder. Und … ich mag mein Leben hier."

„Er ist dein Bruder?", wiederholte ich fassungslos. „Dieser Typ hat dich gestern fast umgebracht!"

„Er war halt sauer. Und er hatte ja auch recht! Wir haben ihn schließlich beklaut, oder?"

Mein Studium hat mich nicht auf die Realität eines solchen Gespräches vorbereitet. Erst recht nicht darauf, dass ich ein solches Gespräch jemals mit einer Geliebten führen würde. Mit einer so starken Frau wie Isa.

„Nichts", sagte ich langsam, „nichts rechtfertigt Gewalt gegen einen anderen Menschen." Und als sie widersprechen wollte, erneut: „NICHTS!"

„Es ist doch nichts passiert", wandte Isa ein und demontierte sich damit vor meinen Augen selbst. Die Isa, die ich kennengelernt habe, war stark, selbstbewusst und ein bisschen verrückt. Was sie nicht war, war devot oder unterwürfig, und die Isa, die ich kennengelernt habe, hätte niemals das Verhalten eines brutalen Dealers in Schutz genommen, auch nicht, wenn er ihr Bruder wäre, und unabhängig

davon, ob und wie viel sie selbst konsumierte. Zumindest hatte ich das gedacht.

Ich habe die Hände vors Gesicht geschlagen und tief geatmet. Es half nicht. „Weißt du eigentlich, dass gewalttätige Beziehungen genau so anfangen?", fragte ich, mühsam gefasst.

„Jetzt hör bloß mit dieser Pädagogenkacke auf!", schnauzte sie.

„Isa, er hat dich fast umgebracht. Er hat mich fast umgebracht! Er hat einen Aschenbecher nach mir geworfen! Hast du das Loch in der Wand gesehen? Das hätte mein Kopf sein können!"

„War es aber nicht!", fauchte sie. „Hör doch einfach auf, alles zu dramatisieren. Es ist nichts passiert, er hatte recht und basta."

„Ist es wohl, hatte er nicht!", schrie ich. Und das war erst der Anfang unseres Streits. Das Ende war, natürlich, Sex. Isa saß auf mir, hielt meine Arme über meinem Kopf fest und sah mir in die Augen. Die ganze Zeit. Danach schliefen wir erneut ein, ihr Körper auf meinem. Ihr Gewicht verankerte mich in der Realität. Trotzdem hatte ich Albträume.

Das zweite Erwachen war verkatert und ein wenig beschämt – so wie man sich fühlt, wenn man die erste Nacht miteinander verbracht hat, wenn einer die Züge der anderen noch fremd sind und gepaart mit diesem Erstaunen, nicht allein zu sein. Der Beigeschmack war herb.

Isa, die mir plötzlich so fremd war, fremd und fern, saß neben mir im Bett, nahm noch einen Kaffee aus der Thermoskanne, einen Kaffee, den ich, immer die Tür im Blick, in der Küche gekocht hatte. „Lass uns bleiben", bat sie. „Lass es uns versuchen. Nur noch ein paar Wochen. Wenn wir bis dahin keine Lösung gefunden haben, geh ich mit dir."

Ich wünschte, ich hätte mich durchgesetzt.

•

Sie erzählt Tekgül nichts, weil sie nicht will, dass sie schlecht über Isa denkt, und keine Lust auf eine Diskussion hat, eine Diskussion über ihr eigenes Verhalten und darüber, was sie hätte anders machen können oder sollen, damals. Der Drops ist gelutscht, denkt sie, und Tekgül könnte mir ohnehin nichts sagen, worauf ich nicht schon selbst gekommen wäre.

Die Selbstzweifel und die Selbstvorwürfe haben sie Jahre gekostet. Jahre voller Party und Drogen und Alkohol. Viel zu viel Alkohol. Ihr siebenundzwanzigster Geburtstag war der Wendepunkt. Siebenundzwanzig wegen Jim und Janis und Jimi. Sie ist und bleibt das Kind ihrer Mutter. An ihrem Siebenundzwanzigsten also hat sie den Drogen abgeschworen und die Vergangenheit beerdigt. Buchstäblich. Sie hat ein großes Blatt Papier genommen und alles darauf geschrieben, was sie für immer vergessen und loslassen wollte. Es mit Blut unterzeichnet, der Dramatik wegen, und den Zettel unter einem Baum in der Hasenheide vergraben. Danach war es gut.

Sie ist trocken und sauber geblieben – sogar während der Trennung von Stine. Erst als das Chaos mit Tekgül überhandnahm, rutschte sie in den Gefahrenbereich. Der Rückfall erschien ihr im Nachhinein wie eine Vorwarnung vor den Erinnerungen, die sich eben doch nicht begraben ließen. Möglicherweise hatte sie recht, als sie auf dem Flohmarkt zu Marte sagte, das Gespräch mit ihr habe den Deckel zu Pandoras Büchse geöffnet, aber der Auslöser für die Erinnerungen war natürlich der Mord an Simon. Es war sein Tod, der die alten Geister beschwor, der den Sirenengesang des Alkohols anstimmte. Das Trinken konnte die Erinnerung an Isa nicht in Schach halten. Als sie das begriff, hörte sie wieder damit auf – in einem Kraftakt, der sie an ihre Grenzen brachte. Sie hat es geschafft. Ein zweites Mal. Alleine.

„Lass uns gehen!“, sagt sie, greift nach dem letzten Bürli und scheucht den trägen Rutherford nach draußen. Tekgül folgt ihnen wortlos. Nicoletta spürt ihren prüfenden Blick im Rücken.

Glaubst du ernsthaft, dass du mich noch lange mit Plattitüden abwimmeln kannst?, fragt er. Glaubst du das?

Nein. Das glaub ich nicht, antwortet Nicoletta telepathisch. Aber den Zeitpunkt, das zumindest, den bestimme ich.

•

Rutherford hasst das weiße T-Shirt, das sie ihm angezogen haben. Erst hat er versucht, es sich vom Körper zu kratzen, und dann, als Nicoletta gerade aufgeben wollte, weil sie den Tierschutz hinter ihrer Stirn lamentieren hörte, hat er resigniert. Er sitzt, umwallt von Nicolettas Schlafshirt, auf dem dreckigsten Stück Asphalt, das er finden konnte, und streikt. Nur als sie ihm eine Pusteblume um das Ohr zu binden versucht, zuckt sein Vorderbein. Mehr nicht. Die Blume fällt herab und verstreut ihre Samen.

„Oh Scheiße, Ruthie, das war die einzige, die hier rumsteht!", schimpft Nicoletta.

„Lass ihn halt", ruft Tekgül ihr vom Auto aus zu. „Kümmer dich lieber um dich!" Sie wirft ihr den Lippenstift zu. Nicoletta fängt einhändig und malt sich ohne Spiegel die Lippen rot. Tekgüls Gelächter nach zu urteilen, sieht das Ergebnis selbst auf die Distanz wenig überzeugend aus. „Arrogante Ziege!", antwortet Nicoletta. „Schieb lieber deinen Modelarsch her, damit wir anfangen können!"

„Ex-Modelarsch", lacht Tekgül und wirft die Autotür zu. Nicoletta hebt das Kinn und bindet sich die Krawatte.

„Du hast nicht ernsthaft einen Schlips dabei?"

„Klar!" Nicoletta tut es Rutherford nach und zuckt mit keiner Wimper. „Die Butch von Welt hat immer eine Krawatte dabei. Beziehungsweise", sie kramt in ihrer Tasche, „zwei."

Tekgül steht vor Staunen der perfekt geschminkte Mund offen. „Du überraschst mich immer wieder", sagt sie.

„Und immer wieder gerne", lächelt Nicoletta und reicht Tekgül die Krawatte. „Schließlich wird das ein Hochzeitsvideo für eine Symbiose, da müssen wir auch gleich aussehen. Los, anziehen!"

„Du und ich? Gleich aussehen?"

„Was dagegen?"

„Im Gegenteil." Tekgül streift den vorgebundenen Schlips über den Kopf und zieht ihn fest. „Hast du die Kränze?"

Nicoletta hebt bestätigend die beiden Gänseblümchenkränze, die sie auf der Wiese am See gepflückt haben, und stülpt sie dann Rutherford über die Ohren. Einen rechts, einen links. Sein Blick verdunkelt sich.

„Was für ein schöner Brauthund du bist!", versucht sie ihn aufzumuntern.

Dann setzt sie sich möglichst nah neben Rutherford auf den Boden. Tekgül drückt das biegsame Stativ, das sie an ihrem iPhone befestigt hat, um den Laternenpfahl. Nicoletta hat herzhaft über all die Adapter gelacht, die Tekgül brauchte, um das Handy auf eine Halterung zu schrauben, die sich dann wiederum auf dem Stativ befestigen ließ. Das Endergebnis ist allerdings durchaus praktisch, denn so können sie entspannt sitzen und singen, ohne dass sich eine von ihnen den Arm für ein verwackeltes Selfie-Video verrenken muss.

„Fertig?", fragt Tekgül.

„Wir schon."

Tekgül streckt ihr die Zunge heraus. Dann überprüft sie ein letztes Mal den Bildausschnitt, legt den Finger auf die Lippen, startet den Selbstauslöser und huscht an Rutherfords andere Seite. Als sie sicher sind, dass das Gerät filmt, beginnen sie zu singen. *First Day of My Life* von Bright Eyes, weil sie es in der Karaokebox schon x-mal zusammen gesungen haben und den Text auswendig können. Weil Sandyunmanu, wenn sie dabei waren, jedes Mal zu weinen begonnen und sich verliebt angehimmelt haben. Weil es wunderschön ist, auch wenn man nicht perfekt singen kann. Tekgül Alt, Nicoletta Sopran, teilweise singen sie zweistimmig.

Besides maybe this time is different

I mean I really think you like me-he he-he-he-he ...

Bei der letzten Zeile greifen sie, wie abgesprochen, beide gleichzeitig nach den Kränzen auf Rutherfords Ohren, ziehen sie von seinem Kopf und werfen sie in Richtung Kamera. Rutherford gibt sein stoisches Schmollen auf und jagt hinter den Kränzen her. Nicoletta und Tekgül kullern übereinander, Nicoletta rollt aus dem Bild. „Alles Liebe zur Hochzeit!", kräht Tekgül aus dem unteren linken Bildrand. „Auf dass ihr zusammen alt und runzlig werdet!", schreit Nicoletta aus dem Off. „Wir lieben euch!" Im Chor. Immerhin das hat geklappt.

•

Sie kurven den Zürichberg hinauf. Hinab. Entlang. Und, weil Dinge von der anderen Seite aus betrachtet anders aussehen, auch wieder zurück. Ihr Handy rülpst dabei im Zehn-Minuten-Takt. Sie schaut nicht nach.

„Ist es jetzt kaputt oder was?", murrt Tekgül.

„Bestimmt Tarif-Infos. Roaming und so. Oder ihm ist schlecht geworden von den Kurven."

Tekgül lacht. „Das wird's sein", stimmt sie zu. „Oder jemand versucht dich wirklich sehr dringend zu erreichen."

„Dann würde er anrufen."

„Oder sie."

„Hmm."

„Mensch, guck halt nach!"

„Ich hab keine Lust, mich von meinem Telefon tyrannisieren zu lassen!"

„Dann stell verdammt noch mal den Ton ab, sonst werf ich es aus dem Auto. Egal, ob es Sodbrennen hat oder nicht."

Widerwillig zieht Nicoletta das Handy hervor, kann es natürlich nicht lautlos stellen, ohne die sechs Nachrichten zu sehen, sechs, seit sie das Café verlassen haben. Alle von der anonymen Nummer, alle mit dem Code.

„Hast du mal gecheckt, ob das zufällig die Koordinaten sind, an denen das Haus von Isas Eltern, wenn wir es denn finden würden, ungefähr läge?"

Selbstverständlich hat sie. Und nein, sind sie nicht. Die Koordinaten, die ihr die Nachrichten aufzwingen wollen, liegen am anderen Ende der Stadt. Aber wen kümmern die Koordinaten? Sie sind auf dem richtigen Weg, sie spürt Isas Präsenz in genau dieser Villengegend, kommt ihr näher und näher und wird sich nicht von einem wildfremden, anonymen Schreiber von ihrer Fährte abbringen lassen. Verbissen starrt sie auf das Display und hätte dabei um ein Haar das Haus übersehen.

„Halt!", ruft sie so laut, dass Tekgül vor Schreck auf die Bremse steigt. Sie kommen unmittelbar vor einer Einfahrt zum Stehen.

„Verdammt", knurrt Tekgül. „Warum ist Autofahren so gefährlich, seit wir zu dritt unterwegs sind?"

„Keine Ahnung", antwortet Nicoletta. „Aber da ist es!" Sie deutet auf den Weg, der an einer ordentlich getrimmten Ligusterhecke entlang nach rechts abzweigt. Das Haus liegt mittig am Ende der Einfahrt, der Weg macht einen amerikanisch anmutenden Wendebogen vor der Haustür. Blumenrabatten und frisches Grün.

An Weihnachten, erinnert sich Nicoletta, stand je eine dezent geschmückte Tanne rechts und links von der Haustür. Rote Glaskugeln, rotes Lametta, weiße Birnen – vor ihrem inneren Auge ist plötzlich alles wieder da. Der Schnee unter ihren Schuhen, als sie aus dem Auto stieg. Für einen Moment hatte sie die Hoffnung gehabt, dass Simon und Isa übertrieben hätten und alles in diesem Winterwunderland, in dem Disney Kassenschlager in Serie produzieren würde, wäre, wie es wirkte. Vergebens.

Die Atmosphäre im Haus war ebenso eingefroren wie die Welt vor dem Fenster. Der Weihnachtsabend bei Isas Eltern wurde zu einem der unangenehmsten Erlebnisse ihres Lebens, die überlange Tafel mit dem weißen Tischtuch, das Silberbesteck, die Jakobsmuscheln, die distanzierte Konversation und der Mangel an allem, was nicht materiell war. Die Location wäre in der Tat ein idealer Drehort gewesen. Allerdings weniger einer für eine romantische Komödie oder ein Märchen, sondern eher für eine Disneyversion von *The Shining*. Eine derartige Anhäufung von High-Society-Klischees hatte Nicoletta – glücklicherweise – nie wieder erlebt.

Sie schüttelt die Erinnerung ab und grinst Tekgül triumphierend an. „Siehste?“, frohlockt sie. „Ich hab doch gesagt, ich erkenn es wieder!“

„Wurde auch Zeit“, findet Tekgül. „Ich glaub, wir fahren hier zum dritten Mal vorbei. Und wie geht's jetzt weiter?“

„Wir gehen natürlich rein!“ Als sie es ausspricht, kommen ihr Zweifel. Die verhärmte Bräune der Mutter, die erfolgsverwöhnte Stimme des Vaters. Ein Patriarch von der Konsistenz einer Nacktschnecke und eine Frau von der eines eingetrockneten Fensterleders. Sie muss dringend etwas trinken. Abstand gewinnen von den Bildern. Diesmal kommt sie nicht als „Freundin von“, sondern als erwachsene Frau und obendrein als Pädagogin. Sie hat eine Ausbildung für den Umgang mit dysfunktionalen Familien.

„Natürlich gehen wir rein“, wiederholt sie, mehr zu sich selbst. Tekgül nickt kommentarlos und setzt an, den Wagen am Straßenrand abzustellen.

„Spinnst du?“, fragt Nicoletta. „Fahr rein!“

„Sollen wir nicht besser draußen …?“

„Quatsch. Ob wir die Einfahrt reinfahren oder -laufen, ist völlig wurscht. Glaubst du, hier entgeht irgendjemandem irgendetwas?“

Tekgül zuckt mit den Achseln und fährt auf das Haus zu. Der Kies knirscht unter den Reifen, auch das ist Teil des Filmes, den Nicoletta hier drehen würde. Vor dem Eingang halten sie beinahe lautlos an.

„Du bist dir sicher?", will Tekgül wissen.

„Absolut", lügt Nicoletta. Ihr Handy rülpst, rülpst, rülpst. Ärgerlich schaltet sie es auf lautlos und dreht sich zu Rutherford um, der seit dem letzten Fahrerwechsel wieder auf der Rückbank thront. Sie legt eine Hand auf seine Pfote.

„Süßer", sagt sie. „Ich glaube, das da drinnen ist nichts für dich. Aber wenn du willst, nehmen wir dich mit. Willst du?" Rutherford stellt sich schlafend. „Okay", beschließt Nicoletta. „Dann passt du eben aufs Auto auf. Und auf das hier." Vorsichtig schiebt sie ihr Telefon unter die Hundedecke und tätschelt den Schädel mit den fest zusammengekniffenen Augen. „Sehr klug von dir. Sehr klug."

Dann wendet sie sich Tekgül zu, die schweigend und mit ebenfalls zusammengekniffenen Augen das Haus betrachtet. In ihrem Mundwinkel hängt eine unangezündete Zigarette. „Du machst mir Angst", nuschelt sie. „Gibt es etwas, was ich wissen sollte?"

„Nichts von Belang", erwidert Nicoletta. „Wundert mich bloß, dass noch niemand an der Tür steht." In schwarzem Kleid mit weißem Schürzchen, denkt sie, aber das ist eine bloße Erfindung ihres überspannten Hirns. Die Hausangestellten der Rueggs trugen keine Schürzen. Sie gibt sich einen Ruck. „Bist du bereit?"

„Klar", sagt Tekgül.

DREIUNDZWANZIG.

Die Frau, die die Tür öffnet, ist nicht Frau Ruegg – zumindest entspricht sie nicht der Beschreibung von Isas Mutter, die Nicoletta Tekgül eben ins Ohr geflüstert hat. Sie trägt von Kopf bis Fuß Schwarz: Rock, Pullover, Strümpfe. Ihr Deutsch ist gepflegt, gefärbt mit schweizerdeutschen Einsprengseln und einem Akzent, den Tekgül nicht einschätzen kann. Spanisch? Portugiesisch?

„Ja bitte?"

„Guten Tag", sagt Tekgül, wie sie es abgemacht haben. „Ich bin Tekgül Carragher." Nicoletta stellt sie nicht vor. „Ich bin eine alte Bekannte von Simon und … Wir haben von seinem Tod gehört …", sie stockt, was als emotionale Erregung verstanden werden soll. Die Türsteherin wirkt ungerührt. Wir hätten Blumen mitbringen sollen, denkt Tekgül. Wie dumm.

„Oh", sagt die Haushälterin.

„Ja." Nicoletta tritt einen Schritt nach vorne und torpediert damit ihren eigenen Plan, Tekgül das Gespräch führen zu lassen. „Wir kommen aus Berlin, um Herrn und Frau Ruegg zu kondolieren."

„Berlin." Die Hausdame sieht von einer zu anderen. „Das ist überaus reizend von Ihnen, aber der Herr Professor und seine Frau Gattin sind nicht zu sprechen."

„Für niemanden?"

„Für niemanden."

„Aber ich … wir … kennen Simon und Isa schon seit Ewigkeiten … also: kannten …", verheddert sich Nicoletta.

„Ach", erwidert die Angestellte interessiert. „Sie sind eine Freundin der jungen Frau Ruegg?"

„Allerdings."

„Und Sie heißen bitte?"

„Nicoletta Aurand."

Die Angestellte erbleicht. Sie starrt Nicoletta an, als wäre sie eine Riesenspinne. *„Meu Deus!"* Sie bekreuzigt sich. „Sie sind das! Sie sind die Ehefrau vom jungen Herrn Ruegg!"

„Äh", sagt Nicoletta.

„Wir sind auf der Suche nach Isabelle", schaltet sich Tekgül ein. „Können Sie uns sagen, wo sie ist?"

Die Frau sieht durch Tekgül hindurch. Ihr Blick gilt Nicoletta. *„Meu Deus!"*, stammelt sie erneut. „Gehen Sie! Gehen Sie sofort!" Sie wirft die Tür ins Schloss. Nicoletta klopft gegen das Holz. „Geht es ihr gut?", ruft sie. „Bitte! Geht es ihr gut?"

Aus dem Hausinneren dringt ein monotones Murmeln.

„Sie betet!", konstatiert Nicoletta fassungslos.

„Lass uns gehen", sagt Tekgül.

•

„Ich bin der Teufel", sagt Nicoletta. „Ganz offensichtlich bin ich im Hause Ruegg der leibhaftige Teufel!"

„Mindestens ein Dämon", grinst Tekgül.

„Isas Eltern konnten mich noch nie leiden. Ich wette, sie machen mich für alles verantwortlich, was passiert ist." Sie seufzt. „Immerhin wissen wir jetzt, dass Isa lebt!"

Sie sitzen auf dem Dach des Jeeps, knacken Sonnenblumenkerne und sehen der Sonne beim Untergehen hinter dem See zu. Nicoletta ist überzeugt davon, eine Botschaft von der Hausdame empfangen zu haben. Zwischen den Zeilen. Woher sie diese Gewissheit schöpft, ist Tekgül unklar, aber vielleicht ist Nicoletta durch die allabendliche telepathische Kommunikation mit Fräulein Rottenmeier einfach besser geschult, was indirekte Kommunikation angeht. Aus der Frage „Sie sind eine Freundin der jungen Frau Ruegg?" zu schließen, dass Isa lebt, wäre Tekgül nicht in den Sinn gekommen.

„Es ist die Art, wie sie es gesagt hat", erklärt Nicoletta. „Sie war kein bisschen erstaunt oder traurig. Als du gesagt hast, dass wir von Simons Tod gehört hätten und unser Beileid aussprechen wollten, hast du richtig gesehen, dass das ein Thema ist, über das ‚der Herr Professor und seine Frau Gattin' nicht sprechen. Aber als ich Isas Namen erwähnt hab, da haben ihre Mundwinkel gezuckt. Isa lebt!"

Tekgül bezweifelt, dass diese Schlussfolgerung vor irgendeinem Gericht der Welt zulässig wäre, aber sie freut sich über das Lächeln in Nicolettas Augen und hasst sich dafür, es zu ersticken. Macht es dennoch. „Wirklich weiterhelfen tut uns das jetzt aber nicht", sagt sie vorsichtig und legt ihre Hand auf Nicolettas Bein.

Das Bein zuckt, und das Lächeln stirbt.

Nicoletta wirft Rutherford einen Sonnenblumenkern zu. Er fängt ihn aus der Luft, wie den nächsten und den folgenden auch. Es sieht nicht aus, als würde er sie kauen. Als Nicoletta das Werfen einstellt, blafft er sie rügend an, bis sie weitere fünf Kerne herausrückt. Dann beendet er das Spiel von sich aus und rollt sich auf dem Boden vor dem Auto zusammen. Tekgül steckt eine Handvoll gestreifter Kernhüllen in ihre Mülltüte und hält Nicoletta den Beutel ebenfalls hin. Die Freundin ignoriert die Tüte, zerbröselt die Schalen zwischen den Fingern und schaut geradeaus. Auf die Sonne, auf den See, auf die Berge.

„Mir hilft das schon weiter", antwortet sie schließlich leise. „Zu wissen, dass sie lebt, mein ich. Ich hab mich seit Jahren mit dem Gedanken gequält, dass ich schuld sein könnte an ihrem Tod …"

„Du? Wieso das denn? Du hast doch gesagt, Simon hätte …"

„Hat er auch. Also … am Anfang. Aber ich hab sie nicht gerettet. Ich hab sie dagelassen. Und ich hab …"

Oha, denkt Tekgül und hält die Luft an, um das sich anbahnende Geständnis nicht zu verschrecken. Im Gegensatz zu ihr holt Nicoletta tief und laut Luft. „Dass ich mit ihr abhauen wollte, hab ich dir erzählt, oder?"

Tekgül nickt.

„Nach unserem Streit wurde es kurz besser und dann richtig schlimm.“ Nicolettas Aufmerksamkeit hält sich am Horizont fest. Tekgül spürt förmlich, wie sie aus ihrem Blickwinkel verschwindet. Nicoletta fokussiert sich auf etwas, das keinen Platz für Tekgül hat. „Sie hat weitergemacht. Sie hatte den Plan, weiterzuklauen, jetzt erst recht und mehr, als wir brauchten. Sie wollte es verkaufen, um Geld reinzukriegen für unseren Ausbruch. So hat sie es immer genannt, ‚unseren Ausbruch‘. Dabei gab es gar kein Gefängnis … außer uns selbst.“ Sie schluckt. „Jedenfalls … Simon hat sie schon beim zweiten Mal erwischt. Er hat sie halbtot geprügelt und dann …“

Tekgül spürt ihren eigenen Atem. Er geht schwer, weil sie ihn so krampfhaft zu kontrollieren versucht, um Nicolettas Erinnerung nicht zu unterbrechen.

„Er hat sie angefixt.“

„Angefixt?“

„Ja, du weißt schon. Heroin. Er hat gesagt, sie wär eine Diebin und eine drogensüchtige Schlampe und es wär ihm scheißegal, dass sie seine Schwester wär – wer sich mit ihm anlegt, der kriegt, was er verdient, hat er gebrüllt. Und sie angefixt.“

Tekgül starrt ihre Freundin ungläubig an. „Er hat ihr Heroin gespritzt? Aber … warum? Was hat er denn davon, wenn sie abhängig ist?“

Nicoletta zuckt mit den Schultern. „Kontrolle? Rache? Was weiß ich?“ Sie zerlegt die Sonnenblumenkernschalen mit den Fingernägeln in Mikropartikel, ruhig und koordiniert. Tekgüls Hand, noch immer auf Nicolettas Oberschenkel, registriert zitternde Muskeln unter der Jeans.

„Vorher war es einfach nur kompliziert“, fährt Nicoletta fort. „Aber ab da wurde es ein Albtraum. Es war, als würde Isa ihre Farbe verlieren, sie wurde richtig … grau … Wie ein Geist. Das Leben fiel aus ihr heraus, weißt du?“

Nein, denkt Tekgül. Weiß ich nicht. Mich nervt es, wenn Johanna zu viel kokst, aber Heroin? Ich weiß, was Heroinchic ist, und denke dabei an Kate Moss. Und ich weiß, wie die Leute am Kotti aussehen, wo in Berlin gerade die meisten Drogen verkauft werden, aber wenn ich vorbeigehe, seh ich ihnen nicht in die Augen, sondern weg.

Glücklicherweise erwartet Nicoletta keine Antwort. Sie sieht selbst aus, als wäre sie auf Droge, weit, weit entfernt. Nur ihre Hände arbeiten sich an den Kernhülsen ab. „Ich konnte nicht mehr", sagt sie. „Ich konnte einfach nicht mehr."

Das Zittern unter Tekgüls Hand breitet sich aus, es erreicht Nicolettas Kinn, ihre Mundwinkel, die Nasenflügel. Sie bebt. „Mach dir doch nicht solche Vorwürfe", sagt Tekgül. „Jeder Mensch mit ein bisschen Selbsterhaltungstrieb wär gegangen. Jeder!"

„Aber nicht so", schilt sich Nicoletta. „Nicht so!" Und endlich hört sie auf, die Schalen zu zermalmen, und lässt sich fallen in Tekgüls Arme und trösten von ihren Händen und von dem sinnlosen Geplapper, von dem Tekgül keine Ahnung hat, warum es eine beruhigende Wirkung auf Menschen hat. „Schhhht", flüstert sie, „Ach, ach" und: „Es ist okay." Sie streichelt und hält und versteht kein Wort von dem, was Nicoletta schluchzt. Es dauert. Erst als der Horizont die Sonne verschluckt, beruhigt sie sich, tastet nach einem Taschentuch, findet keins und nimmt ihren Pullover, was Tekgül in dem Moment nicht einmal eklig findet. Sie wartet auf den Rest der Geschichte. Die kommt.

„Irgendwann konnte ich nicht mehr", nimmt Nicoletta den Faden wieder auf, hin und wieder von kleinen Schluchzern unterbrochen. „Ich hab heimlich alles vorbereitet, Koffer gepackt und sogar einen Termin in einer Klinik in Berlin für sie gemacht. Es hätte klappen können ... Aber Isa brauchte Stoff, und Simon war weg, ohne ihr was dazulassen. Das war ein richtiges Machtding zwischen ihnen geworden. Ich hab nie verstanden, wie das passieren konnte. Sie haben sich echt geliebt. Ich hab mir immer einen Bruder wie Simon gewünscht! Und dann – paff – hat sich alles umgekehrt. Er war ein Oberarschloch und sie absolut abhängig von ihm. Jedenfalls", Nicoletta nimmt Anlauf, „wollte sie nicht mit. Sie hat mir gar nicht zugehört und immer nur von dem Zeug geredet und gejammert und geschrien und ich … bin komplett ausgerastet. Ich hab Simons Zimmertür aufgebrochen und sein ganzes Geld genommen. Alles, was ich finden konnte! Seinen Drogenvorrat hat er nach der Sache mit Isa nicht mehr zu Hause aufbewahrt, aber das Geld hat er immer noch in Videokassettenhüllen unter seinem Bett gebunkert. Ich hatte die Taschen voller Kohle und bin rausgestürmt und hab Kunden von Simon gesucht. Einer von denen hat mir gesteckt, wo ich was kriegen kann, und dann … dann hab ich Heroin gekauft, auf der Straße. Total viel. Und bin damit zu ihr zurück und hab ihr … ich hab ihr den Scheiß, ich meine, selbst …"

„Du hast es ihr gespritzt?"

„Natürlich nicht!", heult Nicoletta auf. „Ich hab ihr eine Ohrfeige gegeben und gesagt, wenn es das ist, was du willst, wenn du dieses Scheißzeug mehr liebst als mich, wenn du … Ich hab sie geschlagen! Ich hab sie nicht gerettet, sondern genau das mit ihr gemacht, was ihre Eltern, was Simon … Ich hab ihr Schmerzen zugefügt und dann … Weißt du, was das Schlimmste war?"

Tekgül schüttelt den Kopf. Worte findet sie nicht.

„Ihr Blick, als ich ihr dieses ganze Scheißzeug aufs Bett geworfen hab. Ihre Augen haben geleuchtet! Sie war mir *dankbar*! Kannst du dir das vorstellen? Dankbar!" Nicoletta schlägt mit der flachen Hand auf das Autodach. Rutherfords Bellen dringt nicht zu ihr durch. Ebenso wenig wie Tekgüls Hand auf ihrem Rücken. Der Himmel färbt sich orange-gelb-rosa. Du armer Schatz, denkt Tekgül. Du armer, armer Schatz.

•

Hunde sind in Hotels selten erwünscht – in Zürich nicht mehr als anderswo. Nach der dritten Absage schlägt Nicoletta vor, im Auto zu übernachten, aber Tekgül hat das vage Gefühl, dass der morgige Tag anstrengend werden könnte. Erst in einem Edelhotel am Stadtrand haben sie Glück. Die Strafe für schlechte Vorbereitung beträgt zweihundertsiebzehn Euro pro Nacht. Rutherford inklusive. Scheiß drauf, denkt Tekgül, Studentin bin ich erst ab Oktober, Zürich ist teuer, und ich brauche ein Bett. Sie nickt über Nicolettas Abwehr hinweg, zückt ihre Karte und nimmt die Instruktionen des Rezeptionisten entgegen. Sie bugsiert die verheulte Nicoletta trotz lauer Außentemperaturen in die Badewanne und von dort aus ins Bett, schnappt sich Rutherford und geht in die Hotelbar. Gefällige Musik, All-Time-Classics, drei Männer in einer cognacfarbenen Sitzgruppe in der Ecke, über ein iPad gebeugt. Gelockerte Krawatten.

Den ersten Whisky nimmt sie im Stehen an der Bar. Ohne Eis und schnell. Nicolettas Geständnis erschüttert sie. Weniger wegen der Sache an sich, nicht einmal wegen der Aggressionen und der Gewalt … Dass das Potenzial dazu auch in der reflektierten Nicoletta schlummert, überrascht Tekgül kaum. Es geht um etwas viel Existenzielleres, etwas viel Ichbezogeneres: Wieder ist etwas anders, als es scheint, und das ist erschreckend. Sie hätte darauf gewettet, Nicoletta zu kennen – nach ihrer mittlerweile siebenjährigen Freundschaft vielleicht nicht in- und auswendig, aber doch ziemlich gut. Von wegen „offenes Buch", denkt sie. Wenn es offen ist, dann kann ich zumindest nicht besonders gut zwischen den Zeilen lesen. Die Erkenntnis kommt bereits zum zweiten Mal an diesem Tag … Tekgül ordert einen weiteren Whisky und nimmt ihn mit zu den Sesseln am Fenster. Die Männer spielen unbeirrt mit ihrer Elektronik. Der Fuhrpark hat sich zwischenzeitlich deutlich vergrößert. Jeder hält ein Telefon oder einen Tablet in der Hand, sie deuten auf Displays und unterhalten sich angeregt.

Der Sessel ist bequem genug, um Tekgüls Körper die mittelprächtige Federung ihres Autos vergessen zu lassen. Der Alkohol tut das Seinige. Rutherford schmiegt sich an ihre Beine, und zumindest hier scheint alles zu sein, wie es ist. Wobei … wer weiß? Vielleicht sind die Männer in der Ecke gar keine harmlosen Jungs bei einer modernen Form des Schwanzvergleichs. Vielleicht sind sie in Wirklichkeit Frauen? Oder Spione. Verschwörungstheoretiker? Cyborgs? Hologramme? Und der Stuhl, auf dem sie sitzt, ist lediglich programmiert wie bei *Matrix* oder Teil einer riesigen Kulisse wie in *Die Truman Show*.

Wahrheit, denkt sie. Illusion. Identität. Verdammt. Sie schnalzt mit der Zunge und nimmt einen Schluck Whisky.

Ihr Bild von dem, was echt und wahr ist, wurde in den letzten Wochen mehrfach über den Haufen geworfen, und einzig die Fähigkeit, aus sich herauszutreten und die Welt als eine große Inszenierung zu betrachten, rettet sie davor, durchzudrehen. Sie ist es gewöhnt, sich ihrer jeweiligen Umgebung und den Umständen anzupassen, war sie schon immer. Sobald sie verstanden hat, wie sich das Außen zusammensetzt, wendet sie sich in die eine oder die andere Richtung, lächelt und findet ihren Platz.

Leider ist ihr Hirn noch immer damit beschäftigt, die Welt nach den jüngsten Ereignissen zu sortieren, und es gelingt ihm erstaunlich schlecht. Nicht genau zu wissen, wer sie ist, ermüdet sie. Doch Ermüdung hin oder her – sie ist nicht erschöpft genug, um die Frau zu übersehen, die die Bar betritt.

Sie ähnelt niemandem, den Tekgül kennt, was ihren Jagdtrieb weckt. Ein Businesskostüm in angesagtem Dunkelrot, sehr feminin und mit der Gradlinigkeit einer Geschäftsfrau. Könnte eine offene Tür sein. Tekgül erhebt sich, geht erneut zur Bar, bestellt den dritten und letzten Whisky des Abends und lächelt die Fremde einladend an. Aus der Nähe ist sie noch attraktiver – die Falten um Augen und Mundwinkel, die grauen Strähnen in ihrem aschblonden Haar. Tekgül will.

Diese Welt ist ihr vertraut. Vielleicht auch nicht real, aber vertraut. Sie wendet sich der Frau zu. „Hi", sagt sie.

Die Frau mustert sie abschätzend. Tekgül trägt eine kurzärmlige grüne Seidenbluse zu gewollt zerrissenen Jeans. Ihre kurzen Haare sind verstrubbelt, und Rutherford bräuchte dringend ein Bad. Sie sieht nicht aus, als würde sie hier wohnen, und sicher nicht, als wäre sie auf Geschäftsreise. Dennoch lächelt die Frau zurück. Immerhin etwas, das noch funktioniert, denkt Tekgül und beginnt eine Verführungsoffensive. Die Frau, zweifellos an rasche Entscheidungen gewöhnt, beendet das Spiel schnell. Nach nicht einmal zwanzig Minuten betritt Tekgül ein Zimmer im vierten Stock, zwei Stockwerke über dem, in dem sie zuvor den Hund abgesetzt hat und in dem er sich nun unter der Kofferablage neben dem Bett zusammengerollt haben wird und ebenso tief schlummert wie Nicoletta.

Im vierten Stock fällt die Tür ins Schloss und Tekgül mit dem Rücken dagegen. Die Situation ist filmreif. Die Frau presst ihren Körper an sie, Brüste, Hüfte, Beine, eng. Es ist Instinkt, der Tekgül leitet, Hunderte Male hat sie gefordert und gewonnen. Auf diesem Terrain gibt es keine Unsicherheiten, und falls Tekgül ein Experiment für diese Frau ist, ist davon nichts zu spüren. Sie stöhnen, keuchen, bezwingen sich. Hände auf Stoffen, auf Haut, in Nässe. Danach ein Bier aus der Minibar und eine gemeinsame Dusche. Kein zweiter Sex. Sie lachen viel.

Auf dem Rückweg in den zweiten Stock ruft Tekgül Johanna an. Es klingelt lange, dann wird sie weggedrückt. Sie fegt ihr schlechtes Gewissen beiseite. Johanna kann schließlich nicht hellsehen, und monogam sind sie auch nicht. Gesättigt schleicht sie in ihr Hotelzimmer und schlüpft zu Nicoletta ins Bett.

•

Am nächsten Morgen sitzt Tekgül auf der Bettkante und sieht ihrer Freundin beim Wachwerden zu. Der Abdruck des Kissens auf Nicolettas blasser Wange zeugt von tiefem, bewegungslosem Schlaf. Im Schlafanzug wirkt sie weich und ungeschützt und sehr, sehr weiblich, was ihr sicher nicht gefallen würde. Tekgül zwingt sich, nicht an Sex zu denken. Die vergangene Nacht hat ihre sexuellen Antennen offensichtlich auf Empfang gebracht, aber Nicoletta ist tabu. Das hat Nicoletta selbst ihr mehr als deutlich gesagt und war sich damit ausnahmsweise einig mit Johanna. Denn auch die Absprache zwischen Tekgül und Johanna ist deutlich: Jede kann Sex haben, mit wem sie will, aber jeweils nur einmal und, was Tekgül angeht, nicht mit Nicoletta. Johanna kennt mich gut, denkt Tekgül.

„Guten Morgen, Schöne“, sagt sie.

„Morgen.“ Nicoletta reckt sich. „Warum hast du denn so gute Laune?“ Sie richtet sich halb auf und sieht Tekgül prüfend an. Ausnahmsweise begreift sie schneller, als Tekgül lieb ist. „Ist nicht dein Ernst!“, sagt sie. „Wer?“

Tekgül beschließt, Zwischen-den-Zeilen-Lesen zu lernen. Koste es, was es wolle. „Ich hab sie unten in der Bar getroffen.“

„Echt jetzt?“ Nicolettas vom Weinen verschwollene Augen verengen sich noch weiter. „Du hattest Sex mit einer Wildfremden? Hier?“

„Nicht hier. Bei ihr natürlich.“

Nicoletta lehnt sich gegen das Kopfende des Bettes. „Du lügst doch“, sagt sie halbherzig. „Die Wahrscheinlichkeit, in einem Hotel in Zürich auf eine Frau zu treffen, die lesbisch ist oder zumindest Lust auf Sex mit einer Frau hat, ist minimal. In einem Hotelzimmer zu ficken und ohne Drama wieder abzuhauen, das passiert höchstens Schwulen.“

„Und mir offensichtlich.“ Tekgül lacht und tätschelt Nicolettas Arm. „Tu nicht so entrüstet, sonst erinner ich dich an deine eigenen wilden Sexpartyzeiten.“

„Lange her“, seufzt Nicoletta.

„Hattest ja auch genug anderes im Kopf.“

„Auch wieder wahr.“

„Dann sorgen wir mal dafür, dass sich das ändert“, schlägt Tekgül vor. „Beeil dich, ich warte unten.“

„Beeilen? Ich dachte eher, ich lass mir extra lange Zeit, falls ihr noch eine Nummer auf dem Frühstücksbuffet schieben wollt“, frotzelt Nicoletta.

„Nur kein Neid.“

Sie grinsen sich an, und Tekgüls Herz wird groß und warm. „Hab dich lieb“, sagt sie, schnipst nach Rutherford und verlässt das Zimmer. Dann fällt ihr noch etwas ein: „Bring dein Handy mit.“

VIERUNDZWANZIG.

Nicht zum ersten Mal wundert sich Nicoletta über sich selbst und ihre Fähigkeit, unangenehme Dinge zu vergessen. Bevor sie zum Frühstück geht, fährt sie mit dem Aufzug in die hoteleigene Tiefgarage und findet das Telefon, wo sie es versteckt hat: unter der Hundedecke. Das Display ist verdreckt. Die Nachricht, die irgendwann in das Nylon der Decke gerülpst worden sein muss, hat sich verändert. Noch immer die Koordinaten, diesmal aber zehnmal hintereinander, in einer einzigen Nachricht. Sie haben es, ganz klar, mit einem Irren zu tun. Was sie an diesem Morgen weniger beängstigt als nervt. Extrem nervt.

Immerhin gibt es eine weitere Nachricht: Ein kommentarloses Antwortfoto von Sandyunmanu. Das Brautpaar vor einem Fjord. Sie formen Herzchen mit ihren Händen. Nicoletta lächelt. Dann steckt sie das Handy in die Hosentasche und nimmt den Fahrstuhl in den Frühstücksraum im fünften Stock. Findet Tekgül vor ihrem grünen Smoothie und Rutherford vor seinem Trinknapf und setzt sich mit einem dreifachen Espresso zu ihnen.

„Mir reicht's", knurrt sie, unterschlägt das Danke-Foto, das ohnehin auch auf Tekgüls Telefon gelandet sein wird, und erzählt stattdessen von dem Koordinanten-Bombardement. Tekgüls Augenbrauen wandern zu ihrer Nasenwurzel.

„Zupfst du sie eigentlich nicht mehr?", fragt Nicoletta unvermittelt und deutet auf die Brauen.

„Weniger", bestätigt Tekgül, nicht im Mindesten erstaunt. „Es ist lästig. Caroline hat darauf bestanden, dass ich sie schmal halte, weil sie Angst hatte, dass ich zu, Zitat, ‚südländischem Wildwuchs' neige." Sie lacht bitter. „Wenn die wüsste." Sie nimmt einen Schluck des grünen Breis und Nicolettas Hand. „Schaffst du es, da heute hinzufahren?"

Nicoletta horcht in sich hinein. Das unruhige Nagen, Bohren, Würgen in ihr ist einer breiten Ruhe gewichen. Hätte sie gewusst, wie gut Reden tut, hätte ihr das viele Jahre innerer Zerrissenheit erspart. Vielleicht wäre sie nicht in die Leere gefallen, die sich auftat, nachdem sie Isa und Zürich verlassen hatte. Vielleicht hätte sie nicht zu trinken begonnen, hätte nicht Jahre ihres Lebens mit Schmerzen verbracht. Sich nicht mit ihren eigenen Schuldgefühlen niedergeknüppelt. Zu viele Konjunktive, denkt sie. Es war, wie es war. Es ist, wie es ist. Isa finden will sie immer noch. Und endlich dahinterkommen, wer dieser aufdringliche Menschen ist, der ihr Leben zu manipulieren versucht. Sie ist neugierig.

„Ja", sagt sie schlicht. „Lass uns hinfahren."

Tekgül drückt ihre Hand, und es fühlt sich gut an, nicht allein zu sein. Sie verurteilt mich nicht, denkt Nicoletta. Zum ersten Mal seit Monaten fühlt sie sich leicht. Tekgül lässt sie los und zieht den Tablet aus ihrem Stoffbeutel. *If nothing goes right: Go left!*, denkt Nicoletta. Oder eben geradeaus. Tekgül tippt die Koordinaten in das GPS-Programm, speichert die Route und leert ihr Glas. Dann stockt sie und starrt zur Tür. Nicoletta folgt ihrem Blick. Eine rundliche Frau in einem dunkelblauen Anzug, etwas jünger als sie selbst. Attraktiv mit einer Aura von Macht. Sie schaut sich suchend um. Als sie Tekgül findet, lächelt sie. Tekgül erwidert das Lächeln. Dann wandert der Blick der Frau zu Nicoletta, die mehrere Botschaften gleichzeitig in ihr Antwortlächeln zu legen versucht. „Ich weiß Bescheid", versucht sie zu senden, „Ich bin keine Gefahr" und „Freut mich, dass ihr es schön hattet". Die Botschaft scheint zu verzwickt. Die Frau runzelt die Stirn und schaut weg.

„Von wegen, alles ganz unkompliziert", flüstert Nicoletta Tekgül zu. „Sie hat gehofft, dass es mehr ist."

„Quatsch. Ich hab ihr gesagt, dass ich eine Freundin hab."

„Und jetzt denkt sie, das bin ich."

„Vermutlich."

„Sie hat trotzdem gehofft, dass es mehr ist.“

„Ach, halt die Klappe!“

Nicoletta grinst, belegt drei Bürli, wickelt sie in eine Serviette und steckt sie in die Tasche ihrer Strickjacke. Rutherford baut sich schwanzwedelnd vor ihr auf. Nicoletta zieht ihn am Ohr.

„Ja“, verspricht sie. „Du kriegst auch was. Wollen wir?“ Sie reicht Tekgül ihren Arm. Die erhebt sich ebenfalls und hakt sich ein. Als sie an dem Tisch der Frau vorbeigehen, löst Nicoletta die Verbindung für einen Abstecher zum Buffet. Aus den Augenwinkeln registriert sie einen kurzen Wortwechsel, der mit dreifachen Wangenküssen endet. Wie Tek das immer hinkriegt, denkt Nicoletta. Dass sich am Ende alle lieb haben. Sie nimmt zwei Croissants und eine Scheibe Schinken für den Hund. Erst an der Aufzugstür holt sie Tekgül ein.

„Schnabel auf“, befiehlt sie und schiebt ihr eins der eroberten Gebäckstücke in den Mund. Sie fahren nach unten und packen ihre Taschen.

•

Die Koordinaten haben sie an den Stadtrand geführt, zwischen alte Villen und moderne Architektur. Was soll hier sein? Sie ist sich sicher, dass sie noch nie in diesem Teil der Stadt war. Sie starrt auf Tekgüls Computer, der dank des Geocaching-GPS-Programmes die Angaben aus der Textnachricht bis auf zehn Meter eingrenzen kann. Gleich sind sie da. Nur wo? Der Nachrichtensender muss an einer Mischung aus Kontroll- und Schnitzeljagdwahn leiden. Und ein extremes Geltungsbedürfnis haben. Warum sonst würde er einen Menschen ausspionieren und durch halb Deutschland bis in die Schweiz verfolgen – beziehungsweise: lotsen? Da sind zu viele Fragen, zu viele Unstimmigkeiten, zu vieles, was keinen Sinn ergibt. Sie hält ihre Finger fest, damit sie aufhören zu flattern, und konzentriert sich auf die Musik.

Vaya Con Dios, die CD, die Silke ihrer Tochter vermacht hat. Für Nicoletta tongewordene Erinnerung, für Tekgül Neuland.

Tekgül lenkt einhändig, der linke Arm liegt entspannt auf dem Rahmen des geöffneten Fensters. Hin und wieder führt sie die Zigarette an die Lippen, bläst den Rauch vorsichtig aus dem Fenster, damit Rutherford nichts davon abbekommt. Sie scheint aufmerksam zu lauschen, während Nicoletta wieder achtzehn ist und schwer verliebt in ein Mädchen aus ihrem Tanzkurs. Tanzkurs, denkt sie, das hat man damals noch gemacht. Und ich musste mit einem Jungen tanzen, weil Mädchen mit Mädchen gar nicht ging.

„Wusstest du, dass ich einen Tanzkurs gemacht hab?"

„Tanzkurs?" Tekgüls Mundwinkel kräuseln sich. „So richtig mit Walzer und Rumba und Cha-Cha-Cha?"

„Genau so. Aber voll fortschrittlich, wir haben nicht zu blöden Schlagern getanzt, sondern zu Charts. Vaya Con Dios zum Beispiel. Die klingen jetzt vielleicht brav, aber die waren voll wild. Belgier eben", plappert Nicoletta gegen ihre Nervosität an. „Der Bassist war heroinabhängig. Er war mit der Sängerin zusammen, aber kurz nach dem Album haben sie sich getrennt, und ein Jahr später ist er gestorben."

Tekgül nickt nachdenklich. „Die Texte sind nicht besonders frauenfreundlich."

„Das war mir egal. Mein Englisch war eh nicht besonders. Und die Musik ist toll."

„Bisschen schwer zu trennen. Ich frag mich bloß, was sie mir damit sagen wollte."

„Silke? Vielleicht nichts. Vielleicht mochte sie auch nur die Musik."

„Kann sein."

Sie schweigen. Nicoletta beobachtet den Punkt auf dem Bildschirm des Tablets. Tekgül beobachtet die Straße. „Ich wollte immer Funkenmariechen sein", gesteht Tekgül. „Aber sie haben mich nie genommen."

Der Punkt in Nicolettas Hand blinkt.

„Wir sind da!“, ruft sie.

Tekgül hält. „Hier?“

Offensichtlich. Ohne zu antworten, steigt Nicoletta aus und deutet auf eine Reihe freier Parkplätze vor dem Haus, die „Für Besucher“ deklariert sind. Gehorsam parkt Tekgül ein, erlöst Rutherford von seinem Gurt und vollführt ein „Wie schön, dass wir uns wieder bewegen dürfen“-Ritual mit ihm, bei dem sie sich auf die Schenkel klatscht und mit dem Oberkörper wackelt, was bei ihr wenig artgerecht, bei dem Hund aber nach purer Freude aussieht. Dann kommt sie zu Nicoletta und beäugt das Haus, vor dem sie stehen. Eine gepflegte Villa, dreistöckig, ohne Vordertür. Der Eingang muss hinter der eisernen Umzäunung liegen. An der rechten Hausecke ist ein Schriftzug angebracht. Nicoletta kneift die Augen zusammen. „Marie-Heim-Vöglein-Stift“, buchstabiert sie.

„Vögtlin“, verbessert Tekgül. „Marie-Heim-Vögtlin-Stift. Was soll das sein?“

„Keine Ahnung.“

„Vielleicht hat er sich verrechnet.“ Tekgül nimmt Nicoletta den Computer aus der Hand und tippt etwas ein. Nicoletta inspiziert die Umgebung. Wohnhäuser, Gärten, ein Grünstreifen. Und das Marie-Heim-Vögtlin Stift. Sonst nichts.

„Warst du schon mal hier?“, bohrt Tekgül, den Blick auf dem Tablet.

„Nee.“

„Sicher?“

„Absolut. Was machen wir denn jetzt?“

Tekgül betrachtet das Display und macht ein ratloses Geräusch. „Marie Heim-Vögtlin war anscheinend die erste Schweizer Ärztin. Aber über dieses Haus find ich nichts.“ Sie steckt das wenig hilfreiche Gerät in ihren Beutel, kramt ein analoges Hundespielzeug aus dem Auto, tätschelt Nicoletta die Schulter und überquert die Straße, Rutherford brav an ihr Bein geschmiegt. In Nicolettas Gedächtnis rührt sich nichts. Weder bei dem Ort noch bei dem Namen. Sie dreht dem Haus den Rücken zu und betrachtet Tekgül und Rutherford beim Spielen. Eine Ärztin, denkt sie. Ein Hospital. Ein privates. Wahrscheinlich ... Der Groschen fällt. Sie fährt herum, sondiert die Fenster des Hauses, sucht ein Zeichen. Das Eisentor schwingt auf. Eine Person winkt zu ihr herüber. Nicoletta erstarrt.

Dann geht sie auf Frau Schäfer zu und verpasst ihr eine schallende Ohrfeige.

•

„Ich fass es nicht!"

Nicoletta brüllt mindestens drei Ausrufezeichen. Frau Schäfer sitzt auf der Bank auf dem Grünstreifen und scharrt mit den Füßen. Vor ihr haben sich Nicoletta, Tekgül und Rutherford aufgebaut. Nicoletta tobt, Rutherford bellt, Tekgül schweigt mit in die Seiten gestützten Händen. Die Szene hat etwas Inquisitorisches. Zu Recht, denkt Nicoletta, zu Recht.

„Was haben Sie sich bloß dabei gedacht?"

„Ich dachte, Sie könnten Hilfe gebrauchen. Da hab ich eben ..."

„Hilfe?", poltert Nicoletta. „Hilfe? Sie haben mir anonyme Nachrichten geschickt! Und als wir nicht weiterwussten, da haben Sie uns ausgelacht! Sie haben mit mir gespielt, ach was! Mit uns! Das ist so krank, echt!" Ihr Geschrei echot die schmale Straße entlang. In den Nachbarhäusern öffnen sich die ersten Fenster.

„Still!", befiehlt Tekgül dem Hund und Nicoletta, aus einem Reflex heraus, verstummt ebenfalls. Auf das folgende „Sitz!" reagiert Nicoletta nicht. Wobei ... Sie lässt sich neben Frau Schäfer auf die Bank sinken. Die Luft ist raus. Geblieben ist Fassungslosigkeit. Frau Schäfer, denkt sie. All die Nachrichten kamen von Frau Schäfer. So eine Heuchlerin.

„Ich versteh das nicht", sagt sie gefasster. „Sie haben doch gesagt, Sie wollen mir nicht helfen."

„Können", verbessert Frau Schäfer. „Ich hab gesagt, ich *kann* Ihnen nicht helfen. Weil ich nämlich nicht *durfte*!"

„Und weil Sie mir nicht helfen *durften*, das aber so gerne *wollten*, haben Sie Ihre gut gemeinten Nachrichten also anonym geschickt?" Nicoletta sieht sie unverwandt an.

„So ähnlich."

Sie reibt sich die Stirn. Das verstehe, wer will, denkt sie. Ich bin raus. „Und jetzt ist er also um, der Prozess?", will sie wissen.

„Ja. Der Mörder wurde verurteilt, meine Geheimhaltungspflicht hat sich erledigt. Hören Sie, es tut mir wirklich leid ..."

„Es tut Ihnen leid, ganz toll. Sie haben mir davon abgeraten, Isa zu suchen. Sie haben mir nicht mal sagen wollen, ob sie noch lebt! Stattdessen senden Sie mir komische Nachrichten und verfolgen uns durch das ganze Land. Und wenn wir Sie anrufen und ganz konkret um Hilfe bitten, verweigern Sie sie uns. Soll ich Ihnen was sagen? Sie haben uns nach Strich und Faden manipuliert!" Sie mustert Frau Schäfer, die zusammengesunken neben ihr sitzt. „Und dann tauchen Sie hier auf und benehmen sich, als wären Sie der Überraschungsgast auf einer Geburtstagsparty."

„Ein bisschen mehr Freude hätte ich in der Tat erwartet", gibt Frau Schäfer kleinlaut zu. Nicoletta schnaubt. Die Situation erinnert sie verdächtig an den Nachmittag im vorletzten Jahr, an dem Frau Schäfer in Martes Küche saß und sich als Polizistin zu erkennen gab. Die Frau hat einen gehörigen Sockenschuss, denkt sie. Sie sucht Tekgüls Blick, aber die hypnotisiert Frau Schäfer und scheint davon abgesehen nichts um sich herum wahrzunehmen. Wo bist du?, denkt Nicoletta, fragt aber nicht nach. Sie atmet tief ein. Noch einmal von vorne.

„Okay. Ich versteh das mit Friedrichshafen, und ich versteh das mit Zürich. Ich versteh vielleicht sogar, dass Sie von dem

Haus wussten, in dem wir gewohnt haben, Isa, Simon und ich. Aber was ich da sollte, verstehe ich nicht."

„Ich musste Zeit gewinnen."

„Zeit gewinnen?"

„Ja, um alles abschließen zu können. Und für Sie vorzubereiten."

Nicoletta schüttelt ungläubig den Kopf. „Vorzubereiten für uns. Okay. Was denn genau?"

„Ich wollte Sie wirklich nicht manipulieren." Frau Schäfer hängt offensichtlich einen Gedankengang hinterher. „Aber als ich Ihnen schon nicht sagen konnte, wo Sie suchen müssen, habe ich Ihnen … also, ich habe Ihnen die Daten geschickt. Ich dachte, Sie verstehen das schon. Als Sie dann angerufen haben, hab ich gemerkt, dass ich aktiver werden muss. Ich hätte das an dem Punkt nicht mehr auflösen können, der Zeitpunkt war extrem ungünstig."

„Also doch ein Spiel", zischt Nicoletta.

„Ja. Nein. Also … Ich dachte nur, wenn ich zu klar bin, wissen Sie ja sofort, dass ich es bin. Und ich durfte ja nicht."

„Das haben Sie schon gesagt."

„Ja. Ich …" Sie sieht verständnisheischend von einer zur anderen.

„Sie wollten uns kontrollieren." Nicoletta spürt den Ärger erneut in sich aufsteigen. „Das steckt in Ihnen drin, Sie mögen das, auf der einen Seite dazuzugehören, aber dann auch wieder nicht, von außen zu beobachten und die Fäden zu ziehen. Das gibt Ihnen irgendeinen kranken Kick, stimmt's?"

Endlich löst Tekgül den Blick von Frau Schäfer und nimmt die Hände von den Hüften. „Sie sind verrückt, so sieht's aus!", blafft sie.

Frau Schäfer zuckt zusammen. „Bin ich nicht", entgegnet sie. „Was ich gemacht habe, ist völlig logisch. Verrücktsein ist nicht logisch. Ich wollte Ihnen wirklich einfach nur helfen."

„Kommentarlos anonyme Nachrichten versenden finden Sie logisch? Und unsere Handys orten?", höhnt Tekgül. „Überhaupt: Ist das nicht verboten?"

Frau Schäfer schüttelt die grau melierten Locken. Sie kaut auf dem Nagel ihres rechten Ringfingers herum. Tekgül bohrt ungerührt weiter. „Ich bin ja sagenhaft gespannt, von Ihnen zu erfahren, warum wir hier sind. Aber erst mal müssen Sie mir erklären, warum Sie uns nach Friedrichshafen geschickt haben! Wussten Sie etwa auch von meinem Erbe?"

Die Locken springen weiter, nicht mehr ganz so elanvoll. „Am Anfang wusste ich nur, dass Sie in die Schweiz wollten. Das hat mir Nicoletta selbst erzählt … Das mit dem Erbe und der ganzen Geschichte mit Ihrer Familie habe ich erst später erfahren." Frau Schäfers Augen funkeln. Mitleidig? Neugierig? „Eine wirklich spannende Entwicklung", traut sie sich zu sagen. Tekgüls Augen verdunkeln sich.

„So kann man das auch sehen", murmelt sie, gibt ihre Position als Tribunalsvorsitzende auf und setzt sich zu Nicoletta und Frau Schäfer auf die Bank. Frau Schäfer wechselt zu ihrem Mittelfinger. Nicoletta empfindet eine Art Mitleid mit ihr, aber Tekgül gönnt ihr keine Pause. „Und wie haben Sie das mit Friedrichshafen herausgefunden? Haben Sie irgendwelche Computer gehackt und Anwaltsgeheimnisse gebrochen?"

„Das musste sie nicht", sagt eine Stimme hinter ihnen. „Ich hab es ihr erzählt."

Nicoletta fährt herum. Tekgül mit ihr.

„Du?", rufen beide im Chor.

FÜNFUNDZWANZIG.

„Sorry, dass ich mich nicht gemeldet hab“, sagt Tekgül.

Schweigen.

„Ich mein das ernst! Es tut mir wirklich leid.“

Johanna seufzt. „Das Letzte, was ich von dir gehört habe, ist, dass du inmitten von Cannabispflanzen stehst. Dann kam jemand, und du legst auf. Seither: Kein Wort, nicht mal von Nicoletta.“

„Das stimmt nicht! Ich hab dich angerufen! Letzte Nacht hab ich dich angerufen. Du hast mich weggedrückt.“

„Klar hab ich dich weggedrückt, ich war stinksauer! Und außerdem wusste ich ja, dass ihr hier herkommen würdet und wir uns heute sehen würden.“ Ihre Augen funkeln. „Scheiße, Tek, was hätte ich denn deiner Meinung nach machen sollen?“

Was weiß ich?, denkt Tekgül. Arbeiten? Feiern? Anrufen? E-mailen? Dass Johanna ausgerechnet mit ihrer ehemaligen Putzhilfe kollaboriert, alle Termine absagt, sich in ein Flugzeug setzt und sie hier in Empfang nimmt, fällt aus jedem Bild heraus, das sie von ihrer Geliebten hat.

Sie haben Frau Schäfer und Nicoletta auf und Rutherford vor der Bank sitzen lassen und sind ein paar Schritte gegangen. Jetzt stehen sie voreinander, neben einem Holunderbusch auf einem schmalen Grünstreifen zwischen zwei Straßen in einem Zürcher Stadtrandgebiet. Johanna kaut auf ihrer Lippe herum wie Anastasia in dem unsäglichen *Shades of Grey*, was in Tekgül ähnliche Gefühle weckt wie bei Anastasias Angebetetem Christian: Sie denkt an Sex. Und ärgert sich darüber, weil es eine Frechheit ist, dass Johanna hier auftaucht, aus dem Nichts, ein unabgesprochenes Eindringen in Tekgüls Raum, das sie einengt. Aber am meisten ärgert sie sich, weil sie davon berührt ist, anstatt wütend zu sein. Sie verhärtet sich.

„Und du bist nicht auf die Idee gekommen, dass ich mich nicht melde, weil ich nicht reden will?“

„Natürlich“, kontert Johanna. „Ich bin ja nicht blöd! Aber ich dachte, wir fangen noch mal von vorne an, alles neu, alles anders. Hast du selbst gesagt, am Abend, bevor du gefahren bist, bei mir, erinnerst du dich? Nähe und so?“

Stimmt, da war was. Wahrscheinlich war sie postorgasmisch und hormonüberflutet. Oder sehnsüchtig.

Johanna nimmt Tekgüls Hände. Zum Schmalzfilm fehlt der Sonnenuntergang, aber den hatte sie bereits gestern mit Nicoletta, und das war weit von Kitsch entfernt. Gerade steht die Sonne eher im Zenit, und Tekgül schwitzt unter den Achseln und auf der Stirn auch, und das ist äußerst unromantisch. Johanna scheint durch eine andere Brille zu schauen. Sie zieht Tekgüls Hände an ihre Brust. Tekgül sieht ihr in die Augen, grau wie Berlin im November, fühlt Johannas Atmen an ihren Händen. Sex, fordert ihr Körper, weil alles andere nicht auszuhalten ist. Schnell: Sex. Ihr Bedürfnis ist nicht umsetzbar, deshalb bleibt sie stehen – eine halbe Armlänge entfernt, zu nah, zu nah! Sie spürt dem Heben und Senken von Johannas Brustkorb nach. Das ist wichtiger als alles, was sie sagt. Das ist echt. Lebendig. Worte können sich morgen schon als Lüge herausstellen. Sogar ihre eigenen.

„Vertrau mir endlich, Tek. Ich hab mich genug geöffnet und verändert und angepasst. Jetzt bist du dran. Ich bin deine Freundin, ich will für dich da sein, und wenn du dich ewig nicht meldest, während du gerade – verbesser mich, wenn ich Unsinn rede – die schwerste Zeit deines Lebens durchstehst, mach ich mir Sorgen. So sieht’s aus.“

Es klingt einstudiert und ist es vermutlich auch. Die mütterliche, kümmernde Nummer steht Johanna nicht. Abrupt tritt Tekgül einen Schritt zurück. Ihre Hände fallen von Johannas Brust.

„Hör auf damit!“, herrscht sie ihre Freundin an. „Das passt nicht zu dir.“ Es klingt härter als beabsichtigt. „Das bist doch nicht du. Du hast dir doch noch nie Sorgen gemacht! Du … du denkst ja normalerweise nicht mal an andere! Was ist denn in dich gefahren?“

Johanna blinzelt. Dann erkaltet ihr Blick. „Weißt du …“, sagt sie. Sie hat jegliche Verspieltheit, jegliches Locken abgelegt. „Langsam reicht's mir echt.“ Ihre Arme hängen hilflos an ihrem Körper herab. Dann strafft sie sich und verwandelt sich von Jo in die Geschäftsfrau Johanna Mittenwald, die sich in der männerdominierten Businesswelt besser behauptet, als Tekgül das mit ihrer polternden Art je könnte. Ihre Mundwinkel, ihre Nasenfalte, ihre Körpersprache … Tekgül sieht Johanna dabei zu, wie sie sich verschließt. Verhindern kann sie es nicht.

Johanna verschränkt die Arme vor der Brust, da, wo eben noch Tekgüls Hände lagen. „Wenn du mich so scheiße findest“, sagt sie kühl, „warum bist du dann wieder angekrochen gekommen, als es dir schlecht ging? Dachtest du, bei mir wärst du sicher vor deinen Gefühlen, oder was? Weil ich ja der ‚einzige Mensch bin, bei dem du deine Gefühle abschalten kannst‘. Glaub bloß nicht, ich würde nicht mitkriegen, dass du das immer sagst!“ Sie lacht freudlos.

„Na und?“, schießt Tekgül zurück. „Das hier ist doch gerade der beste Beweis, dass es besser ist, dir keine Gefühle zu zeigen! Weil du sonst nämlich gleich denkst, du hast mich in der Hand und kannst meine Schwäche ausnutzen. Indem du mir Frau Schäfer auf den Hals hetzt, damit die mir nachspioniert, zum Beispiel!“

„Ich hab dir Frau Schäfer nicht auf den Hals gehetzt, ich hab mir Sorgen gemacht!“

„Sorgen! Das Einzige, worum du dir Sorgen machst, ist doch, was andere über dich denken. Und jetzt glaubst du, weil ich mich dir einmal geöffnet hab, hast du mich an der Angel und kannst alles aus mir raussaugen, was dir selbst fehlt: ein eigenes Leben!“ Schon, als sie es sagt, weiß sie, dass sich das nicht wiedergutmachen lassen wird. Diesmal nicht.

Johannas Pupillen vergrößern sich. *Fight or flight*, denkt Tekgül und wappnet sich vor dem Gegenangriff. Der kommt.

„Das denkst du?“, knurrt Johanna. „*Das* denkst du von mir?“ Sie stößt die Luft aus und schlägt ihre Handballen gegeneinander. Es klingt, als würde es wehtun. „Ich muss verrückt sein, dich wieder in mein Leben gelassen zu haben! Mein Leben, das übrigens ziemlich perfekt war, bevor du kamst! Warum fall ich immer wieder auf diese selbstgerechte Scheiße rein? Ich weiß, dass alle sagen, dass ich froh sein sollte, dass ich mit dir zusammen sein darf, aber ganz ehrlich: Es kotzt mich an! Deine Überheblichkeit und das abgeklärte Getue und deine tollen politischen Werte und diese ‚Alle wollen mich, aber keine kann mich haben‘-Nummer.“ Ihre Rage treibt Tekgül zwei Schritte zurück in die Zweige des Holunderbusches.

„Kann ja sein, dass du dich für den ganz heißen Scheiß hältst“, spuckt Johanna. „Aber ich frag mich echt, warum ich mir diesen Mist überhaupt antue. Erst forderst du von mir, dass ich mich ändere, weil ich zu versnobt bin und zu egoistisch und was weiß ich nicht noch. Und ich Idiotin hab mir wirklich Mühe gegeben. Ich hab mir wirklich, wirklich Mühe gegeben, verstehst du?“

Tekgül steht ihr mit dümmlich geöffnetem Mund gegenüber. Johanna weint, aber sie ignoriert ihre Tränen, was Tekgül nicht kann.

„Und dann mach ich mir auch noch Sorgen um dich, weil ich vielleicht egoistisch bin, aber nicht blöd, und weil ich sehe, dass deine Welt gerade zusammenbricht, und ich blöde Kuh will für dich da sein, weil es mir eben nicht nur um Sex geht und ich nicht bloß ein Model an meiner Seite will, auch wenn du das immer gesagt hast und … Ach, Scheiße!“

Johanna zittert vor Wut und Tekgül vor Erstaunen. Sie kann nicht atmen und nicht denken. Sie sieht Johannas Schmerz und sich selbst, die ihn verursacht hat. Bei allen Abstrichen für Johannas Vorliebe für große Dramen: Das hier wirkt nicht nach Schauspielunterricht und nicht auswendig gelernt.

Johanna zieht umständlich ein Taschentuch aus ihrer Handtasche und putzt sich die Nase. Dann sieht sie Tekgül abwartend an.

Schritt nach vorne!, befiehlt Tekgüls Gehirn ihrem Körper. Sprechen! Gutmachen! Entschuldigen! Arme heben! Um Johanna legen! Kein Teil ihres Körpers reagiert. Die Widerwärtigkeiten ihres Charakters sind über ihr ausgeschüttet worden und verkleben jede Nervenleitbahn.

Johanna wartet eine weitere Minute, dann resigniert sie. „Was hab ich eigentlich erwartet?“, fragt sie. „Du bist eben doch bloß ein verwöhntes, verzogenes Kind.“ Sie dreht sich um und geht zu einem silberfarbenen Mietwagen mit Schweizer Kennzeichen, der neben Tekgüls Jeep geparkt ist. Steigt ein, braust davon. Tekgüls Hals wird eng. Die Tränen fließen nach innen, wie sie es sich jahrelang antrainiert hat. Fuck, denkt sie. Fuck.

Von hinten nähern sich Schritte. Eine weitere Standpauke überlebt sie nicht. Sie wird ganz einfach umfallen, auf dem Rücken landen, stumpfer Blick in den Himmel, Füße und Arme in die Luft recken und sich tot stellen. Verdammt.

„Spar dir deine Kommentare“, zischt sie, ohne sich umzudrehen.

„Freut mich, dass wir endlich beim Du angekommen sind“, erwidert Frau Schäfer. „Ich bin Miriam.“

„Witzig“, faucht Tekgül den Holunder an.

„Sie ist bestimmt nur ins Hotel gefahren“, vermutet Frau Schäfer. „Fahren Sie ihr doch einfach hinterher. Und, wenn ich Ihnen einen Rat geben darf: Seien Sie nicht zu hart zu ihr. Sie hat sich wirklich Sorgen gemacht.“

War klar, dass ausgerechnet Frau Schäfer Johanna verteidigt, denkt Tekgül. Muss sie ja, um von sich selbst abzulenken. Aber dass sie obendrein auf Paartherapeutin macht, geht wirklich zu weit. Tekgül muss an sich halten, um nicht loszuschreien.

Frau Schäfer tritt neben sie. „Es hat Frau Mittenwald viel Überwindung gekostet, sich ausgerechnet an mich zu wenden, das können Sie sich bestimmt vorstellen."

Kann sie. Trotzdem. Langsam dreht sich Tekgül zu Frau Schäfer um, die sehr aufrecht vor ihr steht und ihr dennoch kaum bis zum Kinn reicht.

„Bevor Sie andere in Schutz nehmen, fänd ich es ganz hilfreich, endlich zu erfahren, was Sie hier machen. Und wir."

Ehe Frau Schäfer antworten kann, stößt Nicoletta zu ihnen, leichtfüßig, als wäre nicht das Geringste vorgefallen. Sie sieht versonnen aus.

„Isa lebt", verkündet sie. „Da drinnen." Sie zeigt auf das Haus auf der anderen Straßenseite.

Tekgül schaltet von ihrem verletzten, verletzenden Selbst in den Freundinnenmodus. Es dauert einen Moment länger als gewöhnlich, aber es gelingt. Johanna muss warten. Tekgül räuspert sich zweimal, bis auch ihre Stimme nachzieht, und es klingt fast normal, als sie nachhakt. „In dem Stift? Arbeitet sie da? Oder ist sie etwa krank?"

„Weder noch." Ihren großen Enthüllungsmoment will sich Frau Schäfer offensichtlich nicht aus der Hand nehmen lassen. „Die Sache ist die …"

„Ich bin nicht schuld", trällert Nicoletta glücklich. „Ich bin nicht schuld!"

Tekgül schüttelt die letzten Reste des Streits mit Johanna ab und widmet sich dem Duo, das stolz (Frau Schäfer) und beseelt (Nicoletta) vor ihr steht. Rutherford liegt noch immer vor der Bank am anderen Ende des Rasenstückes und kaut an einem Stock.

„Okay.“ Tekgül gibt sich betont ruhig. „Geht das auch der Reihe nach?“

„Selbstverständlich“, sagt Frau Schäfer.

Tekgül fixiert die unberechenbare Polizistin und versucht herauszufinden, ob Frau Schäfer gefährlich oder lediglich naiv ist. Sicher ist, dass sie in einer Parallelwelt lebt, und dass sie nach eigener Aussage außerdem internetsüchtig ist, erschwert eine Verortung in der Realität zusätzlich. Genau wie ihre Freundschaft mit Marte. Seit die beiden sich kennen, hat Frau Schäfer, sehr zu Martes Freude, mit Computerspielen begonnen. Die beiden daddeln mit- und gegeneinander, wann immer sie Zeit finden. Frau Schäfer testet sogar Martes Beta-Versionen. Das ganze virtuelle Zeug hat ihrem Realitätssinn offensichtlich nicht besonders gutgetan. Wieso sonst würde sie auf die Idee kommen, zwei Menschen, die sie ihre Freundinnen nennt, auf die Folter zu spannen, sie an der Nase herumzuführen und ihnen möglicherweise sogar Angst einzujagen?

Weil sie helfen will.

Weil sie spielen will.

Wie diese Frau als Polizistin arbeiten kann, ist mir ein Rätsel, denkt Tekgül. Immerhin wird sie in der Lage sein, die Fakten auf den Punkt zu bringen. „Na, dann los“, fordert Tekgül sie auf.

„Frau Ruegg …“, beginnt Frau Schäfer.

„Isa ist clean!“ Nicoletta strahlt wie ein Kind, das die Weihnachtsgeschenke bereits im Oktober findet. Offenkundig hat Frau Schäfer die Zeit, in der Johanna sich Tekgül zur Brust nahm, genutzt, um Nicoletta aufzuklären. Und nach Nicolettas Gewusel zu urteilen, scheint die Geschichte ein gutes Ende zu nehmen.

„Isa ist clean“, wiederholt Tekgül.

„Ja, Frau Ruegg nimmt keine Drogen mehr“, bestätigt Frau Schäfer. „Das ist die gute Nachricht. Sie hatte großes Glück. Etwa vier Jahre, nachdem Nicoletta Zürich verlassen hatte, wurde Frau Ruegg in ein Substitionsprogramm aufgenommen.“

„Substitu…?“

„Drogenersatz, weißt schon, Methadon und so!“ Tekgül würde Nicoletta gerne einen Lolli in die Hand drücken, damit Frau Schäfer am Stück berichten kann und sich die Fragezeichen in Tekgüls Kopf endlich auflösen. In Ermangelung einer Süßigkeit tätschelt sie Nicolettas Hand. „Hol doch mal was zu trinken für Rutherford aus dem Auto“, schlägt sie vor. „Und für uns auch gleich, ja?“

„Eine wunderbare Idee, ich bin wirklich sehr durstig.“ Wenigstens ihre Reaktionsgeschwindigkeit ist der einer Kriminalkommissarin angemessen, denkt Tekgül. Frau Schäfer zwinkert ihr verschwörerisch zu.

Vergiss es, denkt Tekgül. Wir sind keine Verbündeten. Und nach dieser Geschichte werden wir auch keine mehr. Spannung rottet sich hinter ihrem linken Auge zusammen. Nicht auch noch Migräne, fleht sie ihren Körper an. Bitte, bitte nicht.

„Kannst du mir auch gleich eine Kopfschmerztablette mitbringen? Sind im Handschuhfach. Du kennst die Story ja eh schon.“ Sie wedelt Nicoletta Richtung Parkplatz. Die trottet gehorsam zu Rutherford und dann mit ihm gemeinsam zum Auto.

„Ich mach es kurz“, kündigt Frau Schäfer an.

Ein zweiter Hauch von Vernunft, dem Himmel sei gedankt.

„In diesem Programm hat Frau Ruegg etwas geschafft, das wirklich ungewöhnlich ist: Sie hat nicht nur von einer Abhängigkeit in die andere gewechselt, sondern ist laut Aussage der Fachleute wirklich clean geworden. Es hat natürlich ein paar Jahre gedauert … Ja. Und dann ist sie leider von den Bildschirmen der Schweizer Kollegen verschwunden. Bis …“ Frau Schäfer zögert.

Komm zur Sache, denkt Tekgül. Der aufziehende Kopfschmerz macht sie nicht geduldiger.

„Vor zwei Jahren wurde sie aufgegriffen. In Andalusien. Wir wissen bis heute nicht, was genau passiert ist, aber seither lebt Frau Ruegg hier.“

„Bitte?“, sagt Tekgül. „Das versteh ich nicht. Sie war clean, und dann ist sie verschwunden, und dann wurde sie wiedergefunden, aber sie war krank? Wieso?“

Nicoletta winkt ihnen vom Auto aus zu, deutet auf Rutherford und macht eine kreiselnde Bewegung mit den Armen, die alles bedeuten kann. Tekgül morst etwas zurück, das möglicherweise „In Ordnung, mach ruhig“ heißt. Zumindest ist das ihre Intention. Sicherheitshalber hebt sie zusätzlich den Daumen nach oben und formt dann Daumen und Zeigefinger zum Okay-Symbol der Taucher. Eins wird schon ankommen.

„Sie ist nicht wirklich krank“, windet sich Frau Schäfer. „Eigentlich im Gegenteil. Es geht ihr ziemlich gut. Sie wirkt glücklich und lächelt viel.“

„Aber?“

„Sie hat ihr Erinnerungsvermögen verloren. Komplett. Und zwar nicht nur an die Vergangenheit, sondern ... Nun ja. Ihr Kurzzeitgedächtnis hat sich ebenfalls verabschiedet – größtenteils zumindest. So weit die Ärzte feststellen konnten, vergisst sie Dinge nach ziemlich genau viereinhalb Minuten.“

Viereinhalb Minuten? Was kann man in viereinhalb Minuten tun? Einen Song hören. Eine Postkarte schreiben, wenn man schnell ist und sich an jemanden erinnert, der sich darüber freuen würde. Zwei Komma sieben Mal die *Tagesschau in hundert Sekunden.* Ein Spiegelei braten, wenn man einen Gasherd hat und es nicht zu knusprig mag.

„Heißt das, sie isst etwas und vergisst im nächsten Moment, dass sie gegessen hat?“, fragt Tekgül ungläubig.

„Zum Beispiel.“

„Aber ... kann man so leben?“

„Ziemlich gut, wie es aussieht. Nur eben nicht selbstständig.“

„Scheiße.“

Frau Schäfer hebt die Hände und lässt sie wieder fallen. „Vielleicht. Vielleicht auch nicht. Wie gesagt: Ich habe sie kurz kennenlernen dürfen und Frau Ruegg als einen sehr freundlichen, zugewandten Menschen erlebt. Ihre Eltern haben sich darum gekümmert, dass sie die beste Betreuung hat, die man sich wünschen kann."

„Aber sie würde Nicoletta nicht erkennen."

„Das wär ein Wunder. Verstehen Sie mich jetzt? Ich hab alles getan, damit sie Frau Ruegg nicht alleine sucht, aber Nicoletta wollte ja nicht auf mich hören."

Weil sie absolut überzeugt war, das Richtige zu tun, denkt Tekgül. Genau wie Frau Schäfer. Zwei Pläne, die bei allen Schnittmengen doch nicht zueinandergepasst haben. Tekgül fallen die vielen Nachrichten ein, als sie von der Route, die Frau Schäfer für sie vorgesehen hatte, abwichen.

„Der Besuch bei Isas Eltern hat Sie ganz schön ins Trudeln gebracht, oder?", fragt sie. „Plötzlich kamen die Botschaften ja im Minutentakt. Es wirkte fast, als wollten Sie unbedingt verhindern, dass wir dorthin fahren."

Frau Schäfer stöhnt. „Die Idee war aber auch sagenhaft dumm. Sie hätten sich doch denken können, dass Professor Ruegg Nicoletta für den Zustand seiner Tochter verantwortlich macht! Was glauben Sie, was los gewesen wäre, wenn Nicoletta und der Professor aufeinandergetroffen wären? Der Mann hat seinen Sohn und seine Tochter verloren! Und er ist praktizierender Jäger! Als ich gesehen habe, dass Sie in diesem Gebiet rumkurven, hab ich alles darangesetzt, die Rueggs aus dem Haus zu kriegen, aber die Angestellte hat behauptet, sie seien für niemanden zu sprechen."

Immerhin hat sie nicht nur uns abgewimmelt, denkt Tekgül. Und das offenbar zu unserem Besten.

„Der Typ ist komplett durchgedreht", sagt Frau Schäfer. „Sie hätten ihn mal erleben sollen, wie der sich aufgespielt hat bei dem Prozess!"

„Der Ruegg war in Berlin?"

„Wieso Berlin?"

„Ich dachte, da war der Prozess?"

„Wie kommen Sie denn darauf?"

Ja, wie kommt sie darauf? Sie ist immer davon ausgegangen, dass der Mord in Berlin passiert ist. Warum sonst hätte Frau Schäfer involviert sein sollen? „Warum hätten Sie denn sonst mit dem Prozess beschäftigt sein sollen?", entgegnet sie verwirrt.

„Wegen unserer Befragung von Nicoletta natürlich! Wobei das nur am Rande Teil des Prozesses war, aber dann … Also ich hatte mich zu diesem Zeitpunkt schon so reingearbeitet, dass ich mich … nun ja … der Vorgang hat mich natürlich brennend interessiert, also habe ich mich … eingeschmuggelt."

Eingeschmuggelt? Sie hätte es wissen müssen. Aber dass Frau Schäfers Neigung, sich in Dinge einzumischen, die sie nichts angehen, auch für ihren Beruf gilt, wirft Tekgül ein wenig aus der Bahn.

„Der Prozess war natürlich in Zürich!", fährt Frau Schäfer fort, als hätte sie nicht gerade eine kleine Bombe platzen lassen. „Deshalb war Professor Ruegg ja auch dabei. Sein Sohn wurde ermordet, glauben Sie, der alte Herr lässt sich das entgehen? Wirklich", seufzt Frau Schäfer, „Sie können sich nicht vorstellen, wie froh ich bin, dass Ihnen dort nichts passiert ist!"

Tekgül denkt an den gestrigen Tag, an das pompöse Haus und die überforderte Schweiz-Portugiesin an der Tür. Irre war die Situation, aber gefährlich? Vermutlich übertreibt Frau Schäfer, um der Geschichte mehr Würze zu geben. Fragen, so viele Fragen.

„Sie waren also die ganze Zeit in Zürich?"

„Nur für die letzten Prozesstage."

„Dann haben Sie von hier aus all die Strippen gezogen? Die Nachrichten verschickt?"

„Zum Teil. Angefangen hab ich damit natürlich schon in Berlin. Es brauchte ja ein bisschen, bis die Chose in Gang kam."

Frau Schäfers Kichern erzeugt Gänsehaut auf Tekgüls Arm. „Wie konnten Sie sich so sicher sein, dass wir überhaupt kommen würden?“

„Auf die menschliche Neugier ist Verlass, es war nur eine Frage der Zeit. Nach Ihrem Anruf war ich mir dann ganz sicher, dass Sie kommen würden. Allerdings hatte ich Sie bereits gestern erwartet – durch Ihren Starrsinn und den Besuch bei Rueggs Eltern hat es eben einen Tag länger gedauert.“

„Sie warten also seit zwei Tagen auf uns? Hier?“

„Wo sonst?“

„Sie hatten doch unsere GPS-Daten. Warum sind Sie nicht einfach ins Hotel gekommen?“

„Und die Überraschung versauen? Ich bitte Sie!“

Tekgül gibt auf. Die Logik dieser Frau ist mit ihrer eigenen inkompatibel. Nur eins noch. Johanna. „Seit wann weiß Jo davon?“

Frau Schäfer macht eine wegwerfende Handbewegung. „Ach, die weiß gar nichts! Sie hat mich bloß ein einziges Mal angerufen, in Berlin, und mich um Rat gefragt – das war sogar, bevor Marte aus dem gleichen Grund meine Hilfe suchte. Die ist übrigens auch total durch den Wind, weil Ihre Eltern sie nonstop anrufen und sie nicht mehr wusste, was sie ihnen sagen soll.“

Langsam dämmert Tekgül, dass Frau Schäfer die Wahrheit sagt. Ihre Vorwürfe waren unbegründet: Johanna hat Frau Schäfer nicht angestiftet. Verdammt. Wie viele Entschuldigungen verkraftet eine komplizierte Liebe?

Frau Schäfer legt den Kopf schief und betrachtet Tekgül neugierig. „Sagen sie“, fragt sie schließlich, „haben Sie sich eigentlich mal gefragt, ob Sie wirklich alles richtig machen, wenn die Menschen, die Sie lieben, sich nicht mehr trauen, Sie anzurufen? Und ob es vielleicht ein klitzekleines bisschen egozentrisch ist, ihnen derartige Sorgen aufzubürden?“

Tekgül versteinert.

Frau Schäfer nickt wissend. „Das hab ich mir gedacht. Wir haben eine regelrechte Telefonkonferenz einberufen. Berlin, Ingolstadt, Island. Unna nicht zu vergessen. Alles Ihretwegen. Was Nicoletta anging, konnte ich die anderen beruhigen – der Plan, um ihr zu helfen, lief ja schon, aber das konnte ich den anderen natürlich nicht erzählen. Also hab ich gesagt, dass ich ohnehin in Zürich sei und mich um Nicoletta kümmern werde. Das hat alle erleichtert. Umso mehr, weil ich schließlich mit dem Fall betraut bin und außerdem vom Fach. Was hätte Clemens hier anfangen sollen oder die schwangere Marte?" Der Stolz in Frau Schäfers Stimme ist nicht zu überhören. „Bei Ihnen und Ihrem Erbe dagegen", sie deutet auf Tekgül, „lag der Fall anders. Sie sind ja wirklich unendlich beratungsresistent."

„Beratungsresistent?", äfft Tekgül sie nach. „Weil ich keinen Wert darauf lege, dass andere Entscheidungen für mich treffen? Lächerlich. Und diese absurde Schnitzeljagd, haben Sie die auch am Telefon ausgeheckt?"

Energisches Kopfschütteln. „Nicht doch. Das hab ich ganz alleine inszeniert, um es ein bisschen spannender zu machen – für Sie und, zugegeben, auch für mich."

Die Koordinatennummer ist also nicht auf dem Mist ihrer Freundinnen gewachsen. Immerhin. Die Kopfschmerzen werden schlimmer. Eine Verschwörung, denkt Tekgül. Eine hinterhältige Verschwörung und das … aus Sorge?

Frau Schäfer übergeht ihr zynisches Lachen. „Eine Lösung für Ihr Dilemma zu finden gestaltet sich viel schwieriger als die Zusammenführung von Nicoletta und Frau Ruegg", fährt sie fort. „Das Erbe, das Cannabis … Gar nicht zu reden von der psychologischen Hilfe, die Sie dringend brauchen. Aber wir haben eine Idee …"

Das wird ja immer besser. Sie kann sich die Telefonkonferenz bildlich vorstellen. Tagesordnungspunkt eins: Nicolettas Verzweiflung. Tagesordnungspunkt zwei: ihre gemeinsame Reise.

Tagesordnungspunkt drei: Tekgüls Beratungsresistenz und Therapiebedürftigkeit. Ergebnis: Tekgüls Freundinnen haben gemeinsam mit ihren Eltern hinter ihrem Rücken eine Idee entwickelt, wie sie mit ihrem Erbe umgehen soll. Dabei sind sie, ganz nebenbei, zu dem Schluss gekommen, dass sie eine Therapie braucht. Weil sich zumindest Johanna und Frau Schäfer einig zu sein scheinen, dass sie ein unerträglich überheblicher Mensch und außerdem egozentrisch genug für zehn Weltbilder ist. Was, verdammt …?

„Ich brauche Ihre Ideen nicht!", faucht sie. „Ihre nicht und auch nicht die von Marte und Clemens und den anderen. Ich hab mir längst selbst was überlegt!" Sie verschränkt die Arme. Trotzig? Kindisch? Vielleicht. „Und außerdem sind Sie ganz sicher die letzte Person, von der ich mir Vorhaltungen machen lassen muss."

Frau Schäfer schürzt die Lippen. „Wie Sie meinen."

Ihr Schweigen ist ein Kräftemessen.

Frau Schäfer knickt ein. „Ihrer Freundin jedenfalls tun Sie unrecht", informiert sie Tekgül. „Frau Mittenwald hatte keinen Schimmer von unseren Konferenzen. Sie wissen ja, dass die anderen nicht so wahnsinnig warm mit ihr sind … Dabei hat sie sich wirklich Gedanken um Sie gemacht. Sie tat mir regelrecht leid, deshalb habe ich sie vorgestern informiert, dass Sie in den nächsten Tagen hier sein würden und ich bereits vor Ort sei. Sie hat sofort alles stehen und liegen lassen und sich ins nächste Flugzeug gesetzt."

Ausgerechnet Johanna ist also die Unschuldigste von allen. Tekgül könnte sich ohrfeigen und alle anderen der Reihe nach erwürgen. Sie zieht einen Holunderzweig zu sich heran und biegt an ihm herum.

„Das würd ich lassen", rät Frau Schäfer. „Holunder sind heilig. Es bringt Unglück, sie zu verletzen."

Noch mehr?, denkt Tekgül, lässt den Baum aber los. Frau Schäfer richtet den geknickten Zweig, so gut es geht. Tekgül schaut dem Treiben der Polizistin regungslos zu. Dann gen Himmel. Dann zu dem Hund, der auf sie zurast. Als Rutherford freudig vor ihr auf- und niederhüpft, nimmt sie endlich Nicoletta wahr, die sich ihnen vom anderen Ende des Grünstreifens her nähert und nichts von den Eskapaden ihrer Wahlfamilie ahnt. Sie hat sich die Packung mit den Kopfschmerztabletten zwischen die Zähne und die Wasserflasche unter den Arm geklemmt, in den Händen trägt sie drei Eiswaffeln. Eis, denkt Tekgül. Essen. Viereinhalb Minuten.

Die Wahrscheinlichkeit, dass ihre Wut in viereinhalb Minuten verraucht ist, ist gering. Ebenso wie die, dass ihre Probleme in dieser Zeit größer oder kleiner werden. Bleibt: das Jetzt. Und im Jetzt geht es um Nicoletta. Die anderen wird sie sich zur Brust nehmen, wenn das mit Nicoletta und Isa geklärt ist. Wenn sie sich bei Johanna entschuldigt hat. Wenn sie zurück in Berlin ist.

„Sagen Sie", fragt sie Frau Schäfer, die immer noch den Holunderzweig streichelt, „weiß Nicoletta eigentlich von dieser Viereinhalb-Minuten-Sache?"

„Ich wollte es ihr erzählen, aber sie hat mich nicht ausreden lassen. Als sie gehört hat, dass Frau Ruegg lebt … Sie haben ja selbst gesehen, wie aus dem Häuschen sie war."

Auch das noch, denkt Tekgül. Sie lässt Frau Schäfer stehen und läuft Nicoletta entgegen.

SECHSUNDZWANZIG.

Frau Doris Weißgerber sitzt hinter ihrem Schreibtisch in einem Büro, das nicht zu Nicolettas Vorstellung eines Pflegeheimbüros passen will. Kein dunkles Holz, keine deckenhohen Bücherregale, keine seit Jahrzehnten verstaubenden Ficus Benjamini. Stattdessen ein Schreibtischstuhl, für den der Begriff Ergodynamik erfunden worden sein muss. Nicoletta schätzt seinen Wert auf etwa zwölf Nettokaltmieten ihrer Berliner WG – zusammen mit dem gläsernen Tisch, hinter dem er steht. Die Leiterin des Marie-Heim-Vögtlin-Stiftes thront in Jeans und Blazer auf dem Luxusstuhl und wirkt ähnlich aufgeräumt wie ihr Arbeitsplatz. Wirklich weiterhelfen kann sie Nicoletta allerdings nicht. Sie darf ihr – „Bedaure!" – keine detaillierte Auskunft zu Isas Zustand geben, genauso wenig wie zu den Umständen, aufgrund derer sie hierhergekommen ist.

Dass Nicoletta selbst Isa besuchen dürfe – stellte die Heimleiterin klar –, habe sie einzig der Fürsprache der Frau Kommissarin zu verdanken. Besuch rege Frau Ruegg, wie sie sich wohl vorstellen könne, sehr auf. Selbst ihre Eltern kämen lediglich zu Weihnachten. Weitere Informationen waren aus Doris Weißgerber nicht herauszubekommen.

Frau Schäfer, die garantiert mehr Details aus der Heimleiterin hätte herauspressen können, hat sich nach wenigen einleitenden Worten diskret zurückgezogen und wartet gemeinsam mit Rutherford in der Cafeteria des Hauses, damit Nicoletta mit der Leiterin und anschließend mit Isa alleine sein kann. Ersteres kommt Nicoletta vor wie eine Prüfung und Letzteres … Wem nützt ein zweisames Treffen, wenn Isa sich nicht länger als viereinhalb Minuten erinnern kann?

Gedächtnisverlust.

Warum? Ein Trauma, eine Überdosis, ein Unfall? Nicoletta kennt Menschen, die auf Drogen hängen geblieben sind und in psychedelischen Universen leben, die mit ihren Stehlampen reden wie sie selbst mit Fräulein Rottenmeier oder die der festen Überzeugung sind, durch den perfekten Farbauftrag eines Nagellacks auf Gullydeckeln Botschaften an umliegende Galaxien senden zu können und durch ihre Haarspitzen welche zu empfangen. Sie kennt niemanden, der sich nicht erinnern kann.

„Es ist ein bisschen wie bei Demenzkranken", erklärt die Heimleiterin.

„Ich kenne niemanden, der dement ist."

Doris Weißgerber nickt nachdenklich und tippt mit einem Kugelschreiber auf die Glasplatte ihres Schreibtisches. Das Klappern hat etwas Beruhigendes. „Egal, was Sie mit Frau Ruegg erleben, und egal, wie verstörend es sich für Sie anfühlen mag", sagt sie schließlich, „denken Sie daran, dass es ihr hier bei uns wirklich gut geht!"

Woher will sie das wissen?, denkt Nicoletta. Isa kann sich an nichts erinnern, sie erkennt niemanden, sie hat keine Freunde. Sie weiß nicht, ob sie was gegessen hat oder wie sich Regen auf ihrer Haut anfühlt. Isa ist gefangen in einer Aneinanderreihung von Augenblicken.

Doris Weißgerber lächelt einnehmend über Nicolettas stumme Einwände hinweg. „Glauben Sie mir! Sie hat im Rahmen der Möglichkeiten sogar zu ihrem Pfleger eine wirklich gute Beziehung aufgebaut. Ich habe selten einen so lebensfrohen und positiven Menschen getroffen wie Frau Ruegg."

Lebensfroh und positiv war sie früher auch, bevor die Abwärtsspirale sich in ihr Leben fraß. Soweit Nicoletta das beurteilen kann, gab es bei Isa sicherlich mehr, was das Vergessen als was das Erinnern lohnte. Aus diesem Blickwinkel betrachtet, ist es vielleicht wirklich ein Segen, wenn die Welt in voneinander losgelöste Zweihundertsiebzig-Sekunden-Partikel unterteilt ist.

Das Wissen, die Erinnerung, muss irgendwo darunter verborgen sein, darauf könnte Nicoletta wetten. Sie wird es aus Isa herauskitzeln – egal wie viele Viereinhalb-Minuten-Einheiten sie dafür braucht.

„Kann ich sie jetzt sehen?", fragt sie so höflich wie möglich.

„Selbstverständlich." Die Heimleiterin dreht ihren Stuhl nach rechts und sieht aus dem Fenster. „Sie ist im Garten. Gleich unter der Ulme auf der hellblauen Bank." Nicoletta steht auf. Doris Weißgerber erhebt sich ebenfalls. Einen winzigen Moment lang sieht Nicoletta Schmerz über ihre Lippen ziehen. Dann greift die Stiftsleiterin nach einem massiven metallenen Stock, den Nicoletta für ein Designelement des Tisches gehalten hat.

„Alles in Ordnung?", fragt Nicoletta. „Kann ich Ihnen helfen?"

„Danke, es geht schon", presst Doris Weißgerber hervor und humpelt um ihren Schreibtisch herum. Als sie Nicoletta erreicht, ist ihr Gesicht leicht gerötet. Sie kommentiert ihre sichtlichen Schmerzen mit keinem Wort. Stattdessen gibt sie Nicoletta weitere Ratschläge.

„Auch wenn Sie sich das vermutlich nicht vorstellen können: Sie kann sich wirklich nicht erinnern. Wir beobachten Ihre Freundin bereits seit einigen Jahren; es gibt keinerlei Anzeichen, dass sie sich über diesen persönlichen Zeitrahmen hinaus bewegen kann. Quälen Sie sie nicht. Viereinhalb Minuten können eine sehr lange Zeit sein, wenn man sie mit verstörenden Inhalten füllt." Ertappt sieht Nicoletta zu Boden. Eichenparkett, was sonst? Doris Weißgerber zögert einen Moment, ehe sie die Tür öffnet. Dann wechselt sie die Gehhilfe in die Linke und streckt Nicoletta ihre rechte Hand entgegen. „Glauben Sie mir: Für die Angehörigen und Freunde ist das alles viel schlimmer als für die Betroffenen selbst." Nicoletta zwingt sich, dem Blick standzuhalten. Die Stiftsleiterin seufzt.

„Viel Glück", sagt sie.

•

Die Frau auf der Bank trägt ein Kleid mit gelben Blümchen. Isa hasst Gelb, denkt Nicoletta. Sie betrachtet den Rücken. Er ist schmaler, als sie ihn in Erinnerung hat, und ein bisschen verbogen. Die Haare haben ihren wilden Seejungfrauen-Charme verloren; sie sind zu einem dünnen, fusseligen Zopf geflochten, der leblos zwischen den gelben Blumen hängt. So sieht also ein glücklicher Mensch aus, ätzt Nicoletta innerlich. Ihr ist übel. Neben der Frau, die Isa sein soll, sitzt ein Mann. Als er Nicoletta sieht, lässt er Isas Hand los und winkt zu ihr herüber.

Vermutlich hat Doris Weißgerber ihn auf ihr Kommen vorbereitet, per Handy, kaum dass Nicoletta außer Hörweite war. Während Nicoletta die Treppen hinabstieg, wird die Heimleiterin dem Pfleger genaue Instruktionen gegeben haben, damit Nicoletta nichts herausfindet. Sie kann es sich lebhaft vorstellen: „Diese Frau Aurand ist mir nicht geheuer", hat sie vielleicht gesagt. „Behalten Sie sie unbedingt im Auge!"

Wahrscheinlich, denkt sie, hat Isa etwas gesehen, was sie nicht hätte sehen sollen, etwas, das wichtigen Menschen schaden könnte. Oder sie hat etwas herausgefunden, was den Plänen der Pharma-, Automobil- oder einer anderen einflussreichen Industrie zuwiderläuft. Wahrscheinlich hat sie sich mächtige Feinde gemacht, die sie hier festhalten und mit Arzneimitteln ruhigstellen. Oder sie spielt ihre Amnesie lediglich, um ihre Kontrahenten in Sicherheit zu wiegen, und wird Nicoletta verschlüsselte Anweisungen geben, sie von diesem Ort zu befreien.

Der Pfleger winkt erneut und ruft etwas auf Schweizerdeutsch. Nicoletta merkt, dass sie, einige Meter von der Bank entfernt, eingefroren ist. Die Verschwörungstheorien in ihrem Kopf überschlagen sich, eine nach der anderen taucht auf, um im nächsten

Moment zu zerplatzen wie Kohlensäurebläschen an der Wasseroberfläche.

Jetzt werd mal nicht hysterisch, schilt sie sich. Wir sind schließlich nicht beim *Tatort*.

Bevor sie sich aufgemacht hat, um bei Johanna Abbitte zu leisten, hat Tekgül Nicoletta noch einmal in den Arm genommen und fest gedrückt. „Erwarte nichts", hat sie gesagt. „Wenn es denen hier nicht gelungen ist, herauszufinden, was mit Isa passiert ist und warum sie sich nicht erinnert, wirst du es auch nicht schaffen."

Das werden wir ja sehen, denkt Nicoletta, jetzt mehr denn je. Es muss eine Antwort geben. Es muss einfach.

Ein Blick auf die Armbanduhr, viereinhalb ab jetzt. Steif winkt sie zurück und gibt ihren Füßen den Befehl zu laufen. Der Mann legt lächelnd seine Hand auf die geblümte Schulter und lenkt Isas Aufmerksamkeit in Nicolettas Richtung.

Isa wendet sich ihrer Besucherin zu und sieht sie konzentriert an.

Mit jedem Schritt, den Nicoletta näher tritt, offenbart das Gesicht ihr mehr Details, Fältchen und Sommersprossen. Sie nimmt die Hände wahr, Isas Hände, und erblickt den Ring. Den Ring. Weitergehen. Weiter. Als sie nah genug ist, zwingt sie sich, ihrer ersten großen Liebe in die Augen zu sehen.

Sie sind ein wenig verblichen, ebenso wie auf der Fotografie in ihrem Koffer. Ihr Blick ist freundlich und interessiert. Weiter nichts.

•

Wir waren genau sechs Monate zusammen und noch in der Phase, in der man jeden neuen Tag miteinander feiert, und sechs Monate waren hundertdreiundachtzig feiernswerte Tage, auch wenn wir nicht alle zusammen verbrachten, zumindest nicht körperlich. Den hundertdreiundachtzigsten Tag aber begingen wir gemeinsam, selbstverständlich. Isa hatte ihre alte Querflöte verkauft, um die Reise zu bezahlen, die Reise zu mir nach Berlin. Wir feierten in unseren Tag hinein, liebten uns, bis die Nachbarn Sturm klingelten, kicherten und erröteten und rafften uns auf. Wir erklommen die Stadt, schlenderten durch den Herbst und durch die Straßen von Prenzlauer Berg, wo ich lebte und das damals noch nicht die höchste Kinder-pro-Kopf-Einwohnerzahl Deutschlands hatte. Keine Hipster-Boutiquen und Tausend-Euro-Kinderwagen-Fuhrparks, chillige Treffen im Mauerpark und Schnellimbisse aus aller Welt. Der Stadtteil hing in einer Zwischenwelt von Halbschlaf und Erblühen, genau wie wir, genau wie unsere Liebe.

Wir trugen zwei paar Socken und jede zwei Schals, um diesem Ostwind zu trotzen, der Berlin im Winter so unerträglich macht. Am Mauerpark suchten wir uns die schönste Schaukel aus. Isa kletterte auf meinem Schoß, und wir schaukelten – sie mit Blick auf die Mauer hinter uns, ich mit Blick über das Gelände. Wir flogen durch die Luft, rieben die Nasen warm und uns aneinander. Als unsere Fingerspitzen taub wurden, stromerten wir weiter. Und in einer dieser kleinen Seitenstraßen entdeckte Isa das Café.

Es war auf eine Weise abgeranzt, die heute als „typisch Berlin" gilt: unverputzte Wände, die die Tapetenreste der Vor-vor-vor-Bewohner zierten, ein Konglomerat aus Flohmarktmöbeln und Schnickschnack, aus Selbstgehäkeltem und Haushaltsauflösungen. An jedem Teil in diesem Café hingen Preisschilder. Isa amüsierte sich königlich über die Vorstellung, dass uns jemand den Stuhl unter dem Hintern wegkaufen könnte. „Stell dir das vor", hat sie gesagt, „von einer Sekunde auf die andere, schnips, sitzt du in einem leeren Raum in einer Kakaopfütze, den Kuchen – wenn sie ihn dir gelassen haben – in der einen Hand und meine Hand in deiner anderen."

„Solange ich deine Hand noch halte", habe ich geschmalzt, und wir haben uns geküsst. Später, nach meiner Flucht aus Zürich, als ich zurück in Berlin war, habe ich mich genau so gefühlt, wie Isa es geschildert hat. Nur ohne die Hand. Ausverkauft. Alleine. Kahl.

Aber an unserem einhundertdreiundachtzigsten Tag haben wir herzhaft über die Vorstellung gelacht, haben unsere Ovomaltine geschlürft und uns gegenseitig angehimmelt. Der Tisch, an dem wir saßen, hatte eine Glasplatte und darunter einen Hohlraum für Allerlei. Den Ring sah ich erst, als ich meine Tasse vom Tisch nahm, um das benutzte Geschirr zurück zur Theke zu bringen. Unter der Tasse, wo etwas Sahne übergeschwappt und an der Tasse heruntergelaufen war und auf dem Glas einen kleinen Kreis hinterlassen hatte, lag er. In genau diesem Kreis. Er war fürchterlich hässlich. Zwei sich liebende Körper in Silber, in einer Art aufeinanderdrapiert, dass sie es, wenn man ihn tragen würde, den Finger hinauftreiben würden. Dass es zwei Frauenfiguren waren, erschien uns wie ein Zeichen. Vorsichtig hob ich die Glasplatte an und nahm den Ring heraus. Ich barg ihn in meiner Hand und sah Isa fragend an. Sie lächelte. Vor der Cafétür, zitternd im eisigen Wind, steckte ich ihn ihr an den Finger.

„Ich will dich für immer lieben!", habe ich gesagt.

„Für immer?"

Für immer.

•

„Warum weint sie?", fragt Isa ihren Pfleger.

Im Gegensatz zu ihren Augen ist ihre Stimme nicht verblichen. Ohne zu wissen, wie es dazu gekommen ist, sitzt Nicoletta auf der Bank gleich neben der Fremden, die anders riecht und anders aussieht als Isa, aber noch genauso spricht, wie sie immer sprach. Das Gesicht, das sie so gut kannte und überhaupt nicht kennt, ist nah vor Nicolettas.

„Ich weiß es nicht", erwidert der Pfleger, der diskret ans andere Ende der Sitzfläche gerutscht ist. „Fragen Sie sie am besten selbst."

Isa legt den Kopf schief und sieht Nicoletta teilnahmsvoll an. „Warum weinen Sie?"

„Ich …“ Sie kann nicht. Sie kann einfach nicht.

Isas Lächeln ist überwältigend. Ebenso wie ihre Geduld. Als hätte sie alle Zeit der Welt, denkt Nicoletta und möchte sie schütteln, möchte so viel sagen, möchte den größtmöglichen Austausch, der in den Zeitrahmen passt … Einen Austausch über was? Nichtigkeiten. Die Dramatik der Situation bricht über ihr zusammen.

Eine Hand schleicht sich auf Nicolettas Wange. Der Ring ist kühl an ihrer Haut. Die Tränen sammeln sich zwischen den Fingern, füllen die Zwischenräume, laufen über und rinnen auf Isas Handrücken weiter. „Erinnerst du dich an mich?“, fragt Nicoletta leise.

Isa zieht die Augenbrauen zusammen, als suchte sie angestrengt nach einer Information. Schließlich lächelt sie unsicher.

„Sie müssen verzeihen“, sagt sie. Ihre Hand bleibt reglos auf Nicolettas Wange liegen. Sie schaut ihr direkt in die Augen, durchwühlt nun Nicolettas Inneres, stößt dort auf die Bilder, die Nicoletta konserviert und vergraben und gezwungenermaßen wieder ausgebuddelt hat. Die Bilder, die ihre Geschichte tragen, ihre Liebe. Isa betrachtet das alles, seufzt und lächelt erneut. Nicoletta sieht Mitleid in ihrem Blick, das keinen Sinn ergibt, weil schließlich Nicoletta diejenige ist, die mitfühlen sollte, und nicht die, die bedauert wird.

Dann beugt sich Isa nach vorne, sehr langsam. Sie schließt die Augen und leckt Nicolettas Tränen von ihrer Hand. Die Intimität der Geste ist unerträglich. Nicoletta hält sie aus, bis Isa, sehr behutsam, ihre Hand zurückzieht.

Der Bann löst sich, zieht Fäden dabei, durch die sich Nicoletta zurückkämpfen muss in das, was gemeinhin als Realität gilt. Die Realität ist falsch, die Welt viel zu laut.

„Nicht weinen“, sagt Isa.

„Wir kennen uns von früher“, schluchzt Nicoletta. Ihre Tränen löschen den trockenen Abdruck aus, den Isas Hand hinterlassen hat. „Ich hab dir diesen Ring geschenkt, vor dem Café in Prenzlauer Berg. Erinnerst du dich?“ Sie nimmt Isas Hand, streicht viel zu schnell über das Silber, die Liebenden.

Der Ringfinger bewegt sich gegengleich zu Nicolettas Berührung.

Komm schon, denkt Nicoletta, du trägst ihn noch! Ein Teil von dir muss sich erinnern, eine Liebe wie unsere, die vergisst man doch nicht, die vergisst man doch nicht!

Isa lacht laut auf.

„Das kitzelt!“, sagt sie und deutet auf Nicolettas hektischen Finger. Sie entzieht ihr die Hand und reibt den Finger, den Ring, kichert.

„Der Ring! Das Café!“, ruft Nicoletta verzweifelt, weil sie schon Äonen auf dieser Bank sitzt, und Äonen sind das ziemlich genaue Gegenteil von viereinhalb Minuten. „Isa, bitte, ich bin's, Nicoletta!“

„Nicoletta“, wiederholt Isa und lächelt. „Ein schöner Name.“

Da ist es. Nicoletta lächelt zurück, weint und lächelt. „Genau! Das hast du auch gesagt, als wir uns kennengelernt haben, in dieser Bar in Berlin. Weißt du noch?“

Isa legt den Kopf schief. In ihr arbeitet es, sie sucht, sucht sichtlich und findet nicht. Ihr Atem wird flacher. „Sie müssen verzeihen“, wiederholt sie schließlich. Der Pfleger legt ihr behutsam die Hand auf den Rücken. Isa zuckt zusammen, dann entspannt sie sich.

„Warum weinen Sie?“, fragt sie.

Die Realität rast ungebremst in Nicoletta. Isa strahlt sie an. Nicoletta verliert sich in ihrem Lächeln. Kapituliert.

„Bist du glücklich?“, fragt sie.

Isa deutet zum Himmel. „Die Sonne scheint.“

„Ja“, sagt Nicoletta. Weiter nichts.

SIEBENUNDZWANZIG.

Tekgül versteht zum ersten Mal das katholische Prinzip der Selbstgeißelung. Sie fühlt sich so mies wie seit Langem nicht mehr, und jede Art von Abbitte, an deren Ende Vergebung steht, ist ein verlockender Gedanke. Sie hat Johanna schon wieder unrecht getan. Weil sie sich von ihren eigenen Vorurteilen über ihre Freundin hat leiten lassen, die zwar zu großen Teilen, aber eben nicht immer stimmen mögen. Und auch, weil sie in ihre ebenso bewährten wie veralteten Verhaltensmuster, die sie auf ein auftretendes Problem mit Ignoranz reagieren lassen, zurückgefallen ist. Ihr Reaktionsspektrum scheint zu nichts mehr als einer endlosen Wiederholung der immer gleichen Momente fähig zu sein. Nur, dass Tekgül für eine Umkreisung ihrer Verhaltensspirale länger braucht als viereinhalb Minuten. Und dass sie, leider, nicht vergisst, *wie* blöd sie sich benommen, in welche Schemata sie gefallen ist und welche Menschen sie durch ihre Verbissenheit verletzt hat.

Warum funktionieren Lernprozesse nicht schneller? Vor allem solche, in denen es um die eigenen Schwächen und unangemessenen Reaktionen geht, ziehen sich quälend langsam und über Jahre hin, so langsam, dass man die vollzogene Veränderung gar nicht mehr bemerkt und sich am Ende nicht einmal entsprechend feiern kann.

Alles, was Tekgül bleibt, ist, auf Absolution zu hoffen. Mal wieder. Sie nimmt sich vor, diesmal nicht mit Sex zu kompensieren, egal, wie verlockend einfach sich das anfühlt.

Sie ballt die Hände zu Fäusten, bis sie den wohltuenden Schmerz ihrer Nägel in den Handflächen spürt. Erst dann klopft sie. Es dauert nur kurz, bis Johanna die Tür des Hotelzimmers öffnet.

„Können wir reden?" Das Tremolo in ihrer eigenen Stimme verwundert Tekgül. Sie sucht die coole Verführerin in sich, die immer einen schlagfertigen Kommentar auf Lager hat, die mit einem Lächeln die Welt um den Finger wickelt, die keine Angst hat, doch sie ist unauffindbar. Was vor Johannas Hotelzimmertür steht, unsicher und nervös, ist Tekgül in ihrer fragilsten Ausprägung.

Sie spürt Johannas Blicke auf sich, wagt es nicht, ihr in die Augen zu sehen, und betrachtet stattdessen das dünne dunkelblaue T-Shirt, das Johanna trägt und durch das sich die Nippel abzeichnen würden, wenn sie nicht einen dieser unterfütterten Schalen-BHs anhätte, ohne die sie das Haus nicht verlässt. Tekgül versucht, an der Form der Brüste und der Art, wie das T-Shirt fällt, abzulesen, welche Unterwäsche Johanna genau trägt.

„Nur, wenn du aufhörst, mir auf die Brüste zu starren!"

Ertappt hebt Tekgül den Kopf, glaubt ein amüsiertes Funkeln in Johannas Augen zu erahnen. Aber vielleicht hofft sie das auch nur. „Und auf keinen Fall in einem geschlossenen Raum!", fährt Johanna fort. „Diesmal vögeln wir die Probleme nicht einfach weg. Warte, ich hol meine Jacke." Sie schließt die Tür von innen.

Tekgül bleibt außen vor. Sie kennt mich zu gut, denkt sie. Wie kann das sein? Sie interessiert sich für niemanden außer sich selbst. „Sich selbst und dich", berichtigt Nicolettas Stimme in ihrem Kopf. Es klingt gehässig, ist aber wahr. Außerdem ist Johanna nicht umsonst derart erfolgreich. Die Schwächen anderer zu erkennen, zu analysieren und zu ihrem eigenen Nutzen zu verwenden ist A und O in ihrem Beruf. Die unnahbare, verschlossene Tekgül war ihr dennoch haushoch überlegen – der glatten Oberfläche wegen, hinter der sie ihre Emotionen lagerte.

Die zerbrechliche Person, die sie gerade ist, hat wenig Chancen gegen Johannas professionellen Blick.

Sie hört Johanna hinter der Tür rumoren und starrt auf die Tapete des Hotels. Apricotfarben, eine Holzleiste auf Brusthöhe. Der Teppichboden des Flurs ist dunkelrot mit gelblichen Einsprengseln wie fast alle Teppichböden in fast allen Hotels.

Ihre Gedanken kreiseln. Um Nicoletta und Isa, um Silke, um die römischen Kaisertiere, um Franziska Yvonne … Etwas in ihr ist zerbrochen, seit sie von der Adoption erfahren hat. Nicht irreparabel, aber doch. Die Tür öffnet sich, und diesmal traut sich Tekgül gleich, Johanna ins Gesicht zu sehen. Sie findet darin Resignation, aber keinen Grund für Angst.

„Wohin gehen wir?“, fragt Johanna.

Tekgül überlegt. Die Gegend um Johannas Hotel herum ist ihr fremd, aber sie kann schlecht Nicoletta anrufen, um sie nach hübschen Cafés zu fragen, in denen eine Versöhnung unumgänglich wäre. „Keine Ahnung“, gesteht sie. „Aber auf dem Weg hierher bin ich an einem Fluss vorbeigekommen.“

„Die Limmat“, nickt Johanna. „Gute Idee.“

Natürlich. Johanna war beruflich schon x-mal in der Schweiz, keine Frage, dass sie den Fluss beim Vornamen kennt. Tekgül schämt sich ob ihrer eigenen Ignoranz. Johanna macht einen schmerzhaften Bogen um Tekgül herum und geht den Gang zum Aufzug entlang, entscheidet sich um und nimmt die Treppe. Tekgül folgt ihr wortlos. Sie will nicht mit mir in einem Raum sein, denkt sie und nimmt es als gutes Zeichen, weil es immerhin heißt, dass es Johanna ebenso geht wie ihr selbst: Die körperliche Anziehung zwischen ihnen schert sich einen Dreck um Animositäten, um Verletzungen und Trampeligkeiten. Sie wollen sich, noch immer. Mit einer Rücksichtslosigkeit, die im Bett für diese unstillbare Lust zwischen ihnen sorgt. Tekgül spürt das Ziehen ihrer eigenen Dominanz im Bauch, im Unterleib und sehnt sich nach Johannas Hingabe … Gerade sind diese rohen Momente zwischen ihnen undenkbar, auch, weil Tekgül zugelassen hat, dass sie sich in ihr alltägliches Miteinander gestohlen und dort viel zu viel kaputt gemacht haben.

Sie läuft die Treppe hinter Johanna hinab, aus dem Hotel hinaus und beginnt ein unverfängliches Gespräch über Nicoletta, die schließlich ihrer beider beste Freundin ist und gerade eine der intensivsten Erfahrungen ihres Lebens macht, in diesem Stift, in Viereinhalb-Minuten-Häppchen, mit Isa. Die Unterhaltung weicht die Kühle zwischen ihnen auf. Genug, damit sich Tekgül traut: „Du hattest recht mit dem, was du gesagt hast. Ich war furchtbar ungerecht, und natürlich denk ich nicht so von dir, es ist bloß … Es war einfach zu viel alles. Meine Eltern, das Erbe, Nicoletta, Frau Schäfer und überhaupt diese ganze Schnitzeljagdnummer …“

„Schnitzeljagdnummer?“

Tekgül erzählt es ihr.

„Krass“, sagt Johanna. Mehr nicht.

Tekgül schluckt. „Ich wusste doch nicht, dass du mit der Sache nichts zu tun hast! Ist doch klar, dass ich mich hintergangen fühle, wenn erst Frau Schäfer und dann du hier auftauchen und … Ich hab das nicht so gemeint, wie ich es gesagt hab.“ Johanna schweigt beharrlich. Sie wird es ihr nicht leicht machen.

„Wirklich, Jo, ich bin einfach explodiert, und dann hast du das alles … du kennst mich ja.“

„Tu ich das?“, fragt Johanna. Unvermittelt schleicht sich ihre Hand in Tekgüls. Nicht umgekehrt, jubelt Tekgül innerlich, nicht umgekehrt! Aber die Finger mit denen einer anderen Person zu verschränken und es ihr leicht zu machen sind zweierlei Dinge. Die Hand ist eine Hilfestellung, mehr nicht.

Tekgül ruft sich ihre Gedanken zu Verhaltensmustern und Schemaspiralen vor Augen und schafft es, sie zu einem halbwegs sinnigen Satz zu formen. Was Johanna über ihre Ausführungen denkt, kann sie nicht abschätzen. Der Druck der Hand jedenfalls verändert sich nicht. Tekgül spricht weiter. „Ich merk selbst gar nicht, wie schlecht es mir geht, und dann mach ich eben mein Ding, also: so, wie ich das eben gewohnt bin, und vergesse total, dass es andere Menschen gibt, die sich für mich interessieren und die mir helfen wollen würden und …“

Wie soll sie ihrer Freundin beibringen, dass sie ihr nicht genug vertraut, sich ihr nicht nahe genug fühlt, um ihre Ängste mit ihr zu teilen? Und das, obwohl sie die sexuell aufgeladenste Beziehung führen, die Tekgül je hatte. Aber sexuelle Nähe ist etwas anderes als emotionale Nähe.

Und selbst wenn Johanna sich in den letzten Jahren verändert hat, selbst wenn sie wirklich an sich gearbeitet hat und versucht, wärmer und zugänglicher und weniger egoistisch zu sein, selbst wenn sie mittlerweile den Müll aus Überzeugung trennt und nicht nur um des guten Tons willen, selbst wenn sie gelegentlich mit öffentlichen Verkehrsmitteln statt mit ihrem Auto fährt und sogar hin und wieder den Zug anstelle des Flugzeugs bemüht – die Schnittmengen ihrer Lebenswelten sind noch immer marginal. Und doch ist da etwas wie Liebe.

Liebe, die sich anders anfühlt als das, was Tekgül mit Marte erlebt hat, aber Marte ist schwanger und so gut wie verheiratet mit George. Und überhaupt: Wer sagt, dass eine Art von Liebe besser ist als eine andere? Tekgül hat Johanna in ihr Herz geschlossen. Sie hat sogar einmal ihre Dominanz im Bett aufgegeben – ein größeres Eingeständnis, als sie es sich je hätte vorstellen können. Und doch … und doch.

Ihre tiefen Gedanken, die Zweifel und die Gefühle hat sie vor ihrer Freundin verborgen gehalten, und anders als Marte, der die offizielle Tekgül, das Model, das Image, vollkommen egal gewesen war, hat sich Johanna lange mit der glatt polierten und vorgefilterten Oberfläche zufriedengegeben, die Tekgül ihr zu zeigen bereit gewesen ist. Es war, denkt Tekgül, als hätte ich ein Abziehbild von mir selbst über mich geklebt. Aber dieses Bild löste sich auf, als sie von Franziska Yvonne erfuhr und von Silke. Von da an war sie nackt.

„Ich hab Angst", sagt sie unvermittelt.

Johanna bleibt stehen und dreht sich zu ihr. Sie muss zu Tekgül aufschauen, aber Tekgül fühlt sich, als wäre es andersherum.

„Wovor?"

„Davor, dass du nicht magst, was ich wirklich bin." Es entschlüpft ihr, ehe sie darüber nachdenken kann. Erschüttert lässt sie Johannas Hand los und sich auf die sonnenwarme Mauer sinken, die neben dem Weg entlangführt. Ein paar Eidechsen huschen in die Fugen. Johanna setzt sich neben Tekgül.

„Wer bist du denn wirklich?", fragt sie.

Sehr witzig, denkt Tekgül. Die Frage stellen sich Philosophen seit Jahrtausenden, und ich soll sie an der Uferpromenade eines Schweizer Flusses beantworten. Sie spürt den Trotz und die Abwehr, spürt die Mauer, die sich um sie herum hochziehen will, und die aufkeimende Verweigerung. Weich bleiben, denkt sie und sieht in den Himmel.

„Ich bin kein Model mehr." Dass ihr das als Erstes in den Sinn kommt, wenn sie über sich selbst nachdenkt, ist tragisch. Johanna scheint es nicht zu verwundern.

„Ich weiß", sagt sie. „Du studierst bald Kunst an der UdK. Und weiter?"

„Ich bin keine halbe Türkin mehr und keine halbe Irin."

„Und?", fragt Johanna.

Und?, denkt Tekgül. Und: Alles! „Ich hab alles verloren, was mich ausmacht!", bricht es aus ihr heraus. „Alles, von dem ich dachte, dass ich es wäre, alles, worauf sich meine Identität begründet. Ich bin eine total langweilige, normale deutsche Frau vom Bodensee."

Johanna mustert sie amüsiert. „Also was das angeht, kann ich dich beruhigen: Langweilig bist du sicherlich nicht. Aber arrogant den ‚normalen deutschen Frauen' gegenüber. Wie ich übrigens eine bin."

Arrogant?, denkt Tekgül. Das Wort in diesem Zusammenhang passt nicht zu ihrer Geliebten. Johanna verbringt zu viel Zeit mit Nicoletta, denkt Tekgül. Und mit mir wahrscheinlich. Vor drei Jahren hätte sie bloß „Ja" gesagt und mir geraten, meine Herkunft aus strategischen und wirtschaftlichen Gründen geheim zu halten.

Tekgüls Irritation über Johannas Reaktion ist nicht stark genug, um sie ihre eigene Unsicherheit vergessen zu lassen. „Was ich weiß, verdreht doch mein ganzes Leben! Ich bin nichts mehr von dem, was ich war, als du mich kennengelernt hast!"

„So ein Quatsch! Du bist immer noch derselbe Mensch, du hast immer noch dieselben Eltern, dieselben Freundinnen und dieselben Macken. Dein kultureller Hintergrund ist doch gleich geblieben! Bei allem Respekt für das, was da gerade in dir passiert – für mich verändert das überhaupt nichts."

Doch, denkt Tekgül, es verändert auch was für dich. Du weißt es nur noch nicht. Wie soll sie Johanna von dem Abziehbild und ihrer plötzlichen Nacktheit erzählen? Davon, dass es mit dem Verlust dessen, was sie für real hielt, auf einmal unmöglich erscheint, den Abstand zu wahren, der ihre Unversehrtheit garantiert? Dass sie verletzlich und neugeboren ist? „Aber ich bin jemand ganz anders", sagt sie leise. „Tief in mir drin bin ich jemand ganz anders. Das ändert doch alles!"

„Unsinn. Tief in dir drinnen bist du exakt die, die du immer warst. Das hast du bei unserem Streit eben *par excellence* bewiesen. Der klang nämlich ziemlich ähnlich wie der, den wir vor ein paar Monaten hatten, als ich mich von dir getrennt hab."

„Und jetzt?", fragt Tekgül so leise, dass sie es selbst kaum hört. „Trennst du dich wieder von mir?"

Johanna lässt sich Zeit. „Nein", sagt sie dann. „Ich bin nämlich die, die sich verändert hat. Ich lass mir von dir nicht mehr sagen, wie scheiße ich bin – so verliebt kann ich gar nicht sein! Aber du …" Ihr Lachen klingt gezwungen. „Keine Angst. Du bist exakt die Frau geblieben, die ich kennengelernt hab."

Tekgül will protestieren, weil sie sich wirklich geändert hat und sich wirklich ändern will und der Streit mit ihrer inneren Wandlung nicht das Geringste zu tun hat, aber Johanna bügelt den aufkommenden Einwand ab. „Was du erfahren hast, schreibt doch lediglich deine Vergangenheit um. Ich kann mir nicht mal ansatzweise vorstellen, wie sich das anfühlen muss, aber es ändert nichts daran, wer du bist. Es kann höchstens ändern, wer du sein wirst. Oder werden wirst."

Und dann legt sie den Arm um Tekgül und zieht sie an sich, küsst ihr Ohr, das linke. „Wobei", flüstert sie, „für uns ändert es vielleicht auch was."

Tekgüls Hals wird eng. Du wolltest dich öffnen. Emotionale und sexuelle Nähe zulassen. Gleichzeitig. Keine Hierarchien, zumindest nicht im Alltag. Nicht im Kopf. Aber … „Heißt das, ich darf dich nicht mehr fesseln und schlagen?" Sie meint es nur halb im Scherz.

„Das wäre allerdings ein Trennungsgrund." Dieses Lachen ist echt. Dann wird Johanna ernst. „Das heißt, dass du mich ab jetzt gefälligst in dein Leben einbeziehst", sagt sie, und es klingt so forsch und befehlsgewohnt, wie die alte Johanna eben klingt. Die neue macht eine Pause und legt nach: „Bitte."

•

Von: Tekgül <tekmek@riseup.net>
Betreff: Ihr dort und wir hier
An: Marte <echidna@martevogt.de>; George <George.Sand@real-estates.co.za>; Sandyunmanu <sum@7himmel.de>; Dad <iancarragher@unna.de>; Anne <filizcarragher@unna.de>; Clemens <TheCle@gmx.net>; Liza <genderbenderess@queertheworld.com>

Liebes Verschwörungskomitee,

was fällt euch ein, mir Frau Schäfer auf den Hals zu hetzten? Ihr verbündet euch hinter meinem Rücken, weil ich eine Therapie brauche? Das ist ja wohl nicht euer Ernst. Ich bin, ganz ehrlich, stinksauer.

Aber mittlerweile haben mir nacheinander Frau Schäfer, Jo und Nicoletta den Kopf gewaschen, also verbuche ich eure Zusammenrottung unter zulässiger Sorge, statt es als die übergriffige Frechheit anzusehen, die sie im Grunde genommen war. Und gelobe außerdem Besserung.

Es war scheiße von mir, mich nicht bei euch zu melden. Ich hätte wissen sollen, dass ihr auf glühenden Kohlen sitzt, Dad und Anne, und ja, ich weiß, dass ich nicht alles mit mir selbst ausmachen muss. Muss ich aber manchmal eben doch.

Trotzdem dachte ich, dass ihr gerne wüsstet, wie euer Komplott ausgegangen ist. Ich bin im Hotel in Zürich, Rutherford liegt neben mir und schnarcht. (Schlaft ihr eigentlich immer mit Oropax, Sandyunmanu?)

Wir haben Isa gefunden, das ist die gute Nachricht. Und ich muss zugeben, dass wir es ohne Frau Schäfer nicht (oder zumindest nicht so schnell) geschafft hätten. Das Wiedersehen von Nicoletta und Isa lief anders als erwartet, aber ich glaub, dass es Nicoletta trotzdem besser geht. Sie wird euch bestimmt selbst alles erzählen, wenn sie zurück in Berlin ist.

Und ich?

Ja.

Ihr hättet euch eure tolle Telefonkonferenz sparen können, zumindest was mich angeht, ich hab nämlich längst einen Plan gemacht. Und nein, das heißt nicht, dass ich mir ein zweites Standbein als Dealerin aufbaue, auch wenn das Gras, das Silke gezüchtet hat, wirklich toll ist.

Aber ich werde das Grundstück nicht verkaufen, auch wenn euch allen das so naheliegend vorkommt und wahrscheinlich wirklich die unkomplizierteste Lösung wäre. Irgendwas in mir weigert sich. Und abgesehen davon: Die Tiere haben lebenslanges Wohnrecht! Und ich ... Für mich ist es die einzige Möglichkeit, meine biologische Mutter kennenzulernen. *Post mortem*, aber immerhin. Sie ist aus den USA zurückgekommen und hat das alles aufgebaut – es steckt so viel von ihr hier drin. Ich will gern ein bisschen besser verstehen, wo sie herkommt. Vielleicht find ich dabei was über mich heraus.

Also habe ich mich entschieden, den Kinderbauernhof, den Campingplatz und das Haus zu behalten. Es wird sich schon eine Lösung für die Tiere und das ganze Drumherum finden.

Morgen fahren wir erst mal alle zusammen hin und zeigen Frau Schäfer und Jo „mein Land".

„Mein Land", wie absurd ist das denn bitte? Wenn man dem Anwalt glaubt, bin ich millionenschwer. (Aber das ist nicht der Grund, warum mir Jo meinen Alleingang verziehen hat, spart euch das Geläster.) Dass Jo dabei ist, macht mich komischerweise wirklich nervös. Es ist ganz schön verzwickt mit uns.

Aber erst mal sind wir ja noch zu fünft. Frau Schäfer will unbedingt dem Anwalt auf den Zahn fühlen – keine Ahnung, was sie sich davon verspricht, aber von mir aus ... Ich hab den Verdacht, sie hat Muttergefühle für uns. Soll sie ruhig, ein paar Tage halte ich das aus. Übermorgen packt Nicoletta sie und Rutherford in einen Mietwagen und fährt mit ihnen zurück nach Berlin. Jo bleibt noch ein paar Tage länger bei mir. Wir haben viel zu bequatschen – wenn das mit uns klappen soll, müssen wir, sagt Nicoletta, „im Gespräch bleiben". Mal sehen.

Nächste Woche fährt Jo dann zurück, ich werd noch bleiben und klären, was sich klären lässt.

Neulich nachts hatte ich die tolle Idee, dass sich Silkes beste Freundin Kathi und deren Liebste Irina weiter um den Kinderbauernhof kümmern und am besten gleich diese alberne Frittenbude mit übernehmen und zu einem hübschen Ort mit gutem Essen machen. Aber ich hab sie noch nicht gefragt …

Das ist eure Chance!

Liza, Clemens? Ihr könntet die Sache ordentlich queeren. Für Sonja wär es bestimmt das Paradies! Nur für den Fall, dass euch das auf Dauer zu blöd wird, bei Clemens' Eltern unterm Dach.

Oder Sandyunmanu! Ihr könntet euer Haus verkaufen und hierherziehen. Der Bodensee kann mit Erkner locker mithalten, das garantier ich euch, und Grundschullehrerinnen brauchen sie überall, und Sandy, du könntest Bürgermeisterin werden, die erste der Stadt überhaupt! Mit deinem Doktor in Gender Studies hättest du bestimmt krasse Chancen, die Bodenseeregion zu der mit den höchsten Toleranzwerten Deutschlands zu machen. Das sind doch Karriereaussichten! Nebenbei könntest du deinen Kochfetisch ausleben und das beste Essen der Stadt in den Drei Eulen anbieten. Wie wär's?

Überlegt es euch, wenn ihr alle herkommen wollt, würfeln wir oder machen eine, um's mit Jos Worten zu sagen, „Dependance" auf dem Land auf. Hauptsache, ihr reserviert mir ein Zimmer, zum Urlaubmachen. Weil: Ich könnt hier nicht leben, mir fehlt die stinkende Stadt jetzt schon.

Trotzdem wird es mir guttun, eine Weile in Silkes Garten zu sitzen und den Kaninchen beim Mümmeln und den Hühnern beim Hühnern zusehen.

Die letzten Wochen haben mich ziemlich ausgelaugt, hab ich gemerkt – die ganzen Umwälzungen und die Sache mit Isa haben mich daran erinnert, wie wichtig es ist, Menschen wie euch zu haben …

Ich muss das sacken lassen. Und wenn alles geklärt ist und ich wieder klar denken kann, fahr ich vielleicht ein paar Tage nach Italien runter, wo ich schon so nah dran bin. Ich bin ja jetzt Studentin und hab Semesterferien.

Ach, fast vergessen! Eure größte Sorge: das Dope.

➔ Dad und Anne: Könnt ihr mal kurz weglesen? Danke. ←

Wieso *ist* das eigentlich eure größte Sorge? Habt ihr Angst, dass ich in den Knast wandere? Tu ich nicht, versprochen. Aber vermutlich können Jo und ich Silkes Vorräte in den paar Tagen nicht wegrauchen, selbst wenn ich Kathi und Irina mitversorge. Mal sehen, was ich damit anfange.

Vielleicht ein großes Freudenfeuer, stellt euch das vor, all das Cannabis! Und der Rauch verwandelt ganz Friedrichshafen in ein kicherndes, verfressenes, liebevolles Sodom. Falls ich das wirklich tue, verkauf ich vorher doch ein bisschen davon und lass euch von dem Gewinn alle einfliegen. Und dann feiern wir eine große Party. Für das Leben, für das Jetzt.

Love, Peace and Happiness am Bodensee.

Wir werden sehen. In ein paar Wochen bin ich wieder in Berlin. Versprochen.

Schön, dass es euch gibt und: ja, ja! Schön, dass ihr euch sorgt. Weil das wohl heißt, dass ihr mich liebt.

Ich euch auch.

Danke …

… für grandiose Kurzfassungen, Vertrauen und Lektorat: Jim Baker.

… für leidenschaftliches Feedback, Erfahrung und Vermarktung: Ilona Bubeck.

… für dreifaches Korrektorat: Claudia Jürgens.

… für jedes Foto, den zielsicheren Finger auf der Schwachstelle und nonlineares Denken: Risk Hazekamp.

… für Trailer, Unterstützung und vor allem für Freundschaft: Stephanie Drescher und Uwe Schwarze von basiliscus production.

… für tolle Pressebilder: Simon Reinhardt und Rainer Christian Kurzeder.

… für wachsames Probelesen, Florfliegenflügel und Modeln: Franca Feil.

… für Meinungsbildung und Mitfiebern: Minette Dreier.

… für bereichernde (Anti-)Ismus-Diskussionen und für Bilder: Ka Schmitz.

… für Unterstützung, sachlichen Blick und konspirative Treffen: Malte Goebel.

… für Feedback und Sich-Einlassen: Meinen Leser*innen, den Buchhändler*innen und Organisator*innen, die dafür sorgen, dass es Bücher wie dieses auf dem Markt geben und ich aus ihnen vorlesen darf.

… für Loyalität und Ehrlichkeit: Meinen Freund*innen.

… für zwanzig Jahre: Marc Koenig.

… für mehr und mehr: R* und dem Y.